Rose Snow

EIN *Augenblick* FÜR IMMER

DAS *zweite* BUCH
DER LÜGENWAHRHEIT

Rose Snow

EIN *Augenblick* FÜR IMMER

DAS *zweite* BUCH DER LÜGENWAHRHEIT

Ravensburger

Bibliografische Information der Deutschen Nationalbibliothek:

Die Deutsche Nationalbibliothek verzeichnet diese Publikation
in der Deutschen Nationalbibliografie. Detaillierte bibliografische Daten
sind im Internet auf www.dnb.d-nb.de abrufbar.

MIX
Papier aus verantwortungsvollen Quellen
FSC® C111262
FSC
www.fsc.org

2 3 4 5 6 E D C B A

Originalausgabe

Dieses Werk wurde vermittelt durch die
Michael Meller Literary Agency GmbH, München

Umschlaggestaltung: Anna Rohner
unter Verwendung von Bildern von
© Oleg Gekman/Shutterstock, © DavidYoung/Shutterstock,
© PJ photography/Shutterstock, © Mara008/Shutterstock und
© Alexey Lesik/Shutterstock

Printed in Germany

ISBN 978-3-473-40171-0

www.ravensburger.de

Für Jil & Jens

Weil Liebe etwas ganz Wunderbares ist.

Auszug aus dem Tagebuch von Scarlett

Es ist, als wäre ich verflucht.
Vater ist der Einzige, der mir geblieben ist. Die Leute im Dorf versuchen, mich zu meiden, wenn sie ihrem Tagwerk nachgehen. Es scheint ihnen egal zu sein, wie vielen von ihnen ich schon mit ihren Unheilen geholfen habe. Die meisten bekreuzigen sich und weichen mir aus, wenn sie mich sehen. Sie denken vielleicht, ich höre ihre hastig gemurmelten Abwehrsprüche nicht, doch ich höre sie. Ich höre sie alle. Genauso sehe ich die Scheinheiligkeit in ihren Blicken und spüre, wie mein Herz vor Bitterkeit immer schwerer wird.
Mutter fehlt mir so. In mondstillen Nächten besuche ich sie manchmal auf dem Friedhof. Dann sitze ich unter der großen Eiche, lausche dem Flüstern des Windes und wünschte, sie wäre noch hier, um mir ein weiteres Mal zu sagen, dass ich mein Leben in Gottes gnädige Hände legen und auf seine unendliche Weisheit vertrauen soll.
Auch Vater vermisst sie. Er versucht, stark zu sein, aber manchmal höre ich ihn in der stillen Kammer mit ihr

sprechen, von einer Zeit, in der er dereinst wieder neben ihr liegen wird. Es ist sein Herzenswunsch, neben ihr begraben zu werden, und meiner, dass Gott ihn noch länger an meiner Seite lässt – und mir nicht auch noch den letzten Menschen nimmt, der meine Tage erträglich macht …

Kapitel 1

»Willkommen in meinem ganz persönlichen Albtraum.« Lilly blieb am Spielfeldrand stehen und blickte düster über den penibel gepflegten Rasen. Ein paar Mädchen aus unserer Klasse waren bereits auf dem Feld und machten Aufwärmübungen. Ich hätte mich ihnen normalerweise angeschlossen, aber Lilly sah noch nicht so aus, als wäre sie bereit.

»*Eine* Stunde Hockey macht mich schon fertig. Aber *zwei*?«, schnaubte sie und steuerte auf eine leere Bank zu.

»So schlimm wird es bestimmt nicht werden«, sagte ich und beschattete meine Augen mit der Hand. Obwohl es bereits Oktober war, strahlte die Sonne angenehm warm vom wolkenlosen Himmel.

Lustlos ließ Lilly ihre Sporttasche auf die Bank fallen. »Warum kannst du nicht einfach eine andere Gabe haben, June? Wie cool wäre es, wenn du uns jetzt von hier wegteleportieren würdest – oder noch besser: wenn du Avatare erschaffen könntest, die für uns Hockey spielen. Die könnten dann auch das ganze andere lästige Schulzeug machen. Ist doch viel besser, als zu wissen, ob jemand lügt oder die Wahrheit sagt.«

»Pssst«, zischte ich und sah mich rasch um. Glücklicherweise stand niemand in unserer direkten Nähe. Das Sportgelände der King's School war so riesig, dass sich sogar Schüler darauf verliefen. Abgesehen von den beiden nebeneinanderliegenden Feldhockeyplätzen gab es rechts von uns eine Schwimmhalle, um die eine Laufbahn führte, sowie ein Fußballfeld und mehrere Tennis- und Beachvolleyballplätze. »Geht es vielleicht noch etwas lauter?«

Mit schuldbewusstem Gesicht zupfte Lilly einen Grashalm von ihrem steingrauen Hockeytrikot. »Sorry.«

»Schon gut.« Ich fummelte einen Haargummi aus meiner Sporttasche, mit dem ich mir meine Haare zurückband. Dabei atmete ich tief ein und dachte an den ganzen Wahnsinn, der seit meiner Ankunft in Cornwall passiert war. Die Entdeckung meiner Fähigkeit, das Hin und Her mit Blake und Preston und dann auch noch dieser verdammte Fluch. Früher hätte ich alles, was nicht logisch erklärbar war, sofort von mir gewiesen – aber diese Zeiten waren jetzt einfach vorbei.

»Ich habe überlegt, ob ich meinen Bruder auf diesen Lord Musgrave ansetzen soll«, erklärte Lilly dann leise. »Ich meine, wozu hat man sonst einen Polizisten in der Familie, der einen seinen wichtigen Job auch niemals vergessen lässt? Und der noch immer zu Hause wohnt, obwohl er sich schon längst eine eigene Wohnung leisten könnte?«

»Es wäre natürlich cool, wenn er etwas herausfinden könnte«, gab ich ebenso leise zurück. Bislang hatten wir noch nichts Nützliches über den Lord herausgefunden. »Aber was willst du deinem Bruder erzählen? Wieso sollte er für dich den Lord durchleuchten?«

»Ich könnte ihm sagen, dass meine Freundin von dem creepy Lord indirekt bedroht wurde, weil sie eine magische Grüne ist. Eine Grüne, die sich total von einem Blauen angezogen fühlt. Aber ihre Liebe darf nicht sein«, Lillys Stimme bekam eine unheilvolle Note, »weil ein schrecklicher alter Fluch auf ihnen lastet. Sobald sie ihrer Anziehung nachgeben, werden sie …« Mit der flachen Hand machte Lilly eine rasche Bewegung, als würde sie sich selbst die Kehle durchschneiden.

Ich atmete hörbar aus. »Super, jetzt fühle ich mich gleich viel besser.«

»Was denn? Es ist die Wahrheit, und es ist gut, *der Wahrheit ins Auge zu blicken.*« Sie zwinkerte mir zu. Offenbar war sie ziemlich stolz auf ihren Wortwitz.

»Wir wissen doch gar nichts über den Fluch. Wer weiß, wie gefährlich er überhaupt ist«, sagte ich und wünschte, ich könnte mir selbst glauben.

Es war frustrierend. Seit dem *Kings & Queens*-Fest vor einer Woche hatten Lilly und ich versucht, irgendeine Info zu dem Fluch zu bekommen – bisher jedoch ohne Erfolg.

»Genau das ist das Problem, June. Im Grunde wissen wir gar nichts. Keine Ahnung, was ich meinem Bruder erzähle. Vielleicht sage ich ihm, dass ich für ein Referat in der Schule mehr über diesen reichen Lord herausfinden muss. Und dass im Internet nur diese ganzen Lobeshymnen auf ihn zu finden sind. Alle Artikel beteuern, wie gutherzig Lord Musgrave ist, wie viel Pfund er jährlich welchem Kunstprojekt oder Waisenhaus spendet … Ich sage dir, so nett ist keiner.« Sie zog energisch den Reißverschluss ihrer Sporttasche zu. »So nett ist keiner, June, wirklich nicht.«

»Ich hatte auch nicht unbedingt den Eindruck, dass er nett ist.« Bei der Erinnerung an den stechenden Blick des Mannes, der behauptet hatte, dass ein tödlicher Fluch über unseren Familien schwebte, bekam ich noch immer eine Gänsehaut.

Lilly betrachtete mich eindringlich. »Er wird dir doch nichts antun, oder?«

»Nein, das trau ich nicht mal ihm zu.«

»Vielleicht sollten wir dich lieber mit einem Schutzzauber belegen. Nur zur Sicherheit.«

Ich hob eine Augenbraue. »Ist das dein Ernst?«

»Okay Leute, in zehn Minuten geht's los. Fangt schon mal an, euch warm zu machen!«, rief unsere drahtige Sportlehrerin Mrs Peacock in diesem Moment über das Feld und klatschte dabei in die Hände.

Seufzend begann Lilly, ihre Beine zu dehnen. »Meine Granny hat mich gestern angerufen und mir gesagt, dass sie bald von ihrer bewusstseinserweiternden Indienreise zurückkommt. Sie könnte einen Schutzzauber für dich aussprechen.«

Ich beugte mich nach unten und berührte mit den Fingerspitzen den sandigen Boden, um meine Muskeln zu lockern. »Meine Oma kann stricken und Kuchen backen. Und deine spricht Schutzzauber aus?«

Lilly zuckte mit den Schultern, bevor sie widerwillig eine Kniebeuge machte, weil unsere Sportlehrerin zu uns herübersah.

»Wir Bakers waren schon immer besonders«, keuchte sie grinsend. »Manche glauben, dass Granny eine Hexe ist. Vielleicht weiß sie auch etwas über den Fluch. Wir sollten sie auf alle Fälle besuchen, wenn sie wieder da ist. Apropos wieder da sein. Schau mal ganz unauffällig nach rechts.«

Mein Blick wanderte zu der langen Laufbahn, die sich um die Schwimmhalle wand. Eine kleine Gruppe älterer Jungs kam gerade mit ihrem Trainer an. Sofort spürte ich, wie mein Herz schneller zu schlagen begann, als ich Blake unter ihnen entdeckte. Seine dunklen

Haare hingen ihm verschwitzt in die Stirn. Auch die anderen wirkten schon etwas außer Atem, doch der Trainer blies gnadenlos in seine Pfeife und deutete auf den Boden.

»Sieht nach Zirkeltraining aus«, stöhnte Lilly, während die ganze Gruppe Liegestütze machte, bevor der Trainer erneut pfiff und die Jungs auf die Laufbahn schickte. Lilly wandte den Kopf zu mir und betrachtete mich intensiv. »Und das sieht definitiv nach Liebeskummer aus.«

»Blödsinn«, widersprach ich. Seit dem *Kings & Queens*-Fest ging mir Blake derart hartnäckig aus dem Weg, dass ich mich fragte, ob die Rose auf meinem Platz überhaupt von ihm gewesen war. Auf dem Fest hatte ich mir eingebildet, dass er etwas für mich empfand, doch inzwischen war ich mir wirklich nicht mehr sicher.

»Vielleicht glaubt Blake, dass zwischen dir und Preston etwas läuft«, mutmaßte Lilly. »Vielleicht hält er sich deswegen von dir fern. Oder es hat tatsächlich mit dem *Fluch* zu tun.« Lilly betonte das Wort so dramatisch, dass ich schmunzeln musste. Doch dann machte sich wieder ein dunkles Gefühl in mir breit.

»Glaubst du, dass wir uns nur wegen dieses Fluches voneinander angezogen fühlen?« Es war ein eigenartiger Gedanke, aber er begleitete mich schon die ganze Zeit.

Lilly runzelte die Stirn. »Das glaube ich irgendwie nicht. Aber klar, uns fehlen einfach die Infos.« Sie machte eine kurze Pause. »Was ist mit dem Geheimgang? Können wir ihn heute noch einmal unter die Lupe nehmen?«

Ich nickte. »Wilfried hat sich den ganzen Tag freigenommen. Blake ist sowieso nie da und Preston hat Bandprobe, weil er sich auf einen Gig in London vorbereitet.« Ich sah, wie Grayson von Weitem auf uns zu geschlendert kam. »Aber du sagst nichts zu Grayson, versprochen? Blake würde mich umbringen, wenn er wüsste, dass du eingeweiht bist.«

»Und Grayson bringt mich um, wenn er jemals erfährt, dass ich ihn so lange angelogen habe. Zuerst die Sache mit der Kleptomanie und dann das.« Sie stockte kurz. »Immerhin wären wir dann beide tot.«

Grinsend fuhr ich mit meinen Aufwärmübungen fort. »Hast du Grayson gegenüber ein schlechtes Gewissen?«

Lilly pustete sich eine rote Haarsträhne aus dem Gesicht und schüttelte den Kopf. »Seine Kleptomanie-Scherze helfen, dass ich mich ein bisschen weniger schuldig fühle.«

In dem Moment erreichte uns Grayson. »Hallo Ladys. Was für ein herrlicher Tag, um *keinen* Sport zu machen.«

Lilly legte den Kopf leicht schief. »Müsstest du jetzt nicht beim Schwimmen sein?«

»Darling, du weißt doch, dass ich sportlich gesehen mehr der Typ Zuschauer bin«, bemerkte Grayson lakonisch. »Außerdem habe ich es nicht so mit Wasser. Aber wo wir schon beim Thema sind: Der MI6 hat angerufen und gefragt, ob du etwas von Atlantis weißt.«

»Sehr witzig, Grayson. Atlantis ist aber versunken und selbst ich würde es nicht schaffen, eine ganze Stadt zu klauen. Ebenso wenig bin ich für das Verschwinden des Nibelungenschatzes, des Bernsteinzimmers oder diverser wertvoller Gemälde verantwortlich. Und wenn du es genau wissen willst, bin ich schon seit dem Besuch von Junes Freundin Carla klaufrei.«

Grayson zuckte mit den Schultern. »Man wird ja noch mal fragen dürfen.«

Ich lächelte und blickte erneut zu der Laufbahn hinüber. Blake und Preston hatten die erste Runde mit einem Kopf-an-Kopf-

Sprint beendet. Der Trainer stieß einen schrillen Pfiff aus. Offenbar durften sie jetzt kurz Pause machen, denn ich sah, wie sich Preston sein hellgraues T-Shirt über den Kopf zog und sich damit den Schweiß von der Stirn wischte, während Blake – wie immer ganz in Schwarz gekleidet – zu seiner Sporttasche ging und sich eine Flasche Wasser holte.

»Das nenne ich mal ein Sixpack«, seufzte Grayson, der meinem Blick gefolgt war. Die meisten Mädchen auf dem Feld starrten ebenfalls zu Preston. Die straffen Muskeln seines Oberkörpers waren selbst auf die Entfernung gut zu erkennen und sein definierter Waschbrettbauch war wirklich beeindruckend. Als sich Preston lässig die feuchten Haare zurückstrich, spannte sich sein Bizeps auf eine Weise an, dass selbst ich nicht wegsehen konnte.

Ich hörte Lilly neben mir schnauben. Anscheinend wollte sie deutlich machen, dass Prestons Anblick sie als Einzige nicht fesselte.

»Apropos gestählter Körper: Mit welcher Begründung bist du denn heute nicht beim Schwimmen?«, fragte sie Grayson. »Mr Murphy gefällt das sicher nicht, oder? Er guckt doch schon immer ganz böse, wenn er dich sieht.«

Grayson fegte ein unsichtbares Staubkorn von dem Jackett seiner Schuluniform. »Mr Murphy guckt auch böse, wenn er mich nicht sieht. Ich denke, dass das, was du als *böse gucken* bezeichnest, der natürliche Gesichtsausdruck von ihm ist. *Murphy's Law* quasi. Er wacht morgens so auf und schläft abends wieder so ein. Vermutlich ist er schon so auf die Welt gekommen.«

»Klar«, sagte Lilly lächelnd.

»Guckt mal, Grace scheint auch *Murphy's Law* zu folgen.« Grayson nickte in Richtung unserer blonden Mitschülerin, die in dem grauen Schul-Hockey-Outfit eine ziemlich gute Figur machte. Das enge Oberteil betonte ihre schmale Taille und der kurze Rock ließ ihre langen schlanken Beine frei. Grace hielt den Hockeyschläger lässig in einer Hand und sah zu uns herüber. Ihr kühler Blick passte zu ihrer unnahbaren Ausstrahlung. Seit Grayson und Grace zu Schulbeginn auf dem Flur ineinander gerannt waren, konnte er sie nicht leiden – was vor allem mit ihrer unfreundlichen Art zusammenhing.

»So, Ladys. Lasst uns anfangen!«, rief die Trainerin in dem Moment. Ich griff nach meinem Hockeyschläger und ging auf meine Position. Lilly stellte sich in meiner Nähe auf und stöhnte leise, als sie die gegnerische Torwächterin genauer betrachtete. Es war Terry Pattinson, die mit ihrem Brustpanzer, den Beinschonern und dem vergitterten Helm tatsächlich einen furchterregenden Eindruck machte.

»Von der habe ich heute Nacht geträumt«, flüsterte mir Lilly zu.

»Von Terry?«, wisperte ich zurück.

»Ja. Ihr Vater ist Zahnarzt und hat ihren Mundschutz für das Spiel angeblich selbst angefertigt«, zischte Lilly. »Das Ding soll sauteuer gewesen sein und glitzern.«

»Und von dem Mundschutz hast du geträumt?«, fragte ich, während ich mich bereit machte.

Lilly zuckte mit den Schultern. »Für meine Träume kann ich nichts, aber ich will echt nicht wissen, was mir mein Unterbewusstsein damit sagen will. Vielleicht vermisst es meine Diebstähle?«

Ich grinste nur und fing dabei Grace' Blick auf. Als Verteidigerin der gegnerischen Mannschaft wirkte sie mehr als entschlossen, ihr Tor mit allem, was ihr zur Verfügung stand, vor mir zu schützen.

»Aufgepasst, Ladys! Ich sage es noch mal: Hockey ist *kein* Kontaktsport!«, rief Mrs Peacock über den Platz. »Ihr verteidigt den

Ball bitte nur mit dem Schläger, nicht mit eurem Körper! Achtet darauf, oder ihr landet auf der Bank!«

Dann hob sie die Pfeife zum Mund und blies einmal kurz hinein. Ich packte meinen Schläger fester und spürte, wie Adrenalin durch meinen Körper schoss, als das Spiel begann. Mein Körper schaltete auf Automodus, und ich konzentrierte mich nur noch darauf, den Ball ins gegnerische Tor zu bekommen.

Schon in Deutschland hatte ich regelmäßig Hockey gespielt, doch erst seit das ganze Chaos hier ausgebrochen war, wusste ich den Sport so richtig zu schätzen. Auf dem Spielfeld gab es nur den Ball, die anderen Spielerinnen und mich. Es war absolut befreiend, über das kurz geschnittene Gras zu rennen und nicht den ewig gleichen Gedanken nachzuhängen, die sonst nonstop durch meinen Kopf wirbelten. Als mir der Ball zugepasst wurde, dachte ich deshalb auch keine Sekunde nach und trieb ihn einfach nur vorwärts auf das Tor zu. Die Verteidigung wies hier Lücken auf, und ich legte einen Sprint ein, als ich hinter mir einen verärgerten Ruf hörte, der wohl vom Trainer der Jungs stammte. Ohne mich darum zu kümmern, holte ich mit dem Schläger aus, um den Ball an Terry vorbei ins Tor zu pfeffern, als ich plötzlich aus dem Augenwinkel einen Schatten wahrnahm und im nächsten Moment heftig von der Seite gerammt wurde. Ein Schläger fuhr mir zwischen die Beine, und ich knallte in vollem Lauf so heftig auf den Boden, dass mir die Luft aus der Lunge gepresst wurde.

Keuchend lag ich auf der Seite. Für einen Augenblick sah ich nur Sternchen. Das Mädchen, mit dem ich kollidiert war, hielt sich stöhnend den Bauch. Ihre langen blonden Haare waren zu einem französischen Zopf geflochten und glänzten in der Sonne.

Grace.

»Oh Gott, June – ist alles okay?«, hörte ich Lillys Stimme ganz in der Nähe. Ich spürte ihre Hand an der Schulter, während ich mich ächzend auf den Rücken wälzte.

»Sie ist einfach in Grace hineingerannt«, hörte ich Grace' Freundin Brooke sagen und blinzelte gegen die Sonne. Das blasse Mädchen ragte direkt über mir auf, mit ihren schwarzen Haaren und den Sommersprossen auf der Nase.

»Ich habe sie nicht gefoult«, flüsterte ich und versuchte, langsam aufzustehen. Um uns herum hatte sich nun der ganze Sportkurs versammelt, wobei die Aufmerksamkeit von ein paar Mädchen auf die Laufbahn bei der Schwimmhalle gerichtet war. Den Geräuschen nach zu urteilen war dort ein Tumult zwischen zwei Jungs aus Blakes und Prestons Sportgruppe ausgebrochen.

»Doch, du hast sie gefoult, ich hab es genau gesehen«, erwiderte Brooke und blickte mir dabei direkt in die Augen.

Plötzlich hatte ich das Gefühl, die Zeit bliebe stehen. Die Geräusche ringsum verstummten, und die braunen Augen von Grace' Freundin wurden so kalt und starr wie ein geschliffener Kristall. Noch immer presste ich mir eine Hand auf meine schmerzende Seite und sah zu, wie sich das funkelnde Glas mit einem leisen Knirschen auf Brookes ganzem Körper ausbreitete. Die spiegelnden Flächen ersetzten jeden Zentimeter ihrer Kleidung und ihrer langen schwarzen Haare, bis es so aussah, als bestünde Brooke komplett aus buntem Glas. Das Grau ihres Hockeyrocks schien beinahe zu leuchten, während der Blick aus ihren ausdrucksleeren Augen an mir haftete. Im nächsten Moment sah ich, wie sich ein gezackter Riss in den braunen Iris bildete, der sich knirschend über Brookes ganzen Körper ausbreitete, bis sie mit einem lauten Klirren in tausend Stücke zersprang.

Dahinter lauerte eine beklemmende Dunkelheit, die sich wie eine Welle aus tiefer Finsternis über mich ergoss. Die Kraft der Lüge war so stark, dass es mir den Atem abschnürte, aber ich versuchte, mich davon nicht einnehmen zu lassen und mich stattdessen auf meine Umgebung zu konzentrieren. Tausend filigrane Glassplitter schwebten wie ein Schwarm zerbrechlicher Schmetterlinge in Zeitlupe um mich herum. Sie schienen beinahe schwerelos zu sein und funkelten wie zart geschliffene Diamanten. Die Splitter hatten unterschiedliche Formen und ich drehte mich ein wenig, um im größten von ihnen, einem spitzen, etwa zwanzig Zentimeter langen Stück, das Spielfeld zu erkennen. Die Scherbe zeigte die Situation kurz vor meinem Zusammenstoß mit Grace. Darin konnte ich mich selbst erkennen, konnte sehen, wie ich den Pass annahm und auf das Tor zustürmte, während der Glassplitter langsam Richtung Boden sank. Direkt hinter mir lief Brooke – und neben mir befand sich Grace, die von der Seite angeschossen kam und mir mit voller Absicht ihren Schläger zwischen die Beine jagte, damit ich hinfiel. In diesem Moment berührte die grob gezackte Scherbe das Gras. Augenblicklich schlugen auch die anderen funkelnden Splitter mit einem lauten Klirren auf den Boden auf, woraufhin die Zeit wieder ganz normal weiterlief.

»Grace, hat dich June wirklich gefoult?«, wandte sich Mrs Peacock an Grace, die noch immer auf dem Rasen lag.

»Keine Ahnung«, flüsterte diese und richtete sich langsam auf.

»Nein, ich habe dich nicht gefoult«, sagte ich laut. Mein Herz machte einen Satz, als ich sah, dass Blake und Preston gerade den Rand des Spielfeldes erreichten. Preston hatte sich sein T-Shirt wieder angezogen, trotzdem hingen plötzlich alle Blicke an den gut aussehenden Zwillingen, die in ihrer Pause offenbar nichts Besseres zu tun hatten, als hier nach dem Rechten zu sehen.

»Was ist passiert?«, fragte Preston, als sie näher kamen.

»June hat Grace gefoult«, behauptete Brooke, die dafür von Lilly einen Ellbogenrempler bekam.

»Jetzt hör auf, das ständig zu behaupten!«, fauchte sie. »Sie sind einfach nur zusammengestoßen – oder?«

Offenbar waren alle so abgelenkt gewesen, dass niemand gesehen hatte, was wirklich passiert war, deshalb nickte ich nur.

Grace kam gerade schwankend auf die Beine und beugte sich schmerzerfüllt vornüber. »Ich glaube, ich muss zur Krankenstation.« Stöhnend stolperte sie einen Schritt in Blakes Richtung. Mit den zerzausten Haaren, dem dunklen Bartschatten und der verschlossenen Miene wirkte er wie immer ziemlich düster und abweisend – ein Eindruck, der jedoch dadurch zerstört wurde, dass Blake automatisch die Hände ausstreckte, um Grace aufzufangen, falls sie fiel. Obwohl sein Gesicht keine Regung zeigte, erkannte ich doch einen Hauch von Sorge in seinen tiefblauen Augen. Und diese Sorge galt nicht mir. Die Erkenntnis traf mich härter, als mir lieb war.

Grace hielt sich an seinem Unterarm fest und wirkte, als könnte sie sich kaum auf den Beinen halten.

»So schlimm?«, fragte unsere Sportlehrerin besorgt. Ich spürte den anklagenden Blick von Grace' verlogener Freundin auf mir. Verärgert rappelte ich mich auf, obwohl mir die Seite dabei auch verdammt wehtat.

»Ich glaub, ich hab ihren Schläger in den Bauch bekommen«, hauchte Grace, die sich noch immer an Blakes Arm festklammerte, als würden ihr sonst die Beine wegknicken. Ich biss die Zähne zusammen und brauchte meine ganze Selbstbeherrschung, um nichts darauf zu erwidern.

In diesem Moment sah Blake mich an. Sein Gesichtsausdruck ließ nicht erkennen, was er dachte, und ich wünschte mir verzweifelt, dass mir seine Meinung egal sein könnte.

»Kannst du Grace bitte in die Krankenstation begleiten?«, fragte die Lehrerin Blake. Dann klatschte sie in die Hände. »Die anderen spielen weiter.« Sie betrachtete mich streng. »Und du, June, machst erst mal Pause.«

Kapitel 2

»Alles okay bei dir?«, fragte Preston, nachdem ich vom Feld gehumpelt war und mich auf der Wiese in den Schatten gesetzt hatte.

»Klar«, murmelte ich bitter und versuchte, die Schmerzen in meiner Seite genauso zu ignorieren wie den Anblick von Blake und Grace, die gemeinsam auf dem Weg zur Krankenstation waren. Um sie zu stützen, hatte er einen Arm um ihre Taille geschlungen, während sie ihren schlanken Körper an ihn schmiegte. Am liebsten wäre ich den beiden nachgegangen und hätte Grace zur Rede gestellt, aber ich wusste, dass das im Moment überhaupt nichts bringen würde.

»Sieht aber nicht so aus.« Preston ließ sich neben mir im Gras nieder. Obwohl er beim Training geschwitzt hatte, umgab ihn noch immer eine feine Note von dem teuren Männerduft, den er so gerne trug.

»Ich habe Grace nicht gefoult. Ihre Freundin hat gelogen«, erwiderte ich leise und versuchte, eine Position zu finden, bei der es weniger wehtat.

»Brooke?« Preston deutete mit dem Kinn in Brookes Richtung, die sich gerade mit Lilly einen erbitterten Kampf um den Ball lieferte – und leider gewann.

Ich nickte.

»Soll ich mich um sie kümmern?«

Ich schnaubte. »Was willst du tun? Ihr ein Bein stellen?«

Entspannt lehnte er sich zurück und blinzelte in die Sonne. »Ich denke, du weißt genau, was ich meine.«

Ich biss mir auf die Unterlippe und erlag kurz der Versuchung, es mir zumindest vorzustellen. Preston beobachtete Brooke in der Zwischenzeit so unbeteiligt, als würde er nur das Spiel verfolgen. Doch ich wusste, dass er die Macht hatte, sie wahrscheinlich alles sagen zu lassen, was er wollte.

»Das würdest du tun?«

Er zuckte mit den Schultern. »Es wäre nicht das erste Mal.«

»Aber fändest du es in Ordnung? Ich meine, findest du es okay, deine Gabe für so etwas einzusetzen?«

Preston beugte sich mit einem verführerischen Lächeln zu mir. »Es macht zumindest sehr viel Spaß. Aber wenn du das nicht möchtest, kann ich ihr natürlich auch ein Bein stellen.« Er grinste mich an, auf diese umwerfende Art, mit der er alle Mädchen um den Verstand brachte.

Ich musste lachen. »Du bist ein wahrer Held.«

»Ich würde sie auch schubsen, wenn dich das glücklich macht. Oder an den Haaren ziehen.« Preston senkte die Stimme. »Das waren meine leichtesten Übungen in der Sandkastenzeit.«

Ich hob eine Augenbraue. »Das hast du also mit den Mädchen gemacht.«

»Damals«, bemerkte Preston trocken. »Heute mache ich mit ihnen natürlich andere Dinge.« Er lächelte mich schief an.

Ich gab ihm einen Klaps auf die Schulter. »Du bist furchtbar.«

»Vielleicht. Aber ich könnte Brooke dazu bringen, von ihren akut juckenden Läusen zu berichten.«

Gegen meinen Willen musste ich lachen. »Wow. So ein verlockendes Angebot habe ich bisher noch von niemandem bekommen.«

Preston blickte mich intensiv an, und ich hatte für einen Moment das Gefühl, in seinen blauen Augen zu versinken. »Nun, außer mir gibt es ja auch niemanden, der dazu imstande wäre.«

Die absolute Selbstverständlichkeit, mit der Preston diese Tatsache feststellte, machte mir wieder einmal bewusst, über welche Macht er eigentlich verfügte. Fasziniert starrte ich in seine dunklen Pupillen und wusste nicht, ob ich mich von seiner Gabe angezogen oder abgestoßen fühlen sollte.

Da erklang ein warnender Pfiff von Mrs Peacock, weil ein paar Mädchen auf dem Spielfeld Preston mehr Aufmerksamkeit widmeten als dem Ball.

»Wie geht es dir eigentlich mit deiner Fähigkeit?«, fragte Preston. »Hast du dich an sie gewöhnt?«

Ich spürte, wie der Wind an meinen langen Haaren zupfte, und strich mir mit dem Handrücken eine Strähne aus dem Gesicht. »Ich denke schon. Obwohl es trotzdem manchmal noch ziemlich seltsam ist. Ab und zu stelle ich mir die Frage, was passiert wäre, wenn ich den Steinkreis nicht berührt hätte.«

Preston sah kurz zu seinem Trainer hinüber, der den Jungs offensichtlich noch ein paar Minuten Pause gönnte. »Das bringt nichts.«

»Was genau?«

»Sich die Frage zu stellen. Es ist völlig egal, was vielleicht passiert wäre, denn es ist nun mal passiert. Und es ist gut, dass es passiert ist.«

Ich atmete tief ein. »Habt ihr eigentlich je versucht, herauszufinden, woher eure Gabe kommt?«

»Klar«, sagte Preston schulterzuckend. »Allerdings waren wir dabei nicht besonders erfolgreich.«

»Aber ihr seid hier aufgewachsen. Gibt es gar keine Geschichten, die zu unseren … Fähigkeiten passen? Gar keine Anhaltspunkte?«

Preston seufzte. »Nein, June. Wir wissen genauso viel wie du. Blake wollte sich damit anfangs nicht abfinden, aber ich habe relativ schnell akzeptiert, dass es ist, wie es ist.« Er machte eine kurze Pause. »Es hat keinen Sinn, mit etwas zu hadern, was sich nicht ändern lässt.«

Ich senkte den Blick auf den Rasen und begann nachdenklich ein paar Grashalme auszuzupfen. »Vielleicht hast du recht.«

»Natürlich habe ich recht. Und wenn du in der Lage wärst, deine Gabe bei mir einzusetzen, dann wüsstest du, dass ich die Wahrheit sage.«

Bei seinem selbstbewussten Grinsen schüttelte ich nur den Kopf.

»Wie erkennst du eigentlich, ob jemand lügt oder die Wahrheit sagt?«, fuhr Preston interessiert fort. »Wie genau läuft das bei dir so ab?«

Kaum hatte er die Frage gestellt, flatterte ein Schmetterling vorbei, der mich an die vielen Tausend Kristallsplitter vorhin auf dem Feld erinnerte.

»Ich sehe es in ihren Augen«, erwiderte ich gedämpft. »Plötzlich steht die Welt still und der Mensch, den ich ansehe, verwandelt sich in eine leuchtende Kristallfigur. Sobald seine Augen und sein Körper zerspringen, sehe ich, was wirklich passiert ist. Während die Lüge dunkel ist, wird die Wahrheit von einem funkelnden Licht begleitet.«

Preston sah mich ungläubig an. »Du siehst zerspringende Kristallmenschen? Das ist ja fast wie in einem Horrorfilm.«

»Es ist aber nicht gruselig, zumindest inzwischen nicht mehr. Wie ist es bei dir?«

Er stützte seine Arme auf den Knien ab und beobachtete das Spiel der Mädchenhockeymannschaft. »Ich muss der Person nahe sein und brauche Blickkontakt, um ihr meine Gedanken einzuflüstern. Am Anfang lief es eher stockend und hat nicht immer das Ergebnis hervorgebracht, das ich wollte. Ein paar Mal habe ich auch versucht, die Leute zur Wahrheit zu bewegen, aber das funktioniert tatsächlich nicht, ich kann sie nur zum Lügen bringen. Mittlerweile klappt das aber ganz gut, und zum Glück vergessen sie, was sie gesagt haben.«

»Sie vergessen einfach, was sie gesagt haben? Komplett?«

»Yep. Bei einer kleinen Lüge ist es nicht schlimm, da wirken die Leute bloß ein wenig abwesend. Wenn ich sie jedoch länger und heftiger lügen lasse, haben sie eine Art Blackout.«

»Und wie ist es bei Blake? Vergessen die Menschen es auch, wenn er sie dazu gebracht hat, die Wahrheit zu sagen?«

Bei der Erwähnung seines Bruders verdüsterten sich Prestons Züge schlagartig. »Keine Ahnung. Das musst du ihn schon selbst fragen.«

Da Blake mir ziemlich hartnäckig aus dem Weg ging, würde ich wohl nicht so schnell dazu kommen. Dennoch nickte ich.

»Hast du eigentlich das Gefühl, dass sich deine Gabe noch weiterentwickelt?«, fragte ich dann.

»Absolut. Ich denke, da ist noch viel mehr drin.«

»Und was?«

Ein Funkeln schlich sich in seine Augen. »Zum Beispiel, dass ich fliegen oder mich unsichtbar machen kann.« An seinem Tonfall konnte ich erkennen, dass er mich nur verarschte.

»Das wäre cool. Dann könntest du dich zum Beispiel gleich jetzt unsichtbar machen.«

»Dann würdest du aber einiges verpassen«, bemerkte Preston spöttisch.

»Ich würde es überleben«, gab ich schmunzelnd zurück. Da bemerkte ich, dass erneut ein paar Mädchen aus dem Hockeyteam zu uns rüber starrten. Doch diesmal zeigte ihr Gesichtsausdruck nicht nur Interesse an Preston, sondern auch ein gewisses Maß an Eifersucht.

Bevor ich zu lange darüber nachdenken konnte, sprach Preston schon weiter.

»Weißt du, was wirklich cool wäre, June?«

»Was denn?«

»Gezielt Lügen in den Kopf eines Menschen zu pflanzen und damit seine Erinnerungen für immer zu verändern. Stell dir das mal vor: Man könnte die Erinnerungen an schlimme Erlebnisse einfach abändern, damit sie die Menschen im Hier und Jetzt nicht mehr quälen.«

»Wow. Das ist ja schon fast uneigennützig, Preston«, sagte ich leicht überrascht. »Was würdest du denn aus deiner Vergangenheit abändern wollen?«

Er wich meinem Blick aus. »Ich? Nicht viel«, erklärte er, aber das kaufte ich ihm nicht ab. »Wenn ich so nachdenke, fällt mir hier nur Blakes Geburt ein.« Sein Grinsen vertiefte sich. »Spannend wäre es natürlich auch, mehrere Menschen gleichzeitig zur Lüge bewegen zu können.«

Ich legte den Kopf leicht schief. »Und was hättest du davon?«

»Ein komplett sorgenfreies Leben. Überleg mal, welche Möglichkeiten dir zu Füßen lägen, wenn du alle Leute in deinem Umfeld auf einmal dazu bringen könntest, für dich zu lügen. Dir würde eine ganz neue Welt offenstehen.«

»Das ist ein sehr schräger Gedanke, Preston.«

Er lachte leise. »Okay, vielleicht hast du recht. Aber es hätte auch seinen Reiz.«

»Für einen Berufsverbrecher ganz sicherlich«, gab ich trocken zurück. »Glaubst du denn, dass Lord Musgrave solche Kräfte hat?«, fragte ich aus einem Impuls heraus. Bei der Vorstellung, dass Lord Musgrave über diese Macht verfügte, wurde mir ganz anders.

Preston schnaubte leise. »Ich glaube, dass es sich bei Lord Musgrave um einen reichen Sack handelt, der gerne Gruselgeschichten erzählt. Ich weiß, er ist mein Onkel, aber der Typ hat sie nicht mehr alle. Du solltest echt nichts auf diesen bescheuerten Fluch geben, June.«

»Wer sagt dir denn, dass ich das tue?«

Preston streckte seufzend seine langen Beine im Gras aus. »Ich sehe dir doch an, dass es dich die ganze Zeit beschäftigt.«

»Ich wüsste einfach gern mehr über den Fluch«, erwiderte ich eine Spur defensiver. »Blake denkt ja offenbar auch, dass er gefährlich ist.«

»Blake ist paranoid. Seit Riley tot ist, sieht er in allem und jedem eine Bedrohung. Er würde schon ausrasten, wenn er nur wüsste, dass ich mich mit dir über Musgrave unterhalte.«

»Hast du denn noch nie darüber nachgedacht, dass Rileys Tod etwas mit dem Fluch zu tun haben könnte?« Der Gedanke war mir zum ersten Mal in der Bibliothek gekommen, als Lord Musgrave Blake und Preston von den Grünen und Blauen erzählt hatte.

»Rileys Tod war ein Unfall, June. Kein Fluch«, bemerkte Preston etwas ernster. In dem Moment pfiff sein Trainer und erklärte die Pause damit für beendet.

Preston stand auf. »Dreh bitte wegen dieser Fluchsache nicht durch. Blake hat die ganze letzte Woche versucht, ein Treffen mit Musgrave zu arrangieren, um ihm noch mal auf den Zahn zu fühlen. Nur leider ist der bei irgendeiner Kunstauktion in Italien und für seine Neffen nicht verfügbar. Ich meine, sagt das nicht schon alles? Der Kerl denkt jahrelang, dass wir tot sind – und jetzt, wo er ein Stück seiner Familie wiedergewonnen hat, kümmert er sich einen Dreck um uns. Auf so einen Typen kann ich echt gut verzichten.« Er nickte mir zu. »Und das solltest du auch tun, June.«

Kapitel 3

»Ich habe mich noch immer nicht daran gewöhnt, dass du wie eine Prinzessin wohnst.« Lilly ging zu meinem weichen Himmelbett mit den vielen Polstern, das über einen spitzenbesetzten Baldachin aus cremefarbenem Stoff verfügte. Jeder ihrer Schritte wurde von dem hellen Teppich gedämpft, der den Raum zusammen mit den tapezierten Wänden und den bequemen Polstermöbeln in eine behagliche Oase des Wohlbefindens verwandelte.

»Also für mich ist es schon total normal«, erwiderte ich grinsend, woraufhin Lilly mich tadelnd ansah. Dann schüttete sie den Inhalt ihres grünen Rucksacks etwas nachdrücklicher als notwendig auf die bestickte Tagesdecke.

Ich lümmelte mich aufs Bett und nahm Lillys Ausrüstung interessiert in Augenschein. Dabei entdeckte ich zwei Taschenlampen, zwei Walkie-Talkies, ein Seil und eine Dose Pfefferspray.

»Und wofür brauchen wir das?«, fragte ich und griff nach einem Brecheisen, das zwischen dem ganzen Zeug auf der Decke lag.

Lilly ging zu meiner Frisierkommode und setzte sich schulterzuckend auf den gepolsterten Hocker davor. »Es kann doch sein, dass wir in dem Geheimgang eine Tür aufbrechen müssen. Oder eine verschlossene Truhe, wer weiß?«

»Und das Seil?«, hakte ich nach. »Denkst du, wir müssen uns auch irgendwo abseilen?«

»Ich bin eben gerne vorbereitet.« Sie drehte sich auf dem Hocker herum, um durch die hohen Fenster in den Garten zu blicken. »Bist du dir sicher, dass uns heute niemand in die Quere kommt? Dass euer übergenauer Butler nicht doch noch plötzlich auftaucht?«

Ich nickte, während ich gleichzeitig die Musik von NEBEN ein wenig leiser stellte. »Ich bin ganz sicher. Wilfried ist nicht da, Mary und Betty sind in der Küche beschäftigt, Preston hat wie gesagt Bandprobe und Blake ist sowieso die ganze Zeit unterwegs – die sollten also kein Problem sein. Und mein Onkel ist auf einer Geschäftsreise.«

»Okay«, sagte Lilly, die noch immer aus dem Fenster starrte. »Und was ist mit dem gruseligen gebückten Gärtner da unten?« Sie deutete nach draußen, wo ich Joseph zwischen den Rosenbüschen entdeckte. Er hatte eine blaue Schubkarre neben sich stehen, in der eine Menge Grünschnitt und abgeschnittene Zweige lagen. »Der wird hoffentlich auch nicht mit der Heckenschere auf uns losgehen, wenn er uns erwischt.«

»Joseph?«, fragte ich ungläubig. »Nein, das kann ich mir nicht vorstellen.«

»Kannst du es dir nicht vorstellen oder willst du es dir nicht vorstellen?«

»Du liest zu viele Krimis, Lilly.«

»Irgendwann wirst du mir dafür noch danken«, entgegnete sie und stand auf, um die Sachen wieder in ihren Rucksack zu stopfen. Dann grinste sie. »Und jetzt lass uns den verdammten Tunnel erforschen und endlich etwas Licht in die Dunkelheit bringen.«

»Hier ist es«, sagte ich, als wir wenig später in der Bibliothek standen, und drückte gegen eines der glänzenden Nussbaumregale, bis in einiger Entfernung ein leises Klicken ertönte. Aus der Küche war Bettys Stimme zu hören, die anscheinend gerade mit ihrer schwerhörigen Mutter telefonierte und nicht den Eindruck machte, als würde sie auf die Idee kommen, später noch nach uns zu sehen.

»Mist, ich bin total nervös«, murmelte Lilly und nahm die meterhohen Regale der Bibliothek in Augenschein. Eine schmale Wendeltreppe führte hoch zu einer umlaufenden Galerie, in der noch mehr Bücher zu finden waren.

»Du musst jetzt aber nicht schon wieder auf die Toilette, oder? Laut Statistik geht ein normaler Mensch nur sechsmal am Tag aufs Klo, Lilly. Und du warst schon dreimal, seit du hier bist.« Ich ging an den holzvertäfelten Wänden vorbei zu dem leicht hervorstehenden Regal, das den Weg zum Geheimgang versperrte.

»Ich werd's mir verkneifen. Zumindest versuche ich das«, sagte sie. Dann warf sie einen schnellen Blick über die Schulter und half mir, das hervorstehende Regal aufzuziehen. Lautlos schwang es zur Seite und gab den Weg in den dunklen Korridor frei, den ich erst einmal betreten hatte.

»Das ist echt wie im Film«, flüsterte Lilly und schaltete ihre Taschenlampe ein. Nacheinander betraten wir den schmalen Gang. Ich drehte mich noch einmal um und zog sanft an dem Regal, damit man von außen nicht gleich sehen konnte, dass es hier einen geheimen Korridor gab. Ich wollte die Tür nur anlehnen, doch stattdessen fiel sie mit einem leisen Klicken ins Schloss.

»Oh nein«, keuchte ich. Obwohl ich mit meinem ganzen Gewicht gegen die Tür drückte, bewegte sie sich keinen Millimeter.

»Was ist?« Lilly leuchtete mir direkt ins Gesicht.

»Ich krieg die verdammte Tür nicht mehr auf«, erklärte ich blinzelnd und stemmte mich erneut mit aller Kraft gegen die glatte Rückwand des Regals, jedoch ohne Erfolg.

»Die Tür ist eingerastet?«, fragte Lilly in einer etwas höheren Tonlage.

Mit einem leisen Fluch gab ich auf. »Es ist sinnlos.«

»Und hier gibt es nirgendwo eine Türklinke oder so?«

Ungläubig drehte ich mich zu Lilly um. »Denkst du wirklich, ich würde dann versuchen, die Tür mit meinem Körpergewicht aufzubekommen?«

»Sorry«, murmelte sie. »Lass uns einfach einen anderen Weg hinausfinden und hier keine Zeit mehr verplempern, okay?«

»Gute Idee«, sagte ich und atmete tief ein. Die Luft roch kühl und modrig und erinnerte mich an unseren Keller in Deutschland. Die Wände waren aus grob behauenem Stein und strahlten eine feuchte Kälte aus, die auch in eine Grabkammer gepasst hätte. Ich schaltete ebenfalls meine Taschenlampe ein, bevor ich mich gemeinsam mit Lilly in Bewegung setzte, um dem zuckenden Strahl unserer Lampen zu folgen.

»Wie weit bist du letztes Mal gekommen?«, fragte Lilly nach ungefähr einer Minute. Der Korridor, in dem wir uns befanden, war ziemlich lang und so schmal, dass ich hinter ihr laufen musste.

»Ich bin bei der ersten Abzweigung nach rechts gegangen. Dann habe ich an einem Haken an der Wand einen grünen Umhang entdeckt. So viel also zu den Spukgeschichten über Green Manor.«

Meine Worte vermischten sich mit dem leisen Hall unserer Schritte auf dem Steinfußboden. Plötzlich fuhr Lilly herum, als irgendwo hinter uns ein leises Knallen zu hören war, als ob jemand eine Tür zugeschlagen hätte.

»Hoffentlich war das nicht die Köchin, die uns gerade sucht«, flüsterte sie.

»Wieso sollte uns Betty denn suchen und dabei türenknallend durchs Haus rennen?«

Lilly hielt sich die Taschenlampe unters Kinn und sah dabei wirklich gruselig aus. Nur ein Teil ihres Gesichts lag im Licht, der Rest versank im Schatten. Sie lächelte dämonisch. »Ich weiß es doch auch nicht. Vielleicht war es ja auch der Gärtner mit seinen Heckenscheren.«

»Lass das«, wisperte ich. »Du willst mir nur Angst machen.«

»Funktioniert es denn?« Lillys Augen weiteten sich, und sie gab einen krächzenden Laut von sich. »*June, der Fluch. Er wird uns alle treffen.*«

»Es funktioniert *nicht*«, sagte ich und schob ihre Hand bestimmt zur Seite, sodass der Lichtkegel Lilly nicht mehr ganz so schaurig aussehen ließ. Da nahm ich eine verstohlene Bewegung hinter ihr wahr und spürte, wie mein Herz vor Schreck einen Schlag aussetzte.

»Was hast du?« Lillys Stimme hallte viel zu laut durch den nachtschwarzen Korridor. Ohne ein Wort zu sagen, legte ich den Zeigefinger auf die Lippen und starrte in die Dunkelheit. Der Gang führte noch ein paar Schritte weiter geradeaus, bis sich der Weg gabelte. Mit angehaltenem Atem lauschte ich in die stille Finsternis, die nur vom zitternden Schein unserer Lampen durchbrochen wurde. Mein Herz klopfte mir bis zum Hals und übertönte jeden klaren Gedanken. Ich hätte schwören können, dass ich etwas hinter Lilly gesehen hatte.

»Okay. Falls das jetzt dein mickriger Versuch ist, mir Angst zu machen, kann ich dir nur sagen, dass ich weitaus Schlimmeres von meinen Brüdern …«

In diesem Moment streifte der Lichtkegel meiner Taschenlampe eine dunkle Gestalt in der Mitte der Gabelung. Sie stand völlig reglos und mit gesenktem Kopf in dem Gang. Durch ihre schwarze Kapuzenjacke war ihr Gesicht nicht zu erkennen, aber ihre Haltung wirkte ganz und gar nicht freundlich. Mit einem erstickten Aufschrei taumelte Lilly zurück und knallte mit dem Rücken so fest gegen mich, dass mir die Taschenlampe aus der Hand fiel. Gleichzeitig wurde ich von einem gleißend hellen Lichtstrahl dermaßen stark geblendet, dass ich nichts mehr sehen konnte.

Keuchend hob ich die Hand vors Gesicht und blinzelte in die schmerzende Helligkeit, die offenbar von der Taschenlampe der Gestalt ausging.

Plötzlich wurde es wieder stockfinster. Mit tränenden Augen bückte ich mich nach meiner Taschenlampe, während die Gestalt einen Schritt zur Seite machte und lautlos in einem der Gänge verschwand.

»Oh mein Gott. Wer war das?«, stieß Lilly zitternd hervor.

»Ich weiß es nicht«, flüsterte ich ebenso erschrocken. Mein trommelndes Herz kam meinen rasenden Gedanken kaum hinterher. Die Gestalt war groß, aber auch sehr schlank gewesen, sodass ich Blake und Preston allein von der Statur her ausschließen konnte. Dass irgendein Angestellter von Green Manor hier unten herumschlich, kam mir ebenso absurd vor. Aber wer wusste noch von dem Geheimgang? Konnte Lord Musgrave irgendwie Wind davon bekommen haben? Der Gedanke ergab keinen Sinn, dennoch spürte ich, wie sich mein Magen zu einem harten Klumpen zusammenzog.

»Hast du gesehen, wohin er oder sie verschwunden ist?«, hauchte Lilly und machte einen zögernden Schritt Richtung Weggabelung.

Der Strahl ihrer Taschenlampe zuckte dabei nervös über die rauen Wände.

»Ich glaube nach rechts«, flüsterte ich zurück. »Willst du der Gestalt folgen?«

»Natürlich. Komm, wir müssen uns beeilen, damit sie uns nicht entwischt.«

Wir beschleunigten unsere Schritte und begannen zu laufen, so schnell wir das in der Dunkelheit konnten. Mein Herzschlag dröhnte in meinen Ohren und mein Atem ging stoßweise, als der Weg plötzlich anstieg und die Luft ein wenig frischer roch. Schon bald erreichten wir eine weitere Weggabelung.

Lilly stöhnte. »Verdammt. Links oder rechts?«

»Rechts«, sagte ich, nur um schnell eine Entscheidung zu treffen. Aber auch im nächsten Korridor war von der Gestalt weit und breit nichts zu sehen.

»Ich brauche eine kurze Pause«, japste Lilly, die sich auf ihren Knien abstützte. »Mann, er oder sie ist uns entkommen.«

»Wer, glaubst du, war es?«

»Keine Ahnung. Aber ich vermute, dass es nicht die grüne Lady war, die eine Kapuzenjacke trägt und Leuten mit einer Hochleistungs-LED-Lampe ins Gesicht leuchtet. Lass uns weitergehen.«

»Es ist alles zu verwinkelt«, sagte ich, als der Gang plötzlich einen Knick machte und an einer steinernen Wand endete. Ich leuchtete stirnrunzelnd mit meiner Taschenlampe darüber. Die Luft war hier deutlich frischer, sodass es eine versteckte Öffnung geben musste.

Im nächsten Moment entdeckte ich einen schmalen Spalt in der Mauer. »Sieh mal. Das ist keine Wand, das ist eine Tür!«

Lilly stellte sich neben mich. »Hier ist ein hervorstehender Stein.«

Sie beugte sich nach vorn und drückte gegen die rechteckige Erhebung. Gleichzeitig erklang ein leises Knirschen, mit dem sich die Tür vor uns ein Stück bewegte.

»Lilly, du bist genial«, wisperte ich und steckte meine Finger in den Spalt, um den geheimen Ausgang weiter zu öffnen.

Helles Tageslicht drang von draußen herein. Geblendet kniff ich die Augen zusammen, während ich mich mit Lilly durch den schmalen Spalt hinaus in den Garten quetschte und automatisch tief Luft holte. Es tat verdammt gut, den dunklen Korridor hinter uns zu lassen. Direkt vor uns befand sich eine schmiedeeiserne Gartenbank, dahinter erstreckte sich ein von hohen Ziersträuchern flankierter Weg. Als ich mich umdrehte und die steinerne Mauer betrachtete, die nun einen Spaltbreit geöffnet war, verstand ich, warum mir der Platz so bekannt vorkam.

»Hier war ich schon mal.« Ich erinnerte mich an die Nacht, in der ich der grün gekleideten Gestalt durch den Garten gefolgt war. »Genau an dieser Stelle ist die Person mit dem grünen Umhang verschwunden. Ich wusste, dass ich sie mir nicht eingebildet habe.«

Lilly hob eine Augenbraue. »Meinst du, die Gestalt im grünen Umhang und die Gestalt mit der schwarzen Kapuzenjacke sind doch ein und dieselbe Person?«

»Keine Ahnung.« Obwohl der Gedanke naheliegend war, passte er nicht ganz, da der grüne Umhang, den ich bei meinem letzten Besuch im Geheimgang gefunden hatte, schwach nach Prestons Parfüm gerochen hatte. Konnte es sein, dass wir heute womöglich einem von Prestons Freunden begegnet waren? Vielleicht machten sich seine Kumpels gemeinsam mit Preston einen Spaß daraus, die Legende von Green Manor am Leben zu erhalten?

In diesem Moment war Josephs Pfeifen hinter der Hecke zu hören. Erschrocken wich Lilly einen Schritt zurück und stieß dabei gegen die offen stehende Geheimtür, die sich mit einem leisen Knirschen schloss und nun wieder mit der Mauer abschloss.

»Verdammt, sie ist zu«, flüsterte ich und fuhr mit den Fingerspitzen die Kanten ab.

»Tut mir leid. Das war keine Absicht.« Lilly warf einen schnellen Blick über die Schulter. Josephs Pfeifen kam immer näher und ich zog Lilly rasch vor die Bank und bedeutete ihr, die Taschenlampen in ihrem Rucksack verschwinden zu lassen. Wir waren gerade damit fertig, als Joseph um die Ecke bog. Der alte Mann trug einen Strohhut und schob eine Schubkarre vor sich her, in der er den Grünschnitt der Hecken transportierte. Oben drauf lag eine große Heckenschere, deren Schneidblätter in der Sonne funkelten. Als der gebückte Gärtner Lilly und mich am Ende des Weges stehen sah, hörte er abrupt zu pfeifen auf und zog misstrauisch die Augenbrauen zusammen.

»Wie sind Sie denn hierhergekommen?«

»Zu Fuß«, reagierte Lilly schnell. »June hat mir den Garten gezeigt, und er ist wirklich wunderschön. Sie kümmern sich offenbar gut um alles.«

Der Alte hustete und stellte die Schubkarre ab. »Aye, man tut, was man kann.« Sein Husten wurde immer schlimmer und ich wechselte einen besorgten Blick mit Lilly, als Joseph sich gegen die Brust klopfte und dabei ganz rot im Gesicht wurde.

»Soll ich Ihnen etwas zu trinken bringen?«, fragte ich alarmiert, da ich Sorge hatte, dass Joseph uns hier einfach umkippen würde.

Röchelnd schüttelte der alte Gärtner den Kopf. »Nein, es geht schon wieder. Das verdammte Rauchen … Ich hätte nie damit anfangen sollen.«

»Warum hören Sie dann nicht damit auf?«, wollte Lilly wissen.

Joseph hustete ein letztes Mal und spuckte dann aus. »Hab ich doch«, murrte der Alte dann. »Aber der Husten wird nicht besser, den werde ich irgendwie nicht los.«

Angewidert wandte ich den Blick von dem Schleim ab, während Lilly sich unter einer Biene wegduckte, die ihre glänzenden roten Haare offenbar mit einer Blüte verwechselt hatte.

»Haben Sie schon damals geraucht, als Sie bei Lord Musgrave gearbeitet haben?«, fragte Lilly unvermittelt.

»Damals hab ich damit angefangen«, murmelte der alte Gärtner und kratzte sich unter seinem Sonnenhut am Kopf. »Woher wissen Sie, dass ich beim Lord gearbeitet hab?«

»Recherche«, erwiderte Lilly wie aus der Pistole geschossen. In Wahrheit hatte ich ihr von dem belauschten Gespräch zwischen Blake und Joseph erzählt. »Wir sollen für Geschichte ein Referat zum Thema *Die Schattenseiten des Adels* halten. Junes Onkel hat uns erzählt, dass Sie bei einem echten Lord angestellt waren.«

Joseph schnaubte und wischte sich seine schwieligen Hände an der Arbeitshose ab. »Scheinen sich gerade viele für den Lord zu interessieren.«

In diesem Moment vermischte sich das leise Vibrieren meines Handys mit dem sanften Vogelgezwitscher ringsum. Es war Carla, die seit ihrer Abreise aus Cornwall schon mehrmals versucht hatte, mit mir Kontakt aufzunehmen. Aber ich war noch nicht so weit und wollte mich auch nicht unter Druck setzen lassen, deswegen schaltete ich mein Handy auf stumm.

»Er ist ja auch ein interessanter Mann«, erwiderte Lilly lächelnd. »Es wäre großartig, wenn Sie uns etwas über die dunklen Seiten des Lords verraten könnten.«

Joseph schüttelte abwehrend den Kopf. »Kann ich aber nicht.«

»Ach, als Gärtner bekommt man doch so einiges mit«, entgegnete Lilly hartnäckig und machte einen Schritt auf Joseph zu.

»Der Lord ist ein Mann, der genau weiß, was er will. Auch wenn die Arbeit bei ihm anstrengend war, war er trotzdem immer fair. Mehr gibt's nicht zu erzählen«, erwiderte Joseph stur.

»Und wie hat sich diese Fairness geäußert?«, fragte ich, da ich Lord Musgrave eher hart eingeschätzt hätte.

Joseph kniff die Augen zusammen. »Immerhin hat er uns anständig bezahlt. Und das eine Mal, als der junge Chester was vom guten Silber hat mitgehen lassen, hat er ihn nicht gleich auf die Straße gesetzt, sondern ihm sogar geholfen.«

»Der junge Chester? Wer war das?«, fragte Lilly neugierig.

Der Gärtner schob sich seufzend seinen Sonnenhut zurück. »Ein Taugenichts. Ich hab gleich gewusst, dass mit dem irgendwas nicht stimmt. Der Typ hat wie ein Schlot geraucht, diese schrecklichen Vanilla Clouds, und ständig Kaugummi gekaut, als ob man es dann nicht riechen würde.« Joseph spuckte ein zweites Mal aus. »Überall haben diese pinkfarbenen Kaugummiverpackungen rumgelegen. Außerdem hat er für Geld alles gemacht und es dann versoffen oder verspielt. Aber der Lord hat ihn trotzdem nicht rausgeschmissen.« Joseph hustete. »Lord Musgrave war zwar nicht der Sympathischste, dafür aber immer gerecht. Jetzt muss ich mich aber um meine Hecken kümmern.« Mit diesen Worten packte der alte Gärtner die Griffe der Schubkarre und wendete auf dem schmalen Weg. Offenbar hatte er nicht vor, seine Hecken zu stutzen, wenn wir ihm dabei zusahen.

Als er außer Sicht war, atmete Lilly tief durch. »Gut, allzu viel haben wir nicht herausgefunden. Aber wir stehen ja erst am Anfang.«

Ich nickte und betrachtete die steinerne Mauer, hinter der der Geheimgang lag. »Und deshalb sollten wir da noch mal rein, oder?«

»Auf alle Fälle. Wer weiß, wohin uns der Geheimgang noch bringt.«

Schmunzelnd betastete ich die Steine. »Du wärst eine gute Detektivin. Das erfundene Referat zum Thema *Die Schattenseiten des Adels* fand ich ziemlich überzeugend. Hast du das vorbereitetet oder ist dir das spontan eingefallen?«

»Spontan. Da macht sich meine Kleptomanie bemerkbar«, erwiderte Lilly trocken. »Schließlich musste ich da öfter spontan sein – meine Krankheit hatte also nicht nur Nachteile.«

»Und dein Therapeut sagt, dass du jetzt geheilt bist?«

Lilly stellte sich neben mich und grinste. »Aktuell sieht es zumindest ganz gut aus.«

»Grayson wird dich trotzdem ein Leben lang damit aufziehen.«

»Ich weiß.«

Meine Finger glitten weiter über die Mauer, bis ich einen Stein entdeckte, der ein Stückchen hervorstand. »Hier, Lilly. Schau!«, flüsterte ich aufgeregt und drückte sanft dagegen. Im nächsten Augenblick schwang die Geheimtür knirschend auf.

»Genial.« Lilly grinste mich an. »Wir sind echt ein super Team«, fügte sie hinzu, bevor wir unsere Taschenlampen aus dem Rucksack zogen und zurück in den Geheimgang traten. Das ungute Gefühl, das sich dabei in meiner Brust breitmachte, schob ich mit Gewalt zur Seite. Wer auch immer uns hier unten begegnet war, hätte wesentlich mehr tun können, als uns nur mit seiner Lampe zu blenden. Lilly wurde ebenfalls etwas stiller, als die Geheimtür hinter uns zufiel und den sonnigen Garten aussperrte.

»In dem Team wäre ich Sherlock Holmes«, murmelte sie nach ein paar Schritten. »Wenn ich so darüber nachdenke, glaube ich nämlich, dass Joseph uns mehr gesagt hat, als ihm selbst klar war.«

Nachdenklich richtete ich meinen Lichtkegel auf den leicht abschüssigen Steinboden vor uns, von dem unsere Schritte widerhallten. »Wie kommst du darauf?«

Lilly wich fluchend einem riesigen Spinnennetz aus, das von der leicht gewölbten Decke hing, und fuhr sich hektisch durch ihre Haare, bevor sie sich wieder fasste.

»Du musst zwischen den Zeilen lesen, June. Joseph sagte, dieser gruselige Lord war immer fair zu allen – das glaube ich nie im Leben. Schon allein die Geschichte mit diesem Chester war komisch. Da steckt sicher mehr dahinter. Leute, die so großzügig sind, haben doch oft was zu verbergen. Und hat Joseph Blake nicht erzählt, dass Lord Musgrave ein Kontrollfreak war?«

»Stimmt. Das wollte er offenbar vor uns nicht preisgeben.« Wir hatten wieder die Gabelung von vorhin erreicht und folgten nun dem anderen Korridor. Vor uns kreuzte ein weiterer Gang den Weg, auf dem wir uns befanden. Er war genauso schmal und schien links nach ein paar Schritten in einer Sackgasse zu enden, während sich der Weg rechts in einem weiten Bogen in der Dunkelheit verlor.

»Glaubst du, dass dieses tote Ende hier in Wirklichkeit auch ein geheimer Ausgang ist?« Lilly rieb sich fröstelnd über die Arme und ging ein paar Schritte in den linken Gang hinein. Von irgendwo war das leise Gluckern von Wasser zu hören, obwohl der Korridor trocken aussah.

»Wahrscheinlich«, murmelte ich und blieb wie angewurzelt stehen, als mir eine schmale Öffnung in der dunklen Mauer auffiel. »Hier ist etwas.«

Lilly leuchtete mit ihrer Lampe auf den unscheinbaren Durchlass. »Sind das da Stufen?«

Vorsichtig näherte ich mich der Maueröffnung, hinter der tatsächlich steinerne Stufen zu sehen waren, die sich in engen Windungen nach oben schraubten. Ein leichter Luftstrom war zu spüren, der den Geruch nach Staub mit sich brachte.

»Interessant«, murmelte Lilly. »Der Geheimgang scheint verschiedene Ebenen des Hauses zu verbinden.«

»Lass uns nachsehen, wo er hinführt.«

Lilly nickte und betrat als Erste die steinerne Wendeltreppe. Die glatten Stufen waren gerade mal breit genug für eine Person, sodass wir wieder hintereinanderher gehen mussten.

»Ganz schön dunkel hier«, flüsterte Lilly, als wir immer höher in die pechschwarze Finsternis hinaufstiegen.

»Wenigstens haben wir Taschenlampen. Wie muss das früher gewesen sein, als es nur Fackeln und Kerzen gab«, flüsterte ich zurück.

»Hier scheint es ein bisschen wärmer zu werden«, sagte Lilly, die sich mit einer Hand auf der rauen Wand abstützte. Die letzte Steinstufe der Wendeltreppe führte zu einem weiteren Korridor, der sich nach rechts und links in die Dunkelheit erstreckte.

»Ich glaube, dass hier noch ein Ausgang ist«, sagte Lilly und deutete auf die glatt verputzte Wand direkt vor uns. Sie hob sich deutlich von den anderen Wänden aus alten Mauersteinen ab.

»Dann lass uns nachsehen, was sich dahinter befindet.« Inzwischen wusste ich, wonach ich suchen musste, und fand schnell einen hervorstehenden Stein in der Mauer rechts von uns. Mit einem leisen Klicken schwang die Geheimtür einen Spaltbreit auf. Lilly leckte sich nervös über die Lippen, und ich bedeutete ihr, ganz leise zu sein, bevor ich die Tür ein klein wenig aufdrückte und vorsichtig durch den Spalt linste.

Dahinter befand sich ein elegant eingerichtetes Zimmer. Ein dicker kobaltblauer Teppich lag vor einem breiten Bett aus dunklem Holz.

Mir wurde flau im Magen.

Es war Blakes Zimmer.

Kapitel 4

»Ich glaube, die Luft ist rein«, flüsterte ich Lilly zu und drückte die Tür ganz auf. Wir traten nacheinander in das Zimmer, das noch ein wenig größer war als meines. Ein unverkennbarer Duft nach herber Frische hing in der Luft. Automatisch atmete ich tiefer ein.

»Das ist Blakes Zimmer«, sagte ich über die Schulter.

»Warst du schon mal hier?«

Ich schüttelte den Kopf.

»Wie kannst du dir dann so sicher sein?« Lilly steckte ihre Taschenlampe zurück in den Rucksack.

Ich ließ meinen Blick über die Einrichtung schweifen, die aus dunklen Möbeln bestand. Alles wirkte ein wenig nüchterner als in meinem Raum, was auch an den Farben lag. Während bei mir helle Pudertöne dominierten, hatte hier alles eine deutlich maskulinere Note.

»Die dunklen Klamotten.« Ich deutete auf das gemachte Bett, auf dem ein schwarzes T-Shirt und eine schwarze Jeans lagen. »Das sind Blakes Sachen.«

Anerkennend zog Lilly eine Augenbraue hoch. »Du bist eine super Assistentin, Watson.«

»Warum muss ich eigentlich Watson sein? Immerhin habe ich die Wendeltreppe entdeckt.«

»Falsch. Ich habe sie dich entdecken *lassen*«, erwiderte sie grinsend.

»Du weißt schon, dass ich merke, wenn du lügst?«

»Hey, beschwer dich nicht. Jeder gute Detektiv braucht einen Helfer. Und mit deiner magischen Fähigkeit bist du der perfekte Sidekick.« Lilly machte ein paar Schritte in das aufgeräumte Zimmer. Einzig auf Blakes wuchtigem Schreibtisch neben dem Fenster schien ein gewisses Maß an Unordnung zu herrschen. Langsam folgte ich Lilly und hatte dabei das Gefühl, Blakes Anwesenheit wie ein leichtes Prickeln auf der Haut zu spüren.

»Vielleicht sollten wir lieber gehen«, murmelte ich nervös. Obwohl wir bisher nichts angefasst hatten, fühlte es sich an, als würde ich in seine Privatsphäre eindringen.

Lilly pustete sich eine rote Strähne ihres Ponys aus der Stirn. »Wieso? Blake ist nicht da.«

»Aber was, wenn er wiederkommt?« Ich wollte mir nicht ausmalen, was dann geschehen würde.

»Er kommt schon nicht wieder. Du hast doch selbst gesagt, dass er in letzter Zeit ständig unterwegs ist.« Neugierig sah sich Lilly um und steuerte dann direkt auf den großen Schreibtisch zu. Er war aus demselben dunklen Holz gefertigt wie der Rest der Einrichtung, wobei die vielen Unterlagen und Zeitungsausschnitte darauf nicht zu der Ordnung ringsum passten.

»Blake scheint auf der Suche nach irgendwas zu sein«, meinte sie, während sie ein paar Blätter zur Seite schob. Ich stellte mich neben sie und betrachtete die ausgeschnittenen Artikel und alten Fotos. Auf einigen davon war der junge Lord Musgrave mit einer hübschen Frau zu sehen. Sie hatte lange dunkle Haare und strahlend blaue Augen, die mich so sehr an Blake und Preston erinnerten, dass mir der Atem stockte.

»Das muss seine Mutter sein«, flüsterte ich. »Lord Musgraves Schwester.« Vorsichtig nahm ich eines der Bilder zur Hand. Dabei fiel mein Blick auf die Überschrift eines Zeitungsartikels, der vorher durch das Foto verdeckt gewesen war.

TRAGISCHER AUTOUNFALL: MUTTER STIRBT MIT IHREN EINJÄHRIGEN ZWILLINGEN

In der Nacht vor Halloween ist eine Frau mit ihren zwei kleinen Kindern aus bisher ungeklärter Ursache mit dem Wagen von der Küstenstraße in Blackcross abgekommen und über die Klippen ins Meer gestürzt. Gegen 21 Uhr herrschte schlechte Sicht, weshalb die Polizei von einem tragischen Unfall ausgeht. Die Leichen der Kinder wurden nicht in dem Autowrack gefunden, wofür vermutlich die stürmische See verantwortlich war, wie die Polizei mitteilte.

Bei den Sätzen lief es mir kalt den Rücken hinunter. Ging es hier um Blakes und Prestons Mutter? War sie auf diese Weise gestorben: indem sie mit ihrem Auto über eine Klippe gestürzt war?

Und die Zwillinge – waren Blake und Preston damit gemeint? Aber wie hatten die Jungs das überlebt?

»Sieh dir mal das an«, sagte Lilly und zeigte auf drei Bücher auf dem Schreibtisch. »Blake interessiert sich offenbar auch für Sagengeschichten.«

Auf einem der Bücher klebte eine gelbe Haftnotiz, auf die Blake geschrieben hatte: *Blaue und Grüne?*

»Was ist das?«, fragte ich und deutete auf einen blauen Zettel, der halb versteckt zwischen zwei Büchern lag. Blake hatte den Namen eines Mannes offenbar nur schnell hingekritzelt, ihn dafür aber gleich dreimal unterstrichen.

»Keine Ahnung.«

»Was zum Teufel macht ihr hier?«

Erschrocken fuhr ich herum und ließ dabei beinahe den Zeitungsartikel fallen. Selbst Lilly zuckte zusammen, bevor sie sich umdrehte.

Im Türrahmen stand Blake. Seinem Gesichtsausdruck nach zu urteilen ein sehr, sehr wütender Blake.

Mit klopfendem Herzen sah ich ihn an. Er schien mit dem Motorrad unterwegs gewesen zu sein, denn er trug seine schwarze Lederjacke und hielt den glänzenden Helm noch in der Hand. Seine dunklen Haare waren ein wenig zerzaust, und seine blauen Augen funkelten mich dermaßen verärgert an, dass es mir kurz die Sprache verschlug.

»Wir haben uns verlaufen«, sagte Lilly neben mir und reckte das Kinn in die Höhe.

»Verlaufen«, wiederholte Blake und fixierte uns, wobei er den Motorradhelm auf sein Bett schmiss. Seine Kieferpartie war so angespannt, als müsste er eine beißende Erwiderung mit Gewalt zurückhalten.

Ich spürte, wie mein Mund trocken wurde, und legte den Zeitungsartikel zurück auf den Schreibtisch. »Wir sollten gehen, Lilly.«

»Nicht so schnell«, knurrte Blake. Mit drei langen Schritten überwand er die Distanz zwischen uns und ragte plötzlich bedrohlich nah vor uns auf. »Vorher will ich wissen, wieso ihr meine Sachen durchwühlt, wenn ihr euch nur hierher *verlaufen* habt.«

Ich wechselte einen blitzschnellen Blick mit Lilly. Anscheinend fiel ihr nicht sofort eine Antwort ein, denn sie biss sich auf die Unterlippe. Blake fixierte erst Lilly, dann mich und dann wieder Lilly. Für einen langen Moment war es unnatürlich still, bis Blake plötzlich die Augen verengte und hörbar die Luft einsog.

»Du hast es ihr erzählt.« Seine tiefe Stimme klang gefährlich leise.

»Ich habe ihr gar nichts erzählt«, gab ich tonlos zurück, während Lilly sich unbehaglich neben mir bewegte.

»Ernsthaft, June? Für wie dumm hältst du mich?« Blake zog seine dunklen Augenbrauen zornig zusammen. Ich ertappte mich bei dem Gedanken, dass er sogar wütend unfassbar anziehend auf mich wirkte.

»Ich dachte, wir hätten eine Abmachung«, fuhr er mich an. »Hast du nicht selbst gesagt, du würdest damit aufhören, mir ständig hinterherzuspionieren?«

Ich schluckte. »Ich habe dir nicht hinterherspioniert. Wir sind ganz zufällig hier gelandet.«

»Ganz zufällig?« Blake schnaubte humorlos. »Und wie landet man *zufällig* in meinem Zimmer und durchstöbert dann *zufällig* meine Sachen?«

»So war es doch gar nicht!«, hielt ich dagegen, obwohl es irgendwie schon so gewesen war. Aber ich hätte mir eher den Arm abgehackt, als das vor Blake zuzugeben. Ja, wir waren unerlaubt in sein Zimmer eingedrungen, trotzdem hatte ich es satt, mich von ihm schon wieder wie ein kleines Mädchen behandeln zu lassen.

»Und wie war es dann?« Er machte noch einen Schritt auf mich zu, sodass uns nur wenige Zentimeter voneinander trennten. Sein berauschender Duft stieg mir in die Nase, und seine blauen Augen bohrten sich so unbarmherzig in meine, dass ich mich beherrschen musste, um nicht zurückzuweichen.

Lilly griff nach meinem Arm. »Wir werden jetzt gehen.«

»Das werdet ihr nicht«, knurrte Blake und wandte ihr seine Aufmerksamkeit zu. »Zuerst sagst du mir, wie ihr wirklich hier gelandet seid.« In seinen Worten schien eine dunkle Kraft zu liegen, denn Lilly schaffte es nicht, wegzusehen. Ein eisiger Lufthauch, der mich unwillkürlich zum Frösteln brachte, zog durch das Zimmer. Blakes Macht war wie eine kalte Berührung auf der Haut, die an einen frostigen Windstoß im tiefsten Winter erinnerte. Erschauernd wich ich einen Schritt zurück.

Blake setzte eindeutig seine Gabe bei Lilly ein.

Die Fensterscheiben hinter uns begannen so stark zu klirren, als ob das ganze Zimmer von einem gewaltigen Erdbeben erschüttert würde.

»Was tust du da?«, fragte Lilly nervös. Blake antwortete nicht, aber die Kälte in seinem Blick sprach eine eigene Sprache. Die Luft um ihn herum vibrierte regelrecht, und ich bekam eine Gänsehaut. Noch immer fixierte Blake Lilly mit einer solchen Härte, dass seine Augen wie zwei geschliffene Diamanten wirkten. Die Luft war inzwischen so kalt, dass sich kleine Atemwölkchen vor meinen Lippen bildeten, während plötzlich alle Lampen im Zimmer gleichzeitig zu flackern anfingen.

»Hör auf!«, platzte es aus mir heraus, doch Blake ignorierte mich. Stattdessen klirrten die Fensterscheiben immer lauter, bis das Glas einen Riss bekam und Lilly mit aufgerissenen Augen zusammenzuckte.

»June und ich haben den Geheimgang erforscht«, brach es dann aus ihr hervor. »Zuerst sind wir im Garten gelandet und haben

Joseph nach Informationen zu Lord Musgrave befragt, bevor wir schließlich die steinerne Wendeltreppe entdeckt haben. Sie hat zu deinem Zimmer geführt, und ich war neugierig, ob du etwas über den Fluch weißt, deshalb wollte ich mich hier umsehen. Dein Schreibtisch hat so unordentlich ausgesehen, deshalb hab ich zu June gesagt, dass ich glaube, dass du auf der Suche nach irgendetwas bist.«

Die Kälte im Raum nahm schlagartig wieder ab. Erschrocken schlug sich Lilly die Hand vor den Mund.

»Oh nein«, flüsterte sie. »Jetzt weiß ich, wie du das auf dem Schulhof gemacht hast.«

Blake presste die Lippen zusammen und machte einen schnellen Schritt zum Schreibtisch, wo er blitzschnell nach einem schwarzen Umschlag griff, den er in einer Jeanstasche verschwinden ließ. Dann drehte er sich zornig zu mir um.

»Ich habe dir gesagt, dass du mich die Sache mit Musgrave regeln lassen sollst. Doch stattdessen läufst du herum und weihst alle möglichen Leuten in unser Geheimnis ein. Was ist eigentlich los mit dir, June?«

»Ich habe nicht allen möglichen Leuten davon erzählt«, gab ich verärgert zurück und versuchte, mich von seiner dominanten Art nicht einschüchtern zu lassen.

»Großartig. Dann hast du es also noch nicht im Internet gepostet?«, blaffte er mich an. »Wer weiß außerdem von der Sache?«

»Niemand!«

»Und wieso soll ich dir das glauben?«

Fassungslos schnappte ich nach Luft. Seine bloße Anwesenheit brachte mein Herz dazu, schneller zu schlagen – und ich ärgerte mich über meinen dummen Körper, der selbst in Momenten wie diesem auf seine Nähe reagierte.

»Wir können Lilly vertrauen«, fauchte ich schließlich. »Sie wird es niemandem sagen.«

Blake funkelte mich an. »*Wir können Lilly vertrauen?* Das ist deine Antwort?!«

»Ja, das ist sie! Wir können ihr vertrauen!«

»Wenn du glaubst, dass du einfach irgendwelchen Leuten von unserer Gabe erzählen kannst, bist du noch naiver, als ich dachte. Was meinst du, wie lange es dauert, bis das in der Schule die Runde macht?«

»Es reicht!«, schrie ich ihn an. »Du schaffst es vielleicht, ein Leben zu führen, in dem du alle meilenweit auf Abstand hältst und niemanden an dich ranlässt – aber ich kann das nicht! Ich brauche jemanden, dem ich vertrauen kann. Und du solltest das zur Abwechslung vielleicht auch mal probieren!«

Ein paar Sekunden lang erwiderte Blake nichts auf meinen Ausbruch. Stattdessen betrachtete er mich auf eine Weise, dass mir beinahe schlecht wurde. Dann deutete er mit dem Kinn Richtung Tür. »Raus hier.«

Seine Worte klangen so eisig, dass es mir den Magen zusammenkrampfte. Ohne mir etwas von meinen Gefühlen anmerken zu lassen, straffte ich die Schultern und warf ihm einen letzten wütenden Blick zu, bevor ich mit Lilly im Schlepptau das Zimmer verließ. Am liebsten hätte ich ihn weiter angeschrien, am liebsten hätte ich ihm an den Kopf geworfen, dass ich von dem Fluch – sofern er wirklich existierte – mindestens genauso betroffen war wie er, doch ich schluckte alles hinunter und stürmte aus dem Raum.

Erst als wir seinen Trakt des Hauses weit hinter uns gelassen hatten, spürte ich, das ich wieder freier durchatmen konnte.

»Wow. Das war heftig«, sagte Lilly, nachdem wir die schützende vier Wände meines Zimmers erreicht hatten.

Ich lehnte mich mit dem Rücken von innen gegen die Tür. »Ich hätte nicht die Beherrschung verlieren dürfen.«

»Du bist schließlich kein Roboter«, erwiderte Lilly sanft und legte mir eine Hand auf den Arm. »Außerdem hat er die Beherrschung zuerst verloren.«

Müde rieb ich mir über die Augen. »Das macht es aber nicht besser.«

Sie zuckte mit den Schultern. »Ein bisschen schon.« Nach einer kurzen Pause fuhr sie fort. »Das mit dem schwarzen Umschlag war seltsam, oder? Hast du gesehen, wie schnell er ihn eingesteckt hat?«

Ich nickte. »Blake scheint die Sache mit dem Fluch wirklich ernst zu nehmen. Wie war noch mal der Name, den er sich notiert hat? Es war irgendwas mit Hedge oder Hidge. Hast du dir das vielleicht gemerkt?«

Lilly schüttelte den Kopf. »Gemerkt habe ich ihn mir nicht. Aber das macht nichts.« Sie griff in ihre Hosentasche und zog triumphierend den blauen Zettel hervor. »Raymond Russell-Hodge«, las sie vor.

»Wann hast du den denn eingesteckt?«, fragte ich überrascht, woraufhin Lilly nur breit grinste.

»Tja, das ist eben der kleine, feine Unterschied zwischen Watson und Sherlock.«

Kapitel 5

»Hallo June, hast du Preston gesehen?«, drang Onkel Edgars Stimme wie durch eine dicke Watteschicht an mein Ohr. Blinzelnd fuhr ich von dem bequemen Ledersofa der Bibliothek hoch. Dabei rutschte mir das aufgeschlagene Buch, in dem ich zuletzt gelesen hatte, beinahe vom Schoß, und ich konnte es gerade noch auffangen.

»Tut mir leid, ich wollte dich nicht erschrecken.« Onkel Edgar kam auf mich zu und umrundete dabei eine antik aussehende Stehlampe. Ihr helles Licht brachte die Knöpfe seines braunen Anzugs genauso zum Leuchten wie die tanzenden Staubkörner in der Luft.

»Schon gut. Ich muss eingenickt sein«, murmelte ich.

Onkel Edgar blieb neben den bodentiefen Fenstern mit den dunkelgrünen Samtvorhängen stehen. Interessiert betrachtete er die riesigen Bücherstapel, die ich rings um die Sitzgarnitur aufgebaut hatte. »Du bist im Moment ja ganz schön wissbegierig. Wilfried meinte, du verbringst alle deine Nachmittage hier.« Ein besorgter Zug legte sich auf sein Gesicht, während er abwesend über die Weste seines Tweedanzugs strich.

»Nicht alle Nachmittage«, sagte ich schnell und klappte das Buch zu. Ich hatte zwar schon immer gern gelesen, aber in letzter Zeit waren es sogar mir zu viele Bücher geworden.

Er trat näher an einen der Bücherstapel heran. »Und welche Lektüre studierst du? Sag bloß, dass du dich schon auf dein Rechtsstudium in Oxford vorbereitest.« Er griff nach einem der Bücher und begann, darin herumzublättern.

»Nein, das ist nicht für die Uni.« Meine schriftliche Bewerbung für Oxford hatte ich zum Glück schon in Frankfurt vorbereitet, sodass ich die ganzen Unterlagen nach dem *Kings & Queens*-Fest nur noch hatte abschicken müssen. Jetzt hieß es abwarten, ob ich im Dezember zu einem Interview eingeladen wurde. Obwohl mich die Aussicht, in Oxford Jura zu studieren, noch immer mit Nervosität und Vorfreude erfüllte, war das Thema Uni durch all die anderen Vorkommnisse in den letzten Wochen ein wenig in den Hintergrund gerückt.

Onkel Edgar klappte das Buch zu und las den Titel. »*Die fantastischen Legenden Cornwalls?* Arbeitest du etwa an einem Schulprojekt?«

»So in etwa«, sagte ich schnell.

Lilly und ich hatten uns die Recherchearbeit zum Fluch aufgeteilt. Sie durchforstete die Stadtbibliothek von Newtown, deren umfangreiche Sammlung viele regionale Werke über die Geschichte dieser Gegend enthielt. Im Gegenzug konzentrierte ich mich auf die Bücher in Green Manor. Immerhin gab es hier unzählige ledergebundene Wälzer, die sich mit den verschiedenen Sagengeschichten Englands auseinandersetzten. Meine Aufgabe bestand darin, diese Geschichten genau unter die Lupe zu nehmen, um eventuell etwas über die Blauen und Grünen zu erfahren, die ihre Anziehung laut Lord Musgrave nur dem Fluch zu verdanken hatten. Das Studium der dicken Bücher war zwar zeitintensiv, aber unsere beste Chance, nachdem die Sache mit Raymond Russell-Hodge schnell im Sand verlaufen war. Es hatte nicht lange gedauert, bis Lilly und ich herausgefunden hatten, dass es sich bei ihm um einen älteren Hausarzt aus London handelte, der seit ein paar Jahren nicht mehr praktizierte. Lilly spekulierte, dass sich Blake für die Krankengeschichte des Lords interessierte und abchecken wollte, wie geistig gesund dieser war, aber das konnte ich mir nicht vorstellen. Wahrscheinlicher war für mich, dass er über den Hausarzt mehr über die Vergangenheit seiner leiblichen Mutter erfahren wollte. Immerhin hatte er fast zwanzig Jahre lang keine Ahnung gehabt, wer seine biologischen Eltern waren.

»Wie stehst du denn zu diesen ganzen Sagen?«, fragte ich Onkel Edgar, der noch immer in dem alten Buch blätterte, dessen hauchdünne Seiten leise raschelten.

Lächelnd legte er das Buch zurück, bevor er wieder an die Fensterfront trat und einen der dunkelgrünen Samtvorhänge zur Seite schob, um das Nachmittagslicht in den Raum zu lassen. »Ich finde sie amüsant. Natürlich hat nichts davon jemals so stattgefunden. Es sind schließlich nur *Geschichten.*« Er machte eine kurze Pause, in der er nachdenklich den nebelverhangenen Garten betrachtete, der heute eher bedrückend auf mich wirkte. Draußen lief gerade ein Lieferant mit Vollbart und Kappe über den Kiesweg. Er hatte einen Blumenstrauß im Arm und warf uns einen neugierigen Blick zu, doch Onkel Edgar schien ihn gar nicht wahrzunehmen. »Deine Tante Catherine hat diese Geschichten geliebt.« Er drehte sich wieder zu mir. In seinen Augen lag eine Sanftheit, in der sich die Zuneigung zu seiner verstorbenen Frau widerspiegelte. »Sie hat sich schon immer für das Fantastische in den Sagen interessiert.«

»Im Gegensatz zu ihrem Bruder«, erwiderte ich nüchtern und dachte an das Telefongespräch, das ich nach der gestrigen Erforschung des Geheimganges noch mit Papa geführt hatte. Auch wenn ich wieder einmal kurz davor gewesen war, ihn nach dem Steinkreis und dem Fluch zu fragen, hatte ich mir doch noch rechtzeitig auf die Zunge gebissen. Ich konnte einfach nicht riskieren, dass mein Vater glaubte, Cornwall würde mich verrückt machen. Immerhin hatte er Tante Catherine damals auch nicht geglaubt. Das belegte der Brief, den ich hier in der Bibliothek gefunden hatte und in dem sie ihn anflehte, wieder mit ihr zu sprechen. Wenn ich ihm jetzt von meiner Gabe erzählte, würde er nicht zögern, sich in den nächsten Flieger zu setzen und mich schnurstracks wieder nach Deutschland zurück zu verfrachten.

»Papa ist eher der rationale Typ«, schob ich hinterher. »Er hält nicht viel von der mystischen Seite Cornwalls.«

Onkel Edgar nickte. »Und du? Wie stehst du dazu?«

Ich zögerte kurz, bevor ich antwortete. Zugegeben, vor ein paar Wochen war meine Einstellung noch eine ganz andere gewesen. »Ich bin mir nicht sicher. Nur weil wir uns etwas nicht erklären können, heißt das nicht, dass es nicht existiert. Trotzdem glaube ich immer noch nicht an Gespenster und kann mir auch nicht vorstellen, dass es auf Green Manor wirklich spukt.«

Onkel Edgar stützte sich schmunzelnd auf der Rückenlehne eines gepolsterten Sessels ab. »Das glaube ich auch nicht. Zumindest bin ich bis jetzt noch keinem Geist begegnet.«

Das war ich ebenfalls nicht. Obwohl mich die Begegnung mit der dunklen Gestalt im Geheimgang nach wie vor beschäftigte.

In diesem Moment öffnete sich die Tür zur Bibliothek, und Preston betrat lautlos den holzvertäfelten Raum. Sein Erscheinen kam so unvermittelt, dass Onkel Edgar leise lachte. »Gut, ich korrigiere mich. Preston, bist du es wirklich?«

»Sorry, Dad. Ich weiß, ich bin spät dran. Ich wollte dich anrufen, aber anscheinend hab ich mein Handy in der Schule vergessen.« Preston trug ein helles Hemd, dessen Ärmel er bis zu den Ellbogen hochgekrempelt hatte, und modische graue Jeans, die ihm ausgezeichnet standen. Als er die Sitzgarnitur erreichte, zuckte sein Blick erst zu mir und blieb dann an den Bücherstapeln hängen. »Hast du vor, dir ein zweites Zimmer aus Büchern zu bauen?«

»Vielleicht«, erwiderte ich spöttisch. »Immerhin habt ihr hier genug davon.«

Preston betrachtete mich aus seinen blauen Augen, dessen strahlender Farbton mühelos mit dem leuchtenden Himmel eines Sommertages mithalten konnte. »Das ist wahr. Zum Glück muss ich sie nicht alle lesen.«

»Nun, zumindest dieses hier solltest du mal überfliegen, wenn du gleich eine Chance gegen mich haben willst.« Onkel Edgar trat an eines der meterhohen dunklen Bücherregale, aus dem er ein schwarz-weiß kariertes Buch mit dem Titel *Strategie & Schach* hervorzog.

Preston verzog bedauernd das Gesicht. »Tut mir echt leid, Dad, aber können wir unsere Partie verschieben? Die Jungs haben angerufen, es ist gerade der optimale Wind, um surfen zu gehen.«

»Ich dachte, du hast dein Handy in der Schule vergessen«, sagte ich stirnrunzelnd.

Preston schob grinsend eine Hand in die Hosentasche. »Ja, sie haben sogar auf dem Festnetz durchgeklingelt, weil die Wellen so gigantisch sind.«

Onkel Edgar seufzte. »Na gut, was soll's. Ich hatte mich zwar schon darauf gefreut, dich in weniger als acht Zügen schachmatt zu setzen, aber ich will dich natürlich zu nichts zwingen.«

»Ich kann auch hierbleiben«, lenkte Preston nach kurzem Zögern ein und stützte sich auf einem der schweren Ohrensessel ab. »Ich meine, die Wellen werden morgen laut Wetterbericht wahrscheinlich auch noch da sein …«

Onkel Edgar winkte ab. »Schon gut, schnapp dir dein Board, Preston.«

»Wirklich?«, fragte Preston. Er rieb sich unschlüssig über den Nacken.

»Hey, *ich* kann doch mit dir eine Partie Schach spielen«, schlug ich Onkel Edgar aus einem Impuls heraus vor.

»Du spielst Schach?«, fragte er überrascht.

»Ja, recht gerne sogar.«

Preston ging zu seinem Vater. Er klopfte ihm gut gelaunt auf die Schulter, wobei er mich amüsiert ansah. »Ich muss dich warnen, June. Mein alter Herr schummelt gerne.«

Onkel Edgar schüttelte gespielt empört den Kopf. »So ein Blödsinn.«

»Ich bin mir ziemlich sicher, dass dein Läufer bei der letzten Partie nicht auf C4 stand.« Preston zog eine Augenbraue hoch. »Es war seltsam. Ich habe nur für eine Sekunde die Nachrichten auf meinem Handy gecheckt, und plötzlich stand der Läufer woanders.«

»Du solltest dich eben nicht ablenken lassen.« Onkel Edgar zwinkerte mir zu. »Vielleicht war es ja auch die grüne Lady.«

»Ja, klar«, sagte Preston. Er machte sich auf den Weg nach draußen. »Sagt mir nachher, wie es ausgegangen ist.«

»Das kommt auf das Ergebnis an«, brummte Onkel Edgar Preston hinterher und lächelte mich dann an. »Wollen wir in den Salon gehen?«

»Gern.« Ich stand auf. »Ich räume nur noch schnell die Bücher auf.«

»Mich stören die Stapel nicht, wenn du später noch weiterlesen möchtest«, sagte Onkel Edgar gerade, als sein Handy zu klingeln begann. »Ach, herrje. Ich hab schon wieder meine Brille verlegt.« Mit zusammengekniffenen Augen hielt er das Handy etwas weiter weg, um den Namen des Anrufers entziffern zu können.

»Soll ich sie dir holen?«, bot ich an, da er plötzlich ziemlich gestresst wirkte.

»Das wäre wirklich nett von dir, June. Ich glaube, ich hab sie im Musikzimmer liegen gelassen«, antwortete Onkel Edgar, bevor er sich umdrehte und den Anruf in geschäftsmäßigem Ton entgegennahm.

Um ihn nicht zu stören, verließ ich rasch die Bibliothek und wandte mich im Korridor nach links. Das Musikzimmer befand sich im selben Trakt des Herrenhauses neben einem der beiden Salons und beherbergte einen riesigen schwarzen Flügel. Bisher hatte ich noch nicht viel Zeit darin verbracht, da ich nicht Klavier spielen konnte. Als ich nun näher kam, wurden meine Schritte langsamer, weil die sanften Töne einer wunderschönen Klavierkomposition an mein Ohr drangen. Es handelte sich um ein berühmtes Stück von Ludovico Einaudi, das ich durch meine Mutter kannte, die diese Art von Musik besonders gern mochte.

Die Klänge versetzten mich zurück in mein altes Leben, und ich verspürte eine plötzliche Sehnsucht nach meinen Eltern und meinem kleinen Bruder. Cornwall hatte mich mit seiner rauen Schönheit sofort in den Bann gezogen, doch genau jetzt, in diesem Moment, vermisste ich mein Zuhause in Deutschland.

Die Melodie wurde etwas langsamer, und ich legte meine Fingerspitzen an die angelehnte Tür des Musikzimmers, bevor ich sie vorsichtig einen Spaltbreit aufdrückte. Mein Blick fiel auf den Klavierspieler, und mein Herz machte einen Satz, als ich Blake erkannte.

Er war wieder einmal komplett in Schwarz gekleidet und saß halb mit dem Rücken zu mir, sodass ich nur einen Teil seines Profils erkennen konnte. Ein kristallener Lüster hing an der hohen Decke und warf sein Licht auf den schimmernden schwarzen Flügel. Blake spielte so gefühlvoll, dass ich beinahe zu atmen vergaß. Seine Augen waren geschlossen und seine Züge wirkten ungewohnt entspannt, während seine Finger mit müheloser Eleganz über die Tasten glitten.

Tief berührt blieb ich auf der Schwelle stehen. Er hatte mich noch nicht bemerkt, und ich genoss es, ihn einfach ansehen zu können, ohne diese schreckliche Distanz zwischen uns zu spüren. Anders als bei unserer letzten Begegnung zeigte sich diesmal kein Hauch von Wut auf seinem Gesicht. Er schien völlig in der Melodie versunken zu sein, und auch ich merkte, wie mich die Musik mit sich nahm und mich meine Sorgen für einen Augenblick vergessen ließ.

Irgendwann verklangen die letzten Töne, und Blake öffnete die Augen. Als er zu mir herumfuhr, klopfte mein Herz wie wild. Schon wieder fühlte es sich an, als ob er mich bei etwas Verbotenem ertappt hätte.

»Wie lange stehst du da schon?«, fragte Blake ruhig, während er langsam die Abdeckung über den Tasten schloss.

»Noch nicht lang«, sagte ich zögernd und machte einen Schritt in den Raum. »Das war wunderschön.« Ich stockte. Eigentlich wollte ich hinzufügen, dass es mir leidtat, wie sehr wir uns gestritten hatten, aber irgendwie schafften es die Worte nicht über meine Lippen.

»Das war das Lieblingsstück meiner Mutter. Sie hat es mir schon als Kind vorgespielt«, erklärte er leise. Dann fuhr er sich durch die dunklen Haare und stand auf. Der Klavierhocker schrammte dabei über den alten Parkettboden, und ich hatte beinahe das Gefühl, als wollte Blake mit der Bewegung jegliche Sentimentalität abschütteln.

Unsicher blickte ich ihn an. Sein Gesicht wirkte bereits wieder so verschlossen wie gestern, als er Lilly und mich in seinem Zimmer erwischt hatte.

»Hör zu, es tut mir leid, wie unser letztes Gespräch gelaufen ist. Es war keine Absicht, dass wir in deinem Zimmer gelandet sind. Es ist nur …« Ich biss mir auf die Unterlippe und machte einen Schritt auf ihn zu. »Dieser Fluch geht mir nicht aus dem Kopf. Obwohl ich mir nicht mal sicher bin, dass er tatsächlich existiert. Aber wenn es ihn gibt, dann kann ich nicht einfach untätig herumsitzen. Ich muss etwas dagegen tun.«

Blake sah mich kühl an. »Und deswegen hast du Lilly in die Sache mit reingezogen?«

Bei dem vorwurfsvollen Ausdruck in seinen blauen Augen atmete ich tief ein. »Es ist einfach passiert, Blake, ich hatte das nicht geplant. Ich kann meine Gefühle nun mal nicht vor allen verbergen. Und Lilly wird nichts sagen.«

»Bist du dir da wirklich so sicher?«

»Absolut.«

Blake machte schnaubend ein paar Schritte auf mich zu, bis wir uns direkt gegenüberstanden. »Mit diesem Fluch ist nicht zu spaßen, June.«

Seine Nähe verwirrte mich und ich hob den Blick, um in sein angespanntes Gesicht zu sehen. Die unterschiedlichsten Empfindungen spiegelten sich darin. Ich fühlte meinen Herzschlag bis in die Fingerspitzen, als Blake noch einen Schritt näher trat.

»Ich traue Musgrave nicht. Irgendetwas stimmt nicht mit ihm«, murmelte er. »Aber wenn es nur eine winzige Chance gibt, dass er die Wahrheit sagt, können wir es nicht einfach ignorieren.«

»*Wir?*«, wiederholte ich bitter. »Ich bitte dich. Es gibt kein Wir, Blake. Seit dem *Kings & Queens*-Fest gehst du mir aus dem Weg. Glaubst du denn wirklich, dass dieser Fluch existiert?«

Er presste die Lippen zusammen und nickte.

»Wieso?«

Blake atmete tief ein. »Es ist einfach … ein Gefühl, okay?«

»Das ist noch kein Beweis«, flüsterte ich. Dabei wusste ich selbst nicht genau, weshalb ich das sagte. Immerhin beschäftigte ich mich selbst Tag und Nacht mit der Suche nach mehr Informationen – wobei ich mir in diesem Moment einfach *wünschte*, der Fluch wäre nur eine Erfindung des Lords, dessen kalten Blick ich einfach nicht vergessen konnte.

Blake stöhnte frustriert, und ein gequälter Ausdruck huschte über sein Gesicht. »Mach es mir nicht so schwer, June.«

»Du findest, *ich* mache es dir schwer? *Du* bist doch derjenige, der mich aus allem ausschließt!« Meine Stimme wurde lauter. »Du unternimmst im Geheimen irgendwelche Nachforschungen, sammelst die Namen irgendwelcher Leute und hast anscheinend überhaupt keine Lust, mich auch nur im Entferntesten einzubeziehen.«

»Weil es auch nicht um dich geht.«

»Nun, irgendwie schon!«, rief ich. »Immerhin hat dieser Lord etwas mit dir zu tun und du …«

… du hast auch verdammt viel mit mir zu tun, wollte ich sagen, biss mir aber rechtzeitig auf die Zunge. Dann sah ich zu Boden. Das Gespräch hatte eine Richtung genommen, die ich nicht vorhergesehen hatte.

Blake sah plötzlich müde aus. »Was willst du denn wissen?«

»Einfach mehr«, erwiderte ich leidenschaftlich. »Ich weiß gar nichts. Weder, ob du seit der Begegnung in der Bibliothek noch einmal mit Lord Musgrave gesprochen hast, noch, warum du den Namen Raymond Russell-Hodge aufgeschrieben hast. Wieso redest du nicht einfach mit mir?«

Er schloss für einen Moment die Augen. »Raymond Russell-Hodge ist der Hausarzt meiner leiblichen Mutter«, presste er schließlich hervor. »Ich habe ihn aufgesucht, um mehr über die Hintergründe ihres Todes zu erfahren.«

»Du meinst, ob sie …«

Er sah mich direkt an. »Ob es vielleicht kein Zufall war, dass sie über diese Klippe gefahren ist.«

Ich starrte zurück und war unsicher, ob ich meine nächste Frage stellen durfte.

»So wie es aussah, war sie jedoch völlig gesund«, presste Blake hervor. »Es gab keinen medizinischen Grund, der darauf hindeutete, dass sie ihrem Leben ein Ende setzen wollte oder dass sie plötzlich einen Herzinfarkt bekam und die Kontrolle über den Wagen verlor.«

»Und … dein Vater? Wusste der Arzt auch etwas über ihn?«

Blakes Gesichtszüge wurden hart. »Gar nichts. Wie es aussieht, ist er noch vor unserer Geburt verschwunden, und ich habe auch kein Interesse daran, nach ihm zu suchen.« Dann blickte er mich lange an. »War's das? Oder hast du noch mehr Fragen?«

Unter seinem Blick wich ich einen halben Schritt zurück. »Das ist nicht fair und das weißt du auch.«

Blake nickte. »Du hast recht, June. Es ist nicht fair. Nichts von alldem ist fair. Trotzdem solltest du nicht herumlaufen und gefährliche Fragen stellen. Du hast doch gehört, was Joseph über Lord Musgrave gesagt hat. Er ist ein Kontrollfreak, er ist keiner, mit dem man sich anlegen sollte. Verstehst du nicht? Ich versuche nur, dich zu beschützen.«

»Ich will aber nicht beschützt werden!«, brach es aus mir hervor. »Du hast nicht das Recht, ständig über meinen Kopf hinweg zu entscheiden, was das Beste für mich ist!«

»Aber es geht nicht nur um dich!«, fuhr Blake mich an. »Seit ich von Musgrave weiß, versinkt meine ganze beschissene Welt im Chaos. Es gibt so vieles, was ich nicht verstehe – und ich habe einfach nicht die Kraft, dich ständig aus der Schusslinie zu ziehen, wenn du mir wieder mal hinterherschnüffelst!«

»Mich ständig aus der Schusslinie zu ziehen?« Verletzt starrte ich ihn an. »So empfindest du das also?«

Blake zögerte. Für einen Augenblick hatte ich das Gefühl, dass er mit sich rang, dass er etwas in sich verbarg, was er mich nicht wissen lassen wollte.

»Ja, genauso empfinde ich das«, erwiderte er schließlich, bevor er sich an mir vorbeidrängte und mich einfach stehen ließ.

»Schachmatt«, murmelte ich eine halbe Stunde später und zog gleichzeitig mit meiner Dame um vier Felder vorwärts. Die Begegnung mit Blake beschäftigte mich noch immer, dennoch hatte ich versucht, mich ganz auf das Schachspiel zu konzentrieren.

Onkel Edgar ließ sich schwer seufzend in den beigefarbenen Ohrensessel des Salons zurücksinken. »Also, Preston ist mir als Gegner eindeutig lieber. Woher kannst du nur so gut Schach spielen, June?« Er griff nach den Figuren und begann, sie wieder neu auf dem Schachbrett aufzustellen. Das Feuer im steinernen Kamin knackte leise, und mein Blick ging für einen kurzen Moment zu der Büste von Tante Catherine auf der schmalen Kommode daneben.

Mir wurde wieder einmal bewusst, wie wenig ich eigentlich über unsere Familie wusste. Ich hätte Catherine gern so vieles gefragt, hätte so gerne mit ihr über meine Fähigkeit, über *unsere* Fähigkeit gesprochen.

»Ich belege in der Schule immer den Schachkurs, weil ich das Spiel und seine Logik mag«, antwortete ich etwas verspätet. »Und Papa spielt auch gerne.«

Onkel Edgar eröffnete die nächste Partie, indem er einen Bauern um zwei Felder vorwärts zog. »Vermisst du ihn?«

Ich setzte mich etwas aufrechter hin und nickte langsam. »Ja, schon. Und auch meinen kleinen Bruder und meine Mutter. Vor allem, wenn ich etwas sehe oder höre, was mich an sie erinnert. Aber wir telefonieren natürlich regelmäßig.«

Onkel Edgar sah mich mitfühlend an. »Ich kann mir vorstellen, dass du manchmal Heimweh hast. Wie geht es denn deiner Familie?«

Schulterzuckend machte ich den nächsten Zug. »Meine Mutter hat auf der Arbeit viel zu tun, und Theo hat gerade das Schlagzeugspielen für sich entdeckt. Laut meinen Eltern probt er die ganze Zeit, deshalb ist es vielleicht gar nicht so schlecht, dass ich nicht da bin.«

Onkel Edgar schob lächelnd seinen Turm nach vorne. »Das habe ich mit Preston auch alles schon erlebt.«

»Dafür spielt er jetzt fantastisch.« Und auch Blake besaß ein ungeahntes musikalisches Talent. Beim Gedanken an die kostbaren Augenblicke, als ich ihm beim Klavierspiel beobachtet hatte, wurde mir automatisch etwas wärmer, auch wenn seine letzten Worte voller Kälte gewesen waren.

»Hat Catherine gerne Schach gespielt?«, fragte ich, um an etwas anderes zu denken.

Onkel Edgars Lächeln wurde eine Spur liebevoller. »Manchmal. Allerdings war sie nicht wirklich gut darin. Sie saß lieber am Klavier, vergrub sich in ihren Büchern oder malte.« Er machte eine kurze Pause und sprach dann schnell weiter. »Du erinnerst mich an sie. Als ich dich vorhin mit den ganzen Büchern gesehen habe, das hätte deine Tante sein können.« Onkel Edgar schlug einen meiner Bauern. Ich revanchierte mich, indem ich im nächsten Zug einen seiner Läufer mit meinem Turm nahm. »Ich weiß noch, wie sie sich tagelang in die Stadtgeschichte von Darktrew vergraben hat.«

Neugierig blickte ich auf. Das flackernde Kaminfeuer warf zuckende Schatten auf die alten Ölgemälde an den Wänden. Von draußen war leises Donnergrollen zu hören, was die düstere Atmosphäre noch verstärkte. »Was ist denn in Darktrew so Spannendes passiert?«

Onkel Edgar starrte einen Moment lang konzentriert auf das Schachbrett, als wolle er meinen nächsten Zug vorausahnen, bevor er es aufgab. »Die Aufzeichnungen gehen hier teilweise stark auseinander, das meiste davon habe ich auch schon wieder vergessen. Aber vor Hunderten von Jahren soll das Dorf einmal komplett niedergebrannt sein. Irgendein Nachbarschaftsstreit hat anscheinend dazu geführt, dass ein Bürger das Haus eines anderen angezündet hat. Und als der Wind sich gedreht hat, hat am Schluss das ganze Dorf gebrannt.«

»Das ist ja schrecklich.«

Er nickte mit einem unglücklichen Blick auf die Partie, die auch nicht viel besser aussah. »Der Mann hatte sicher nicht damit gerechnet, dass er mit dem Feuer auch sein eigenes Haus in Brand setzt.«

»Hast du auch etwas über einen Fluch gehört?«, fragte ich beiläufig und verzichtete absichtlich darauf, ihm auch noch seinen zweiten Läufer zu nehmen, um ihn am Reden zu halten.

Onkel Edgar runzelte die Stirn. »Ein Fluch? Nein. Obwohl …« Er stockte kurz. »Catherine hat einmal etwas erwähnt, aber ich kann mich nicht mehr genau daran erinnern.«

»Hat sie vielleicht irgendwelche Aufzeichnungen hinterlassen? Ich meine, wenn sie sich so für die Stadtgeschichte interessiert hat?«

Onkel Edgar schüttelte den Kopf. »Nein, leider nicht. Deine Tante hat auch kein Tagebuch oder etwas Ähnliches geführt. Sie bemühte sich, den Moment in vollen Zügen zu genießen.« Kleine Lachfältchen bildeten sich um seine Augen. »Und sie wollte auch mich daran teilhaben lassen. Wenn sie von ihrem Tag erzählt hat, hat sie manchmal vor lauter Begeisterung so viel geredet, dass nur ein Bruchteil davon bei mir hängen geblieben ist.«

»Soll das heißen, du hast ihr nicht zugehört?«, fragte ich neckend.

Onkel Edgar zog schmunzelnd seine Anzugjacke aus und hängte sie über die Lehne des Ohrensessels. »Ich hab ihr natürlich *immer* zugehört. Allerdings hat sie manchmal so schnell geredet, dass ich ihr nicht folgen konnte.«

Amüsiert sah ich in seine braunen Augen und spürte, wie meine Gabe darauf drängte, freigelassen zu werden. Ohne nachzudenken, gab ich ihr nach und beobachtete, wie sich eine glänzende Kristallschicht über den Körper meines Onkels ausbreitete. Sie begann bei seinen Augen und lief über die geschlossenen Weste seines Tweedanzugs bis hinunter zu seinen glänzenden braunen Lederschuhen. Innerhalb weniger Sekunden verwandelte sich seine gesamte Gestalt in die leuchtende Glasfigur eines attraktiven, leicht ergrauten Mannes, auf deren glänzenden Flächen sich das zuckende Licht der Flammen spiegelte.

»*Zeig mir die Wahrheit*«, wisperte ich, als der funkelnde Onkel Edgar in tausend Scherben zersplitterte, die in Zeitlupe vor dem Ohrensessel zu Boden schwebten. Dahinter strahlte mir ein leuchtend helles Licht entgegen, das von einem frischen Luftzug begleitet wurde. Die Kristallsplitter begannen, auseinanderzudriften und sich langsam um mich zu drehen. Dabei erhaschte ich einen Blick in einen besonders großen Splitter, der gerade am Kamin vorbeiglitt. Darin konnte ich Tante Catherine sehen, die mit Onkel Edgar durch den Garten spazierte.

Sie trug ein hübsches weißes Kleid, das ihr bis zu den Knöcheln reichte und ihre schlanke Figur betonte. Der Wind zerrte daran und wirbelte ihre langen braunen Haare in die Höhe, als sie sich lachend bei Onkel Edgar einhängte. Selbst durch die Distanz des Wahrheitssplitters konnte ich das lebenslustige Funkeln in ihren grünen Augen sehen, die mich an meine eigenen erinnerten. Auch in ihrer Gesichtsform mit den hohen Wangenknochen war die Familienähnlichkeit zu meinem Vater und mir deutlich zu erkennen. Nun wunderte es mich nicht mehr, warum Onkel Edgar mich nach meiner Ankunft in Green Manor so intensiv gemustert hatte. Es musste seltsam für ihn gewesen sein, einen Teil von ihr in mir wiederzuentdecken. Tante Catherine redete währenddessen wie ein Wasserfall auf Onkel Edgar ein. Sie wirkte so gelöst und gleichzeitig so lebendig, dass es mir einen Stich gab. Offenbar war sie vor ihrem Tod wirklich ein sehr glücklicher Mensch gewesen.

Kaum hatte ich das gedacht, sah ich, wie die Scherbe sanft zu zittern begann. Stirnrunzelnd stand ich von meinem Platz auf und trat näher, um mir das genauer anzusehen. Bisher hatte noch kein Splitter so vibriert. Als ich vorsichtig die Hand nach ihm ausstreckte, hörte ich ein leises Klirren, das sich verstärkte, sobald ich die Scherbe berührte. Gleich darauf drehte sie sich langsam um die eigene Achse, um mir ein anderes Bild zu offenbaren. Dieses zeigte Tante Catherine auf einer Polsterbank am Fenster sitzen. Die Lebenslust war aus ihrem Gesicht verschwunden, sie starrte tieftraurig in den Garten hinaus.

»Was ist los?«, hörte ich Onkel Edgars besorgte Stimme, doch Catherine schüttelte nur den Kopf. Eine Träne lief ihr über die Wange.

»Ich weiß es nicht«, flüsterte sie. »Ich fühle mich so leer.«

Onkel Edgar verharrte einen Moment lang an der Türschwelle, bevor er sich müde mit der Hand über das Gesicht fuhr. »Ist es wegen Kenneth?«

Bei der Erwähnung des Namens zuckte Catherine kaum merklich zusammen, doch sie antwortete nicht. Eine weitere Träne fiel ihr in den Schoß.

Auf Onkel Edgars Gesicht zeigte sich nun ebenfalls ein dunkler Schatten, den er jedoch rasch wieder zurückdrängte. »Hast du deine Medikamente genommen?«

Sie biss sich auf die Lippen. »Sie helfen nicht, Edgar. Nichts kann mir helfen.«

»Sag das nicht, Liebling.«

»Ob ich es sage oder nicht, ändert nichts daran, wie ich mich fühle.« Catherine starrte weiter in den Garten hinaus, und ich spürte, wie mich selbst eine unglaubliche Traurigkeit übermannte. Das Gefühl war so stark, als ob ich einen geliebten Menschen verloren hätte, und ich begann mich zu fragen, ob es der Verlust von diesem Kenneth war, der Tante Catherine so empfinden ließ.

Kapitel 6

»Thank God! Sie haben endlich den Koch gewechselt. Ich dachte schon, ich müsste das ekelhafte Essen hier bis zu meinem Abschluss ertragen.« Grayson schob sich ein großes Stück Haggis in den Mund.

Nachdenklich blickte ich auf. Im Hintergrund war das Lachen und Besteckklappern der anderen Schüler in der Schulkantine zu hören, doch ich nahm es kaum wahr. Denn in Gedanken war ich wieder zu jenem Moment zurückgekehrt, in dem ich Tante Catherines Schmerz gespürt hatte. Nach wie vor war ich mir nicht ganz sicher, was bei dem Schachspiel mit Onkel Edgar genau passiert war, aber es fühlte sich so an, als hätte sich meine Gabe weiterentwickelt. Anscheinend hatte mir die Kristallscherbe *mehr als eine Wahrheit* gezeigt, anders konnte ich es mir nicht erklären. Onkel Edgars Aussage, dass Tante Catherine ein lebensbejahender Mensch gewesen war, stimmte sicherlich – aber sie hatte offenbar auch eine andere Seite gehabt. Eine verzweifelte und traurige Seite, die so intensiv gewesen sein musste, dass sie sogar Medikamente dagegen bekommen hatte. Wie stark das alles mit diesem Kenneth zusammenhing, den Onkel Edgar erwähnt hatte, konnte ich nicht sagen. Ich wusste ja nicht einmal, wer Kenneth war. Ein früherer Geliebter?

Ein guter Freund? Oder vielleicht sogar ein Kind, das sie verloren hatte?

Wer auch immer er war, er schien eine große Rolle gespielt zu haben. Ich versuchte, alle Möglichkeiten in Betracht zu ziehen. Vielleicht hatte Tante Catherines Traurigkeit auch etwas mit dem Fluch zu tun, der angeblich auf uns lag – vielleicht hatte sie aber auch einfach nur Depressionen gehabt. Von Betty hatte ich erfahren, dass Tante Catherine an einem Herzversagen gestorben war, aber entsprach das wirklich der Wahrheit?

»Du weißt schon, dass die schottische Spezialität auf deinem Teller ein mit Innereien gefüllter Schafsmagen ist?«, sagte Lilly zu Grayson. Sowohl ihre Stimme als auch ihr Gesichtsausdruck machten deutlich, wie sehr sie seine Menüauswahl verabscheute.

»Natürlich weiß ich das, Darling. Und der hier ist *köstlich.*« Grayson leckte sich über die Lippen, bevor er sich den Mund mit einer Serviette abtupfte. »Seit June den Direktor glücklich gemacht hat, indem sie ihm seine Krone wiederbeschafft hat, gibt er offenbar mehr Geld für unsere Schulkantine aus.« Er lächelte breit. »Und wir bekommen endlich ein anständiges Essen.«

»Ich weiß gar nicht, was du hast«, sagte ich und dachte kurz an unsere Schulkantine in Frankfurt, in der es wesentlich weniger Auswahl gegeben hatte. »Mir hat es vorher auch schon geschmeckt. Allerdings war es da noch nicht so voll.« Genervt schloss ich die Augen, als ich schon wieder von einem vorbeigehenden Schüler angerempelt wurde. Grayson, Lilly und ich hatten den letzten freien Sechsertisch ergattert, was in der überfüllten Cafeteria eine geradezu heroische Leistung gewesen war. Weshalb ich die Zeiten vermisste, als das Essen noch deutlich weniger Mitschüler begeistert hatte.

»Ich fand das Essen vorher auch nicht schlecht«, meinte Lilly, die sich für einen Nudelsalat mit viel Mayonnaise entschieden hatte.

Graysons Gabel stoppte auf dem Weg zum Mund. Er starrte sie ungläubig an. »Ich weiß nicht, wo du die letzten Jahre warst, aber der Fisherman's Pie vor ein paar Wochen hat nach überhaupt nichts geschmeckt.« Er machte eine vielsagende Pause. »Fast, als hätte jemand den Geschmack *geklaut.*«

»Echt jetzt?«, seufzte Lilly, weil Grayson es schon wieder nicht lassen konnte, auf ihre Kleptomanie anzuspielen. »Schade nur, dass ich dir deinen Humor nicht klauen kann. Denn der ist einfach nicht vorhanden.«

Grayson warf seine Serviette auf Lilly, und ich musste grinsen. Allerdings verging mir das sofort wieder, als ich sah, wie zwei Mädchen auf die einzigen freien Plätze zusteuerten, die sich unglücklicherweise genau an unserem Tisch befanden.

»Oh nein. Zickenalarm auf zwölf Uhr«, murmelte Grayson, der meinem Blick gefolgt war.

Lilly reckte den Hals wie ein Erdmännchen und sah sich in der Cafeteria um, bis sie Grace und ihre verlogene Freundin Brooke entdeckte, die mit jeder Sekunde näher kamen.

»Spinnst du? Das ist doch niemals zwölf Uhr«, zischte sie, kurz bevor Grace und Brooke unseren Tisch erreichten. Beide wirkten nicht besonders glücklich, uns hier vorzufinden, wobei Lilly und Grayson auch nicht freundlicher dreinsahen.

»Na toll«, murrte Brooke. Sie warf ihre schwarzen Zöpfe genervt zurück, bevor sie ihr Tablett mit einem hörbaren Knall auf der Tischplatte abstellte. »Leider sind das die letzten freien Plätze.« Mit diesen Worten ließ sie sich unwillig auf dem Stuhl neben mir nieder.

Grace hatte ihre blonden Haare zu einem hohen Pferdeschwanz gebunden, was ihre glitzernden Diamantohrstecker besonders gut zur Geltung brachte. Obwohl sie die gleiche Schuluniform wie alle anderen trug, schaffte sie es immer, darin total elegant zu wirken. Der Eindruck verflog allerdings, als sie mich kalt anfunkelte und wortlos ihren Stuhl zurückzog.

Kurz darauf wandelte sich ihr Gesichtsausdruck jedoch, da sie jemanden hinter mir bemerkte. Von einer Sekunde auf die andere wurden Grace' Züge viel weicher. Ich drehte mich irritiert um und entdeckte Blakes breite Schultern in der Menge. Er brachte sein Tablett mit dem benutzten Geschirr zurück, bevor er sich auf den Weg zum Ausgang machte. Blake hatte die Cafeteria schon beinahe verlassen, als er sich plötzlich noch einmal umwandte. Seine Augen begegneten meinen. Sofort begann es, in meinem Bauch zu kribbeln. Krampfhaft versuchte ich, ganz normal weiter zu atmen, was mir nicht so recht gelingen wollte. Blakes Blick schwenkte von mir zu Grace. Ich sah, wie er ihr beinahe unmerklich zunickte, und spürte, wie sich mein Brustkorb kurz zusammenzog.

Mit klopfendem Herzen drehte ich mich wieder zum Tisch um und stach meine Gabel blind in den Gemüseauflauf. Dabei unternahm ich alles, um nicht zu Grace zu schauen, die sich inzwischen schräg gegenüber von mir niedergelassen hatte. Lilly und Grayson hatten offenbar nichts von dem Blickwechsel mitbekommen, denn ich hörte, wie Lilly ein Gespräch über die Theaterpremiere von Graysons Eltern anfing, die bald stattfinden sollte.

Neben mir nahm Brooke einen Schluck von ihrer Cola und beugte sich dann vertraulich über den Tisch zu Grace. »War Blake gestern Abend wirklich noch bei dir zu Hause?«, fragte sie in einer Lautstärke, dass ich es unmöglich überhören konnte.

Gegen meinen Willen huschte mein Blick nun doch zu Grace, die geheimnisvoll lächelnd die Augen niederschlug.

»Na, sag schon«, flüsterte Brooke, deren blasse Haut sich vor Aufregung zu röten begann.

»Ja. Aber ich darf nicht darüber reden. Ich hab ihm mein Wort gegeben«, flüsterte Grace zurück, während ich mir rasch eine Gabel Gemüseauflauf, der plötzlich nach Pappe schmeckte, in den Mund steckte. Verzweifelt versuchte ich, mich auf das Gespräch zwischen Lilly und Grayson zu konzentrieren, was mir jedoch kläglich misslang.

»Oh Mann. Ich wäre zu gern dabei gewesen. Genau wie auf dem Maskenball, auf den du eingeladen bist«, seufzte Brooke. »Wieso darf ich dort nicht hin? Ich habe das Gefühl, im Moment fliegt dir alles zu: Nicht nur, dass einer der Deep-Blue-Twins dich zu Hause besuchen kommt, du kriegst du auch noch eine exklusive Einladung für den coolsten Ball des Jahres und wohnst direkt neben dem besten Friseur in Darktrew, sodass du dir um einen nachwachsenden Ansatz keine Sorgen zu machen brauchst.«

Als Grace flüchtig lächelte, spülte ich meinen Bissen rasch mit einem Schluck Wasser hinunter. Dabei wünschte ich, dass mich ihr Gespräch unberührt lassen könnte, auch wenn Blake darin vorkam.

»Wenigstens darf ich nächstes Jahr zum Abschlussfest der Schule kommen«, fuhr Brooke ein wenig eingeschnappt fort. »Die Kensington sucht übrigens gerade zwei Leute, die sich um die Planung kümmern sollen. Aber ich genieße die Party lieber, als sie mir im Vorfeld auszudenken.«

Grace nickte und drehte dabei gedankenverloren einen silbernen Ring an ihrem Finger. Der dunkelblaue Saphir in der Mitte war von funkelnden Brillanten eingefasst und passte perfekt zu ihren Diamantohrringen.

»Dein Ring sieht fast aus wie der Verlobungsring von Kate und William«, bemerkte Brooke kauend. »Ist der neu?«

Grace' Blick huschte zu dem Ring, bevor sie nach kurzem Zögern antwortete. »Ja, er ist neu.«

Noch während sie sprach, fing ich ihren Blick auf. Im selben Moment erstarrten ihre hellen Augen und die Umgebungsgeräusche verebbten. Das Geschirrklappern und die Gespräche an den umliegenden Tischen bekamen erst einen lang gezogenen Hall, bevor sie komplett verstummten. Aufmerksam beobachtete ich, wie alle Menschen ringsum zu Kristall erstarrten, bis Grace schließlich zersplitterte. Die bunten Glasflächen stoben zeitlupenartig auseinander und schwebten um ihren Stuhl. Ich rang nach Atem, als mir die Dunkelheit von Grace' Lüge die Luft abschnürte.

Der Ring war definitiv nicht neu. Automatisch suchte ich in der größten Scherbe, die unendlich langsam vor dem Tisch zu Boden fiel, nach der Wahrheit. Sie zeigte mir Grace in einem abgedunkelten Zimmer vor einer weißen Frisierkommode. Sie hatte rot geränderte Augen und wirkte, als hätte sie sich ihre Haare schon wochenlang nicht mehr gewaschen. Auf der Tischplatte lag der Silberring mit dem blauen Saphir vor dem Bild einer strahlenden Frau mit honigblondem Haar. Sie besaß dieselben hohen Wangenknochen und das gleiche Lächeln wie Grace. War das etwa ihre Mutter?

Der Splitter sank immer tiefer. Rasch beugte ich mich über den Tisch, um ihn zu drehen. Schließlich hatte es bei Onkel Edgar gestern auch funktioniert, dass mir ein weiterer Aspekt der Wahrheit offenbart worden war. Doch als ich den Kristallsplitter diesmal auf die Rückseite drehte, sprang mir keine weitere Wahrheit entgegen.

Stattdessen spürte ich nur eine erdrückende Lawine aus Schuld, als Grace mit zitternden Händen nach dem Ring griff und ihn sich langsam an den Finger steckte.

»Sag mal, June, willst du gar nichts zu unserer Konversation beitragen?«, fragte Grayson vorwurfsvoll. Die Zeit lief wieder normal weiter. Ich starrte noch immer Grace an, die meinen Blick misstrauisch erwiderte. Rasch sah ich zur Seite und räusperte mich.

»Natürlich«, murmelte ich dann und versuchte, mich zu fassen, obwohl mir die Mischung aus Schmerz und Schuld, die ich in dem Wahrheitssplitter gespürt hatte, noch immer zu schaffen machte.

»Also?« Grayson sah mich erwartungsvoll an.

»Also was?«

Er verdrehte kurz die Augen. »Also fragst du Lillys Großmutter bitte, ob sie dir die Zukunft vorhersagen kann?«

Lilly schüttelte den Kopf. Dabei warf sie einen prüfenden Blick zu Brooke und Grace, die jedoch in ihr eigenes Gespräch vertieft waren. »Tu das ja nicht«, erklärte sie mit gesenkter Stimme. »Granny hasst es, wenn Leute glauben, dass sie das kann.«

Grayson seufzte schwer. »Jetzt hast du mir den Spaß verdorben. Wenn ich schon nicht mitkommen kann, wäre es ein kleiner Trost gewesen, wenn deine Großmutter June ein bisschen verfluchen könnte.«

Einen Moment lang sahen Lilly und ich uns nur an.

»Man kann einen Menschen nicht *nur ein bisschen verfluchen*«, behauptete Lilly dann mit einer Ernsthaftigkeit, als ob es sich dabei um eine allgemein anerkannte Wissenschaft handelte.

»So ein Pech aber auch«, sagte ich, bevor ich mich an Grayson wandte. »Und warum bist du heute nicht dabei?« Ich fragte es, obwohl ich genau wusste, dass Lilly den Termin bei ihrer Großmutter extra so gelegt hatte, dass Grayson keine Zeit hatte.

»Theaterpremiere. Es ist jedes Mal dasselbe. Meine Mutter glaubt, dass es ihr Glück bringt, wenn ich wenigstens zu einer Probe komme. Dass ich dafür extra nach Newtown fahren muss, ist ihr offensichtlich egal.«

Ich nahm noch einen Schluck von meinem Wasser. »Es hört sich doch aber nett an, immerhin bist du eine Art Glücksbringer.«

Grayson schnaubte. »Wirklich, June? Sie spielen eine Neuinterpretation von Shakespeares *Sommernachtstraum.* Und ich sage dir, wenn du deine Eltern in Strumpfhosen über die Bühne hüpfen siehst, dann ist das kein Sommernachtstraum, sondern einfach nur ein Albtraum.«

»Ich hoffe, Grayson erfährt nie, dass ich ihn angelogen habe«, seufzte Lilly, als wir nach der Schule im Bus nach Portfall saßen. Grayson war direkt nach der Geschichtsstunde zur Theaterprobe aufgebrochen, während Lilly und ich uns auf den Weg in das kleine Fischerdörfchen gemacht hatten, in dem ihre Großmutter lebte. Wie der Zufall es wollte, handelte es sich dabei um genau jenen Ort, in den mich Blake am Tag meiner Ankunft gefahren hatte, weil ich dort einen Abschleppwagen für mein Taxi rufen wollte.

Als Lilly und ich aus dem Bus stiegen, entdeckte ich nur ein paar Schritte die Straße runter den damals geschlossenen Pub, der heute anscheinend geöffnet hatte. Vor ein paar Wochen hatte Blake mich dort am Rand des Kais an sich gezogen, um mich vor dem Sturz ins Meer zu bewahren. Ich erinnerte mich an das heftige Gewitter, genauso wie an Blakes unglaublich blaue Augen, in denen ich ein helles, fast schon unnatürliches Leuchten wahrgenommen hatte.

Hatte dieses Leuchten vielleicht etwas damit zu tun, dass Blake ein Blauer und ich eine Grüne war? War unsere besondere Verbindung, die laut Musgrave erst durch den Fluch ausgelöst worden war, eventuell in diesem Augenblick entstanden?

»Bleibt das jetzt eigentlich so?«, fragte Lilly, als wir ein paar Schritte über das holprige Kopfsteinpflaster gemacht hatten. Die Türen des Busses schlossen sich zischend hinter uns.

»Bleibt was so?«, fragte ich abgelenkt. Innerlich versuchte ich, die Erinnerung an meine erste Begegnung mit Blake abzuschütteln.

Dunkle Wolken zogen über den Himmel und tauchten die bunten Häuserfassaden der Kleinstadt in ein schmutzig düsteres Licht. Im Sonnenschein war Portfall wahrscheinlich hübsch anzusehen, auch wenn es mir bislang nur bei schlechtem Wetter begegnet war.

»Dass ich dich etwas frage und du einfach gar nicht mehr reagierst?«, sagte Lilly halb spöttisch, halb gekränkt.

»Oh.« Durch den einsetzenden Nieselregen sah ich sie zerknirscht an. »Tut mir echt leid, Lilly. Ich bin im Moment ein wenig durch den Wind.«

»Schon gut.« Lilly bog in eine schmale Gasse ein, die nach ein paar Metern in eine größere Straße mündete. »Vielleicht gewöhne ich mir ja einfach Selbstgespräche an. Außerdem rede ich dann zumindest mit jemandem, der mir wirklich gerne zuhört.«

»Mit dir selber?«

Sie zuckte grinsend mit den Schultern. »Wenn es sonst keiner macht.«

»Ich höre dir zu, Lilly. Versprochen.« Ich ließ meinen Blick über die getönte Scheibe eines geschlossenen Fischereiladens schweifen und zog mir die Kapuze meines Parkers über den Kopf, da der Regen immer stärker wurde. »Ist es noch weit zu deiner Oma?«

»Nein, gar nicht mehr. Sie hat ein Hausboot, gleich unten am Hafen«, erwiderte Lilly.

»Ein Hausboot?«, wiederholte ich ungläubig. »Ich fasse zusammen: Deine Großmutter glaubt an Geister, heilt durch Handauflegen und lebt auf einem Hausboot.«

Lilly grinste. »Yep. Außerdem nascht sie für ihr Leben gern Schokolade in sämtlichen Variationen. Wundere dich nicht.«

»Okay. Das wird sicher interessant. Auf jeden Fall bin ich gespannt, ob sie etwas weiß«, sagte ich halb zu mir selbst. Langsam schöpfte ich wieder Hoffnung, heute wenigstens irgendetwas Hilfreiches zu erfahren. »Die ganzen Sagen, die ich bisher durchgeackert habe, haben mich jedenfalls nicht weitergebracht.«

Lilly hüpfte seufzend über eine längliche Regenpfütze. »Mich auch nicht. Ich war gestern extra noch einmal in der Stadtbibliothek von Newtown, um etwas über diesen verdammten Fluch herauszufinden. Aber nichts. Dafür kenne ich jetzt die Artussage in- und auswendig.«

»Und ich weiß, dass der Teufel sich ziemlich exzessiv in England herumgetrieben hat«, setzte ich hinzu.

Lilly schmunzelte. »Der und Robin Hood.«

Grinsend bogen wir auf eine etwas breitere Straße ein. »Das einzig Interessante, was ich gestern über Darktrew erfahren habe, stammt von meinem Onkel. Er hat mir erzählt, dass der ganze Ort abgebrannt ist, weil es einen Nachbarschaftsstreit gab.«

Lilly zog sich jetzt auch die Kapuze über den Kopf, da der Regen einfach nicht nachließ. »Das habe ich anders gelesen. Ich dachte, es ist abgebrannt, weil sich ein paar Leute mit geschmuggeltem Alkohol dermaßen die Birne weggeknallt haben, dass sie versehentlich ein Ölfass in Brand gesetzt haben.«

»Echt?«

»Egal wie, Darktrew ist abgebrannt und wieder aufgebaut worden. Wie viele Bücher hast du in der Bibliothek denn schon durch?«

Ich wich einer entgegenkommenden Frau mit einem Regenschirm aus und zog dabei den Kopf ein. »Einige, aber noch viel zu wenige. Dieses Wochenende sind zum Glück alle außer Haus, also kann ich mit meinen Nachforschungen weitermachen.«

»Am Wochenende bin ich leider raus«, sagte Lilly. »Mein Vater zwingt uns, mit ihm unseren Dachboden aufzuräumen.«

»Das klingt doch nett.«

»Nett? Mit meinen vier Brüdern gemeinsam in einem muffigen Zimmer festzusitzen, ist vieles – aber sicher nicht nett. Dad denkt, dass solche Aktionen unser Gemeinschaftsgefühl fördern. Ich denke eher, dass sie unser Aggressionspotenzial erhöhen.« Lilly deutete auf eine kleine Hafenanlage am Ende der Straße, die so aussah, als wäre sie eine Verlängerung des Kais. Von dem gepflasterten Landesteg fiel eine steinerne Hafenmauer steil ab, hinter der etwa zehn Fischkutter im ruhigen Gewässer lagen. »Sieh mal, wir sind schon fast da. Grannys Boot liegt ganz rechts.«

Ich reckte den Hals, um an den nassen Masten und Segeln vorbei einen Blick auf das Hausboot zu erhaschen, als ich eine Gruppe Jungs mit Surfbrettern unter einer gestreiften Markise stehen sah. Sie hatten offenbar mit anderem Wetter gerechnet, denn ich konnte beobachten, wie sie sich voneinander verabschiedeten und in verschiedene Richtungen davonstrebten.

Einer von ihnen sah noch einen Moment lang aufs Meer hinaus, das trotz des Regens absolut ruhig dalag, bevor er unter der Markise hervortrat. Bei seinem Anblick blieb ich unwillkürlich stehen, denn es handelte sich um niemand anderen als Preston. Sein hellgraues

T-Shirt klebte an seinem Oberkörper und er strich sich die vom Regen nassen Haare zurück, bevor er mit dem Surfbrett unter dem Arm in unsere Richtung joggte. Als er mich sah, hielt er überrascht an.

»Hey, June.« Ein Lächeln schlich sich auf sein Gesicht. »Was machst du denn hier in Portfall?«

»Ich … also wir haben vor, Lillys Großmutter zu besuchen«, erwiderte ich. »Und du?«

»Ich wollte mit meinen Kumpels surfen gehen, nachdem es gestern schon der Hammer war. Am Wochenende sind auch super Wellen angesagt, aber da hab ich ja einen Gig in London, also fällt das ins Wasser. Und heute auch, wie es aussieht. Der Wettergott ist gerade nicht auf meiner Seite.«

»Tut mir leid«, sagte ich, während der Regen an uns dreien heruntertropfte.

»Ja, echt schade«, sagte Lilly in einem Tonfall, der deutlich machte, dass ihr Prestons Surfpläne total egal waren. »Also dann – bye.«

»Warte, June. Wo wohnt denn Lillys Oma?« Preston wischte sich mit dem Handrücken die Wassertropfen aus den Augen. »Meinst du, ich krieg bei ihr einen Kakao und ein Stück Kuchen?«

Lilly legte den Kopf leicht schräg und fixierte Preston. »Weißt du überhaupt, wer Lilly ist?«

Preston stockte kurz und wandte Lilly zum ersten Mal sein Gesicht zu. »Ja – du.«

Sie schnaubte. »Das war geraten.«

Er grinste. »Aber gut geraten.«

»Ich weiß nicht, ob das so eine gute Idee ist«, sagte ich schnell, da ich mir nicht vorstellen konnte, mit Preston Lillys vielseitig orientierte Oma aufzusuchen.

Preston stellte das Surfbrett neben sich auf den Boden und stützte sich lässig darauf ab. »Sag bloß, dass es ein Geheimtreffen ist.« Er beugte sich ein wenig zu mir. »Es geht sicher um den Fluch, oder?«, wisperte er dann so laut, dass Lilly es auf jeden Fall hören musste.

Ich stockte überrumpelt.

»Schließlich hast du es doch Lilly erzählt, nicht wahr?«, fuhr Preston fort.

Stirnrunzelnd blickte ich ihn an. »Woher weißt du das?«

»Blake hat es mir verraten. Auch, dass ihr beide in seinem Zimmer rumgeschnüffelt habt.«

»Tatsächlich?«, murmelte ich und wünschte mir beinahe, Blake wäre Preston gegenüber genauso verschlossen wie bei mir.

»Du scheinst die Sache mit dem Fluch ja ziemlich locker zu nehmen«, sagte Lilly, die wieder ihr Sherlock-Holmes-Gesicht aufgesetzt hatte.

Preston zuckte mit den Schultern. »Ich glaube erst daran, wenn es mehr Beweise dafür gibt als die Aussage eines einzelnen Mannes.«

»Was hat Blake denn genau gesagt?«, fragte ich, weil ich es noch immer seltsam fand, dass die beiden plötzlich wieder so engen Kontakt hatten.

Preston blickte kurz in den Himmel. Der Wolkenbruch schien vorbei zu sein, denn der Regen ließ gerade spürbar nach. »Blake meinte, dass du es nicht schaffst, die Sache mit Musgrave zu vergessen, und wollte, dass ich ihm dabei helfe, dich rauszuhalten.«

»Und wirst du tun, was er sagt?«

»Niemals«, erklärte er mit Nachdruck. »So weit wird es sicher nicht kommen.«

Kapitel 7

Das Hausboot von Lillys Oma schaukelte sanft auf den Wellen. Es erinnerte mich an eine Mischung aus einem schwimmendem Zugabteil und einem farbenfrohen Wohnwagen, wobei das ganze Deck mit üppig wuchernden Topfpflanzen bevölkert war, die in bunten Übertöpfen steckten. Obwohl ich Lillys Großmutter noch nicht kannte, war mir ihr Zuhause sofort sympathisch.

»Hallo Granny!«, rief Lilly über das sanfte Klatschen der Brandung hinweg.

In diesem Moment steckte eine zierliche ältere Frau mit rotgeschminkten Lippen den Kopf aus der Tür. Sie hatte ihre weißen Haare zu einem Zopf zusammengebunden und strahlte trotz der vielen kleinen Fältchen um die Augen etwas Mädchenhaftes aus. Bei Lillys Anblick hellte sich ihre Miene auf, und sie schenkte ihrer Enkelin ein breites Lächeln. »Lilly! Gut, dass du kommst. Sag mal, hast du vielleicht mein schwarzes Notizbuch gesehen?«

»Ähm … nein. Leider nicht«, sagte Lilly unbekümmert, während Preston und ich einen kurzen Blick wechselten. Lilly lief über den schmalen Steg, der vom Ufer der Hafenanlage auf das Boot führte, und umarmte ihre Oma, die ein bodenlanges violettes Kleid trug, das ihre gebräunten Arme freiließ.

»Ein Jammer!« Lillys Oma griff seufzend nach einer bis zum Rand mit Regenwasser gefüllten Gießkanne, um die Pflanzen auf dem Deck mit Wasser zu versorgen. Dass es vor einer Minute noch wie aus Eimern geschüttet hatte, schien sie dabei nicht zu stören.

»Ich hatte mir nämlich aufgeschrieben, auf welches Pferd ich setzen möchte«, fügte sie erklärend hinzu, während sie einen Blumenstock mit lilafarbenen Blüten goss. »Alt werden ist wirklich besser als die Alternative, aber die Sache mit der Vergesslichkeit ist nicht schön.«

Danach richtete sie sich auf und sah von Lilly zu Preston und mir. Wir waren Lilly über den Steg auf das Boot gefolgt, sodass ich nun das Gefühl hatte, mitten im Verkaufsraum einer Blumenhandlung zu stehen. Preston hatte noch immer sein Surfbrett dabei, das er nun sanft gegen die dunkelgrün gestrichenen Balken des Hausboots lehnte.

»Und wer seid ihr?« Lillys Großmutter tätschelte ihrer Enkelin kurz über den Kopf. »Also, dich kenne ich natürlich, Lilly, so schlimm ist es noch nicht – aber wer sind die anderen zwei?«

Lilly deutete auf Preston und mich. »Preston und June – das ist meine Großmutter.«

Bei dem Wort *Großmutter* ging ein Ruck durch die alte Dame, und sie wedelte empört mit der Gießkanne vor Lillys Nase herum. »Pssst! Du sollst doch dieses schlimme Wort nicht sagen.«

»Welches schlimme Wort? *Preston?*« Lilly grinste. »Ich wusste gar nicht, dass ihr euch schon kennt.«

Die ältere Dame blickte von ihrer Enkelin zu Preston. »Ich fühle Spannungen zwischen euch beiden. Was haben Sie meiner Enkelin getan?«

Preston zog eine Augenbraue hoch. »Ich habe ihr gar nichts getan. Ich würde sie niemals anrühren.«

Lilly verschränkte die Arme vor der Brust. »Besten Dank aber auch.«

Schmunzelnd beobachtete ich, wie Preston kurz die Augen verdrehte. Offenbar war er sich nicht mehr sicher, ob der Besuch bei Lillys Oma wirklich so eine gute Idee gewesen war.

»Gefällt dir der Kerl denn, Liebes?«, fragte die ältere Dame frei heraus.

»Nein, natürlich nicht, *Großmutter.*«

Lillys Großmutter schüttelte den Kopf. »Wieder dieses Wort. Wir hatten uns doch geeinigt, dass du mich Violet nennst. Granny ist notfalls auch in Ordnung ... aber nicht – du weißt schon.«

Lilly straffte die Schultern und atmete tief ein. »Okay. June und Preston – das ist Violet, die aussieht, als könnte sie meine große Schwester sein.«

Violet strahlte. »Das hast du schön gesagt. Und jetzt kommt rein auf eine Tasse Tee.« Sie stellte die Gießkanne auf dem Boden ab und bahnte sich ihren Weg zwischen den regenfeuchten Pflanzen hindurch zur Tür. Lilly, Preston und ich folgten ihr, wobei sich Preston ein wenig bücken musste, um durch die niedrige Eingangstür zu kommen.

Das Innere des Hausbootes roch leicht nach Lavendel und war gemütlich, aber ein wenig chaotisch. Violet mochte die Farbe Lila offenbar sehr gerne, denn ich entdeckte jede Menge violetter Sachen. In einer Sitzecke gab es violette Zierkissen, vor dem Fenster hingen lavendelfarbene Vorhänge und auf dem Boden lag ein lilafarbener Flickenteppich.

»Setzt euch.« Violet deutete auf die Sitzecke mit dem im Boden verschraubten Tisch. Auf der ovalen Tischplatte lagen neben einer aufgeschlagenen Zeitung mit den Ergebnissen der Pferdewetten noch ein Kartenspiel und ein Päckchen Taschentücher. »Ich mache uns erst mal eine Kanne Pfefferminztee.«

Preston sah sich neugierig in dem kleinen Hausboot um und ließ sich schließlich als Erster in der Sitzecke nieder. Hinter dem Wohnbereich mit der kleinen Kochnische führte ein schmaler Durchgang in einen weiteren Raum, der jedoch durch einen dunkelvioletten Samtvorhang verdeckt wurde.

»Gibt es auch Kuchen?«, fragte Preston. Ich setzte mich neben ihn auf die Bank und spürte eine diffuse Nervosität, weil ich heute vielleicht endlich etwas über diesen Fluch erfahren würde. Und obwohl ich nicht im Mindesten damit gerechnet hatte, dass Preston bei diesem Besuch dabei sein würde, tat mir seine gelassene Unbekümmertheit gerade ziemlich gut.

»Ich habe zwar keinen Kuchen, aber ich habe Kekse«, sagte Violet über die Schulter und goss heißes Wasser in eine Teekanne aus Porzellan, auf der viele kleine Vergissmeinnicht abgebildet waren.

»Die nehme ich auch gerne«, sagte Preston und zupfte an seinem nassen T-Shirt, während Lilly und ich unsere Jacken auszogen.

»Seltsamer Tag für einen Surfausflug«, bemerkte Violet, die mit einem lilafarbenen Tablett zu uns an den Tisch kam. Darauf befanden sich vier verschieden geformte Teetassen und ein Teller mit dunkelbraunen Keksen. »So ganz ohne Wellen, dafür mit Regen.«

Preston griff nach einem Keks und steckte ihn in den Mund. »Seltsamer Tag, um seine Blumen zu gießen, finden Sie nicht?«

Violet hielt beim Verteilen der Teetassen kurz inne, bevor ein Schmunzeln ihre roten Lippen kräuselte. »Mein Gott, was bin ich schusselig«, murmelte sie. »Irgendwann werde ich meine Pflanzen noch ertränken. Schmecken dir die Kekse?«

Preston nickte, und Violett holte rasch eine Dose Zucker aus der Kochecke. »Das ist schön. Ich habe sie für den Hund meiner Freundin gebacken. Du bist der erste Mensch, der sie kostet.«

Daraufhin verschluckte sich Preston an seinem Keks. Violet klopfte ihm zuvorkommend auf den Rücken. »Geht es wieder?«

Preston schob der heftig grinsenden Lilly den Teller mit den Keksen hin. »Natürlich. Sie sind eine fabelhafte Bäckerin.« Mit diesen Worten nahm er sich noch einen Keks, von dem er demonstrativ abbiss.

»Der Junge gefällt mir.« Violet zwinkerte Lilly zu, die nur die Augen verdrehte.

»Dann bist du aber die Einzige hier.«

Preston betrachtete Lilly amüsiert. »Du lügst.«

»Tu ich nicht.«

»Aber du wirst rot.«

»Außer meinen Haaren ist nichts rot an mir.«

Violet strich Lilly liebevoll über die zerzausten feuchten Haare. »Ich hatte auch mal so eine wundervolle rote Mähne. Damals in der Schule nannten sie mich deshalb eine Hexe. Dabei hab ich den Männern sicher nicht mit Zauberei den Kopf verdreht.«

»Das kann ich mir vorstellen«, sagte Preston, der inzwischen bei seinem dritten Keks angelangt war.

»Hör auf, zu schleimen«, murrte Lilly und lehnte sich in der Sitzecke zurück. »Sie ist zu alt für dich.«

Preston grinste. »Eifersüchtig?«

»Träum weiter.«

Sein Grinsen vertiefte sich, bevor er sich Violet zuwandte, die noch immer neben dem Tisch stand. »Okay, Ihre Enkelin ist vielleicht eine kleine Hexe, Sie aber nicht, oder? Sie sind nicht eine von denen, die behaupten in die Zukunft sehen zu können?«

»Pah. Wie ich es hasse, wenn Menschen glauben, dass ich das kann. Aber mit Liebeszaubern kenne ich mich aus.«

Violet zwinkerte Lilly noch einmal zu, die daraufhin geräuschvoll schnaubte. »Nie im Leben.«

»Kennen Sie dann vielleicht auch irgendwelche Geschichten über Hexen oder Zauberei in dieser Gegend?« Ich nutzte die Gelegenheit, um unser Gespräch in die richtige Richtung zu lenken.

Lillys Großmutter setzte sich mit einer Tafel Schokolade zu uns an den Tisch. Dabei fiel mir aus irgendeinem Grund ein, dass sich angeblich acht Insektenbeine in einer Durchschnittstafel befanden. Das erwähnte ich jedoch nicht, denn Violet bedachte bereits ihre Enkelin mit einem leicht strafenden Blick – und den wollte ich mir nicht auch noch einfangen.

»Geschichten über Hexen oder Zauberei gibt es wie Sand am Meer, Kindchen. Ganz Cornwall ist voll davon.« Sie schenkte uns allen eine Tasse Tee ein.

»Und wie sieht es mit Sagen aus, die in Verbindung mit Darktrew stehen?«, fragte ich weiter. »Oder …« Ich zögerte. »Oder mit dem Steinkreis in Bodmin Moor?«

Violet kniff die Augen zusammen und brach ein Stück von ihrer Schokoladentafel ab, das sie sich nachdenklich in den Mund schob. »Du meinst die Legende von The Hurlers?«

»Nein, nicht diese Legende«, warf Lilly ein. »Die kennen wir. Ebenso wie die Geschichte von dem alten Pearlman, der sich im Brunnen von Darktrew ertränken wollte, weil seine Frau etwas mit dem Gärtner hatte.«

»Das stimmt nicht«, sagte Preston kauend. »Es war der Bäcker.«

»Grayson hat behauptet, es wäre der Postbote gewesen«, sagte ich, woraufhin Violet schallend zu lachen anfing.

»Was ist?« Lilly betrachtete stirnrunzelnd ihre Großmutter, die so sehr lachte, dass sie ihren Tee verschüttete.

»Ihr drei seid schlimmer als die alten Klatschbasen, die ich jeden Dienstag bei der Fußpflege treffe.«

Preston lehnte sich entspannt auf der Sitzbank zurück. »Hey. Ich esse vielleicht Hundekekse, aber ich bin keine Klatschbase.« Bei dem herausfordernden Funkeln in seinen Augen befürchtete ich, er würde auf die Idee kommen, als Retourkutsche seine Gabe an Violet anzuwenden. Doch die nächsten Sekunden verstrichen, ohne dass das Fensterglas zu klirren anfing oder Risse bekam.

Violet nahm sich selbst auch einen Keks und tunkte ihn in ihren Tee. »Die Geschichte vom unglücklichen Pearlman existiert in unzähligen Varianten. Mal war es der Bäcker, dann der Pfarrer oder der Hausarzt, mit dem ihn seine Frau angeblich betrogen hat. Aber wie ich Lilly immer sage, hat jede Geschichte einen wahren Kern. Und die ist in diesem Fall, dass die Ehe der Pearlmans lange Zeit vor der Affäre zu Ende war.«

»Und mit wem hat seine Frau ihn nun betrogen?«, fragte Preston, der endlich satt zu sein schien.

»Ich habe gehört, es war ihre beste Freundin«, erwiderte Violet trocken.

Ein ungläubiger Ausdruck huschte über Prestons Gesicht. »Mit einer Frau?«

Lilly lachte auf. »Hast du schon mal gehört, dass eine beste Freundin ein Mann ist?«

»Deswegen existieren also so viele unterschiedliche Versionen.«

Ich nippte an meinem Tee. »Weil er die Wahrheit schlimmer fand, als zu lügen.«

Violet nickte zustimmend. »Dass seine Frau ihn mit einer anderen Frau betrogen hat, hat der alte Pearlman nicht verkraftet. Deshalb hat er begonnen, die ganzen Gerüchte über mögliche Liebhaber in die Welt zu setzen.«

»Und dann?«, fragte ich. »Hat er tatsächlich versucht, sich zu ertränken?«

»Blödsinn«, erwiderte Violet. »Er hat sich in einem der Pubs am Rande von Darktrew so volllaufen lassen, dass er den Heimweg nur noch torkelnd antreten konnte. Dabei ist er dann versehentlich über den Brunnenrand gestolpert und ertrunken.«

»Eine schöne Geschichte«, bemerkte Preston ironisch. »Offenbar ist es nicht immer ratsam, wenn die Wahrheit ans Licht kommt.« Bei seinen Worten verschluckte sich Lilly beinahe an ihrem Tee, und ich merkte, wie sie meinem Blick auswich.

»Dennoch findet die Wahrheit meist ihren Weg«, entgegnete Violet und stand auf, um den leeren Keksteller zur Spüle zu tragen. »Wollt ihr mir jetzt vielleicht sagen, was die ganzen Fragen sollen? Ich verspreche auch, nicht zu fragen, warum ihr wissen wollt, was ihr wissen wollt.«

Lilly, Preston und ich wechselten einen kurzen Blick.

»Kennen Sie vielleicht auch eine Sage über Wahrheit und Lüge?«, fragte ich dann entschlossen. »Etwas, das eventuell mit der Gegend hier zu tun hat?« Ich versuchte, meine Erwartungen nicht allzu groß werden zu lassen. Immerhin hatten Lilly und ich jetzt schon etliche Sagenbücher durchforstet und waren dennoch auf nichts gestoßen.

»Ich kenne tatsächlich eine alte Legende, in der es um die Wahrheit geht«, antwortete Lillys Großmutter nachdenklich. »Sie handelt sogar von einem Steinkreis, wenn ich mich recht erinnere.«

»Ehrlich?«, fragte Preston überrascht.

Mein Herz klopfte schneller. »Worum geht es in der Legende?«

Lillys Großmutter kam wieder zurück an den Tisch und setzte sich. Dann strich sie ihr langes Kleid glatt, bevor sie zu erzählen begann.

»Die Legende handelt von einer Prinzessin, die sich nicht zwischen zwei Prinzen entscheiden konnte. Beide waren offenbar sehr geschickt darin, ihr süße Worte ins Ohr zu flüstern – wobei sich die Prinzessin nicht sicher war, welchen Liebesschwüren sie Glauben schenken sollte. Deshalb bat sie einen mächtigen Druiden um Rat, um ihre wahre Liebe zu finden.«

»Was sonst«, bemerkte Preston, der die ganze Angelegenheit offenbar nicht ernst nahm. »Wenn ich zwischen zwei Frauen wählen müsste, würde ich natürlich auch erst mal meinen Druidenkumpel um Rat anhauen.«

»Willst du die Geschichte weitererzählen?«, fragte Violet.

Preston lächelte charmant. »Natürlich nicht. Bitte fahren Sie fort.«

»Der Druide sagte der Prinzessin voraus, dass nur einer der Prinzen ehrliche Absichten hegte, und brachte ihr einen magischen Stein, mit dessen Hilfe sie die Wahrheit erkennen sollte.« Violet stockte kurz. »Ich glaube, der Stein war in irgendein Schmuckstück eingefasst – aber ich weiß nicht, ob es sich um eine Kette oder einen Ring oder ein Armband handelte.«

»Egal. Was passierte dann?«, fragte Lilly, die plötzlich seltsam nervös wirkte.

»Nun, dieser magische Stein war sogar noch viel mächtiger, als der Druide annahm«, fuhr Violet fort. »Er konnte die Prinzessin nicht nur Wahrheit von Lüge unterscheiden lassen, er hatte anscheinend auch die Kraft, andere Menschen dazu zu bringen, die Wahrheit zu sagen oder zu lügen.«

Bei ihren Worten schluckte ich trocken. Selbst Preston wirkte plötzlich nicht mehr so unbeteiligt wie zuvor. Eine eigenartige, angespannte Stille hatte sich über uns gesenkt, und der Blick in Prestons strahlend blauen Augen verriet mir, dass auch er sich fragte, ob dies der Ursprung unserer Gabe war.

»Doch der Stein konnte noch mehr«, erzählte Violet weiter. »Die Prinzessin konnte damit nicht nur die Wahrheit in den Herzen anderer erkennen, sondern diese Menschen auch blenden und für sich gewinnen. Nachdem die Prinzessin den Druidenstein benutzt hatte, um ihre Wahl zwischen den Prinzen zu treffen, verfiel sie der Macht seiner Magie. Dabei wurde ihr Herz immer dunkler, bis sie ihres Prinzen überdrüssig wurde.«

»Und dann?«, fragte ich, da Violet genau an dieser Stelle zu reden aufgehört hatte.

Lillys Großmutter zuckte mit den Schultern. »An den Rest kann ich mich nicht mehr so genau erinnern. Ich glaube, der Druide hat sich den Stein zurückgeholt. Aber was er damit gemacht hat, weiß ich nicht. Vielleicht hat er ihn vergraben.«

»Wo vergraben?«, fragte Preston wie aus der Pistole geschossen.

»Keine Ahnung«, sagte Violet und hob kurz die Zeitung an, um darunter zu linsen. »Aber wenn ich wüsste, wo ein alter Druide vor tausend Jahren einen magischen Stein vergraben hat, würde ich es euch sagen. So wie ihr mir sagen würdet, wenn ihr mein schwarzes Notizbuch irgendwo gesehen hättet, richtig?«

»Ich glaube, das hat Lilly vorhin weggenommen«, bemerkte Preston spöttisch und brach damit den Bann, der sich über uns gelegt hatte. »Man könnte fast sagen, sie hat es geklaut.«

»Was? Ich hab überhaupt nichts geklaut!«, fauchte Lilly und lief rot an.

»Wissen Sie auch etwas über Grüne und Blaue?«, wagte ich noch einen weiteren Vorstoß, bevor Lilly und Preston sich in die Haare gerieten.

»Grüne und Blaue?« Violet kratzte sich am Halsausschnitt ihres Kleides. »Tut mir leid, Schätzchen. Davon weiß ich nichts. Ich bin auch mehr der Typ lila.«

»Du bist auch bald mehr der Typ lila, wenn du mich weiter so blöd angrinst«, murmelte Lilly in Richtung von Preston. »Lila Blutergüsse.«

Preston ignorierte sie und wandte sich an ihre Großmutter. »Wissen Sie auch was von irgendeinem Fluch, der mit dieser Druidengeschichte zusammenhängt?«

»Nun, für die Menschen in der Nähe der Prinzessin war es ein Fluch, dass sie den Stein hatte«, sagte Violet. »Mehr weiß ich leider nicht. Aber ich kann mich umhören, wenn ihr wollt.«

»Was war denn vorhin los?«, fragte ich, nachdem wir Violets Hausboot wieder verlassen hatten. Preston war gleich mit seinem Surfbrett runter zum Strand gegangen, da der Wind überraschend aufgefrischt hatte. Dabei hatte er nachdenklicher gewirkt als zuvor, und ich fragte mich, ob er der Druidengeschichte doch etwas abgewinnen konnte. Denn obwohl er sich bei unserem Gespräch auf dem Sportplatz ziemlich abgeklärt gegeben hatte, schien ihn die Legende über die mögliche Herkunft unserer Fähigkeiten nicht kaltgelassen zu haben.

»Wie? Was soll denn vorhin mit mir los gewesen sein?«, fragte Lilly nervös und wich meinem Blick verdächtig schnell aus.

Kopfschüttelnd blieb ich stehen und legte ihr die Hand auf den Arm. »Hey. Ich muss keine magischen Kräfte haben, um zu sehen, dass du mir irgendwas verheimlichst.«

Lilly verdrehte die Augen. »Du meinst, dass ich Preston nicht ausstehen kann?«

»Nein. Denn *das* verheimlichst du definitiv nicht. Es ist irgendwas anderes.« Ich schaute sie forschend an.

»Es ist nichts«, sagte Lilly und stapfte mit hochgezogenen Schultern Richtung Busstation.

Stirnrunzelnd lief ich hinter ihr her. »Lilly! Jetzt sag mir endlich, was los ist.«

Lilly blieb abrupt stehen. »Es ist …« Sie atmete tief durch und zog dann mit zitternden Fingern einen silbernen Ring mit einem von Brillanten eingefassten Saphir aus ihrer Tasche. »Beim Sportunterricht hat Grace den Ring abgenommen«, flüsterte Lilly. »Und da hab ich …«

»Oh nein«, murmelte ich und starrte auf das glänzende Schmuckstück. »Du hast ihn mitgenommen. Aber wieso denn?«

»Ich weiß auch nicht, es ist einfach so über mich gekommen!«, zischte Lilly. »Ich konnte überhaupt nichts dagegen tun, es war, als hätte eine unsichtbare Macht von mir Besitz ergriffen und mich dazu gezwungen.«

»Eine unsichtbare Macht?«, wiederholte ich zweifelnd.

»Eine unsichtbare Macht, die mich furchtbare Dinge tun lässt«, murmelte Lilly unglücklich und presste beide Handballen gegen ihre Augen. »Ich hab so ein schlechtes Gewissen. Wieso mache ich so etwas immer wieder?«

Kapitel 8

»*Und?*«, fragten Grayson und ich gleichzeitig, als Lilly mit hängenden Schultern vor uns auftauchte. Wir hatten draußen am Rand des steinernen Springbrunnens der King's School darauf gewartet, dass Lilly sich in der Pause zu uns gesellte, um uns auf den neuesten Stand zu bringen. Lilly wirkte jedoch nicht gerade so, als hätte sie Grace den Ring soeben erfolgreich zurückgegeben.

»Es hat sich nicht ergeben«, meinte sie schuldbewusst.

Grayson schnaubte. »Wie, *es hat sich nicht ergeben?* Konntest du den Ring nicht unauffällig in ihre Tasche stecken oder unter den Tisch legen? Du schaffst es doch auch, die Dinge an dich zu nehmen, Sweetheart.«

»Ich weiß. Und normalerweise gebe ich sie auch wieder zurück.« Der Herbstwind blies ein paar welke Blätter über den Schulhof. Lilly zog fröstelnd den steingrauen Blazer ihrer Schuluniform vor der Brust zusammen.

»Aber?«, fragte ich, weil ich aus Lillys nervösem Gesicht ablas, dass ein *Aber* folgen würde.

»Aber heute ist es irgendwie seltsam. Ich weiß nicht. Ich muss aufs Klo.«

Ohne noch etwas hinzuzufügen, drehte sie sich um und war so

schnell zwischen den anderen Schülern verschwunden, wie sie aufgetaucht war.

Grayson sah ihr nachdenklich hinterher. »Was ist in letzter Zeit bloß mit ihr los? Lilly verheimlicht irgendetwas.«

Augenblicklich fühlte ich, wie sich das schlechte Gewissen in mir regte. Schließlich wusste ich genau, was Lilly vor Grayson verheimlichte.

»Wir sind seit der Primary School durch dick und dünn gegangen«, seufzte Grayson. »Und jetzt …« Er warf mir einen Blick von der Seite zu. »Vielleicht hat sie mir damals tatsächlich die Armbanduhr geklaut, die ich beim Sport angeblich *verloren* habe.« An seinem Lächeln sah ich, dass er nur einen Scherz machte, aber der Spaß schien ihm selbst nicht zu gefallen.

»Vielleicht ist es jetzt etwas anderes, weil wir von ihrer Kleptomanie wissen«, mutmaßte ich, um die Unterhaltung in eine andere Richtung zu steuern. »Ich meine, Lilly hat doch geschworen, dass sie ihr Diebesgut sonst immer problemlos zurückgegeben hat. Vielleicht ist es etwas anderes, weil wir nun ihr Geheimnis kennen. Vielleicht schämt sie sich.«

Grayson streifte den Springbrunnen mit einem leicht angewiderten Blick, als der Wind ein paar Tropfen des feinen Sprühnebels zu uns blies. »*My goodness*, Lilly sollte sich für den pink-karierten Schottenrock schämen, den sie in der fünften Klasse getragen hat, aber sicher nicht dafür.«

Ich überlegte. »Vielleicht sollten wir das für sie übernehmen.«

»Sich für sie zu schämen? Darling, wenn ich an den Schottenrock denke, tue ich das noch immer.«

»Das meine ich nicht. Ich meine, vielleicht sollten *wir* Grace den Ring zurückgeben.«

Grayson sah mich an, als hätte ich ihm soeben vorgeschlagen, Lillys Schottenrock aus der fünften Klasse zur Schuluniform auszurufen. »Grace? Wir sollen uns freiwillig dieser hinterlistigen, arroganten Person nähern?«

»Wir tun es für Lilly«, erklärte ich entschlossen.

»Keine Chance, June. Das würde ich nicht einmal für die Queen tun.«

»Lilly«, wiederholte ich nur und sah, wie Grayson langsam einknickte. Er schlug die Beine übereinander und presste missmutig die Lippen zusammen. »Okay, aber dafür muss mir Lilly meine Armbanduhr zurückgeben, ob sie sie hat oder nicht.«

Nachdem wir Lilly in unseren Plan eingeweiht hatten, zeigte sie sich äußerst dankbar und erleichtert. Offenbar war es ihr wirklich unangenehm, dass sie schon wieder einen Rückfall erlitten hatte – nachdem sie geglaubt hatte, ihre Kleptomanie endlich in den Griff bekommen zu haben.

»Okay. Dann gehen wir es an«, sagte Grayson nach der nächsten Stunde leise zu mir, als wir ein paar Schritte hinter Grace durch den Flur schlenderten. Wir hatten die letzte Mathestunde im Raum *Margaret Thatcher* verbracht, und Grayson war nicht müde geworden zu erwähnen, dass der Name der Eisernen Lady auch gut zu Grace passte. Sie hatte während der gesamten Stunde mit durchgestrecktem Rücken auf ihrem Stuhl gesessen und offenbar nur darauf gewartet, aus dem Klassenzimmer zu stürmen. Lilly war sofort nach der Stunde auf der Toilette verschwunden. Grayson und ich schlichen Grace hinterher, die nun über die geschwungene Treppe ins Erdgeschoss hinuntereilte und offenbar auf dem direkten Weg ins Sekretariat war.

»Verdammt. Ich glaube, sie will das mit dem Ring melden«, zischte mir Grayson zu, woraufhin ich unglücklich nickte. Wir hatten nun den breiten Gang erreicht, an dessen Ende sich das Büro der Sekretärin Miss Kensington befand, und ich merkte, dass Grace' Schritte noch schneller wurden, als die weiße Tür des Sekretariats in Sicht kam. Grace' aufwendiger französischer Zopf wehte hinter ihr her, als sie ihre Umhängetasche auf der Schulter zurechtrückte und entschlossen das Kinn hob. Überall um uns herum unterhielten sich entspannte Schüler über ihre Wochenendpläne, und ich wünschte, ich könnte mich auch einfach auf die nächsten zwei Tage freuen. Stattdessen hielt ich einen wertvollen fremden Ring in meiner Faust und versuchte, nicht dabei erwischt zu werden, wie ich ihn Grace zurück in die Tasche steckte.

»Wir brauchen ein Ablenkungsmanöver«, raunte mir Grayson zu, als Grace der Tür des Sekretariats immer näher kam. »So etwas wie einen Feueralarm oder so.«

»Du willst den Feueralarm auslösen, um zu verhindern, dass Grace mit der Kensington spricht?«, wiederholte ich flüsternd, unschlüssig, ob es sich um eine verrückte oder eine geniale Idee handelte.

»Ich will jedenfalls keinen Schulverweis bekommen, weil wir mit einem sauteuren geklauten Ring erwischt werden«, bemerkte Grayson nervös. »Hast du dir das Ding schon mal angesehen? Wenn du mich fragst, ist jeder einzelne Stein echt.«

In diesem Moment ging die Tür des Sekretariats auf, und unser Direktor trat heraus. Er trug Hut und Ausgehmantel und sah so aus, als ob er es eilig hätte. Kurz hatte ich die Hoffnung, dass er an Grace vorbei aus dem Gebäude stürmen würde, doch sie stellte sich ihm blitzschnell in den Weg und begann sofort, auf ihn einzureden.

»Verdammt!«, fluchte Grayson leise und verlangsamte seine Schritte. Um nicht aufzufallen, wandte er sich nach rechts und tat so, als würde er die gerahmten Fotos des letzten *Kings & Queens*-Festes an den meterhohen Wänden betrachten.

»Wir dürfen jetzt nicht aufgeben«, wisperte ich und warf einen kurzen Blick über die Schulter. Grace stand nur wenige Meter entfernt zwischen dem gestressten Direktor und der Tür zum Schulhof. Sie hatte zu einem Redeschwall angesetzt, den er anscheinend noch nicht zu unterbrechen gewagt hatte. »Wir müssen näher ran.«

Grayson nickte. »Gib mir den Ring.«

Wortlos ließ ich das Schmuckstück in seine Hand gleiten. Grayson tat so, als ob er mir etwas auf seinem Handy zeigen würde, während wir uns im Schutz einer Gruppe von drei schnatternden Mädchen näher an Grace und unseren glatzköpfigen Direktor heranpirschten, bis wir schließlich nah genug waren, um die beiden zu verstehen.

»Aber ich sage Ihnen, ich habe schon überall nach dem Ring gesucht. Er ist mir gestohlen worden.« Grace drückte ihre Mathebücher fest an ihre Brust. »Hier geht es doch nicht mit rechten Dingen zu – zuerst die Krone und jetzt mein Ring. Glauben Sie nicht, dass es hier einen Zusammenhang gibt?«

Direktor Clark fuhr sich seufzend über den grauen Bart und warf dann einen Blick auf seine Armbanduhr. »Davon wollen wir jetzt erst mal nicht ausgehen. Außerdem ist unsere Krone ja glücklicherweise wiederaufgetaucht. Was war es denn für ein Ring, Miss Campell?«

Grace schluckte, und ein trauriger Ausdruck schlich sich auf ihr Gesicht. »Es war ein besonderer Ring«, sagte sie stockend, obwohl sie gestern vor Brooke noch erklärt hatte, dass der Ring neu sei.

»Oh, Mr Clark!«, rief Grayson in dem Moment überrascht aus. Es klang, als hätte er den Direktor eben erst entdeckt und würde sich wahnsinnig freuen, ihm über den Weg zu laufen. »Habe ich Sie eigentlich schon zur Premiere des *Sommernachtstraumes* in Newtown eingeladen? Meine Eltern haben die Hauptrollen übernommen und würden sich wahnsinnig freuen, wenn Sie Zeit hätten.«

»Oh. Das ist ja nett«, sagte der Direktor, während Grace sich umdrehte und Grayson wütend anfunkelte. Unsere Blicke trafen sich, und ich konzentrierte mich darauf, die Wahrheit über den Ring zu erfahren.

Die Menschen in dem grauen Schulkorridor erstarrten in der Bewegung. Grace sah Grayson total verärgert an, Mr Clark blickte sehnsüchtig Richtung Tür, und eines der drei Mädchen, hinter denen Grayson und ich uns näher an Grace herangepirscht hatten, klopfte gerade an die weiße Tür des Sekretariats.

Mit einem tiefen Atemzug trat ich näher an Grace heran und schaute ihr direkt in die Augen, die sich gerade in funkelnde Diamanten verwandelten, deren harter Glanz zu ihrem wütenden Gesichtsausdruck passte. Ungeduldig wartete ich darauf, dass sich die Verwandlung abschloss, da breiteten sich die Glasflächen von Grace' Körper mit einem leisen Knirschen auf die Umgebung aus. Der graue Schulboden rund um Grace schien sich in eine spiegelglatte Eisfläche zu verwandeln. Automatisch wich ich ein paar Schritte zurück, als die glitzernde Fläche immer näher kam. Gleichzeitig wurden auch Grayson und Mr Clark davon erfasst, sodass sie sich in ebenso starre Kristallfiguren verwandelten wie Grace.

Perplex starrte ich auf die drei Menschen. Es war das erste Mal, dass mehr als eine Person zu Kristall wurde, wobei das offenbar erst der Anfang gewesen war. Denn die spiegelglatte Fläche breitete sich noch weiter aus und erreichte dabei auch mich, jedoch ohne mir etwas anzuhaben. Stattdessen verwandelte sie jeden anderen Menschen, den sie erreichte – angefangen von dem Mädchen vor dem Sekretariat bis zu einer Gruppe von vier Jungs, die gerade über eine der geschwungenen Treppen nach unten kamen. Ein leises Knirschen begleitete den Prozess, bis schließlich der gesamte Schulkorridor zu einer funkelnden Welt aus Glas und Kristall geworden war. Selbst die hellgrauen Wände und die hohe weiße Decke waren davon betroffen, weshalb ich mich ein wenig so fühlte, als ob ich in einer krassen Swarovski-Ausstellung gelandet wäre.

Ungläubig drehte ich mich im Kreis. Meine Gabe hatte anscheinend schon wieder einen Sprung gemacht.

Auf einmal lief eine heftige Erschütterung durch den gesamten Korridor. Grace' Augen zersprangen mit dem charakteristischen Krachen, das von einem hellen Licht begleitet wurde. Einen Sekundenbruchteil später zerbarsten alle Körper, Türen und Wände ringsum, sodass es aussah, als hätte jemand mit einem gewaltigen Hammer gegen die fragile Kristallwelt geschlagen und sie mit einem mächtigen Schlag zerbrochen.

Milliarden funkelnder Scherben schwebten rings um mich in Zeitlupe durch die Luft, bis sie plötzlich alle gleichzeitig zu Boden fielen und ich mich in einer völlig fremden Umgebung wiederfand.

Mit klopfendem Herzen sah ich mich um. Ich war direkt in Grace' Schlafzimmer mit der weißen Frisierkommode gelandet. Es war unglaublich. Der Schulkorridor war verschwunden. Von einer Sekunde auf die andere hatte ich einfach den Ort gewechselt und konnte Grace nun dabei zusehen, wie sie mit einer blonden Frau stritt. Es war die Frau von dem Foto, das ich beim letzten Mal in Grace' Glassplitter gesehen hatte. Offenbar handelte es sich bei ihr wirklich um Grace'

Mutter, denn die Ähnlichkeit war jetzt, wo die beiden einander gegenüberstanden, unübersehbar.

Alles um mich herum, die beiden Menschen und die hübsche Einrichtung, leuchtete einen Tick heller als normalerweise, sodass ich mir sicher war, hier die Wahrheit vor mir zu haben.

»Ich will nicht, dass du dich wieder mit ihm triffst«, sagte Grace' Mutter gerade heftig. »Was ist, wenn er Drogen verkauft?«

»Timothy verkauft keine Drogen!«, entgegnete Grace schrill und funkelte ihre Mutter wütend an. »Du hast ihn noch nie leiden können. Und jetzt willst du mir meine Beziehung kaputt machen, nur weil du und Papa euch schon längst nicht mehr leiden könnt!«

»Das ist nicht wahr«, stieß Grace' Mutter erregt aus. »Dein Vater und ich verstehen uns gut.«

»Ja, klar«, schnaubte Grace ironisch. »Deshalb lässt er dich auch mit dem Taxi ins Krankenhaus fahren.«

»Es ist nur ein kleiner Routineeingriff«, entgegnete ihre Mutter genervt und fuhr sich mit beiden Händen durch ihre langen blonden Haare. Dabei fiel mir der silberne Ring mit dem saphirblauen Stein an ihrem Finger auf.

»Früher hätte er dich trotzdem gefahren«, zischte Grace. »Sieh es ein: Eure Ehe ist am Ende und deshalb bist du eifersüchtig auf meine Beziehung.« Mit diesen Worten drehte sie sich um und stürmte aus dem Raum. Grace' Wut, ihre Verbitterung und ihr Wunsch, ihrer Mutter wehzutun, hallten in meiner Brust nach, und ich schluckte mühsam.

»Und dann?«, sagte ich mehr zu mir selbst. »Was ist dann passiert?«

Kaum hatte ich die Worte ausgesprochen, zersplitterte die ganze Szene. Erschrocken wich ich ein paar Schritte zurück und blickte mich mit großen Augen um. Offenbar reagierte meine Gabe auf meinen

Wunsch, mehr zu erfahren. Nachdem die Glassplitter zu Boden gefallen waren, sah ich Grace' Vater mit leeren Augen das Zimmer seiner Tochter betreten. Ich erkannte ihn aus dem Jamaica Inn, doch in dieser Erinnerung war er so blass, dass er beinahe gespenstisch wirkte. Er blieb an der Tür stehen, als ob er sich nicht über die Schwelle traute.

»Was willst du?«, fragte Grace, die auf ihrem Bett lag und gerade ihre Kopfhörer aus den Ohren zog. »Möchtest du mich überreden, sie im Krankenhaus zu besuchen?«

»Nein. Ich …« Er schluckte und schien nicht zu wissen, wie er weitermachen sollte. »Ich habe einen Anruf bekommen. Es gab … Komplikationen.«

Grace runzelte die Stirn und setzte sich alarmiert auf. »Was für Komplikationen?«

Ihr Vater öffnete den Mund, wobei eine Träne von seinen Wimpern fiel. »Sie haben gesagt, dass es zu einer allergischen Reaktion auf das Narkosemittel kam. Sie haben gesagt …« Er brach ab und Grace schlug sich entsetzt die Hand vor den Mund. »Sie haben gesagt, sie konnten nichts mehr für sie tun«, flüsterte er noch, bevor Grace zu schreien begann.

Orientierungslos und ziemlich erschöpft landete ich wieder in der realen Welt. Der Schock und die Trauer über den Tod von Grace' Mutter hielten meinen Brustkorb fest umklammert, und ich griff haltsuchend nach Graysons Arm, während ich das Erlebte zu verarbeiten versuchte.

Es war der Ring ihrer verstorbenen Mutter.

Ihrer Mutter, mit der sie einen entsetzlichen Streit gehabt hatte, bevor diese starb. Daher also die Schuldgefühle.

»Das heißt, ich darf meinen Eltern ausrichten, dass Sie zur Premiere kommen werden?«, fragte Grayson in dem Moment unseren

Direktor und gab mir unauffällig einen leichten Stoß in den Rücken, der mich direkt in Grace' Richtung taumeln ließ.

»Hoppla«, sagte Mr Clark und griff geistesgegenwärtig nach meinem Arm. Grayson tat so, als würde er mich von der anderen Seite stützen. Dabei konnte ich sehen, wie er blitzschnell Grace' Tasche von ihrer Schulter riss und den Ring gleichzeitig fallen ließ.

»Pass doch auf!«, zischte Grace, als ich ihr gegen meinen Willen in die Arme stolperte. Ihr Handy knallte auf den Boden, direkt neben den Ring, nach dem sich Mr Clark erstaunlich geschmeidig bückte.

»Jetzt sehen Sie mal, Miss Campell, wer sich offenbar in Ihrer Tasche versteckt hatte.« Der Direktor überreichte der verdutzten Grace strahlend den Ring und ihr Handy, bei dem es sich zufällig um das gleiche Modell handelte, das auch ich besaß. »Anscheinend bin ich hier nicht der Einzige, dessen Wertgegenstände sich direkt vor seiner Nase befinden.«

Auf der ganzen Busfahrt nach Hause beschäftigten mich die Erlebnisse des heutigen Tages. Obwohl Graysons schauspielerische Fähigkeiten den Direktor hinreichend davon überzeugt hatten, dass Grace ihren Ring einfach in ihrer Tasche übersehen hatte, war mir das Misstrauen in ihren kalten Augen nicht entgangen, als sie ihre Sachen wieder eingesammelt hatte. Offenbar war Grace der Ansicht, dass ich den Ring gehabt hatte, was ja zumindest zum Teil der Wahrheit entsprach. Danach war sie wütend abgerauscht, und Lilly hatte vor Erleichterung gleich wieder aufs Klo gemusst.

Doch viel mehr als Grace' Misstrauen mir gegenüber beschäftigten mich die Szenen aus ihrem Leben, in die ich eingetaucht war. Ich hatte nicht nur gesehen, sondern auch gefühlt, dass es sich dabei um die Wahrheit handelte – und ich hatte auch Grace' herzzerreißenden Schmerz empfunden. Obwohl ich sie eigentlich nicht besonders mochte, spürte ich plötzlich eine gewisse Verbundenheit mit ihr.

Seufzend lehnte ich meinen Kopf gegen die kalte Scheibe des Busses und blickte in die nebelverhangene Landschaft hinaus. Dabei fragte ich mich, wie weit sich meine Gabe noch entwickeln würde. Das, was ich heute erlebt hatte, hatte mich zwar tief beeindruckt, gleichzeitig aber auch ziemlich erschöpft.

Jetzt stand jedoch erst mal das Wochenende vor der Tür – und ich war verdammt froh, dass beinahe alle Bewohner von Green Manor Pläne außer Haus hatten. Onkel Edgar war bei einem wichtigen Geschäftsessen, Preston bei seinem Gig in London und Blake hatte nur verlauten lassen, dass er »unterwegs« sein würde. Mary war bei ihrem Freund und auch Wilfried hatte sich freigenommen, was er in letzter Zeit auffällig oft tat – womöglich musste er seinen Urlaub abarbeiten. Was bedeutete, das außer Betty und mir niemand da sein würde, worauf ich mich wirklich schon sehr freute.

Nicht nur, weil ich die Sagenbücher weiter durchforsten wollte, sondern auch, weil ich ein bisschen Ruhe gerade verdammt gut gebrauchen konnte.

Kaum hatte ich das gedacht, ging eine WhatsApp-Nachricht von Carla ein. Seufzend fuhr ich mir über die Augen, bevor ich sie schließlich widerstrebend öffnete.

Ich muss mit dir reden, June. Ich weiß, dass du noch immer sauer auf mich bist, aber ... es ist vorbei. Jasper hat mit mir Schluss gemacht. Ich brauche dich.

Carlas Worte drangen langsam zu mir durch und vermischten sich mit dem Gefühlschaos in meinem Inneren. Jasper hatte nun also auch sie verlassen. Unschlüssig darüber, was ich fühlen sollte, starrte ich auf Carlas Nachricht, als der Bus stehen blieb und zischend seine Türen öffnete.

»Greenpath«, schnarrte der Busfahrer, und ich beeilte mich, auszusteigen. Am liebsten hätte ich Carla überhaupt nicht geantwortet, entschied mich dann aber, es doch zu tun.

Das tut mir leid für dich.

Es tut mir auch leid für mich. Jetzt habe ich dich und ihn verloren, schrieb Carla zurück.

Du hast mich nicht verloren. Ich brauche nur noch ein wenig Zeit, tippte ich meine Antwort ein und hoffte, dass Carla das für den Moment reichte. Auch wenn ich mir sicher war, dass sie lieber mit mir telefoniert hätte, fühlte ich mich gerade einfach noch nicht bereit dafür.

Bei Carla erschienen die charakteristischen drei Pünktchen, die in der App anzeigten, dass sie etwas tippte, bevor die Punkte wieder verschwanden und Carla offline ging. Offenbar spürte sie, dass es am besten war, mich erst einmal in Ruhe zu lassen.

Plötzlich kroch mir ein seltsames Gefühl den Nacken hinauf, ein merkwürdiges Kribbeln, als ob mich jemand beobachtete. Was nicht gerade wahrscheinlich war. Ich befand mich mitten in der Natur auf einer Straße, die in einem sanften Schwung hinauf zum Herrenhaus verlief und nicht besonders viel Verkehr aufwies. Dennoch ließ sich das Gefühl nicht abschütteln und ich sah mich unbehaglich um. Bis zum Anwesen waren es noch gut dreihundert Meter, und das unangenehme Gefühl, beobachtet zu werden, wurde immer stärker. Um einen besseren Überblick über meine Umgebung zu bekommen, wechselte ich unvermittelt die Straßenseite und drehte mich um. Da erklang direkt vor mir ein lautes Hupen.

Ich konnte gerade noch zur Seite springen, als wie aus dem Nichts ein rotes Auto vor mir auftauchte. Der Fahrer bedachte mich mit einem weiteren Hupen, bevor er davonraste.

Keuchend blieb ich am Rand der Straße stehen. Neben mir wogte der wilde Lavendel im Wind, doch im Augenblick hatte die Schönheit Cornwalls keine beruhigende Wirkung auf mich.

Ich war einfach nur froh, nicht tot zu sein.

Als ich ein paar Minuten später die geschwungene Auffahrt zum Herrenhaus entlangging, hatte sich mein Herzschlag wieder etwas verlangsamt. Ich nahm mir vor, bei Betty in der Küche eine Tasse heiße Schokolade zu trinken, und lächelte breit, als mir Wilfried und Mary entgegenkamen. Bettys dünne Küchenhilfe starrte so intensiv auf ihr Handy, dass ihr die glatten blonden Haare wie ein Vorhang ins Gesicht hingen, während Wilfried mit einem kleinen Reisekoffer unterwegs war.

»Hallo«, begrüßte ich die beiden.

Mary blickte überrascht auf. »Oh, hallo June. Sorry, ich bin total spät dran. Schönes Wochenende.«

»Schönes Wochenende«, rief ich ihr hinterher, als sie zu ihrem alten Ford lief, der in der Auffahrt parkte. Wilfried schien es nicht so eilig zu haben, denn er blieb höflich stehen und lüftete seinen Hut. »Hallo, Miss Mansfield. Geht es Ihnen gut? Sie sehen ein wenig blass aus.«

»Ja, alles in Ordnung«, sagte ich schnell, da ich nicht von meinem Beinahe-Unfall erzählen wollte. »Wohin fahren Sie denn am Wochenende?«, fragte ich etwas lauter, um das Aufheulen von Marys Motor zu übertönen, die es offenbar nicht erwarten konnte, zu ihrem Freund zu kommen.

Wilfried winkte ab. »Ach, nur ein kleiner Wochenendtrip nach Windsor, nichts Aufregendes.«

»Besuchen Sie jemanden?«, fuhr ich fort und merkte, wie er zögerte. »Aber doch nicht etwa die britische Königsfamilie?«, scherzte ich, auch wenn ich nicht annahm, dass Wilfried auf Windsor Castle übernachten würde.

»Ich kenne jemanden, der für die britische Familie arbeitet, und vielleicht werden wir ... Also, ich werde ihm auch einen Besuch abstatten«, erklärte Wilfried stockend und wurde dabei ein wenig rot. Irritiert sah ich ihn an. Auch ohne meine Gabe wusste ich, dass er gerade log.

»Sie werden zurechtkommen, nicht wahr?«, setzte Wilfried hinzu, und ich beeilte mich, zu nicken.

»Natürlich. Genießen Sie Ihr Wochenende. Und machen Sie sich keine Sorgen, schließlich ist Betty auch noch da.«

»Das ist wahr«, bemerkte Wilfried mit sichtlicher Erleichterung. »Ich wünsche Ihnen ein erholsames Wochenende, Miss Mansfield. Auf Wiedersehen.«

»Auf Wiedersehen, Wilfried.«

Er setzte seinen Hut wieder auf, nahm den Reisekoffer in die Hand und strebte auf ein Taxi zu, das gerade knirschend in die Auffahrt einbog. Ich winkte dem Butler noch kurz zu, bevor ich auf direktem Weg in die Küche lief. Schon von Weitem hörte ich Betty leise mit jemandem telefonieren und blieb ein paar Schritte vor der Küchentür stehen, als ich den traurigen Unterton in ihrer Stimme hörte. Unwillkürlich zog ich die Schultern hoch. Was war das heute bloß für ein Tag?

Als Betty aufgelegt hatte, steckte ich den Kopf in die Küche. Es roch verlockend nach Kartoffelsuppe, doch das konnte mich nicht von dem Anblick ablenken, der sich mir bot. Ich hatte Betty noch nie in einem solchen Zustand gesehen. Mit verstrubbelten Haaren und besorgter Miene saß die Köchin neben einem Berg Kartoffelschalen und starrte auf ihr Handy. In dem modernen Backofen hinter ihr ging gerade ein Kuchen auf, dessen Duft sich mit dem der Kartoffelsuppe mischte.

Rasch trat ich durch die Tür und steuerte auf den massiven Küchenblock in der Mitte zu. »Was ist denn los, Betty?«

»Oh, June. Du bist schon zu Hause.« Betty sah hoch und setzte wieder ein fröhliches Lächeln auf, das ich ihr nicht abnahm. »Es ist nichts.«

Ich ließ mich gegenüber der breiten Fenster nieder und betrachtete Betty mitfühlend. »Los, raus mit der Sprache.«

Sie seufzte schwer und stand auf, um die Kartoffelschalen in den Biomüll zu werfen. Dann blieb sie vor dem riesigen Kachelofen stehen. »Die Pflegerin meiner Mutter ist krank, und jetzt wird sich dieses Wochenende meine Tante Agatha um sie kümmern, my dear. To make a long story short: Tante Agatha ist nett, aber sie kocht so, dass es nicht einmal Tiere essen würden.« Ein leises Seufzen entfuhr ihr. »Es ist ja nur ein Wochenende.«

Bettys Stimme klang so traurig, dass ich eine impulsive Entscheidung traf. »Und was ist, wenn du zu ihr fährst?«

»Zu meiner Mutter?« Betty kam kopfschüttelnd zu mir zurück und tätschelte meine Hand. »Ich kann dich doch hier nicht alleine lassen, Kleines.«

»Natürlich kannst du das«, erwiderte ich, obwohl ich eigentlich froh gewesen war, nicht das ganze Wochenende völlig allein in dem alten Herrenhaus bleiben zu müssen. Allerdings wollte ich Betty auch nicht von ihrer Familie fernhalten.

Die Köchin zögerte. »Aber dein Onkel fände das sicher nicht gut. So ein junges Ding auf dem Anwesen, ganz allein.«

Ich zuckte mit den Schultern. »Immerhin bin ich schon achtzehn. Und ich sperre auch zu, mach dir um mich keine Sorgen.«

»Ich weiß nicht.« Betty knetete ihre Hände und warf einen unsicheren Blick auf ihr Handy. »Ich muss das mit Mr Beaufort besprechen.«

In diesem Moment klingelte ihr Telefon, und das Gesicht der rundlichen Köchin erhellte sich.

»Na sieh einer an. Er ruft gerade an.« Rasch nahm sie den Anruf entgegen. »Mr Beaufort, ich wollte Sie gerade …«

Weiter kam sie nicht, da auf der anderen Seite die besorgte Stimme meines Onkels zu hören war.

Betty wurde kreidebleich und schlug sich die Hand vor den Mund. »Oh nein«, flüsterte sie dann.

»Was ist passiert?«, fragte ich alarmiert und setzte mich automatisch aufrechter hin.

Betty sah mich mit schreckgeweiteten Augen an. »For heaven's sake. Blake hatte einen Unfall.«

Kapitel 9

Der Regen trommelte unerbittlich gegen die bodentiefen Fenster des Salons. Der Himmel war von einem Grau durchtränkt, das seine trübe Stimmung wie eine Decke über Green Manor legte.

»Betty, mir geht es gut«, versicherte Blake zum gefühlt hundertsten Mal. Sein Blick war auf die Köchin gerichtet, die ihm dabei half, sich auf dem grünen Sofa niederzulassen. Betty hatte einen Arm um seine Hüfte gelegt und versuchte umständlich, Blake zu stützen, der sein Gewicht allein wahrscheinlich besser unter Kontrolle gehabt hätte.

Kurz überlegte ich, auch noch mitanzupacken, entschied mich dann aber dagegen. Blake war es schon deutlich zuwider, dass Betty ihm half – da wollte ich mir nicht vorstellen, wie er auf ein Hilfsangebot von meiner Seite reagieren würde.

Leicht nach vorne gebeugt, ließ sich Blake langsam auf die Couch sinken. Bei der Bewegung verzog er kaum merklich das Gesicht, und eine dunkle Strähne fiel ihm in die Stirn und streifte die Schramme über seiner Augenbraue.

Auf der linken Wange prangte ein Schnitt, der offenbar nicht genäht werden musste und der Blake noch düsterer als ohnehin wirken ließ.

Es war ihm anzusehen, dass er Schmerzen hatte, die er vor uns verbergen wollte.

Sobald Blake sicher saß, holte Betty einen kleinen gepolsterten Hocker aus der Ecke des Salons, auf dem Blake seinen bandagierten Fuß ablegen konnte. Dann schnappte sie sich eines der seidenen Kissen und klopfte es kurz aus, bevor sie es hinter Blakes Rücken schob. Ihre Wangen waren gerötet, und die Aufregung war ihr nach wie vor ins Gesicht geschrieben.

Laut den Ärzten war Blakes Motorradunfall noch glimpflich ausgegangen. Er hatte Glück im Unglück gehabt und war mit einem verstauchten Fuß und ein paar Schrammen und Prellungen davongekommen. Offenbar hatte Blake in einer engen Kurve auf der vom Regen überschwemmten Straße die Kontrolle über sein Motorrad verloren. Nach dem Telefonat mit Onkel Edgar hatte mir Betty erzählt, dass an dieser Stelle alle Jahre tödliche Unfälle passierten.

Betty griff nach einem zweiten Kissen und stopfte es Blake hinter den Nacken, wobei sie ihn voller Sorge betrachtete. »Was für ein Glück, dass dir nicht mehr passiert ist! Diese Höllenmaschine wird dich noch einmal umbringen, Junge.«

»Es ist nur ein Motorrad, Betty. Mit einem Auto hätte das auch passieren können«, murrte Blake.

Bei seinen Worten musste ich an eine Studie denken, laut der das Risiko, auf einem Motorrad getötet zu werden, vierzehnmal höher war als in einem Auto.

»In einem Auto bist du geschützter, junger Mann. Ich meine, sieh dich mal an. More by luck than judgement! Bei diesem Teufelswetter mit dem Motorrad unterwegs zu sein!« Betty schnaubte. Wie zur Untermalung ihrer Worte klatschte der Regen an die Fenster und der Wind fuhr heulend ums Haus. »Der Arzt hat gesagt, du kannst froh sein, dass der Fuß überhaupt noch dran ist. Du musst vorsichtig sein und darfst ihn dieses Wochenende nicht belasten.«

Blake deutete auf den kleinen Hocker, auf dem sein bandagierter Fuß lag. »Ich belaste ihn auch nicht.«

Betty kniff die Augen zusammen und begann, die restlichen Kissen auszuklopfen. »*Genau jetzt* belastest du ihn nicht. Aber was ist, wenn du auf die Toilette musst, Junge? Warum hast du keine Krücken bekommen?«

»Ich hab denen gesagt, dass ich keine brauche.«

Betty schüttelte fassungslos den Kopf. »Dann muss dir wohl jemand helfen, wenn du auf die Toilette musst.«

Blake atmete tief ein. »Ich gehe sicher nicht mit dir aufs Klo, Betty.«

»Früher hat dich das auch nicht gestört.«

Er räusperte sich und wich meinem Blick aus. »Da war ich vier.«

»Nein, du warst schon älter«, widersprach sie.

Ich biss mir auf die Unterlippe, um mir ein Lächeln zu verkneifen. Da ich nicht so wirken wollte, als würde ich die beiden belauschen, ging ich zum Kamin, in dem das Feuer langsam herunterbrannte. Ich nahm ein Holzscheit vom Stapel und legte es vorsichtig auf die Glut, während ich über Blake und Betty nachdachte. Bislang hatte ich ihrer Beziehung nicht viel Bedeutung beigemessen, auch wenn ich bereits bemerkt hatte, dass Bettys Umgang mit Blake warmherziger war als mit Preston.

»Gut, dann war ich eben fünf Jahre alt. Ich denke nicht, dass wir dieses Thema weiter vertiefen müssen«, hörte ich Blake hinter mir sagen. Die Flammen züngelten knisternd um das Holzstück, und etwas Glut stob zur Seite. Langsam richtete ich mich wieder auf.

»Er hatte eine Zeit lang Angst vor dem Gemälde von Deborah

Winterly.« Ich drehte mich um und begegnete Bettys Blick, die offensichtlich mit mir sprach. Dem Funkeln ihrer Augen nach zu urteilen bereitete es ihr Freude, das Toiletten-Thema *doch noch weiter zu vertiefen.*

Ich runzelte die Stirn. »Deborah Winterly … War das nicht die Großmutter von Winston Winterly?«

Betty nickte. »Ja, das war sie. Eine wunderschöne Frau. Ist dir das Gemälde noch nie aufgefallen, June?«

»Nicht dass ich wüsste«, entgegnete ich. Auch wenn ich nun schon seit einiger Zeit auf Green Manor war, hatte ich anscheinend noch immer nicht jeden Winkel des Herrenhauses erforscht. Was bei einem Anwesen, das sogar über ein Labyrinth an Geheimgängen verfügte, wohl kein Wunder war.

Betty zuckte mit den Schultern und missdeutete meinen Gesichtsausdruck. »Never mind, Kindchen. Manchmal verlaufe ich mich hier auch noch. Es hängt in der Toilette neben dem Wintergarten, die erste Toilette, wenn man draußen vom Garten kommt und es besonders eilig hat.« Ihre Aufmerksamkeit galt nun wieder Blake. »Wenn man zu lange bei den Pferden war und sich weigert, in der freien Natur sein Geschäft zu verrichten.«

»Ich war fünf«, wiederholte Blake nachdrücklich. »Und ich hatte Angst vor den Ameisen.«

Betty schmunzelte und ich musste unwillkürlich lachen. Die Vorstellung, dass Blake einmal Angst vor Ameisen gehabt hatte, war wirklich zu komisch. Das passte überhaupt nicht zu dem hemdsärmeligen Naturburschen mit der rauen Schale, der er inzwischen war.

»Ehrlich? *Das* findest du witzig?«, fragte er und fixierte mich. Sein intensiver Blick führte dazu, dass mir schlagartig wärmer wurde. Seit unserem Gespräch im Musikzimmer hatten wir kein Wort mehr miteinander gewechselt. Jetzt wusste ich nicht, ob ich über seinen blöden Schusslinien-Kommentar noch immer verärgert sein oder wegen seiner Verletzungen Mitleid mit ihm haben sollte.

»Ja, eigentlich ist es schon lustig.« Ich machte einen Schritt vom Kamin weg, bei dem es mir langsam zu heiß wurde. »Waren es denn nur Ameisen oder Insekten im Allgemeinen, vor denen du Angst hattest?«

Blake verzog keine Miene. Sein Blick ruhte unbewegt auf mir, und ich begann, mich unwohl zu fühlen. Wie schaffte er es immer wieder, mich damit so schnell aus dem Konzept zu bringen? Seine phänomenalen Augen bohrten sich in meine. Trotz der Wunden in seinem Gesicht wirkte Blake, als wäre er aus Eis. Unantastbar, unverletzbar.

»Hattest du denn niemals vor etwas Angst, June? Jetzt auch nicht?«

Seine Frage traf mich unvermittelt. Wollte er wissen, ob ich heute Angst *um ihn* gehabt hatte? Oder ob ich Angst vor dem Fluch hatte? Spielte er darauf an, dass ich mir seiner Meinung nach zu wenig Sorgen machte und mich dadurch pausenlos in gefährliche Situationen manövrierte? Für ein paar Sekunden starrten Blake und ich uns wortlos an. Doch obwohl es eben nur ein paar Sekunden waren, fühlten sie sich nach einer halben Ewigkeit an.

Betty brach das Schweigen schließlich. »Also, ich hatte als Kind Angst vor dem Eintopf meiner Großtante. Das Fleisch war so zäh, dass man es nicht beißen konnte. Einmal wäre ich beinahe an einem Brocken erstickt.« Die bloße Erinnerung brachte sie dazu, sich zu räuspern.

»Sprichst du von deiner Tante Agatha?«, fragte ich, dankbar für die Ablenkung.

Betty nickte und auf ihrem Gesicht zeigte sich der Anflug eines schlechten Gewissens, den sie mit einer schnellen Handbewegung und einem Themenwechsel wegzuwischen versuchte. »Apropos Kochen: Soll ich euch für heute Abend einen guten Beef Stew mit Worcestershiresoße machen?«

»Du sollst gar nichts kochen, Betty. Du solltest zu deiner Mutter fahren.« Blake richtete sich auf, um nach der Wasserkaraffe zu greifen, die auf dem Couchtisch stand. Bei der Bewegung stöhnte er frustriert auf, und ein gequälter Ausdruck huschte über sein Gesicht.

»Nichts da«, meinte Betty, fasste nach der Karaffe und schenkte ihm ein Glas Wasser ein. »Du brauchst jemanden, der sich um dich kümmert. Tante Agatha wird meiner Mutter schon helfen, auf die Beine zu kommen.« Abwesend reichte sie Blake das Wasserglas. Anscheinend glaubte sie ihren eigenen Worten nicht.

»Betty«, erklärte er mit Nachdruck. »Ich komme gut allein zurecht.«

»Ich werde dich garantiert nicht alleine hierlassen. Nicht mit dem verstauchten Fuß und deinen ganzen Prellungen. Und hast du schon mal in den Spiegel gesehen?«

Blake lächelte. »Ist es denn schlimmer als vorher?«

»Und wie!«, beharrte Betty und fuhr sich dann über die Stirn. »Nichts da! Ich muss mich um dich kümmern, das habe ich deiner Mutter versprochen, God bless her soul. Ich werde dich nicht alleine hierlassen, das kann ich nicht.«

»Aber er ist doch nicht alleine«, mischte ich mich ein, weil ich nicht weiter mitansehen konnte, wie die Köchin innerlich mit sich rang. Auch wenn ich mir sicher war, dass Blake nicht begeistert sein würde, und ich selbst noch gar nicht wusste, was ich von der Idee hielt, fügte mein Mund ganz von selbst hinzu: »Ich bin doch da, Betty. Du kannst also beruhigt abreisen.«

»Er darf sich nicht bewegen. Du darfst ihm nicht von der Seite weichen, egal wie charmant oder ekelhaft sich der dumme Kerl benimmt«, wies mich Betty wenig später in der Küche an. Sie hatte darauf bestanden, mir noch eine kurze Einweisung in ihr Reich zu geben, bevor das Taxi kam, das sie zum Zug brachte.

Dazu zeigte sie mir ihre eingefrorenen Pasteten, die im Kühlfach lagen, und gab mir ein paar Tipps, was Blake gerne aß und was nicht.

»Er mag keine frischen Paprika, mit denen musst du ihm gar nicht erst kommen, auch nicht mit Avocados. Die hat er schon als Kind verabscheut und ausgespuckt, der sture Kerl.« Seufzend schloss sie die Kühlschranktür. »Blake ist so stur wie sein Großvater. Wenn der etwas nicht mochte, hatte man auch keine Chance, dagegen anzukommen. Achte deswegen darauf, dass er die Schmerzmittel, die ihm der Arzt verschrieben hat, auch regelmäßig nimmt. Ich musste ihn vorher dazu zwingen, aber wenn er mich nicht getäuscht hat, dann hat er sie auch geschluckt.«

Vor den breiten Fenstern hinter Betty schoben sich graue Wolken über den Rasen und verbreiteten eine düstere Stimmung, die perfekt zum Gesichtsausdruck der Köchin passte. Es fiel ihr sichtlich schwer, uns hier allein zu lassen.

»Kann ich wirklich gehen?«

»Natürlich«, sagte ich. »Fahr zu deiner Mutter, Betty. Ich weiß, wo die Medikamente sind, und ich werde Blake schon dazu bringen, sie zu nehmen – immerhin habe ich offenbar auch etwas von Großvaters Sturheit abbekommen.«

Betty lächelte gezwungen. »Das ist gut. Auch wenn die Sturheit deines Großvaters nicht immer angenehm war.«

»Inwiefern?«

Bei meiner Frage versteifte sie sich ein wenig. Offenbar bereute sie es schon, überhaupt etwas gesagt zu haben. Eine Erinnerung schien in ihrem Blick aufzublitzen, die sie jedoch nicht mit mir teilen wollte. Einen Sekundenbruchteil später huschten ihre Augen zu einem alten Brett, das an der Wand neben der Speisekammer befestigt war und an dem einige alte Schlüssel hingen. Was hatte es damit auf sich?

Es war nicht geplant, aber in dem Moment konnte ich der Versuchung einfach nicht widerstehen, meine Gabe einzusetzen.

Ich sah in Bettys Augen, die sich sofort in geschliffene Diamanten verwandelten. Ihre schimmernde Glasfläche ging zuerst auf den Körper der Köchin über und erfasste dann den Rest der Küche. Der riesige Kachelofen an der Wand, die weißen Hängeschränke und der massive Küchenblock in der Mitte – alles wurde zu Kristall, bis der ganze Raum von der spiegelglatten Zerbrechlichkeit überzogen war, die meine Fähigkeit hervorgerufen hatte.

»Was verheimlichst du mir?«, fragte ich Betty, deren Augen daraufhin zerbarsten. Helles Licht strahlte mir dahinter entgegen, begleitet von einem starken Gefühl der Scham. Die gesamte Küche um mich herum zerbrach. Kurz schienen die unzähligen Glassplitter in der Luft zu tanzen, bis sie wie auf Kommando gemeinsam zu Boden fielen und mich an einen anderen Ort brachten.

Ich fand mich in einem von Green Manors Korridoren wieder und betrachtete eine sehr viel jüngere Version von Betty, die mit einem Ta-

blett vor einem der Zimmer im Erdgeschoss stand. Dabei erkannte ich die edle Holztür wieder, die bei meiner ersten Erkundung von Green Manor zugesperrt gewesen war. Dieses Mal war die Tür jedoch halb angelehnt und in ihrem Schloss steckte ein alter Schlüssel mit einer roten Samtschleife.

Betty war in dieser Wahrheit etwas schlanker, hatte aber dieselben aufgeweckten Augen und freundlichen Gesichtszüge, die sie noch immer besaß. Auf ihrem Tablett befanden sich eine Teekanne und zwei Tassen. Sie schien unschlüssig zu sein, ob sie eintreten sollte oder nicht – da aus dem Raum laute Stimmen drangen, die nach einem Streit klangen. Zusammen mit Betty warf ich einen neugierigen Blick hinein.

»Du kannst es mir nicht verbieten!«, schrie Tante Catherine gerade, die mit ihrem grünen Kleid und den offenen Haaren tatsächlich eine gewisse Ähnlichkeit mit mir hatte. Sie war hier jünger als in der Sequenz, die ich bei Onkel Edgar gesehen hatte. Ich schätzte sie auf Anfang zwanzig.

»Du kannst nicht so unfair sein.« Meine Tante stand neben einer Staffelei und legte ihren Pinsel ab, den sie soeben noch an der Leinwand benutzt hatte, um eine blühende Rose fertigzustellen. An den tapetenbezogenen Wänden des Raumes lehnten fertige und unfertige Bilder in verschiedenen Stilrichtungen – das Zimmer wurde augenscheinlich als Atelier genutzt.

»Es ist nur zu deinem Besten«, donnerte eine tiefe Stimme, die einem schlanken, etwas älteren Mann gehörte. Er war recht groß, hatte einen grauen Vollbart und eine tiefe Falte zwischen den Augenbrauen. Ein Blick genügte, um meinen Großvater zu erkennen. Es war seltsam, ihn das erste Mal lebendig zu sehen, selbst wenn dies nur Bettys Wahrheit war. »Du kannst dich nicht auf diesen Kerl einlassen. Seine gesamte Familie ist Gift für dich! Gift für uns!«

Tante Catherine schlang verzweifelt die Arme um ihren zierlichen Oberkörper. »Wie kannst du so etwas behaupten? Ich liebe ihn!«

Mein Großvater machte einen erbosten Schritt auf seine Tochter zu. »Sag das nicht. Du musst dich von ihm fernhalten«, zischte er. »Du musst dich von ihnen allen fernhalten!«

Tante Catherines Schultern bebten. »Das hast du nicht zu entscheiden. Ich bin alt genug, um selbst zu wissen, was für mich das Beste ist.«

Er atmete tief aus, und seine Stimme wurde einen Tick sanfter. »Catherine, du bist etwas ganz Besonderes. Ich will dich doch nur beschützen.«

»So wie du mich vor seinen Briefen beschützen willst? Ich weiß, dass du sie abfängst und vor mir versteckst. Aber auch das wird nicht reichen, um uns auseinander zu bringen!« Sie spie ihm die Worte voller Zorn entgegen.

Mein Großvater ballte eine Hand zur Faust, sein Gesicht war rot vor Wut. »Ich werde nicht zulassen, dass du mit dieser elendigen Familie verkehrst, Catherine! Egal, was ich tun muss, und selbst wenn ich sie alle auslöschen muss – ich werde dich nicht in dein Unglück rennen lassen!«, brüllte er seiner Tochter entgegen, bevor er sich umdrehte und mit schweren Schritten auf die Tür zusteuerte, vor der Betty noch immer lauschte. So rasch sie konnte, floh die jüngere Version unserer Köchin aus dem Korridor.

Und plötzlich fand ich mich in unserer Küche wieder.

Jetzt verstand ich, woher Bettys Schamgefühl gekommen war und warum sie mir nichts von ihrer Erinnerung hatte erzählen wollen. Sie hatte gelauscht, und das war ihr immer noch unangenehm.

»Dein Großvater konnte sehr charismatisch sein, aber er war

auch gewohnt, zu bekommen, was er wollte. Egal zu welchem Preis«, erklärte Betty ausweichend.

»Hat er sich denn gut mit Tante Catherine verstanden?«, fragte ich und dachte an den Streit, bei dem es offenbar um einen Mann gegangen war, den mein Großvater nicht akzeptiert hatte. Dessen ganze Familie er verabscheut hatte. Konnte es sein, dass es sich dabei um diesen Kenneth handelte, wegen dem Tante Catherine noch Jahre später traurig gewesen war? Und hatte er etwas mit der Familie Musgrave zu tun?

Betty strich sich über ihren grauen Strickpullover. »Eigentlich schon. Sie hatten einige Gemeinsamkeiten. Sie waren beide leidenschaftliche Maler und haben sich sogar ein Atelier geteilt. Ihr Verhältnis war immer sehr gut. Catherine war sein Liebling, sein Ein und Alles, bis ...«

»Bis sie sich in einen Mann verliebt hat, den mein Großvater nicht mochte?«

Bettys Augen verengten sich. »Woher weißt du das? Haben sie im Dorf wieder geredet? Diese alten Tratschtanten! Wer war es? Etwa die Verkäuferin aus Barry's Bakery? Die kann ihr loses Mundwerk nicht halten.«

»Stimmt es denn?«

Betty schluckte und holte tief Luft. Innerlich schien sie mit sich zu ringen, ob sie meine Frage beantworten sollte, entschied sich dann aber glücklicherweise dafür. »Es gab da einmal diesen jungen hübschen Mann, in den sich deine Tante verliebt hatte. Er war ihre erste große Liebe, noch bevor sie Mr Beaufort kennenlernte. Deine Tante war so voller Glück, und man munkelte, dass sie vorgehabt hatte, mit dem jungen Mann durchzubrennen – doch dann verunglückte er.«

Automatisch kamen mir Madeleines Worte wieder in den Sinn, die einmal gesagt hatte, dass Tante Catherine ein Unrecht widerfahren war.

In dem Moment läutete es an der Tür. Betty rieb sich stöhnend über die Wange. »Das ist mein Taxi. My dear, ist es wirklich in Ordnung, wenn ich fahre?«

Kapitel 10

Wenn ich ganz ehrlich war, freute sich ein Teil von mir darauf, ungestört etwas Zeit mit Blake zu verbringen. Der andere Teil wusste nach wie vor nicht, ob es eine gute Idee war, aber nachdem Bettys Taxi mit quietschenden Reifen davongefahren war, um den Zug nach Newtown noch rechtzeitig zu erreichen, gab es wohl kein Zurück mehr.

»Hast du Hunger?«, fragte ich Blake, nachdem ich in den Salon zurückgekehrt war. Noch immer kreisten die Eindrücke von Bettys Wahrheit in meinem Gedanken, doch Blakes Anwesenheit ließ sie in den Hintergrund treten.

»Du musst das nicht tun.« Blake ließ den Kopf nach hinten sinken.

»Was muss ich nicht tun?«

»Das Wochenende mit mir verbringen. Den Babysitter für mich spielen.« Er schloss die Augen und fuhr sich mit den Fingerspitzen über die Lider. »Wie gesagt, ich bekomme das schon allein hin.«

»Vergiss es.«

Er öffnete die Augen wieder und blickte mich irritiert an. »Wie bitte?«

»Ich werde mich um dich kümmern, Blake, ob du es willst oder nicht. Ich habe es Betty versprochen und werde mein Versprechen definitiv nicht brechen.«

»June. Es ist besser für uns beide, wenn du mich das Wochenende allein lässt.« Ich mochte die Kälte in seiner Stimme überhaupt nicht.

»Das kannst du so was von vergessen. Ich werde hierbleiben, komme was wolle.« Ich hatte nicht vor, klein beizugeben. Dieses Wochenende war er mit mir auf Green Manor. *Allein.*

Er hatte einen verstauchten Fuß und würde sich nicht davonstehlen können. Er konnte nicht einfach abhauen und mich stehen lassen, wenn es für ihn unangenehm wurde. Vielleicht war es kindisch, aber irgendwie spürte ich den Hauch von Macht bis in meine Fingerspitzen. Den Hauch von Macht, der sofort wieder verflog, als Blake mich grimmig anfunkelte. »Ich muss auf die Toilette.«

Ich lehnte mich an den beigefarbenen Ohrensessel. »Das ist nicht dein Ernst, oder?«

Er lachte tonlos. »Wie waren gerade noch deine genauen Worte? *Komme was wolle?*«

Ich wusste, dass Blake mich nur auf die Probe stellen wollte, und war nicht bereit, mich so schnell geschlagen zu geben. »Klar. Ich helfe dir gerne auf«, sagte ich und war mit wenigen Schritten bei ihm.

»Gut«, meinte er, stellte seinen verstauchten Fuß vorsichtig auf dem Boden ab und betrachtete mich dann abwartend. Da ich nicht unsicher wirken wollte, kniete ich mich neben ihn aufs Sofa und schob meinen Arm hinter seinen Rücken. Dabei verstärkte ich den Druck meiner Hand gegen seine Wirbelsäule, während ich mich bei unserer plötzlichen Nähe darauf konzentrierte, nicht an unsere Begegnung in der Schmugglerhöhle zu denken. Erbarmungslos schlich sich die Erinnerung an seinen warmen Körper über meinem jedoch in mein Gedächtnis, und mir schoss die Röte ins Gesicht, als sich unsere Blicke trafen.

Hoffentlich konnte er mir nicht ansehen, woran ich gerade dachte.

»Könntest du ein wenig mithelfen?«, versuchte ich, die Situation zu überspielen.

»Klar.« Mit etwas Schwung kam Blake in die Höhe, und ich bemühte mich, ihn dabei so gut wie möglich zu stützen.

»Auf welche Toilette willst du?«, fragte ich, als er halbwegs sicher stand und ich seinen rechten Arm über meine Schulter gelegt hatte. »Die mit dem Gemälde von Deborah Winterly?« Ich konnte mir den Kommentar nicht verkneifen und bereute es sofort.

Blake ließ seinen Körper etwas stärker gegen mich sinken, was garantiert Absicht war. »Klar, wenn es für dich nicht zu weit ist.«

»Wir können doch auch eine nähere Toilette nehmen«, presste ich hervor.

Ein zufriedener Ausdruck glitt über sein Gesicht. Gemeinsam humpelten wir los, wobei er darauf achtete, den verstauchten Fuß nicht zu belasten. Ich hielt Blake an der Hüfte fest und merkte, dass er sich gleichzeitig anstrengte, sein Gewicht so wenig wie möglich auf mich zu verlagern. Letztendlich half ich ihm nur dabei, die Balance zu halten.

Als wir die Gästetoilette neben der Küche erreicht hatten, blieben wir stehen.

»Den Rest schaffe ich alleine«, murrte er.

»Aber vielleicht befinden sich Ameisen auf der Toilette.« Es machte einfach zu viel Spaß, ihn mit Bettys Geschichte aufzuziehen.

»Damit werde ich fertig, June.« Ein spöttischer Zug umspielte seinen Mund. »Aber wenn du unbedingt mit mir mitkommen möchtest, nur zu.«

»Hast du jetzt vielleicht Hunger?«, wollte ich wissen, nachdem wir wenig später zurückgehumpelt waren und Blake sich mit meiner Hilfe schwerfällig auf das Sofa hatte niederfallen lassen.

»Nein danke.«

»Willst du vielleicht etwas trinken?«

Er rieb sich seufzend über seinen Dreitagebart. »Nein danke, June.«

»Sicher?« Ich ging zum Kamin und legte ein Holzscheit nach. Die wohlige Wärme der Flammen durchströmte den Raum und bildete einen heimeligen Kontrast zu dem unfreundlichen Wetter, das draußen tobte. Der Regen donnerte immer lauter gegen die hohen Fenster, und ein Blitz zuckte krachend über den düsteren Himmel.

»Ja, ganz sicher.« Blake legte stöhnend den Kopf auf der Lehne des Sofas ab und sah dabei wirklich erschöpft aus. »Geht das jetzt das ganze restliche Wochenende so?«

»Dass ich dir nicht von der Seite weiche?«

»Genau.«

Ich nickte und ging Richtung Couchtisch, um mir ein Glas Wasser einzuschenken. »Natürlich möchte ich keinen Ärger mit Betty haben.«

Blake sah mich müde an. Offenbar begannen die Schmerzmittel zu wirken, denn er schien sich langsam etwas zu entspannen. »Das ist alles? Du willst bloß keinen Zoff mit Betty?«

»Ja, das ist alles«, bestätigte ich, obwohl mein Herz etwas anderes schreien wollte. »Sie hat mir ganz klare Anweisungen gegeben, und ich werde einen Teufel tun, die nicht zu befolgten. Schließlich will ich nicht, dass sie mit dem Kochlöffel auf mich losgeht.«

»Wie kommst du darauf, dass Bettys Kochlöffel das schlimmere Schicksal wäre?«, fragte Blake düster und betrachtete mich aus halb geöffneten Lidern.

Ich lächelte süffisant. »Egal, was du vorhast, es wird nicht klappen. Ich habe echt keine Ahnung, warum Betty sich überhaupt so um dich sorgt. Wieso mag sie dich eigentlich lieber als Preston?«

»Weil ich der Nettere von uns beiden bin.«

Ich ließ mich in dem bequemen Ohrensessel zurücksinken. »Wie kannst du dir da so sicher sein?«

»Du kennst doch Preston.«

»Eben«, sagte ich.

Blake griff nach einem der Sofakissen, um mich damit zu bewerfen, und obwohl er inzwischen ziemlich benommen aussah, zielte er verdammt gut. Gerade noch rechtzeitig konnte ich mich wegducken, um das Polster nicht ins Gesicht geklatscht zu bekommen.

»Hey!« Ich hatte mit einem trockenen Kommentar gerechnet, nicht aber mit dieser Reaktion. Die Medikamente mussten echt gut sein, wenn Blake sich so locker benahm.

»Frechheit wird bestraft, Miss Mansfield.« Ich mochte den leicht amüsierten Klang in seiner Stimme.

»Ehrlichkeit sollte nicht bestraft werden, Mr Beaufort.«

Blakes Mundwinkel zuckten nach oben, während er mich noch immer nicht aus den Augen ließ. Es war mein Glück, dass sich das nächste Kissen nicht in seiner unmittelbaren Reichweite befand. In dem Moment heulte der Wind auf, und das Licht des Kristalllüsters und der Stehlampen flackerte kurz. Ich stand auf, um die dunkelgrünen Samtvorhänge zuzuziehen und die Weltuntergangsstimmung vor den Fenstern auszusperren.

»Versuchst du, dich aus der Schusslinie zu bringen?«, fragte Blake, dessen Blick mir gefolgt war.

Ich war nicht sicher, ob er das Wort bewusst gewählt hatte oder ob es ihm nur rausgerutscht war. »Das entspricht doch nicht meinem Naturell, oder?«

Er schnaubte. »Stimmt. Eigentlich müsstest du dich direkt hineinwerfen.«

»Nur dumm für dich, dass Betty dir nicht genügend Munition dagelassen hat.« Ich ging zum Sofa, um die restlichen Kissen vorsichtshalber an mich zu nehmen. Ich traute Blake durchaus zu, dass er sich trotz seiner Verletzungen nach den Polstern streckte. Vor allem jetzt, da er offenbar immer weniger Schmerzen hatte.

»Du kannst ja doch auf dich aufpassen«, bemerkte er nüchtern.

»Natürlich.« Ich legte die Kissen auf den Boden und ließ mich wieder in den Sessel fallen.

»Du musst sie nur nachher wieder zurücklegen. Betty hasst Unordnung. Und wenn Betty wirklich aufdreht, ist sie schlimmer als der Sturm, der draußen wütet«, murmelte Blake.

»Und wie oft passiert das?«

Gähnend zuckte er mit den Schultern. »Alle paar Jahre.«

Mir wurde bewusst, wie lange sich die beiden schon kannten. »Betty war schon da, als ihr damals …« Ich stockte und wusste nicht ganz, wie ich den Satz zu Ende führen sollte.

»Als wir damals ausgesetzt worden sind. Als wir abgegeben worden sind wie ein Korb voller Altwaren, die niemand haben wollte.«

»Sag das nicht.«

Blake ließ seinen Kopf wieder nach hinten sinken. »Aber so war es doch. Kein Zettel, keine Nachricht, nichts. Nicht einmal ein Vorname.« Eine Mischung aus Wut, Resignation und Traurigkeit schwang in seinem Tonfall mit. Hilflos starrte ich ihn an. Ich hatte keine Ahnung, wie es sich anfühlte, wenn die eigene Herkunft so viele Fragen aufwarf. Was war damals bei dem Unfall wirklich passiert und wer hatte die Jungs auf Green Manor abgegeben?

»Lassen wir das.« Blake richtete sich gähnend auf. Mit den Fingerspitzen versuchte er, die Wasserkaraffe zu erreichen.

»Jetzt sag doch einfach was.« Leicht genervt stand ich auf, um ihm Wasser nachzuschenken. »Du sollst dich nicht zu viel bewegen.«

Blake gähnte noch einmal, wobei ihm die Augen wieder zufielen. »Ich bin eher der Typ, der sich sein Wasser gern selbst einschenkt, Miss Mansfield«, erklärte er leise.

»Dann musst du eben lernen, dass das nicht immer hilfreich ist, Mr Beaufort«, gab ich zurück. Doch als ich ihm das Glas reichen wollte, war er bereits eingeschlafen.

Kapitel 11

Das Feuer knisterte im Kamin, und ich las zum vierten Mal dieselbe Zeile meines Romans, ohne sie wirklich zu erfassen. Sosehr ich auch versuchte, mich auf meinen Agatha-Christie-Roman zu konzentrieren, ich konnte nicht anders, als über den Buchrand immer wieder zum Sofa zu schielen, auf dem Blake ruhig schlief. Sein Brustkorb hob und senkte sich langsam, und der friedliche Ausdruck auf seinem Gesicht übte eine eigenartige Faszination auf mich aus. Auch wenn es peinlich war und mich mein Starren zu einer armseligen Stalkerin degradierte, hätte ich ihm stundenlang dabei zusehen können. Ich hatte es mir auch nicht nehmen lassen, die Paisleydecke über ihm auszubreiten, und schüttelte nun leicht den Kopf, um meinen Blick endlich wieder von ihm zu lösen und mich auf mein Buch zu konzentrieren.

»Das sollte nicht zur Gewohnheit werden.«

Ich zuckte zusammen. Blake hatte die Augen geöffnet und betrachtete mich durchdringend. »Wie lange starrst du mich schon an?«

»Ich habe dich nicht angestarrt.«

»Zuerst im Musikzimmer und jetzt im Salon?«

Ich zog die Stirn in Falten. Wie hatte er bloß mitbekommen,

dass ich ihn angesehen hatte? »Du hast wahrscheinlich nur schlecht geträumt.«

Er zog eine Augenbraue hoch. »Und wenn ich schlecht träume, dann träume ich davon, dass du mich anstarrst?«

Schulterzuckend legte ich mein Buch auf den Schoß. »Es sind deine Träume, nicht meine.«

Blake rieb sich über die Augen. »Wie lange habe ich geschlafen?«

Ich richtete mich auf und griff nach meinem Handy, das auf dem kleinen Beistelltisch lag. »Etwa drei Stunden.«

In dieser Zeit hatte der Sturm draußen noch einen Zahn zugelegt. Mittlerweile tobte er mit einer Gewalt über Green Manor hinweg, als ob er diesen Teil von Cornwall dem Erdboden gleichmachen wolle. Hier draußen auf dem Land fühlte man sich dem Wetter stärker ausgeliefert als in der Stadt, doch ich hätte um keinen Preis tauschen wollen. In den letzten Wochen hatte ich mich nicht nur an das alte Herrenhaus gewöhnt – ich hatte begonnen, das Anwesen zu lieben. Mit seinen eleganten Räumen, der umfassenden Bibliothek und dem Hauch von Geschichte, der allem anhaftete, hatte es sich in mein Herz geschlichen. Vielleicht war es aber nicht nur Green Manor, das mit seiner rauen Fassade mein Herz erobert hat.

Blakes Blick rutschte verwundert zu der grauen Paisleydecke. »Hast du mich etwa zugedeckt?«

»Nein, wo denkst du hin«, behauptete ich aus einem Reflex heraus, weil er mich schon beim Starren erwischt hatte.

»Ich bin sicher, dass ich mich nicht selbst zugedeckt habe.«

Skeptisch kniff ich die Augen zusammen. »Wirklich? Du warst vorhin schon ziemlich abwesend. Die Medikamente müssen der Hammer sein.« Wenn man einmal mit der Unwahrheit begonnen hatte, blieben einem nur zwei Möglichkeiten: einknicken oder weitermachen.

Die flüchtige Unsicherheit in Blakes Blick war unbezahlbar. Er hatte offenbar wirklich keine Ahnung, ob er mir glauben sollte. »So stark sind sie nun auch wieder nicht.«

Ich streckte die Beine aus und ließ mich im Ohrensessel zurücksinken. »Du hast vorhin ein Kissen nach mir geworfen.«

Er zog tief die Luft ein und legte die graue Decke zur Seite. »Daran erinnere ich mich. Der Rest ist Blödsinn.«

»Auch die Sache mit Deborah Winterly?«

Blake richtete sich ein Stück auf. »Lassen wir das.«

»Warum? Weil du ein Trauma davon hast?« Ich grinste, aber ein seltsames Gefühl stieg in mir hoch. In einem Buch aus der Bibliothek hatte ich gelesen, dass Deborah und ihre Tochter die Männerherzen im Sturm erobert hatten. Den Dorffrauen und dem Pfarrer gefiel dieser Umstand nicht, woraufhin von Hexenwerk die Rede gewesen war. Konnte es hier einen Zusammenhang mit meiner Gabe geben? Waren Deborah und ihre Tochter vielleicht *Grüne* gewesen? Und was hatte es mit dem Tod des Dorfpfarrers und Sir Winterlys Geliebter auf sich? Laut Preston hatten sie sich gegenseitig umgebracht – auch wenn keiner wusste, warum.

»June. Es reicht schon, dass du hier meine Babysitterin spielst, wir müssen jetzt nicht auch noch über meine Kindheit sprechen.« Blake veränderte seine Sitzposition und verzog dabei kaum merklich das Gesicht.

»Hast du wieder Schmerzen?«

»Es geht.«

»Soll ich dir deine Tabletten holen?«

Er schüttelte den Kopf. Ich sah ihm an, dass seine Prellungen wehtaten, aber er war natürlich zu stur, um etwas zu nehmen. Ganz wie Betty gesagt hatte.

»Du musst nicht den Helden spielen.« Die Worte waren schneller aus meinem Mund, als ich denken konnte.

Schnaubend fuhr sich Blake mit beiden Händen über die Augen. »Ich war noch nie ein Held, June.« Bitterkeit tränkte seinen Tonfall, eine Bitterkeit, die wahrscheinlich mit Riley zu tun hatte.

»Und wieso habe ich dann das Gefühl, dass du immer alle beschützen möchtest?«

Ein paar Sekunden lang erwiderte er nichts und starrte gedankenverloren auf den dunklen Holzboden. In die Stille mischten sich das Prasseln des Feuers und das Toben des Sturms. Beinahe kam es mir vor, als würde dieser Sturm nicht nur draußen herrschen, sondern auch in Blakes Inneren wüten – als würden unterschiedliche Kräfte an ihm ziehen, die ihn innerlich zerrissen.

Er sah zu mir hoch. Die Schrammen auf seiner Stirn und auf seiner Wange waren offensichtlich, aber die Schrammen, die das Leben bei ihm hinterlassen hatte, konnte man nicht ohne Weiteres sehen. Er atmete tief ein.

»So ist es gar nicht.«

»Ach nein?«

»Nein«, sagte er bestimmt.

»Und wieso soll ich mich dann von Lord Musgrave fernhalten?« Mein Herzschlag legte einen Gang zu.

»Weil er vielleicht gefährlich ist.«

Ich lachte auf. »Also versuchst du doch, mich zu beschützen, auch wenn du es nicht zugeben willst. Aber ich kann mich nicht raushalten, so bin ich nicht, Blake. Der Fluch und das alles ist deine Geschichte, schon klar, aber es ist auch meine.«

Es dauerte erneut einige Augenblicke, bis er sich zu einer Antwort durchrang. Ich fragte mich, ob unser Gespräch gleich wieder im Streit enden würde, und fühlte, wie sich mein Puls weiter beschleunigte.

»Das habe ich mittlerweile verstanden.« Seine Worte klangen nach einem Zugeständnis. Einem Zugeständnis, das er mir nur unwillig machte.

»Das heißt, du akzeptierst es?«, fragte ich vorsichtig.

»Habe ich denn eine andere Wahl?«, erwiderte Blake frustriert.

Ich lächelte zaghaft. »Wohl kaum.«

Er nickte langsam.

»Also gibt es zwischen uns eine Art Waffenstillstand?«, schloss ich.

Für einen langen Moment sagte er gar nichts.

»Sieht ganz danach aus«, meinte er schließlich. Obwohl es sich für mich nach einem Triumph hätte anfühlen sollen, tat es das nicht. Instinktiv spürte ich, dass Blakes Absichten mir gegenüber die ganze Zeit gut gewesen waren, aber ich war niemand, der beschützt werden wollte. Blakes Blick heftete sich auf das Kaminfeuer, und ein eigenartiger Ausdruck glitt über sein Gesicht. Woran dachte er gerade? An Riley? Oder war es seine leibliche Mutter, die ihn beschäftigte?

»Hast du jetzt Hunger? Soll ich Bettys Pasteten auftauen?«, fragte ich, weil ich die anderen Fragen unmöglich stellen konnte. Vielleicht war es auch gut, einfach mal auf Pause zu drücken.

Er schüttelte den Kopf und kehrte wieder in die Gegenwart zurück. »Nein danke. Aber könntest du mir etwas aus meinem Zimmer holen?«

»Natürlich.«

»Ganz ohne rumzuschnüffeln?« Blakes Gesichtsausdruck war ernst.

»Ich habe nicht …«, setzte ich an, bemerkte aber gleich, dass das nirgendwo hinführen würde. »Okay, ich versuche, mich zurückzuhalten. Was soll ich holen?«

»Unter meinem Bett steht eine graue Kiste. Und könntest du mein Handy mitbringen? Es müsste irgendwo draußen in der Vorhalle liegen.«

Ich war schon auf dem Weg zur Tür, als ich mich noch einmal umdrehte. »Das ist aber kein billiger Trick, um mir zu entwischen?«

Blakes Blick glitt zu seinem Fuß, der noch immer auf dem kleinen Hocker lag. »Du glaubst, dass ich dir in der Zwischenzeit davonhumple, June?«

»Es sind schon verrücktere Dinge passiert.«

»Denkst du denn, dass ich so dringend vor dir flüchten muss? Dass ich Angst davor habe, dir das ganze Wochenende ausgeliefert zu sein?« Seine Stimme klang rau, und er betonte die Worte auf eine Art, die mich nervös machte.

»Natürlich nicht«, erwiderte ich und ging rasch aus dem Salon, um das Gespräch nicht weiterführen zu müssen, während die Worte wie Wassertropfen in meinen Kopf sickerten. *Glaubst du denn, dass ich so dringend vor dir flüchten muss? Dass ich Angst davor habe, dir das ganze Wochenende ausgeliefert zu sein*?

Obwohl sich der Gedanke vorhin noch machtvoll angefühlt hatte, wurde mir jetzt mulmig.

Blake und ich hatten das erste Mal einen Waffenstillstand geschlossen. Und wir waren allein.

Das waren die Fakten.

Wir waren allein auf Green Manor, wo es weit und breit keine

Menschenseele gab. Es gab nur uns zwei und einen Sturm, der uns zwang, hierzubleiben.

Nachdem ich in der Vorhalle Blakes Handy entdeckt hatte, marschierte ich weiter in sein Zimmer. Wie er gesagt hatte, befand sich unter seinem Bett die graue Kiste, mit der ich so schnell wie möglich in den Salon zurückkehrte. Er sollte nicht denken, dass ich mich länger als notwendig in seinem Zimmer aufgehalten hatte.

»Hast du reingesehen?«, begrüßte mich Blake.

Ich stellte den grauen Karton auf dem Sofa ab. »Nein, das habe ich nicht. Langsam beginnt deine Paranoia echt zu nerven.«

Anstatt mir eine Antwort zu geben, lächelte er nur. Es war ein Lächeln von der entwaffnenden Sorte, dem man nichts entgegenzusetzen hatte. Ein Lächeln, das mit einem Fingerschnippen sämtliche Schutzbarrieren niederdonnern ließ und vor dem man kleine Mädchen am besten schon in Märchenbüchern warnen sollte. Rasch setzte ich mich wieder in den bequemen Ohrensessel, um weiter in meinem Buch zu lesen. Vielleicht schaffte ich es ja jetzt, etwas mehr vom Inhalt mitzubekommen.

Aber dann schielte ich trotzdem auf die Reiseführer, die Blake aus der Kiste zog und die offenbar Alaska, Südamerika und Neuseeland behandelten.

»Du wolltest auf Weltreise gehen, nicht wahr?«, fragte ich, weil ich das Gefühl hatte, dass Blake langsam ein wenig auftaute. Mit dem Kinn deutete ich auf die graue Schachtel. »War das da deine Vorbereitungskiste?«

Er nickte und hob zwei Reiseführer hoch. »Bei der Route war ich mir noch nicht ganz sicher. Ich wusste nur, dass ich unbedingt nach Neuseeland, Südamerika und nach Alaska wollte.«

Ich dachte daran, dass Blake und Preston eine *gemeinsame* Weltreise geplant hatten. So wie sich die Brüder nun benahmen, war das kaum noch vorstellbar. »Und was hattest du genau vor? Wolltest du als Backpacker die Welt erkunden und einfach irgendwo dein Zelt aufschlagen?«

»So in etwa. An manchen Orten ist es aber wahrscheinlich nicht so günstig, zu campen.«

»Du meinst zum Beispiel in Alaska? Bei den …« Ich zögerte.

Blake betrachtete mich abwartend. »Bei den Bären?«, vervollständigte er meinen Satz.

»Bei den Ameisen«, korrigierte ich ihn.

»Sehr witzig, June. So ein Witz hat auch sein Ablaufdatum.«

»Also ich finde es noch immer sehr lustig.« Blake erwiderte nichts, aber ich konnte seinem Gesicht ablesen, dass er es nicht ganz so unwitzig fand, wie er vorgab.

Er überflog einen Zettel und legte ihn zur Seite. Dabei rutschte einer der Reiseführer vom Sofa und Blake versuchte, ihn aufzuheben, was er sofort bitter bereute. Der gequälte Ausdruck in seinem Gesicht sprach Bände.

»Tabletten. Du sollst deine Tabletten nehmen, Mr Beaufort«, sagte ich nur.

Er schüttelte entschieden den Kopf. »Die brauche ich nicht, Miss Mansfield.«

»Du bist so verdammt stur«, murmelte ich und dachte dabei wieder an unseren Großvater.

»Das sagt gerade die Richtige, June.«

Ich mochte es, wie Blake meinen Namen aussprach. Aus seinem Mund hörte er sich irgendwie besser an. Ich zog die Beine an meinen Oberkörper und bemühte mich lieber schnell um einen Themenwechsel. Eine Diskussion über meine Sturheit wollte ich jetzt nicht unbedingt vom Zaun brechen und über unseren Großvater wollte ich auch nicht sprechen. »Warst du eigentlich schon mal in Deutschland?«

»Ja, mit Preston und meinen Eltern. Ist schon ein paar Jahre her.«

»Warum habt ihr uns denn nicht besucht?«

»Weil das Verhältnis zwischen deinem Vater und meiner Mutter nicht besonders gut war. Wie du weißt, standen sie sich ja nicht wirklich nahe.«

»Weil mein Vater ihr nicht geglaubt hat.« In der Schmugglerhöhle hatte ich ihm und Preston von dem Brief erzählt, den ich in der Bibliothek gefunden hatte. Der Brief, den Tante Catherine nie an meinen Vater abgeschickt hatte. Wenige Jahre später war sie gestorben. Noch immer beschäftigte mich der Gedanke, ob ihr Tod etwas mit ihrer Fähigkeit zu tun gehabt hatte, aber ein Gefühl warnte mich davor, Blake darauf anzusprechen – oder auf den Mann, den sie vor Onkel Edgar geliebt hatte.

»Hast du deinem Vater denn von deiner Fähigkeit erzählt?«, fragte mich Blake in dem Moment.

Es wunderte mich, dass er mit mir darüber sprechen wollte, aber ich beschloss, nicht zu viel darüber nachzudenken. »Nein, ich will nicht, dass er mich auch noch für verrückt hält.«

»Aber Lilly hast du es gesagt?«

»Das ist etwas anderes.«

Blake fuhr sich durch die dunklen Haare. »Schon klar.«

Seine Stimme klang kühl, und ich stimmte ihm innerlich zu, dass es wirklich nicht gut war, weiter darüber zu diskutieren. Wahrscheinlich würde Blake mir die Sache mit Lilly ewig vorhalten. Mir war bewusst, dass *ich* anderen vertrauen konnte, aber Blake tat sich verdammt schwer damit. War das schon immer so gewesen? Als Kind war mir Blake nicht so verschlossen vorgekommen.

»Es tut mir leid, dass mein Vater keinen Kontakt zu deiner Mutter wollte«, sagte ich schließlich. Hatte mein Vater vielleicht ein Problem damit gehabt, dass Tante Catherine das Lieblingskind meines Großvaters gewesen war – und zudem auch noch über eine besondere Gabe verfügt hatte? »Bis zu einem gewissen Punkt kann ich ihn verstehen. Immerhin ist das alles hier schon ziemlich schräg. Trotzdem hätte er nicht alle Brücken hinter sich abbrechen sollen.«

»Hat er doch nicht«, bemerkte Blake, ohne mich anzusehen. Draußen krachte ein gewaltiger Donner, und das elektrische Licht flackerte auf, bevor es sich wieder stabilisierte. »Wir haben Glück, dass es keinen Stromausfall gibt.«

»Noch nicht«, sagte ich und wollte mir nicht vorstellen, wie es ganz ohne Licht auf Green Manor sein musste. »Wie meintest du das? Dass mein Vater nicht alle Brücken abgebrochen hat?«

Blake wandte mir sein Gesicht zu. »Du bist hier, June.«

Ich zuckte mit den Schultern, während ich an die Diskussionen dachte, die mein Vater und ich geführt hatten. »Weil er es nicht verhindern konnte.«

»Glaubst du das wirklich? Wenn er ums Verrecken nicht gewollt hätte, dass du herkommst, hätte er Mittel und Wege gefunden, oder?«

Ich schwieg für einen Moment. So hatte ich das Ganze noch nie betrachtet. Natürlich hätte Papa Onkel Edgar anrufen und ihn darum bitten können, mich nicht aufzunehmen.

»Ich weiß es nicht«, gab ich zu. Plötzlich fragte ich mich, wie es für meinen Vater gewesen sein musste, England für immer den Rücken zu kehren. »Nachdem Papa nach Deutschland gegangen war, hat er Cornwall nur noch zweimal besucht – jedes Mal wegen einer Beerdigung, sonst war er offenbar nie wieder hier. Es muss seltsam sein, seine Heimat für immer zu verlassen.«

»Man kann den Ort vielleicht wechseln, aber die Probleme nicht«, sagte Blake nachdenklich.

Ich lächelte, weil in diesem Satz so viel Wahrheit steckte. Jasper hatte mich gedanklich auch bis nach Cornwall verfolgt, und selbst wenn ich nun wieder nach Frankfurt zurückgehen würde, wären der Fluch und die ganzen offenen Fragen damit nicht aus der Welt, sie wären noch immer in meinen Kopf.

»Trotzdem tut ein Ortswechsel manchmal gut«, sagte ich und streckte mich, bevor ich aufstand. »Deswegen werde ich mich jetzt in die Küche begeben und uns beiden Bettys Pasteten auftauen.« Ich grinste. »Vielleicht mische ich dir auch deine Medikamente darunter.«

Blake schnaubte, aber seine Augen funkelten amüsiert. »So weit würdest du gehen, Miss Mansfield?«

Ich nickte. »Natürlich. Und noch viel weiter, Mr Beaufort.«

Kapitel 12

»Das sind aber nicht Bettys Pasteten«, bemerkte Blake, als ich die beiden Teller auf dem Couchtisch vor ihm abstellte.

»Gut erkannt. Das sind Tiroler Spätzle«, erklärte ich und reichte ihm eine Gabel. »Das war mein Lieblingsessen, wenn wir Urlaub in Österreich gemacht haben. Irgendwie hatte ich Lust, selbst zu kochen.« Ich legte die Servietten neben die Saftgläser auf den Couchtisch. Aus den Augenwinkeln sah ich, wie mich Blake musterte. »Was ist los? Hat noch nie ein Mädchen für dich gekocht?«

»Nein. Du bist die Erste.« Er sprach die Worte betont langsam aus, so als würde er ihnen besondere Bedeutung beimessen. Unvermittelt trafen sich unsere Blicke, und plötzlich war es, als würde sich ein kleines Feuerwerk in meinem Bauch entzünden, das seine Funken bis in mein Herz sprühte.

Ich blinzelte, und ein Lächeln schlich sich auf sein Gesicht. Offenbar war er sich seiner Wirkung auf mich durchaus bewusst, was dazu führte, dass mir schlagartig die Röte ins Gesicht schoss. »Wir sollten jetzt lieber essen, bevor es kalt wird.«

»Aber vorher muss ich dir noch eine Frage stellen«, sagte er, und sein ernster Tonfall verwirrte mich noch mehr.

»Okay. Was willst du wissen?« Wie von selbst rutschte mein Blick zu Blakes Lippen. Auch ohne sie zu berühren, wusste ich, wie weich sie sich anfühlten. Ich erinnerte mich noch genau daran, wie es gewesen war, von Blake geküsst zu werden. Es war ganz anders als mit Jasper oder irgendeinem anderen Jungen. Auch wenn Blake hohe Mauern um sich aufgebaut hatte und mich mit seiner kühl-ruppigen Art zur Weißglut brachte, konnte er seine Leidenschaft nicht verbergen, zumindest nicht in seinen Küssen. Sie waren so intensiv, dass ein Funke ihres Feuers noch immer in mir glühte.

Blake beugte sich ein Stück zu mir, und ich hoffte, dass er den letzten Abstand zwischen uns auch noch überwinden würde. »Es ist eine ganz wichtige Frage, und du musst versprechen, sie mir ehrlich zu beantworten.«

Ich nickte stumm. Meine Sinne konzentrierten sich nur noch auf Blake – außer ihm nahm ich nichts mehr wahr. Der Sturm, der draußen peitschte, trat genauso in den Hintergrund wie die dampfenden Spätzle, die vor uns auf dem Tisch standen und die wir langsam essen sollten, damit sie nicht kalt wurden.

Blakes Augen verengten sich. »Kann ich deine *Spätzle*«, die Art, wie er das Wort aussprach, klang irgendwie lustig, »wirklich ohne Bedenken essen? Oder hast du doch etwas runtergemischt? Tabletten oder sonstige Drogen?«

Eine Welle der Enttäuschung brach über mir zusammen, die mich wie eine kalte Dusche von meinen wirr-romantischen Gedanken erlöste. Mein Verstand funktionierte wieder und konnte meine abwegigen Fantasien nur milde belächeln.

Blake hatte mich zweimal geküsst: einmal in der alten Schmugglerhöhle und einmal hinter dem Vorhang, bevor Lord Musgrave aufgetaucht war. Bei beiden Anlässen hatte er in Wahrheit jedoch andere Ziele verfolgt – das eine Mal wollte er mich vor der Kälte beschützen und das andere Mal vor seinem eigenartigen Onkel verstecken.

Du bist so naiv, June, wenn du denkst, dass er mehr von dir will, säuselte die Stimme in meinem Kopf. *Mit Grace hat er sich bei ihr zu Hause getroffen, mit dir sitzt er jetzt nur hier, weil er nirgendwo anders hinkann. Damit Blake Zeit mit dir verbringt, muss er sich mindestens einen Fuß verstauchen, kapier es doch endlich.*

Ich straffte den Rücken und registrierte, dass inzwischen das Feuer im Kamin ausgegangen war. Darum würde ich mich später kümmern. »Du kannst die Spätzle ruhig essen«, sagte ich.

Blake wirkte etwas skeptisch, aber das war mir egal. Ich wollte mich in seiner Gegenwart einfach nur normal benehmen und mich nicht irgendwelchen absurden Hirngespinsten hingeben. Wir probierten beide von den Spätzle. Nachdem Blake runtergeschluckt hatte, hellte sich sein Gesicht auf. »Die schmecken großartig.«

Ich freute mich total über sein Kompliment, auch wenn die Küche jetzt wie ein Schlachtfeld aussah. Da ich nicht alles auf Anhieb gefunden hatte, hatte ich etwas improvisieren müssen, was dazu geführt hatte, dass der Topf mit den Spätzle übergekocht war. Außerdem war mir während des kurzen Kampfes mit dem Herd die erste Pfanne angebrannt, und die weißen Hängeschränke mit den emaillierten Knäufen hatten ein paar Fettspritzer abbekommen.

»Jetzt bereue ich umso mehr, dass dein Vater den Kontakt abgebrochen hat«, murmelte Blake, als er den Teller leer geputzt hatte.

»Hattest du denn viel Kontakt zu unserem Großvater?«, fragte ich dann, um ein besseres Bild von dem alten Patriarchen zu bekommen.

»Ich habe nicht viel von ihm mitbekommen. Durch seine Krankheit verbrachte er die meiste Zeit in seinem Zimmer und hat die

Leute von dort aus herumkommandiert. Ich hab damals versucht, einen weiten Bogen um ihn zu machen, denn er war laut und aufbrausend.« Blake rutschte auf dem Sofa ein Stück nach hinten, und ich nahm ihm seinen Teller ab, um ihn auf den Couchtisch zu stellen. »Alzheimer ist keine schöne Krankheit, und dann hatte er ja auch noch einen Schlaganfall.«

»Mein Vater hat geglaubt, dass Großvater nicht an Alzheimer, sondern an Schizophrenie litt.«

Blake nickte nachdenklich. »Das kann gut sein. Manchmal hat er Preston und mich regelrecht beschimpft. Das war meiner Mutter dann immer total unangenehm.«

Mein Blick schwenkte zu Tante Catherines Büste, und ich musste an das Schachspiel mit Onkel Edgar denken, bei dem ich meine Gabe eingesetzt hatte. Die zwei Versionen von Tante Catherine, die ich gesehen hatte, hätten unterschiedlicher nicht sein können. Hing ihr Verhalten mit dem Tod ihrer ersten großen Liebe zusammen?

»War deine Mutter oft traurig?«, wollte ich wissen.

Blakes Miene verschloss sich. »Wieso fragst du?« Die Unfreundlichkeit in seinem Tonfall ließ mich beinahe zurückweichen.

»Ich … Es tut mir leid, ich wollte dir nicht zu nahe treten.« Ich stellte nun auch meinen Teller auf dem kleinen Couchtisch vor uns ab und kam mir unendlich blöd vor, dass ich Blake nun doch auf seine tote Mutter angesprochen hatte.

Er schüttelte den Kopf. »Sorry. Ich wollte dich nicht …« Er suchte nach den richtigen Worten. »Meine Mutter war warmherzig, aber manchmal … manchmal lag über ihr ein Schatten.«

»Wieso? Was war los mit ihr?«, fragte ich vorsichtig.

»Sie hatte Depressionen. Nicht die ganze Zeit, aber manchmal.« Blake schluckte. »Normalerweise war meine Mutter ziemlich offen, aber wenn die Depression kam, zog sie sich zurück und war der einsamste Mensch der Welt.«

»Es tut mir leid«, sagte ich. Auch wenn es mich interessierte, wie genau Tante Catherine gestorben war, wollte ich Blake nicht verletzen, indem ich nachfragte.

»Mir auch«, sagte er und lächelte schwach.

Plötzlich saß da nicht mehr dieser starke Typ vor mir, der mich aus dem Wasser gerettet und den Elementen getrotzt hatte, sondern der kleine Junge, der seine Mutter vermisste. Dem das Leben schon zwei Frauen genommen hatte, die ihm so viel bedeutet hatten.

Aus einem Impuls heraus berührte ich Blakes Hand und wünschte, ich könnte seine Trauer irgendwie lindern.

»June, tu das nicht«, seufzte er leise und sah mich an, bevor er meine Hand an seine Lippen führte. Die bloße Berührung löste ein elektrisierendes Kribbeln aus, das durch meinen ganzen Körper rauschte. Auch wenn mein Verstand mich anschrie, dass ich mir nichts darauf einbilden sollte, hörte ich ihm nicht zu, sondern betrachtete Blake, in dessen tiefblauen Augen ich einfach nur versinken wollte.

In dem Moment flackerten die Lampen mehrmals, bis sie mit einem Zischen komplett erloschen und sich eine tiefe Dunkelheit über den Salon senkte.

»Verdammt«, knurrte Blake.

Ich wartete einen Augenblick, aber die Lichter gingen nicht wieder an. Es war stockfinster, und ich konnte kaum etwas sehen.

»Mist, ich hätte den Kamin nicht ausgehen lassen dürfen.« Ich bereute es, dass ich das Feuer beim Kochen vollkommen vergessen hatte.

»Es ist nicht deine Schuld«, sagte Blake. Mir war klar, dass er mich nur beruhigen wollte.

»Und was machen wir jetzt?« Dankbar bemerkte ich, dass Blake meine Hand noch immer in seiner hielt und anscheinend nicht vorhatte, sie loszulassen. »Hast du Erfahrung mit Stromausfällen?«

»Das passiert hier auf Green Manor wirklich selten, nur alle paar Jahre – aber wenn, dann dauert es für gewöhnlich etwas länger.«

»Habt ihr irgendwo Kerzen?«

»Ja, im Wintergarten.«

»Gut, dann hole ich sie«, sagte ich, zögerte aber, mich von Blake zu lösen. Etwas in mir wollte ihn nicht loslassen. Und auch Blake schien es nicht anders zu gehen, denn er verstärkte sanft den Druck um meine Finger. Gleichzeitig bemerkte ich, dass er sich etwas zur Seite bewegte, und kapierte, dass er nach seinem Handy tastete. Er schaltete die Taschenlampenfunktion ein und schwenkte den Lichtkegel durch den Salon. Gute Idee. Ich fragte mich, wo ich meins hingelegt hatte.

»Ich komme mit.«

»Wie bitte?«

»Ich komme mit«, wiederholte er.

»Aber wieso?«

»Weil ich dich sicher nicht in völliger Finsternis durch Green Manor spazieren lasse.«

»Ich bin doch gleich wieder da«, sagte ich, auch wenn ich ein wenig erleichtert war, dass Blake mich nicht allein durch die Dunkelheit schickte.

»Das ist nicht verhandelbar«, stellte er unmissverständlich klar und versuchte, sich umständlich aufzurichten. Widerwillig befreite ich meine Hand aus seinem Griff und half ihm dabei, aufzustehen.

Ein paar Sekunden später stand er wacklig auf dem linken Bein, darum bemüht, das Gleichgewicht zu halten. Zur Stabilisierung hatte ich meinen Arm um seine Hüfte geschlungen und versuchte, so ruhig wie möglich zu atmen. Denn das alles hier irritierte mich. Da wir außerhalb des Handylichts nichts sehen konnten, wirkte unsere Berührung seltsam intim, und ich hatte das Gefühl, Blakes Körper überdeutlich wahrzunehmen. Unter dem Stoff des T-Shirts konnte ich seine seitlichen Bauchmuskeln ganz genau fühlen – was mein Herz völlig durcheinanderbrachte.

»Alles okay?«, wollte Blake wissen.

»Ja, alles okay«, gab ich zurück und war froh, als wir endlich loshumpelten und ich mich auf etwas anderes konzentrieren konnte. Es dauerte ein wenig, aber meine Augen begannen, sich langsam an die Finsternis zu gewöhnen, genauso wie meine Gefühle an Blakes verstörende Nähe in der Dunkelheit.

»Hast du Angst?«, fragte Blake, als wir den Korridor erreichten.

»Wovor? Davor, dass du auf mich fällst und mich unter dir begräbst?«

Blake wartete einen Augenblick, bevor er antwortete, und der Moment dehnte sich zu einer gefühlten Ewigkeit. Einer Ewigkeit, in der die verschiedensten Fantasien von Blakes Körper auf meinem durch meinen Kopf tanzten.

»Könnte passieren.« Seine Stimme klang viel zu rau. »Macht dir das etwa Angst, June?«

»Nein.« Ich wechselte lieber das Thema. »Sag, wir kommen doch an der Toilette beim Wintergarten vorbei, oder?«

»Ah, du meinst, wenn einer Angst haben sollte, dann bin ich es?«

»Ich finde nur, dass du meine Wissenslücke schließen kannst, wenn du mir das Gemälde von Deborah Winterly zeigst.«

Er tat so, als müsse er kurz überlegen. »Gut, wenn das der Preis ist, um dich von meinem Mut zu überzeugen, dann können wir gerne noch einen kleinen Abstecher aufs Klo machen.«

Blake dirigierte mich zu einer Gästetoilette, die ich bislang nicht wahrgenommen hatte. Sie befand sich rechts neben dem Wintergarten und besaß eine unscheinbare Tür, die in ihrer Schlichtheit nicht zum Rest des Hauses passte.

Schräg hintereinander betraten Blake und ich den Waschraum, der von der Größe ungefähr dem Bad neben meinem Schlafzimmer entsprach. Dann lehnte sich Blake an die verflieste Wand und hielt sein Handy in die Höhe, um das Gemälde zu beleuchten, das sich gegenüber dem Waschbecken befand.

Es war ein dunkles Bild, und ich konnte verstehen, warum Blake es als Kind gemieden hatte. Deborah Winterly war eine wunderschöne Frau mit feinen Gesichtszügen. Sie hatte eine schmale Nase und lange dunkle Haare, die ihr in Wellen über die Schulter fielen. Bei ihrem Aussehen war es kein Wunder, dass ihr die Männer laut dem Buch, das ich einmal in der Bibliothek gefunden hatte, reihenweise verfallen waren. Auf dem Gemälde trug sie ein hochgeschlossenes dunkelgrünes Kleid, das perfekt mit dem Farbton ihrer Augen harmonierte. Und genau das war das Verstörende an dem Bild: *ihre Augen.*

Ein zartes gedämpftes Licht schien von ihnen auszugehen. Sie blickten direkt in mein Innerstes, in die Tiefen meiner Seele.

»Egal, wohin du gehst, sie sieht dich an«, bemerkte Blake, während ich versuchte, mich aus dem Bann des Gemäldes zu befreien. Der Künstler hatte auf harte Konturen verzichtet und mit der leichten Unschärfe sein Werk irgendwie lebendig erscheinen lassen.

»Sie ist wirklich gruselig«, musste ich zugeben und konnte nicht sagen, ob Deborah Winterly mich anlächelte oder auslachte. Der Regen prasselte gegen das rundliche Fenster der Toilette, und ein Donnergrollen verstärkte den unheimlichen Eindruck des Gemäldes.

»Der Maler scheint bei seinem Werk eine ähnliche Technik angewandt zu haben wie Leonardo da Vinci bei der Mona Lisa. Bei ihr denkt man auch, dass sie einen durch den Raum verfolgt«, erklärte Blake.

Ich bemühte mich, die bedrückende Stimmung des Gemäldes von mir abzuschütteln. »Hast du sie schon mal in echt im Louvre gesehen?«

»Ja. Aber während die Mona Lisa etwas Gelassenes ausstrahlt, kann man das von deiner Vorfahrin nicht behaupten.«

Ich schnaubte. »Großartig. Jetzt ist es auf einmal *meine* Vorfahrin.«

Im Lichtschein von Blakes Handy konnte ich sehen, wie er die Augenbrauen hob. »Nur *du* bist hier eine echte Mansfield.«

In dem Augenblick erklang ein ohrenbetäubender Donner, der das ganze Haus vibrieren ließ, gefolgt von einem Blitz, dessen grelles Licht den Raum erhellte. Ich zuckte zusammen, als sich Deborah Winterlys Gemälde von der Wand löste und krachend auf dem Marmorboden aufschlug.

Kapitel 13

Für einen Moment standen Blake und ich reglos da und starrten das Bild an. Eine Gänsehaut hatte sich auf meinem gesamten Körper ausgebreitet, und mein Herz hämmerte in meiner Brust.

»Wie ist das passiert?«, fragte ich atemlos.

»Die Halterung scheint sich durch das Gewitter gelockert zu haben«, sagte Blake und löste sich aus seiner Starre. Er leuchtete mit dem Handy auf das Gemälde, das vornüber auf dem schwarzweißgekachelten Boden lag. Vorsichtig bückte ich mich und hob es leicht an. Dabei konnte ich sehen, dass der Aufschlag Deborah Winterlys Porträt beschädigt hatte. Der goldene Rahmen war auf einer Seite gebrochen, und das Ölgemälde, das nun am unteren Rand ein paar Kratzspuren aufwies, löste sich leicht heraus.

»Wir haben Deborah Winterly zerstört«, sagte ich und musste schlucken. Wenn der Fluch uns bisher noch nicht erwischt hatte, war es nun garantiert so weit.

»Das war der Sturm, June.«

Um den Schaden genau auszumachen, fuhr ich mit den Fingerspitzen vorsichtig die seitlichen Ränder des Gemäldes ab und stockte, als ich darunter noch eine zweite Leinwand entdeckte. »Hier ist noch ein anderes Bild.«

»Künstler haben öfter Bilder übermalt, um sich die Kosten für eine neue Leinwand zu sparen.«

»Das meine ich nicht«, sagte ich und versuchte, Blake meinen Fund zu zeigen. »Darunter ist noch eine Leinwand. Es ist nicht übermalt, es handelt sich um *zwei* Bilder.«

»Und was ist auf dem zweiten Bild?« Blake reichte mir sein Handy, und ich hielt es etwas schräg, um zwischen die beiden Leinwände zu leuchten.

»Scheint irgendein Garten zu sein«, erklärte ich, als ich ein paar Blumen und einen Zaun erkannte. »Ich sehe so etwas wie Flieder- oder Rosenbüsche. Aber es ist schwer zu sagen – es ist einfach zu dunkel. Warte mal.« Mein Puls schoss in die Höhe. »Kannst du mit dem Handy hierhin leuchten?«

»Klar.« Blake nahm sein Handy wieder entgegen und richtete den Lichtstrahl auf die Stelle, die ich gemeint hatte. Mit einer Hand hielt ich den beschädigten Rahmen fest, mit der anderen schob ich meine Fingerspitzen ganz langsam zwischen die beiden Leinwände und fischte einen vergilbten Brief heraus.

»Anscheinend wurde das Gemälde als Versteck benutzt«, murmelte ich und betrachtete den unbeschriebenen Umschlag. Eine nervöse Aufregung erfasste mich.

Wie alt war der Brief? Wer hatte ihn geschrieben?

Blake atmete tief ein. »Steck den Brief einfach wieder zurück.«

Erstaunt blickte ich zu ihm hoch. »Ist das dein Ernst?«

»Wer auch immer ihn versteckt hat, wird sich etwas dabei gedacht haben, June.«

»Aber das ist doch kein Grund, ihn nicht zu lesen.«

Blake lehnte mit dem Rücken noch immer an der verfliesten

Wand und richtete sein Handylicht auf mich. »Es wäre für dich unmöglich, oder?«

Ich blinzelte. »Was?«

»Den Brief ungelesen zurückzulegen.«

»Willst du wirklich, dass ich das tue?«

»Könntest du es überhaupt tun?«, fragte Blake herausfordernd. Irritiert blickte ich ihn an. Verlangte er das ernsthaft von mir oder wollte er mich nur auf die Probe stellen?

»Natürlich könnte ich das«, behauptete ich, weil ich nicht das überneugierige Mädchen sein wollte, für das er mich offensichtlich hielt.

»Okay.«

»Was, okay?«

»Wir lassen das Bild samt Brief einfach liegen und holen jetzt die Kerzen aus dem Wintergarten.« Der Vorschlag widerstrebte jeder Zelle meines Körpers. Ich verstand nicht, wie man der Versuchung, mehr zu erfahren, so einfach widerstehen konnte. Als ich nicht sofort auf Blakes Worte reagierte, hörte ich ihn leise lachen.

»Gut, mach ihn auf«, erklärte er gnädig. »Bevor du noch vor Neugierde platzt.«

»Ich platze nicht vor Neugierde.«

»Du explodierst bald. Und ich bin mit meinen Verletzungen aktuell schon genug bedient, June. Also mach den verdammten Brief auf.«

Unschlüssig, ob ich dankbar oder verärgert sein sollte, schob ich einen Zeigefinger unter die Lasche und riss das alte Kuvert vorsichtig auf. Ein eng beschriebenes Blatt Papier kam zum Vorschein. Sofort bemerkte ich die schwungvolle Signatur am Ende des Schreibens.

»Oh mein Gott«, hauchte ich.

»Was ist?«

»Der Brief ist von Sir Winston Winterly.«

»Zeig her«, sagte Blake.

Ich stand auf und stellte mich direkt neben ihn, um mit ihm gemeinsam die handschriftlichen Zeilen zu lesen, die mit dunkler Tinte auf das alte Papier geschrieben worden waren:

Fürwahr, ich hätte mich niemals als einen gottesfürchtigen Mann bezeichnet, aber der nahende Tod lässt mich darüber sinnen, was nun kommen mag. Gott, ich lege mein Schicksal in deine Hände, wissend, dass an den meinen Blut klebt. Blut, das kein Wasser dieser Welt abzuwaschen vermag.
Mein Körper ist geschwächt, aber mein Geist ist intakt und ich wünschte, ich hätte zu Lebzeiten mehr getan, als der Kirche nur einen Sack Silbermünzen zu spenden. Ich war ein Feigling und bin noch immer ein Feigling, nichts weiter als ein alter Mann, der sich vor dem Tod bangt.

Ja, ich habe das Leben ausgekostet, in all seiner Schönheit. Ich habe den irdischen Leidenschaften gefrönt und den Frauenzimmern weit mehr als nur mein Herz geschenkt. Lieber Gott, du hast sie selbst erschaffen, in all ihrer Pracht, und es war mir nicht vergönnt, diesen liebreizenden Wesen zu widerstehen.
Habe ich damit deinen Zorn geweckt? War es dein Werk? Hast du deshalb einen deiner Diener ausgesandt, um

mir eine von ihnen zu nehmen? Das Bild ihres toten Körpers verfolgt mich bis in die dunkelsten Nächte. Ich sehe den betrunkenen Pfarrer, in der Hand den blutigen Dolch, mit dem er ihr Herz durchbohrt hat. Ich höre ihn, wie er zetert und mit unflätigen Worten unsere Leidenschaft verdammt. Und ich höre sein Schreien, sehe, wie ihm durch meine Hand dasselbe Schicksal widerfährt, das er meiner Geliebten hat zuteilwerden lassen.

Weh mir, guter Gott, ich bin bereit, vor deine Tore zu treten, denn dort erwarten mich meine Mutter und meine Großmutter, die zu Lebzeiten von vielen verurteilt wurden. Es liegt in der menschlichen Natur, zu hassen, was sie nicht verstehen kann. Aber es liegt auch in der menschlichen Natur, zu bereuen, und ich bereue zutiefst, das Leben eines Menschen beendet zu haben.

Mögest du Erbarmen mit mir haben und deine gütige Hand über mich legen.

Sir Winston Winterly

»Wow. Dein Vorfahr hat den Pfarrer ermordet«, fasste Blake düster zusammen, während ich noch immer versuchte, das Gelesene zu verdauen.

»Nachdem der Pfarrer Sir Winterlys Geliebte offenbar im Rausch erstochen hat«, hielt ich dagegen und ließ meinen Blick noch einmal über das Geständnis schweifen, das Sir Winterly offenbar kurz vor seinem eigenen Tod niedergeschrieben hatte. Dabei las ich leise eine Zeile vor: »*Es liegt in der menschlichen Natur, zu hassen, was sie nicht verstehen kann.*« Instinktiv spürte ich, was Sir Winterly damit gemeint hatte. »Glaubst du, dass er damit auf die magische Fähigkeit angespielt hat? Waren Deborah Winterly und ihre Tochter vielleicht Grüne?«

Das war mir vorhin im Salon schon einmal durch den Kopf geschossen. Die Vorstellung war aufregend, denn das würde bedeuten, dass die magische Fähigkeit, Lüge von Wahrheit zu unterscheiden, schon seit Generationen in meiner Familie lag.

Blake zuckte mit den Schultern. »Vielleicht.« Es war ihm anzuhören, dass er nicht besonders erpicht darauf war, das Thema mit mir zu vertiefen, und ich verstand nicht, wie ihn das alles so kaltlassen konnte.

»Wieso interessiert es dich nicht?«, fragte ich etwas heftiger.

»Wie kommst du darauf, dass es mich nicht interessiert?«, fragte er unwirsch zurück.

»Du wirkst so unbeteiligt.«

Blake fuhr sich mit einer Hand über die Wange. »Nur weil ich akzeptiere, dass du dich mit dem Fluch beschäftigst, bedeutet das noch lange nicht, dass ich dich darin unterstütze, okay?«

»Okay«, entgegnete ich trotzig. »Was sollen wir jetzt mit dem Brief machen?«

»Leg ihn einfach wieder zurück.«

»Einfach wieder zurücklegen? Wir kennen jetzt die Wahrheit, Blake!«

»Und das bedeutet was?« Der Lichtschein seines Handys fiel auf sein Gesicht und beleuchtete eine Hälfte, während die andere im Schatten versank.

»Dass wir die Wahrheit teilen müssen.«

Blake atmete geräuschvoll aus. »Und wie genau soll das aussehen, June? Dass wir das Ganze veröffentlichen und sich noch mehr Leute mit der Sache beschäftigen? Es kann gut sein, dass diese Gabe schon seit Jahrhunderten existiert, es kann gut sein, dass die Winterlys und sogar ihre Vorfahren bereits im Besitz der Fähigkeit waren – klar. Aber siehst du auch, wozu das geführt hat? Zwei Menschen sind gestorben.«

»Aber das muss doch nicht unbedingt mit der Fähigkeit zusammenhängen.«

»Muss es nicht, kann es aber.«

»Okay«, lenkte ich ein, da Blake bis zu einem gewissen Punkt recht hatte. Auch wenn wir heute ein Geheimnis gelüftet hatten, würde es tatsächlich nichts ändern, wenn dieser Brief publik werden würde. Das alles war vor Hunderten vor Jahren passiert und hatte für die Gegenwart keine Bedeutung mehr – zumindest in den Augen anderer Menschen nicht.

Ich kniete mich hin, um den Brief wieder zwischen die Leinwände zu schieben. Dabei fühlte ich ein Kribbeln in meinem Nacken, das mir bewusst machte, dass Blake mich ganz genau beobachtete.

»Ich werde mich um den Rahmen kümmern«, erklärte er und atmete tief ein, bevor er weitersprach. »June, die Wahrheit zu kennen, ist nicht immer besser, als im Dunkeln zu bleiben.«

Als wir die Kerzen aus dem Wintergarten holen wollten, wirkte Blake mit einem Mal so erschöpft, dass ich ihn überredete, lieber hierzubleiben und nicht in den Salon zurückzukehren. Mit den großen Steinfliesen und der bequemen Sitzgarnitur in der Mitte, auf der auch ein paar warme Decken lagen, war es ein wirklich gemütlicher Ort, um hier eine Weile zu verschnaufen. Durch die vielen Grünpflanzen, die in großen Terrakottatöpfen rund um das helle Sofa standen, fühlte man sich sogar ein wenig, als hätte man ein geschütztes Plätzchen mitten im Dschungel für sich entdeckt.

Ich ließ Blake kurz allein, um noch zwei Portionen Spätzle aus der Küche zu holen. Nur mit einer Kerze bewaffnet hantierte ich im Dunklen an Bettys Gasherd und schwor, ihn später auch wirklich sauber zu machen. Denn selbst in der finsteren Küche konnte ich erkennen, dass überall die Überreste meiner Kochaktion klebten. Wahrscheinlich würde Betty der Schlag treffen, wenn sie ihren geliebten Arbeitsplatz so vorfand.

Mit einem leicht schlechten Gewissen und einem Tablett in der Hand marschierte ich durch den pechschwarzen Korridor zurück zum Wintergarten. Beim Näherkommen hörte ich die sanften Klänge eines gefühlvollen Songs, die sich mit dem Prasseln des Regens vermischten. Als ich durch die Tür trat, war ich gebannt von dem Anblick, der sich mir bot.

Blake hatte einige Teelichter angezündet und diese auf dem runden Glastisch vor dem Sofa und zwischen den Pflanzentöpfen auf dem Fußboden verteilt. Der warme Schein der kleinen Kerzen sorgte für eine wirklich romantische Atmosphäre, die von dem langsamen Lied aus seinem Handy noch verstärkt wurde.

»Wow«, hauchte ich. »Wie hast du die Lichter überall verteilt? Du sollst doch deinen Fuß schonen.«

»Inzwischen bin ich schon ziemlich gut darin, ihn nicht zu belasten.«

Ich reichte ich ihm seinen Teller und stellte das Tablett mit den zwei Gläsern auf den runden Glastisch. »Also hast du die Kerzen humpelnd angezündet? Wie der Glöckner von Notre Dame?«

»Mit Quasimodo wurde ich bisher noch nie verglichen.«

Blakes weiße Zähne schimmerten im Kerzenlicht, und ich ertappte mich dabei, dass ich ihn anstarrte. Bevor es ihm auffiel, räusperte ich mich rasch. »Es gibt immer ein erstes Mal.« Aus irgendeinem Grund schoss mir bei meinen Worten die Röte in die Wangen.

»Das ist allerdings wahr«, sagte Blake langsam und stach mit seiner Gabel in die Tiroler Spätzle. In seiner Stimme schwang ein Hauch von etwas mit, das ich nicht sofort benennen konnte. Schweigend beobachtete ich, wie er langsam kaute und mit den Gedanken offenbar ganz woanders war.

»Wie war es eigentlich für dich?«, fragte ich schließlich, als er den leeren Teller zur Seite stellte und mit einem Schluck Apfelsaft nachspülte.

»Was meinst du?«

»Wie war es für dich, als du deine Gabe zum ersten Mal eingesetzt hast? War das nicht irgendwie … seltsam?« Ich hoffte, mit der Frage nicht zu weit zu gehen, aber nachdem wir jetzt schon gemeinsam das Geheimnis um Sir Winterly aufgedeckt hatten, wollte ich zumindest einmal nachfragen. Außerdem war Blake mir gegenüber nicht so verschlossen wie sonst.

Blake stellte das Glas auf dem Tisch ab und ließ sich zurücksinken. Seinen Arm hatte er auf die Lehne hinter meinem Rücken gelegt, was dazu führte, dass ich ein Kribbeln im Nacken spürte. Da er jedoch nicht so aussah, als ob er damit eine besondere Absicht verfolgte, versuchte ich, dem nicht zu viel Bedeutung beizumessen.

»Es war total surreal«, antwortete er schließlich. Es kostete ihn offenbar Überwindung, mit mir darüber zu sprechen, aber er schien sich einen Ruck zu geben. »Wie eine dunkle Macht, über die ich auf einmal verfügte. Ich stellte eine Frage, und plötzlich musste mein Gegenüber sie völlig aufrichtig beantworten. Es hat ein wenig gedauert, bis ich genau verstand, was da vor sich ging.«

Ein Donnergrollen war von draußen zu hören, bei dem der Glaseinsatz der Wintergartentür leise klirrte.

»Hast du einfach nur eine Frage gestellt oder wolltest du unbedingt die Wahrheit von jemandem erfahren, und deswegen ist es passiert?«

Blake runzelte die Stirn. »Es war … wahrscheinlich beides. Will man nicht immer die Wahrheit erfahren, wenn man eine Frage stellt?« Seine tiefe Stimme vibrierte sanft in meiner Brust. Unsere Blicke verflochten sich miteinander und ich versuchte, mich auf seine Worte zu konzentrieren, obwohl mein Verstand gerade ein wenig abgelenkt war.

»Ich bin mir nicht sicher«, antwortete ich. »Das hängt wahrscheinlich vom jeweiligen Menschen ab. Da gibt es die einen, die unbedingt die Wahrheit erfahren wollen, selbst wenn sie schmerzhaft ist – und die anderen, die ihre Augen lieber davor verschließen.«

Blake sah mich nachdenklich an. Ich war mir nicht sicher, zu welcher Sorte er gehörte. Ja, er brachte die Menschen dazu, die Wahrheit zu sagen. Aber sein bisheriges Verhalten mir gegenüber ließ auch darauf schließen, dass er manches lieber verdrängte, als der Wahrheit ins Auge zu sehen.

»Bei dir stellt sich die Frage jedenfalls nicht, June Mansfield«, bemerkte Blake schließlich. »Du möchtest immer die Wahrheit kennen, egal wie weh sie tut.«

»Ich möchte einfach wissen, woran ich bin«, antwortete ich unumwunden. Dabei konnte ich nicht verhindern, dass mein Blick kurz zu seinen Lippen hinunterrutschte. In den letzten Sekunden schien Blake mir immer näher gekommen zu sein. Die Intimität der Situation machte mich ganz benommen. Wir saßen bei Kerzenschein zwischen Palmen und duftenden Orchideen, während draußen ein Gewitter tobte, das mit meinem Gefühlswirrwarr mithalten konnte.

»Das kann ich nur zu gut nachvollziehen«, sagte Blake dann. Eine leichte Melancholie schwang in seiner Stimme mit, und ich bekam den Eindruck, dass ihn unser Gespräch über seine Herkunft noch immer beschäftigte.

»Wie genau steuerst du deine Gabe eigentlich? Musst du dich konzentrieren, oder passiert es jetzt einfach immer, wenn du die Wahrheit kennen möchtest?«, fragte ich weiter und zog ein Bein auf die Couch.

Blake zögerte. »Das ist schwer zu beschreiben. Es fühlt sich an, als würde ich mit meinem Wunsch eine Art Energiestrom öffnen. Wie eine Taschenlampe, die ich auf jemanden richten kann.« Er brach ab und fuhr sich durch die Haare. »Am Anfang ist das einfach so passiert. Doch als ich schließlich gemerkt habe, dass ich die Wahrheit aus den Menschen herausziehen kann, habe ich begonnen, die Kraft intensiver zu fühlen, von Tag zu Tag ist sie gewachsen. Bei den tieferen, geschützteren Geheimnissen bin ich anfangs noch gescheitert, aber irgendwann hatte ich eine solche Kraft …«

»Dass die Menschen sie dir dennoch erzählt haben«, setzte ich seinen Satz fort.

Blake nickte.

»Wie hat sich das angefühlt?«

»Es kann ziemlich nützlich sein«, erwiderte Blake zurückhaltend. »Aber es kann den Menschen auch Angst einjagen. Es ist nicht schön, diese Angst zu sehen.«

»Preston sagte mir mal, die Leute würden wieder vergessen, dass sie für ihn gelogen haben. Bei dir ist es anders, oder? Keiner vergisst, dass er dir die Wahrheit erzählt hat, richtig?«

Diesmal dauerte es wieder länger, bevor Blake antwortete. »Nein, June. Die Leute vergessen es nicht, wenn sie mir die Wahrheit erzählt haben. Keiner von ihnen tut es.«

Kapitel 14

Seine Worte hingen eine Weile still im Raum, und mit einem Mal fragte ich mich, ob er einsam war. Lilly hatte Blake von Anfang an unheimlich gefunden und die Menschen, die von ihm gezwungen worden waren, die absolute Wahrheit preiszugeben, waren danach wahrscheinlich auch auf Abstand gegangen. Wobei ich Blake so einschätzte, dass er es ohnehin gut fand, seine Ruhe zu haben.

»Wie war es denn bei Riley?«

Blake senkte den Blick und zögerte, bevor er antwortete. »Bei ihr war ich zurückhaltend, was meine Gabe betraf. Allerdings war das nicht immer einfach.« Er atmete tief durch. »Lass uns über was anderes reden.«

»Natürlich. Es tut mir leid, ich wollte keine alten Wunden aufreißen.« Hastig stand ich auf und griff nach dem Tablett, um es zurück in die Küche zu bringen. Dabei stieß ich versehentlich eines der Teelichter um, sodass es auf den Boden fiel. Das heiße Kerzenwachs spritzte über meine Hand, und ich zog die Finger leise fluchend zurück. Sofort richtete sich Blake auf dem Sofa auf.

»Hast du dich verbrannt?«

»Nicht der Rede wert«, murmelte ich und rubbelte das Wachs

von meiner Haut. »Ich bin selbst schuld, ich hätte besser aufpassen müssen.«

Blake zog die Augenbrauen zusammen. »Lass mal sehen.«

Widerstrebend hielt ich ihm die Hand hin. »Es ist wirklich nicht so schlimm.« Im nächsten Moment verstummte ich. Blakes Finger tasteten sanft über die Stelle und erzeugten ein wunderschönes Kribbeln, das mich den Schmerz sofort vergessen ließ. Atemlos betrachtete ich unsere miteinander verbundenen Hände, bevor mein Blick hoch zu seinem Gesicht glitt.

Blake sagte nichts. Selbst der Donner draußen war verstummt und einem beruhigenden Regen gewichen, der sanft an die Fensterscheiben des Wintergartens klopfte. Das leise Prasseln verstärkte das Gefühl, mit Blake in einer ganz eigenen Welt gefangen zu sein. Für einige Sekunden schien die Zeit stillzustehen, und Blakes tiefblaue Augen nahmen mich absolut gefangen.

Etwas hatte sich verändert.

Etwas hatte sich zwischen uns verändert, und das spürte auch er. Blakes Fingerspitzen, die eben noch so zärtlich über meine Haut gestrichen hatten, wanderten von meinem Handrücken langsam zu meinem Unterarm.

Atemlos ließ ich es geschehen und ignorierte die Stimme, die mir befahl, auf mein verletzliches Herz aufzupassen. Die Erinnerung an Blakes Küsse hing nur noch wie ein hauchzarter Nebelschleier in meinem Kopf, und ich wünschte mir mehr als alles andere, das Erlebte wiederaufzufrischen.

»Du solltest die Stelle kühlen«, sagte Blake in meine Gedanken hinein. Seine Sachlichkeit riss mich aus meinen Träumereien. Obwohl Blake meine Hand noch immer nicht losließ, schien ich einfach zu viel in die Situation hineinzuinterpretieren.

»Das ist nicht nötig«, erwiderte ich ernüchtert und versuchte, meine Finger unter seinen wegzuziehen. »Es war schließlich nur ein bisschen Wachs. Das wird mich nicht umbringen.«

Ein Muskel in Blakes Gesicht zuckte und sein Griff um mein Handgelenk verstärkte sich. Ich hätte mir auf die Zunge beißen können. Tante Catherine, Riley und seine leibliche Mutter waren gestorben, etwas Blöderes hätte ich also kaum sagen können.«

»Es tut mir leid. Ich wollte nicht …«, setzte ich an, doch der Ausdruck in seinen Augen ließ mich innehalten. Ein Sturm aus Gefühlen tobte darin. Schmerz, Verlangen, der Wunsch, die Vergangenheit endlich hinter sich zu lassen – ich spürte das Echo, das sie in mir erzeugten. Es war, als hätte Blake mit einer Stimmgabel auch meine Gefühle angeschlagen, die nun sanft mit seinen mitschwangen. Auch wenn ich nichts Vergleichbares erlebt hatte, konnte ich mir vorstellen, wie schrecklich es sich anfühlen musste, für immer verlassen zu werden. Und ich konnte mir die Einsamkeit vorstellen, die er seitdem empfunden haben musste. Eine Einsamkeit, die man auf den ersten Blick gar nicht bemerkte, da Blake seine Mauern so weit hochgezogen hatte, dass die Menschen nur das in ihm sahen, was er sie sehen lassen wollte.

Doch in diesem Moment ließ er mich mehr sehen. Ich hatte das Gefühl, tiefer blicken zu dürfen: unter die ganzen Schichten, die sein Herz so hartnäckig schützten.

Meine Augen glitten über sein makelloses Gesicht und blieben an seinen Lippen hängen. An meinem Handgelenk spürte ich den Druck seiner Finger, die mich Stück für Stück zu ihm zogen. Langsam ließ ich mich wieder neben ihm auf das Sofa sinken, so nah, dass sich unsere Oberschenkel berührten. Jede Faser meines Körpers vibrierte in einer Mischung aus Erwartung und Spannung, als Blake nicht aufhörte, mich zu sich zu ziehen, und sich unsere Gesichter Zentimeter für Zentimeter näherten. Das weiche Licht der Kerzenflammen tanzte über Blakes Wangenknochen und verlieh seiner Haut einen goldenen Schimmer. Stockend atmete ich ein. Ich wollte ihn endlich wieder berühren, ihn küssen, seinen Duft in mich aufsaugen. Mit klopfendem Herzen rückte ich noch näher und schloss die Augen.

Unsere Lippen berührten sich sachte, und auf meinen Armen bildete sich eine Gänsehaut. Der zarte Kuss war so anders als die Leidenschaft, mit der wir uns bei den letzten Malen begegnet waren. Mit einem leisen Seufzen legte Blake seine Finger in meinen Nacken und zog mich an sich. Automatisch rutschte ich auf dem Sofa noch ein Stück näher an ihn heran, darauf bedacht, ihm nicht wehzutun.

»Noch näher«, flüsterte er gegen meine halb geöffneten Lippen und jagte damit einen prickelnden Schauer durch meinen Körper.

»Du bist verletzt.«

Blakes leises Lachen rollte über mich hinweg. »Das sind nur ein paar Kratzer.«

»Lügner«, flüsterte ich, als seine Hände sanft mein Gesicht umfingen und mich erneut an sich zogen. Diesmal war sein Kuss weit weniger unschuldig, und ich fühlte, wie sich eine elektrisierende Wärme in meinem Bauch ausbreitete, die in jeden Zentimeter meines Körpers floss. Zitternd atmete ich ein. Blake war wie eine Droge und ich war gerade rückfällig geworden. Jede Faser in mir drängte darauf, ihm noch näher zu kommen, seine nackte Haut auf meiner zu spüren und mehr dieser wunderbaren Empfindungen in mir zu wecken. Als seine Zungenspitze über meine Lippen fuhr, gelang es mir nur mühsam, ein Stöhnen zurückzuhalten.

»June«, keuchte Blake heiser und vergrub seine Hände in meinem Haar. Ich lehnte mich stärker gegen ihn und spürte, wie er vor Schmerz zusammenzuckte. Erschrocken brachte ich sofort Abstand zwischen uns.

»Nicht.« Blake umfasste meine Handgelenke und zog mich wieder zu sich. »Bleib hier.«

Nur mit meiner gesamten Willenskraft schaffte ich es, den Kopf zu schütteln. »Ich habe dir wehgetan.«

Blake grinste schief. »Glaub mir, es tut viel mehr weh, wenn du so weit weg sitzen bleibst.«

Seine Worte brachten meinen mühsam errichteten Vorsatz gehörig ins Wanken. Unschlüssig betrachtete ich ihn. Blake war verletzt, keine Frage. Doch trotz des Druckverbands an seinem Fuß und der Schrammen in seinem Gesicht wirkte er kein bisschen schwach. Im Gegenteil. Seine Anziehungskraft auf mich war beinahe noch stärker als sonst. Plötzlich erinnerte ich mich wieder an Lord Musgraves Worte.

Der Fluch ist genauso alt wie unsere Gabe selbst. Er sorgt dafür, dass zwischen den Grünen und den Blauen eine besondere Anziehung herrscht. Doch wenn ihr dieser Anziehung nicht widerstehen könnt, zerstört er alles, was euch je etwas bedeutet hat.

Nervös starrte ich ihn an. Passierte das gerade? War ich im Begriff, einen großen Fehler zu begehen?

»June.« Blakes dunkelblaue Augen schimmerten verführerisch im Kerzenlicht. »Komm her.«

Bei dem rauen Kratzen in seiner Stimme verblasste die Erinnerung an Lord Musgrave. Der letzte Rest meiner guten Vorsätze fiel in sich zusammen wie ein Kartenhaus. Behutsam kletterte ich auf Blakes Schoß.

In meinem Kopf waren tausend Gedanken. Sie wirbelten im Kreis, so schnell, dass ich davon ganz benommen wurde. Oder vielleicht war es auch Blake, der gerade seine Hände sanft auf meine Oberschenkel legte und mich damit um den Verstand brachte. Ein leichter Schauer durchfuhr mich, als sich unsere Blicke ineinander verfingen.

»Besser, oder?«, fragte er leise, während der Regen noch immer gegen die Fensterscheiben prasselte.

Ich war lediglich dazu imstande, zu nicken. Blake fuhr damit fort, mich sanft zu streicheln, und ich schloss die Augen. Es kam mir vor, als hätte ich ewig auf diesen Moment gewartet.

Er beugte sich langsam vor und küsste mich erneut. Sein Dreitagebart kratzte köstlich über meine Haut. Gemeinsam sanken wir in Richtung Rückenlehne des Sofas, und jetzt schaltete sich mein Verstand komplett ab, ich fühlte nur noch. Ich spürte Blakes Brust unter meinen Händen und seinen kräftigen Herzschlag unter meinen Fingerspitzen. Seine Atemzüge wurden immer schneller, als unsere Zungen sich trafen. Zitternd gab ich mich ihm hin. Dieser Kuss war genau das, wonach ich mich gesehnt hatte, und dennoch wollte ich noch mehr. Blakes Hände glitten sanft unter mein T-Shirt und wanderten über meinen Rücken nach oben, was einen warmen Schauer nach dem anderen über meine Haut sandte. Als er bei dem Verschluss meines BHs angekommen war, hielt Blake inne. Langsam löste ich mich von ihm. Wir beide atmeten inzwischen heftig, und meine Wangen waren unnatürlich heiß.

»Du hast ziemlich viel an«, bemerkte Blake und strich träge über den Verschluss meines BHs.

»Du aber auch«, flüsterte ich und streichelte mit den Händen von seiner durchtrainierten Brust abwärts. Als ich dabei seine Rippen berührte, verzog er vor Schmerz das Gesicht, und mein schlechtes Gewissen erwischte mich wie eine Keule.

»Tut mir leid, das wollte ich nicht.« Hastig rutschte ich ein Stück zurück und stützte mich dabei mit den Händen an der Rückenlehne des Sofas ab, um ihm nicht noch mehr wehzutun. Ich war noch nicht weit gekommen, als seine Hände energisch meine Hüften umfassten und mich wieder dorthin zogen, wo ich gesessen hatte. »Hiergeblieben.«

Der Nachdruck in seiner tiefen Stimme jagte einen Stromstoß durch meinen Körper, der zu glühender Hitze wurde, als er mich zurück auf seinen Schoß zog. Sein Verlangen war so deutlich zu spüren, dass wir beide gleichzeitig aufstöhnten. Das Blut schoss mir erneut in die Wangen, doch im nächsten Moment legte Blake seine Hand in meinen Nacken und zog mich mit einem Ruck an sich. Dann küsste er mich mit einer Leidenschaft, die jeden weiteren Gedanken fortwischte.

Unsere Lippen trafen hungrig aufeinander, doch diesmal lag nichts Sanftes mehr in der Berührung. Ich wollte Blake schmecken, ihn erkunden und mit jeder Faser meines Körpers kennenlernen. Drängend schlang ich meine Arme um seinen Nacken, während er mich so fest an sich presste, dass ich jeden Muskel seines Oberkörpers an meinem spüren konnte. Unser Atem kam inzwischen nur noch keuchend, seine warmen Hände fuhren wieder unter mein T-Shirt und schoben es nach oben. Kurzentschlossen hob ich die Arme, damit er es mir ausziehen konnte. Als seine Finger zum Verschluss meines BHs zurückkehrten, sah ich die unausgesprochene Frage in seinen verhangenen Augen. Ich öffnete den Mund, um etwas zu sagen, brachte aber nur ein Nicken zustande. Blake atmete hörbar aus und öffnete den Verschluss mit einer einzigen Bewegung. Sofort fühlte ich, wie die Spannung der beiden hauchzarten Körbchen nachließ. Mein Herz klopfte rasend schnell, als Blake einen Finger unter den rechten Träger schob und ihn mir unendlich langsam von der Schulter streifte. Seine Bewegungen hatten beinahe etwas Andächtiges, und ich sah die Ehrfurcht auf seinem Gesicht, als auch der zweite Träger von meiner Schulter rutschte und ich den Büstenhalter langsam auszog.

»June«, hauchte Blake.

Nur meinen Namen. Sonst nichts.

Das sanfte Kerzenlicht spiegelte sich in seinen schimmernden Augen, die mich auf eine Weise betrachteten, dass mir noch wärmer wurde. Sein Blick war wie eine weiche Decke, die mich einhüllte und von allen Seiten mit Glück erfüllte. Das stille Haus, die Kerzen und das Unwetter vor den Fenstern des Wintergartens verstärkten das Gefühl, dass es nur noch uns beide auf der Welt gab.

Wie von selbst fanden unsere Lippen wieder zueinander. Sein weicher Atem glitt über meine Haut, und ich fuhr gierig unter den Saum seines T-Shirts, zögerte dann jedoch, weil ich nicht wusste, wie ich ihm das Shirt ausziehen sollte, ohne ihm wehzutun. Unter meinen Lippen spürte ich, wie sich sein Mund zu einem schiefen Lächeln verzog.

»Brauchst du etwa Hilfe?«

Bei dem leisen Spott in seinen geflüsterten Worten gab ich einen erstickten Laut von mir. Selbst in dieser Situation musste er mich reizen.

»Schon gut. Ich kann dich auch angezogen lassen«, murmelte ich zwischen zwei Küssen. Noch immer grinsend, fasste Blake zum Saum seines T-Shirts und zog es sich über den Kopf. Als er diesmal wegen der Prellung leise ächzte, machte ich keine Anstalten, ihn zu bemitleiden. Blake pfefferte das T-Shirt auf den Boden, und ich sog seinen Anblick in mich auf. Die Haut seines durchtrainierten Oberkörpers glänzte im weichen Kerzenlicht golden. Blake legte wieder eine Hand in meinen Nacken und zog mich an sich. Als ich seine nackte Brust berührte, seufzten wir gleichzeitig auf. Dann streiften seine Lippen sachte über meine. Mit geschlossenen Augen ließ ich mich in den Kuss fallen. Alle Gedanken, alle Sorgen, jegliche Logik, all das löste sich in Luft auf. Es fühlte sich an, als würde ich zerfließen, mich komplett in seiner Umarmung verlieren, und doch wusste ich, dass ich geborgen war. Bei ihm durfte ich fallen, tief und tiefer, denn ich wusste, dass er mich auffangen würde.

Mit jedem Atemzug drang Blakes Duft in meine Nase. Mit jedem leisen Seufzen lernte ich ihn besser und besser kennen. Seine Hände begannen, mich sanft zu liebkosen, fanden meine empfindlichsten Stellen, bis ich mich unter seinen Berührungen wand. Ich hörte mich selbst stöhnen und fühlte, wie Blakes ganzer Körper erbebte, als ich mit den Händen bis zum Bund seiner Jeans hinunterstrich. Die Muskeln unter seiner Haut zogen sich zusammen, und er veränderte leicht seine Sitzposition.

»June«, flüsterte Blake heiser gegen meine Lippen.

Ich verharrte mit meinen Fingerspitzen an dem obersten Jeansknopf und öffnete langsam die Augen. Das Verlangen in seinem Blick tanzte wie ein köstlicher Funkenschauer über meine Haut.

»Soll ich aufhören?«, fragte ich leise. Dabei bewegte ich sanft meine Hände und sah, wie sich sein Brustkorb immer schneller hob und senkte.

»Nein. Sollst du nicht.«

Seine Worte fuhren wie glühende Pfeile durch meinen Körper. Atemlos beugte ich mich vor, um Blake erneut zu küssen, als das

Licht plötzlich flackerte und wieder anging. Offenbar war der Stromausfall zu Ende. Ein wenig verlegen begegnete ich seinem intensiven Blick, als plötzlich Bettys Stimme zu hören war, die sorgenvoll nach uns rief.

»*Fuck*«, stieß Blake hervor, während sich mein Herz für einen Moment schmerzhaft zusammenzog. Dann pochte es umso schneller weiter. Hastig rutschte ich von Blakes Schoß und versuchte, dabei nicht noch ein Teelicht vom Glastisch zu fegen. Stattdessen stieß ich an seinen bandagierten Fuß, was Blake ein unterdrücktes Stöhnen entlockte.

»Sorry«, flüsterte ich und suchte hektisch nach meinem T-Shirt, als Betty erneut nach uns rief.

Blake räusperte sich. »Wir sind im Wintergarten. Alles okay!«

Ich war froh, dass er Betty geantwortet hatte. Meine eigene Stimme war nach der letzten Viertelstunde wahrscheinlich zu nicht viel mehr als einem lächerlichen Piepsen imstande. Schnell griff ich nach meinem T-Shirt und zog es mir über den Kopf. Dann bückte ich mich rasch, um Blakes T-Shirt aufzuheben und ihm in die Hand zu drücken. Im Korridor näherten sich bereits schnelle Schritte.

»Himmel, Kinder, alles in Ordnung bei euch?« Die Köchin tauchte in genau der Sekunde in der Tür auf, als Blake sein T-Shirt fertig angezogen hatte und ich mir noch schnell durch die Haare gefahren war. Dabei betete ich, dass man mir die Spuren von Blakes Küssen nicht ansehen konnte, obwohl mein Gesicht so brennend heiß war, dass es wahrscheinlich wie ein Leuchtfeuer glühte. »Ich habe mir solche Sorgen um euch gemacht. Ich hätte euch bei diesem Sturm nie allein lassen dürfen.« Betty zog sich ihren durchnässten Mantel aus und wirkte völlig fertig.

Blake räusperte sich ein zweites Mal. »Wir hatten hier alles im Griff, Betty.«

»Alles im Griff? Es war stockdunkel!« Ihr Blick schweifte über die vielen Teelichter. »Ich hatte sowieso schon ein schrecklich schlechtes Gewissen, als ich in das Taxi gestiegen bin. Aber als dann auch noch mein Zug so eine Verspätung hatte, dass ich den Anschlusszug ohnehin nicht bekommen hätte, wusste ich, das ist ein Zeichen, umzukehren.« Als Blake und ich schwiegen, musterte sie uns kritisch. »Geht es euch auch wirklich gut?«

Ich brachte nur ein Nicken zustande, während Blake wesentlich entspannter reagierte.

»Alles okay«, erwiderte er und sah mich intensiv an. »June hat sich hervorragend um mich gekümmert.«

Kapitel 15

»Guten Morgen, June«, begrüßte mich Onkel Edgar Montagmorgen am Frühstückstisch.

Lächelnd schob ich einen Stuhl zurück. »Guten Morgen.« Mein Blick traf dabei Blakes Augen und ich wusste nicht, was mich mehr wunderte: dass ich nicht sofort tomatenrot anlief oder dass Blake tatsächlich hier war. Seit ich in Green Manor angekommen war, hatte ich ihn kein einziges Mal beim Frühstück gesehen.

»Wie war euer Wochenende? Also, der Rest, ohne deinen Motorradunfall, Junge«, erkundigte sich mein Onkel und nahm einen Schluck von seinem Tee. Was sollte ich auf diese Frage antworten? Dass das Wochenende seltsam, aber auch wunderschön gewesen war? Dass etwas in mir wünschte, dass Betty nicht aufgetaucht wäre und ich das ganze Wochenende mit Blake allein verbracht hätte?

Es war wirklich verrückt: Nachdem Blake und ich uns so nahegekommen waren, hatten wir uns nach Bettys Erscheinen kaum noch gesehen. Was möglicherweise daran lag, dass sie ihn zu absoluter Bettruhe verdonnert hatte, während ich erst mal die Küche putzen gegangen war, um ihr keinen Herzinfarkt zu bescheren. Am nächsten Tag war unser Kontakt jedoch genauso spärlich geblieben. Betty hatte irgendwie immer dazwischengefunkt, sodass Blake und ich nur einige verstohlene Blicke tauschen konnten. Ich versuchte, mich deshalb so gut wie möglich abzulenken, telefonierte lange mit meinen Eltern und machte ein paar Dinge für die Schule. Blake verbrachte die meiste Zeit in seinem Zimmer. Am liebsten wäre er trotz seiner Verletzungen in den Stall gehumpelt, um die Pferde zu bewegen, wovon Betty ihn nur mit Mühe hatte abhalten können. Stattdessen hatte ich mich um die Tiere gekümmert und die Gelegenheit genutzt, um endlich wieder einmal auszureiten. Nach Quintus' Tod und meiner langen Reitpause war es immer noch ein wenig seltsam, wieder im Sattel zu sitzen, aber das Glücksgefühl, das ich dabei empfand, war absolut echt. Und es half mir, den Kopf freizukriegen und nicht zu sehr darüber nachzugrübeln, was es mit dem verdammten Fluch auf sich hatte, ob meine Online-Bewerbung für Oxford geklappt hatte und was genau eigentlich im Wintergarten zwischen Blake und mir passiert war. War es die bedrückende Weltuntergangsstimmung gewesen, die uns zu einer derartigen Intimität auf dem Sofa verleitet hatte?

»Das Wochenende war interessant«, beantwortete Blake die Frage seines Vaters. Mit der Fingerspitze rieb er über die Schramme auf seiner Stirn und ich seufzte innerlich, da *interessant* alles bedeuten konnte.

»*Interessant*? Inwiefern?«, hakte Onkel Edgar nach, während ich mir auch eine Tasse Tee einschenkte. Seit ich in England lebte, schmeckte er mir immer besser, weshalb ich in letzter Zeit auch weniger Kaffee trank.

Ein Lächeln huschte über Blakes Gesicht. »Betty hat das ganze Wochenende alle möglichen Flüche ausgesprochen, damit ich meine Medikamente schlucke. Ich wusste gar nicht, dass sie solche Ausdrücke kennt.«

Mein Onkel nickte und kappte mit dem Silbermesser die Schale seines weich gekochten Eis. »Auf Betty ist eben Verlass. Wie steht es um deine Schmerzen?«

Blake nippte an seinem Tee. Seine blauen Augen blitzten mich über die Tasse hinweg an. »Sie sind besser auszuhalten als Betty.«

Ich schmunzelte und bemerkte erleichtert, dass Blake mich anlächelte. Es war ein Lächeln, das nach einem Regentag die Sonne aufgehen ließ. Trotz seiner Schrammen und Prellungen wirkte Blake total gelöst. Ich war froh, dass er nicht automatisch wieder einen Rückzieher machte, so wie beim letzten Mal, als wir uns nähergekommen waren.

»Und wie war dein Wochenende?«, fragte ich Onkel Edgar, um mich aus Blakes Bann zu lösen. Mein Körper fand ihn schon anziehend, wenn er ruppig und abweisend war, doch jetzt war es noch viel schlimmer. Einem entspannten Blake hatte ich gar nichts mehr entgegenzusetzen. Deshalb konzentrierte ich mich lieber auf Onkel Edgar, der auf seine Art auch irgendwie gelöst wirkte. Sein Geschäftsessen schien offenbar gut gelaufen zu sein.

»Es war auch *interessant*«, erklärte mein Onkel bedeutungsschwanger. Was meinte er damit? Hatten sich seine finanziellen Sorgen vielleicht in Luft aufgelöst oder gab es einen anderen Grund für seine gute Laune?

»Was war interessant?«, hörte ich auf einmal Prestons Stimme hinter mir. Er schob einen der Stühle mit der grünen Sitzpolsterung zur Seite und setzte sich neben mich. Der Duft seines teuren Herrenparfums vermischte sich mit dem leichten Geruch von Duschgel. Obwohl Preston die normale Schuluniform der King's School trug, stellte ich wieder einmal fest, dass selbst das weiße Hemd und die graue Hose an ihm modisch aussahen. Zusammen mit dem lässigen Haarschnitt wirkte er wie ein Männermodel von Calvin Klein.

Preston fixierte seinen Bruder in der Zwischenzeit wie ein Insekt, das sich versehentlich auf den Frühstückstisch verirrt hatte. »Oh. *Das* ist wirklich interessant. Seit wann frühstückst du mit uns, Blake?«

Blakes Miene verschloss sich. »Ich wusste nicht, dass ich deine Erlaubnis benötige.«

»Nein, die brauchst du nicht, du benötigst überhaupt keine Erlaubnis«, mischte sich mein Onkel ein. »Ich bin ganz und gar erfreut, dass wir es einmal schaffen, gemeinsam zu frühstücken. Wie eine ganz normale Familie. Ganz ohne Streit.« Er betonte die letzten Worte und warf Preston einen Seitenblick zu. »Wie war dein Auftritt am Wochenende? Du musst gestern erst spät nach Hause gekommen sein, ich habe dich gar nicht gehört.«

»Es hat etwas länger gedauert, weil eine Straße gesperrt war«, erklärte Preston. »Der Gig war phänomenal. Das Lokal war voll und die Jungs haben gespielt, was das Zeug hält. Wir haben die Leute schlichtweg umgehauen.« Er machte eine kurze Pause und musterte seinen Bruder. »Apropos: Hier wurde anscheinend auch jemand umgehauen. Was ist denn passiert, Blake?« Ein kleines Lächeln umspielte seinen Mund.

Blake beschmierte gelassen eine Scheibe Toast mit Butter. »Was meinst du?«

Das kleine Lächeln auf Prestons Gesicht verwandelte sich in ein breites Grinsen. »Wer hat dich denn so hart rangenommen? Wem soll ich zum Dank Blumen schicken?«

»Preston!« Onkel Edgars Stimme hallte streng durch das Esszimmer. »Ich dachte, ich hätte mich unmissverständlich ausgedrückt.«

»Das war doch nur ein Scherz«, meinte Preston beschwichtigend. »Also – was ist passiert?«

Blake atmete tief ein. »Ein kleiner Motorradunfall.«

»Er hatte Glück im Unglück«, sagte mein Onkel und versuchte, die Sache damit abzukürzen. »Ein verstauchter Fuß, ein paar Prellungen – er wird schon wieder.«

Preston schenkte sich ein Glas Orangensaft ein. »Und wie sieht das Motorrad aus?«

»Es wird auch schon wieder, danke der Nachfrage«, knurrte Blake.

»Was genau ist denn passiert?«

»Regen, steile Kurve und schlechte Bremsen«, fasste Blake das Geschehene kurz zusammen. Offenbar hatte er keine Lust, das Thema mit Preston breitzutreten.

»Schlechte Bremsen?«, wiederholte Preston stirnrunzelnd. »Ich dachte, du kümmerst dich so gut um deine Maschine.«

Blake legte sein Messer zur Seite. »Das dachte ich eigentlich auch.« Er betrachtete seinen Bruder kalt. »Willst du mir vielleicht etwas sagen?«

Preston stockte kurz. »Du glaubst doch nicht etwa, dass ich an deiner Maschine rumgefummelt habe? Glaub mir, ich fasse nichts an, das mir nicht gehört.«

»Ach, nein?«, fragte Blake abfällig.

»Blake.« Mein Onkel warf ihm einen finsteren Blick zu. »Können wir nicht einfach nur ganz normal miteinander sprechen?«

»Natürlich. Mein Wochenende war danach auch wirklich erholsam«, bemerkte er, und es war offensichtlich, dass er sich die kleine Spitze gegenüber Preston nicht verkneifen konnte.

Für mich war es ziemlich seltsam, mit Blake und Preston an einem Tisch zu sitzen. Schon im Cottage war es eigenartig gewesen, aber jetzt war es auf eine andere Art eigenartig. Irgendwie fühlte es sich an, als würden Blake und ich ein Geheimnis teilen, ein Geheimnis, von dem Preston lieber nichts erfahren sollte.

Als könne er meine Gedanken lesen, drehte sich Preston zu mir. »Und was hast du dieses Wochenende gemacht, June?«

»Ich habe es ganz ruhig angehen lassen«, sagte ich, obwohl das nichts anderes als eine glatte Lüge war. *Ruhig* war sicher nicht das passende Adjektiv, das den Freitagabend mit Blake und mir auf der Couch am besten beschrieb. Dafür war der Rest des Wochenendes ziemlich ereignislos verlaufen, weshalb meine Antwort vielleicht doch gelten konnte.

Preston griff nach dem Teller mit den Spiegeleiern. »Was hast du gemacht?«

»Ich war hier«, sagte ich und merkte, dass meine Antwort Preston überhaupt nicht gefiel. Er hielt mitten in der Bewegung inne, und das Spiegelei rutschte von dem glänzenden Pfannenwender langsam auf seinen Teller.

»Das muss ziemlich langweilig gewesen sein, June. Du hättest lieber mit mir nach London kommen sollen. Das nächste Mal bist du dabei.« Der provozierende Klang seiner Stimme war nicht zu überhören. Einen Moment lang sagte keiner etwas.

»Es war hier ziemlich entspannt, das hat mir gutgetan«, sagte ich dann. *Entspannt* war vielleicht auch nicht das richtige Wort, aber nach *interessant, erholsam* und *ruhig* schien es mir durchaus passend.

Preston verzog kurz die Lippen zu einem abfälligen Lächeln, während sein Blick von mir zu Blake glitt. Doch anstatt etwas zu sagen, konzentrierte er sich lieber auf sein Frühstück.

»Fahrt ihr zwei nicht übernächste Woche mit eurem Kunstkurs nach London?«, fragte Onkel Edgar.

Blake nickte. »Ja, wir besuchen eine Expressionismus-Ausstellung in der Tate Modern.«

»Schön«, bemerkte sein Vater. »Das ist eines meiner Lieblingsmuseen. Gut, dass Clark unsere Sponsorengelder nicht nur in die Instandhaltung der Schule, sondern auch in die Kunst steckt.«

Für einen Augenblick war nur das Klappern von Geschirr zu hören.

»Hast du dein Buch zu Ende gelesen?«, fragte Blake dann, und ich brauchte ein paar Sekunden, bis ich verstand, dass er mich meinte.

»Ja, das habe ich tatsächlich.« Es freute mich, dass er sich daran erinnern konnte.

»Und wie fandest du es?«

»Sehr gut. Mir gefällt die Art, wie Agatha Christie schreibt. Außerdem rätsle ich gerne mit, wer der Mörder ist.«

»Deine Tante Catherine mochte Agatha Christie auch sehr gern, sie fand ihre Krimis immer sehr spannend«, erklärte mein Onkel. »Ihr habt offenbar mehr gemeinsam, als ich dachte.«

Daraufhin entstand eine kurze Pause am Tisch, und ich musste an Bettys Wahrheit denken, in der sich meine Tante und mein Großvater gestritten hatten.

Preston räusperte sich und schielte demonstrativ auf seine Armbanduhr. »Oje, wir sollten jetzt lieber los. June, soll ich dich gleich mitnehmen?«

Es war nur eine einfache Frage, doch ich wusste nicht recht, wie ich sie beantworten sollte. Normalerweise fuhr ich mit Preston, wenn er es mir anbot und wir gleichzeitig zur Schule mussten. Normalerweise war Blake aber auch nicht beim Frühstück dabei, und normalerweise hatte ich nicht mit ihm herumgeknutscht.

»Soll Wilfried euch nicht lieber gleich alle fahren?«, kam mir mein Onkel zu Hilfe.

Blake schüttelte den Kopf und legte seine Serviette neben dem Teller ab. »Nein danke. Ich muss nachher noch zum Arzt zur Kontrolle.«

»Gut, dann nehme ich June mit.« Preston stand auf. Obwohl er über mich sprach, war sein Blick auf Blake gerichtet.

»Das musst du June wohl eher selber fragen«, entgegnete Blake kühl. Langsam kam ich mir vor wie ein bunter Spielball, der zwischen die Fronten geraten war und von einer Seite zur anderen geschleudert wurde.

Ich hatte absolut keine Lust, dieser Spielball zu sein.

»June ist übrigens auch im Raum«, bemerkte ich deshalb und atmete tief ein, bevor ich aufstand. »Und sie nimmt heute wohl lieber den Bus.«

In der Schule lief ich weder Preston noch Blake über den Weg. Ich wusste nicht, ob Blake heute überhaupt zum Unterricht ging oder jetzt noch einige Tage zu Hause blieb, um seine Prellungen auszukurieren. Egal wie, etwas Abstand von den beiden Brüdern tat mir gut, zumindest redete ich mir das ein. Denn ich wusste wirklich nicht, wie ich Preston begegnen sollte.

Oder Blake.

Irgendwie war alles viel zu verwirrend. Das fand auch Lilly, mit der ich abends die Theaterpremiere von Graysons Eltern besuchte. Grayson war bereits früher vorgefahren, um seiner Mutter Glück zu bringen, während Lilly und ich erst um kurz vor acht Uhr vor dem Phoenix Theatre in Newtown standen.

Von außen erinnerte mich das Phoenix ein wenig an die alten Broadwaytheater, die ich von diversen Fotos kannte. Ein goldener Schriftzug, der den Zeitgeist der Zwanzigerjahre versprühte, prangte an einem roten Vordach, unter dem mehrere breite verglaste Schwingtüren ins Innere des Theaters führten.

Nachdem wir unsere Mäntel an der Garderobe abgegeben hatten, zupfte Lilly im Foyer des Theaters an ihrem dunkelroten Kleid herum.

»Du siehst gut aus«, versicherte ich ihr noch einmal, auch wenn ich schon wusste, dass es nichts brachte. Meine Kommentare zu Lillys Kleiderwahl verpufften einfach, als hätte ich sie niemals ausgesprochen.

»Ich hätte mich für das blaue entscheiden sollen. Ich meine, welche Rothaarige trägt denn bitte schön ein *rotes* Kleid?«

Ich zuckte mit den Schultern. »Du?«

»Das ist nicht besonders hilfreich, June.«

»Lilly, das Kleid sieht spitze an dir aus. Warum machst du dir so viele Gedanken?«

»Keine Ahnung, ich will einfach nur gut aussehen. Ich meine, der Tag ist doch wichtig für Grayson.« Neben uns drängten die Leute bereits in den Theatersaal. Die Frauen trugen hübsche Frisuren zu hübschen Kleidern und waren stark parfümiert, während sich die Männer ausnahmslos für dunkle Anzüge entschieden hatten, was sie recht vornehm aussehen ließ.

Bei Lillys Bemerkung zog ich verwirrt die Augenbrauen zusammen. »Aber Grayson wäre doch am liebsten gar nicht hier, Lilly.«

»Das sagt er doch nur. Er ist bei den Premieren seiner Eltern immer total aufgeregt. In der zweiten Klasse hat er sich sogar in die Hose gemacht.«

»Hat er nicht.«

»Doch, hat er. Aber verrat ihm bloß nicht, dass ich dir das erzählt habe, sonst köpft er mich.«

Ich nahm ein Theaterprogramm entgegen, das mir von einer schwarz gekleideten Angestellten übergeben wurde, die auch unsere Tickets kontrollierte. Dank Grayson hatten wir recht gute Plätze ziemlich weit vorne erhalten, und ich staunte nicht schlecht, als ich den riesigen Theatersaal betrat.

Es war das schönste Theater, das ich je gesehen hatte. Der opulente Raum verfügte über zahlreiche Sitzränge und hübsche Logen an den Seiten, die mit ihren roten Säulen und den goldverzierten Brüstungen etwas Herrschaftliches ausstrahlten, dem der Flair vergangener Zeiten anhaftete. Automatisch stellte ich mir vor, wie viele Theaterstücke auf dieser Bühne aufgeführt worden waren. In meiner Brust kribbelte es vor Aufregung – wie mussten sich da erst die Schauspieler fühlen?

Der Saal war schon gut gefüllt, und ich folgte Lilly zu einer der gepolsterten Stuhlreihen aus weinrotem Samt. Dabei legte ich kurz den Kopf in den Nacken, um mir die gewölbte Decke des Theaters anzusehen, deren Mitte von einer rotgoldenen Kuppel gekrönt wurde. Ganz vorne hingen Scheinwerfer, die auf den geschlossenen dunkelroten Bühnenvorhang ausgerichtet waren. Leise Musik erklang aus versteckten Lautsprechern und vermischte sich mit dem Stimmengewirr der Leute, die noch ihre Plätze suchten oder sie bereits gefunden hatten.

»Alles hier ist rot«, kommentierte Lilly den Saal, dessen gedämpftes Licht zu der besonderen Atmosphäre beitrug. »Glaubst du, dass das irgendeine Art Tick ist? Meine Großmutter Violet liebt Violett und die kleine Lilly steht auf Rot? Sollte ich das auch noch«, sie senkte ihre Stimme und beugte sich ein Stück zu mir, »mit meinem Therapeuten besprechen?«

Ich schüttelte den Kopf. »Blödsinn.«

»Rot ist auch die Farbe des Blutes, June. Das könnte gefährlich werden«, meinte Lilly und steuerte an einem älteren Pärchen vorbei auf unsere Sitzplätze zu, die sich mittig in der vierten Reihe befanden.

Ich glich noch einmal die Platznummern mit unseren Tickets ab, bevor ich die Sitzfläche runterklappte. »Du übertreibst.«

Wir setzten uns hin, und sie zuckte mit den Schultern. »Vielleicht. Aber vergiss nicht, dass ich Sherlocks Gespür habe. Und mein Gespür sagt mir übrigens auch, dass mit Blakes Unfall etwas nicht stimmt. Ich meine die Sache mit den Bremsen, da ist doch irgendetwas faul.«

»Und was?«

»Vielleicht hat Preston sie manipuliert, um seinen Bruder aus dem Weg zu räumen. Zuzutrauen wäre es ihm.« Lilly sah mich vielsagend an.

»Du kannst Preston nur nicht leiden.«

Sie reckte das Kinn nach oben. »Natürlich kann ich ihn nicht leiden. Er ist ein arroganter, selbstverliebter Kerl, der glaubt, dass er alles haben kann, nur weil er gut aussieht und reich ist.«

Ich schmunzelte.

»Was ist?«

»Er gefällt dir also doch ein bisschen.«

Lilly schnappte nach Luft und wusste offensichtlich nicht, was sie sagen sollte. Es war ein seltener Anblick, sie sprachlos zu erleben, der allerdings schnell vorüberging.

»Wie kommst du denn auf so einen absurden Gedanken? Selbst wenn Preston Beaufort der letzte Mann auf Erden wäre, würde ich noch lieber das Ende der Zivilisation in Kauf nehmen, als mich mit ihm einzulassen.«

Ich grinste. »Jetzt ist echt alles an dir rot, selbst dein Gesicht.«

Lilly sah mich bitterböse an und verpasste mir einen Klaps auf die Schulter. »Behaupte nie wieder, dass mir Preston gefällt. Schwöre es!« Die Intensität, mit der sie das von mir verlangte, trug nur dazu bei, dass ich mich in meiner Vermutung bestätigt fühlte.

»Was soll June schwören?«, fragte Grayson, der sich gerade von der rechten Seite zu uns durchgekämpft hatte.

»Gar nichts«, sagte Lilly schnell, noch bevor Grayson sein typisches Terrier-Gesicht aufsetzen konnte.

»Was ist denn das für ein Outfit? Willst du dich hier unsichtbar machen?« Grayson musterte Lilly von oben bis unten, bevor er seufzte. »Darling, für die roten Schuhe hat es wohl nicht mehr gereicht?«

»Sehr witzig, Grayson.«

»Ich finde, dass Lilly sehr hübsch aussieht«, mischte ich mich ein.

»Ich würde das auch gerne behaupten, wenn ich sie sehen könnte. Hast du sie denn mitgebracht?« Er strich sich über seinen schwarzen Anzug, aus dessen Brusttasche ein rotes Einstecktuch hervorlugte. Unter dem Sakko trug Grayson einen dunklen Rollkragenpullover, der ihn mindestens fünf Jahre älter wirken ließ.

»Keine Scherze über mein Outfit«, verlangte Lilly. »Du siehst aus wie ein Theaterkritiker, der nach Zigarren stinkt.«

Grayson ließ die Schultern fallen. »Meine Mutter hat darauf

bestanden, dass ich mich entsprechend anziehe, und ja, ich gebe zu, vielleicht habe ich etwas übertrieben. Aber diese Aufführungen machen mich immer ein wenig nervös.«

»Ich weiß, aber du musst nicht aufgeregt sein. Es wird fabelhaft.« Lilly hatte einen sanfteren Tonfall angeschlagen, und der Diskurs über ihre Kleidung schien schlagartig vergessen.

»Du kennst doch meine Mutter. Sie steckt jeden mit ihrer Nervosität an.« Grayson sah auf seine goldene Armbanduhr und klatschte in die Hände. »Aber nun muss ich euch leider wieder verlassen. Es geht gleich los.«

»Du sitzt nicht bei uns?«

Er schüttelte den Kopf. »Ich sitze in der ersten Reihe und muss nachher noch eine Menge Smalltalk mit irgendwelchen wichtigen Leuten und Förderern führen. Die Kunst muss finanziert werden, und meine Eltern bestehen darauf, dass ich auch diese Seite des Theaters ganz genau kenne.« Er nickte uns noch einmal zu, bevor er sich zur Verärgerung unserer Sitznachbarn wieder an ihnen vorbeiquetschte.

Ich sah ihm nach und wandte mich an Lilly. »Warst du schon öfter mit bei einer Premiere?«

»Ein paar Mal. Früher konnte ich ja noch nicht selber Auto fahren, da mussten dann meine Eltern mitkommen. Und die halten nicht so besonders viel vom Theater, die gehen lieber ins Kino.«

»Wie sind Graysons Eltern denn so?«

Lilly überlegte kurz. »Sehr nett, aber ganz anders als auf der Bühne. Der Vater ist total ruhig und die Mutter das genaue Gegenteil. Zusammen ergeben sie aber eine gute Mischung.« Sie legte ihre Stirn in Falten. »Darauf kommt es wahrscheinlich letztendlich an, oder?«

»Worauf?«

»Dass man zusammen eine gute Mischung ergibt. Meine Eltern sind in manchen Punkten auch so extrem unterschiedlich: Mein Vater trinkt Kaffee, meine Mutter nur Tee, er liebt Sport, sie liest lieber und so weiter – aber wahrscheinlich ist genau das das Geheimnis.« Lilly schlug ihre Beine übereinander, und ich war froh, dass die Bedeutung ihres roten Kleides in den Hintergrund gerückt war. »Die Frage ist bloß, ob du und Blake eine gute Mischung ergebt …«

»Keine Ahnung«, sagte ich. Lilly war nicht nur Preston, sondern auch Blake gegenüber etwas skeptisch, besonders seit er seine Gabe bei ihr eingesetzt hatte. Dennoch war sie ganz aufgeregt gewesen, als ich ihr von dem Stromausfall und den romantischen Teelichtern im Wintergarten samt Knutscherei erzählt hatte. Auch der Streit zwischen Tante Catherine und meinem Großvater sowie die Geschichte von Winston Winterlys Geständnis hatte sie völlig in den Bann gezogen – selbst wenn sie etwas gekränkt schien, dass ich dieses Geheimnis ohne sie gelüftet hatte.

In dem Moment wurde das Licht weiter gedämpft, und das Stimmengemurmel verebbte. Nachdem auch die Musik verstummt war, richtete sich ein heller Spot auf die Mitte der Bühne, und ein älterer Herr mit Halbglatze und einem Mikrofon in der Hand kam hinter dem Vorhang hervor.

»Guten Abend, Ladies and Gentlemen«, begrüßte er die Theaterbesucher. »Als Bürgermeister von Newtown freut es mich, Sie bei der Premiere von Shakespeares *Ein Sommernachtstraum* begrüßen zu dürfen.« Beifall brandete auf, und der Bürgermeister wartete einen Augenblick, bevor der Applaus verklang und er weitersprechen konnte. »Wir sind sehr gespannt auf die Neuinszenierung dieses

Klassikers, die mit einer hochkarätigen Besetzung und einem sehr versierten Orchester auftrumpft. Es ist mir ein Anliegen, dass die Kunst und Kultur in Newtown gefördert wird und dass sich auch zukünftige Generationen daran erfreuen können. Das Theater lag mir schon immer am Herzen, und ich bin mehr als glücklich, dass ich damit nicht alleine bin. Gewissen privaten Förderern ist es zu verdanken, dass Produktionen wie die heutige überhaupt möglich sind, und ich bin sehr froh, dass heute Abend einer dieser besonderen Förderer anwesend ist. Ich bitte um einen kurzen Applaus für Lord Musgrave, der mit seiner Spende den heutigen Abend überhaupt erst möglich gemacht hat.«

Kapitel 16

»Hast du ihn denn schon gesehen?«, wisperte mir Lilly zu, nachdem der Pausengong ertönt war. Eine hübsche dunkelhaarige Frau, die von einer atemberaubenden Duftwolke umgeben war, drängte sich gerade an uns vorbei und entschuldigte sich, weil sie Lilly versehentlich auf den Fuß gestiegen war. Lilly versicherte ihr, dass sie es überleben würde, und lächelte kurz. Erst, als die Frau außer Hörweite war, wandte sie sich wieder mir zu. »Und?«

Ich schüttelte den Kopf und ließ meinen Blick abermals über die Sitzreihen gleiten. Lord Musgrave konnte überall sein. Schon während der Aufführung hatte ich mich nur schlecht auf das Stück konzentrieren können, stattdessen hatte ich den dunklen Zuschauerraum nach ihm abgesucht. Aber das Theater war zu groß, um die Züge des Lords in dem Meer an Gesichtern zu entdecken.

Lord Musgrave.

Er war hier, in meiner unmittelbaren Nähe, und schon der bloße Gedanke führte dazu, dass ich mich automatisch versteifte.

»Komm, wir suchen ihn«, schlug Lilly vor.

»Und dann? Dann gratuliere ich ihm zu seiner Großzügigkeit und spreche mit ihm über die Aufführung und das Wetter?«

»Guter Plan. Wie geschickt kannst du das Thema Fluch in eine Small-Talk-Konversation einstricken?«

Eine Haarsträhne hatte sich aus meiner Hochsteckfrisur gelöst, und ich stopfte sie zurück in meinen lockeren Dutt. »Das ist überhaupt kein Ding. Ich werde schon eine hübsche Überleitung finden, so etwas wie: ›Der Liebestrank von Oberon entpuppt sich in dem Theaterstück wieder einmal als wahrer Fluch für alle, nicht wahr? Apropos Fluch – was hat es mit diesem Fluch zwischen den Grünen und Blauen auf sich, den Sie in der Bibliothek von Green Manor erwähnt haben? Denn ich bin die Grüne, die sich hinter dem Vorhang versteckt hatte, und ich fände es sehr spannend, mehr über alles zu erfahren.‹«

Lilly hielt einen Finger in die Höhe. »Nicht schlecht. Ist dir das spontan eingefallen?«

Ich blickte sie ungläubig an und hatte nicht das Gefühl, dass ich noch ein weiteres Wort verlieren musste.

»Nein, jetzt im Ernst, June«, lenkte sie ein, »*so* macht das natürlich keinen Sinn. Vielleicht sollten wir den Lord einfach nur beobachten. Wir könnten seine Gespräche belauschen, um mehr über ihn zu erfahren.«

Ich atmete tief ein.

In gewisser Weise hatte Lilly recht. Auch wenn ich instinktiv fühlte, dass es besser war, sich von Lord Musgrave fernzuhalten, wäre es gleichzeitig verdammt schade gewesen, diese einmalige Chance einfach verstreichen zu lassen.

»Schau mal, im Foyer werden Getränke serviert«, meinte Lilly in dem Moment. Mit dem Kinn deutete sie zu dem Strom gut gekleideter Menschen, die genau in diese Richtung strebten. »Wahrscheinlich Champagner.«

Ich nickte. »Gute Idee. Betrunken können wir ihn sicher noch besser beobachten. Das wird total unauffällig.«

Lilly grinste breit. »Wir sind in einem Theater, June. Hier ist alles möglich.«

Die Schlange vor der Damentoilette war auch in diesem Theater viel zu lang. Es war eine universelle Wahrheit: Egal, wie schick man auch aussah, irgendwann mussten alle aufs Klo. Die Damen wirkten mit ihren Abendkleidern und dem funkelndem Schmuck wirklich sehr vornehm, ich hingegen kam mir mit meinem einfachen schwarzen Kleid etwas underdressed vor.

Während ich Richtung Toilette marschiert war, hatte sich Lilly im Foyer wild entschlossen ein Champagnerglas vom Tablett eines Kellners geschnappt und war damit zu ihrer Mission aufgebrochen. Vorher hatte sie mir noch versichert, dass sie nur an dem Glas nippen würde und nicht vorhatte, wirklich zu trinken. Der Champagner diente lediglich der Tarnung, um sich gut unter die Leute mischen zu können und sich unauffällig an den Lord heranzupirschen, sobald sie ihn ausfindig gemacht hatte.

Ich wollte mir nicht vorstellen, wie *auffällig unauffällig* sich Lilly heranpirschte, und rückte in der Schlange zur Toilette erleichtert ein Stück vor. Zumindest konnte ich jetzt schon den verfliesten Waschraum betreten. Hier drinnen roch es stark nach Lavendel, und ich drückte meine schwarze Clutch an meine Brust, während ich einen Schritt zur Seite machte, um niemandem im Weg zu stehen.

»Ma chérie, June, das ist ja ein Zufall!«, hörte ich plötzlich eine rauchige Stimme mit französischem Akzent, die von einer wartenden Frau an der Toilettentür stammte.

»Madeleine«, begrüßte ich die Stylistin, die ich zuletzt am Tag des *Kings & Queens*-Festes gesehen hatte. »Wie schön, dich hier zu treffen. Also vielleicht nicht gerade hier – ich meine, im Theater.«

Die kleine Französin mit den kurzen schwarzen Haaren trug ein bodenlanges silberfarbenes Kleid, das im Licht des Waschraums sanft schimmerte, und lächelte mich freundlich an. »Ja, ein wenig Kultur kann nicht schaden, n'est-pas? Wie gefällt dir das Stück?«

»Sehr gut, es ist sehr unterhaltsam«, sagte ich und ging noch einen Schritt zur Seite, da sich eine Dame zum Waschbecken durchdrängte. Ich dachte an Graysons Mutter, die eine wirklich beeindruckte Elfenkönigin abgab, und Grayson Vater, der in der Rolle des Kobolds Puck nicht so zurückhaltend wirkte, wie er offenbar im echten Leben war.

»Das ist eins der Dinge, die ich an England liebe«, erklärte Madeleine.

»Das Theater?«

»Shakespeare. Kein anderer Mann versteht es so gut, die Wirrungen der Liebe aufzuzeigen, und l'amour kann ziemlich verwirrend sein. Bist du mit deinem Freund hier?«

Ich schüttelte den Kopf. »Mit meiner Freundin.«

»Auch schön.« Madeleine, die mich offenbar falsch verstand, lächelte.

Ich schüttele noch einmal den Kopf, dieses Mal jedoch etwas vehementer. »Sie ist nur *eine* Freundin, nicht meine«, stellte ich klar und fand es etwas befremdlich, dieses Gespräch auf der Damentoilette zu führen.

Madeleine musterte mich interessiert. »Ah. Es gibt also noch niemanden, der dein Herz im Sturm erobert hat?«

»Nein, den gibt es nicht«, log ich, aber das war ebenfalls ein Thema, das ich lieber für mich behielt.

»Der wird noch kommen, der wird bestimmt noch kommen«, versicherte mir Madeleine lächelnd. »Manchmal muss man etwas warten. Manchmal sind es vielleicht zwanzig Jahre, bis man findet, was das Herz schon immer gesucht hat. Aber wenn ich dich so ansehe, glaube ich, dass es bei dir garantiert schneller geht. Sogar in diesem unscheinbaren Ding«, sie verzog die Lippen und deutete auf mein schlichtes Kleid, das ihr offensichtlich zu einfach war, »siehst du umwerfend aus, ma chérie. Wahre Schönheit kann man eben nicht verstecken. Selbst in einem Kartoffelsack wärst du bezaubernd.«

Es war sehr nett von Madeleine, das so zu sehen, auch wenn es nicht meiner eigenen Meinung entsprach. Eine der Türen ging auf, und Madeleine zwinkerte mir zu. »Jetzt bin wohl ich an der Reihe«, erklärte die Stylistin und verschwand in einer der Kabinen.

Nach etwa zwei Minuten konnte auch ich endlich auf die Toilette gehen und rechnete mir aus, wie lange die Pause noch dauern würde. Allzu viel Zeit, um Lord Musgrave hinterherzuspionieren, blieb nicht mehr. Wenn ich ehrlich war, glaubte ich auch nicht daran, dass wir auf diese Weise irgendwelche neuen Informationen bekamen. Hatte Lilly ihn in der Zwischenzeit überhaupt schon gefunden?

Die Gedanken wirbelten durch meinen Kopf, und ich wünschte mir nichts mehr, als einfach die Wahrheit sehen zu können. In diesem Moment umhüllte mich ein vertrauter süßlicher Parfumduft. Ich stand gerade am Waschbecken, um mir die Hände zu waschen, und hob den Kopf. Neben mir war die dunkelhaarige Frau in dem grünen Paillettenkleid aufgetaucht, die Lilly vorhin versehentlich auf den Fuß getreten war. Sie war gerade dabei, ihren dunkelroten Lippenstift nachzuziehen. Als sich unsere Blicke im Spiegel trafen, lächelte sie mich an.

Plötzlich senkte sich eine dumpfe Stille über den verfliesten Waschraum, und die wartenden Frauen in ihren Abendkleidern erstarrten mitten in der Bewegung. Eine Dame in einer samtblauen Robe war gerade im Begriff, die Tür zu öffnen, während eine Blondine in einem schwarzen Etuikleid mit Spitzenbesatz neben dem Händetrockner den Sitz ihrer Brille kontrollierte.

Derweil lächelte mich die Frau im Spiegel immer noch an. Mir wurde klar, dass ich wohl gerade unbewusst meine Gabe eingesetzt hatte. Die braunen Augen der Frau wirkten wie Diamanten, die im grellen Licht der Toilettenbeleuchtung sanft glitzerten. Da ich diese Frau überhaupt nicht kannte, war es total seltsam, als sich das Glas mit einem leisen Knirschen noch weiter ausbreitete, bis es den ganzen Raum und die Menschen darin erfasste. Plötzlich fand ich mich in dieser eigenartigen Kristallwelt wieder, in der die hübschen Abendkleider der Damen mit ihren glitzernden Colliers und Armbändern um die Wette funkelten. Auch wenn das letzte Mal bereits der Korridor der Schule zu Glas erstarrt war, war es doch irritierend, diese Komplettverwandlung noch einmal zu erleben.

Vor allem hier. Auf der Toilette eines Theaters, ganz ohne Absicht. Hatte mein Wunsch, endlich die Wahrheit über Lord Musgrave zu erfahren, die Vision ausgelöst?

Ich atmete tief ein und beschloss, die Gelegenheit zu nutzen. Eine ungeheure Kraft rauschte durch den Waschraum. Gespannt beobachtete ich, wie die braunen Augen der Dunkelhaarigen zerbrachen, hinter denen ein helles Licht hervorstrahlte. In Sekundenschnelle dehnte sich der Riss aus, bis er Spiegel, Waschbecken, Wände und

Türen krachend erreichte. Die kristallenen Frauen und die Welt um mich herum zerfielen in Tausende Splitter, die kurz in der Luft schwebten, bevor sie zu Boden fielen, als hätten sie nie existiert. Plötzlich stand ich nicht mehr in einer Damentoilette, sondern hatte den Ort gewechselt.

Nervös betrachtete ich meine neue Umgebung. Der Einrichtung nach zu urteilen, befand ich mich in einer Art Büro. Es war ein lichtdurchfluteter Raum mit hohen, stuckverzierten Decken und Rundbogenfenstern, der sich anscheinend in einem alten Gebäude befand. An dem Schreibtisch saß die dunkelhaarige Frau aus dem Theater und telefonierte.

»Der Maskenball ist das wichtigste Ereignis des Jahres, Mr O'Sullivan. Es ist mir egal, wer Sie zu diesem Zeitpunkt gebucht hat, ich gehe davon aus, dass Sie uns die entsprechende Priorität einräumen werden.« Sie atmete tief ein, und ich hörte, wie ihr Gesprächspartner ihr widersprach. Seine Worte wurden immer hitziger, und die Frau trommelte ungeduldig mit ihren manikürten Fingernägeln auf der Tischplatte. »Wollen Sie das wirklich? Mr O'Sullivan, überlegen Sie sich die Sache gut«, sagte sie streng, und ich konnte die Drohung hören, die in ihren Worten mitschwang. »Sie haben einen Ruf zu verlieren, denken Sie daran. Ich möchte nicht, dass Sie Ihre Entscheidung bereuen müssen.«

Ohne Mr O'Sullivan zu kennen, tat er mir irgendwie leid. Im nächsten Moment ertönte ein enormes Krachen. Die Szene zersplitterte und setzte sich zu einem komplett neuen Ort zusammen. Plötzlich fand ich mich nicht mehr in einem Büro, sondern in einem gepflegten Park neben einem Springbrunnen wieder. Die Strahlen der Sonne spiegelten sich glitzernd im Wasserspiel eines Brunnens, der leise vor sich hin plätscherte. Was machte ich hier? Mein Blick glitt über die akkurat ge-

schnittene Hecke und ich erkannte die Dunkelhaarige aus dem Theater, die unweit von mir bei zwei kleinen Buchsbäumen stand. Sie unterhielt sich mit einem groß gewachsenen Mann, der mir vage bekannt vorkam, und steckte ihm ein Kuvert zu, bevor sie sich abwandte und Richtung Springbrunnen marschierte. Ihr Gesichtsausdruck war ernst, doch bevor ich noch zu viel darüber nachdenken konnte, was das alles hier sollte, kehrte ich wieder in die Gegenwart zurück.

Die dunkelhaarige Frau lächelte mich noch immer im Spiegel an, und ich lächelte zaghaft zurück, obwohl mir nicht danach war. Wie zuletzt bei Grace fühlte ich mich seltsam erschöpft. Was war da gerade passiert? Hatte sich meine Gabe verselbstständigt? Zeigte sie mir jetzt willkürlich die Geheimnisse irgendwelcher Leute? Es war ja nicht so, dass ich nicht neugierig war, dennoch hoffte ich, dass das jetzt nicht zur Gewohnheit wurde. Immerhin gab es schon genügend Fragen, die mich beschäftigten – da konnte ich auf weitere gut verzichten.

Was war in dem Umschlag, den die Frau dem Mann übergeben hatte? Ging es um Bestechung wegen diesem Mr O'Sullivan? Hatte die Frau ihre Drohung vielleicht wahr werden lassen und jemanden dafür bezahlt, Mr O'Sullivans Ruf zu ruinieren?

Meine Clutch vibrierte, und ich verließ schnell die Damentoilette, um in einer Nische mein Handy aus der kleinen schwarzen Tasche zu fischen. Ich staunte nicht schlecht, als mein Blick auf das Display fiel.

Jasper. Jasper rief gerade an.

Ein seltsames Gefühl machte sich in mir breit. Was wollte er von mir? Seit er mit mir Schluss gemacht hatte, hatten wir keinen Kontakt mehr gehabt. Lag es an Carla? War vielleicht etwas mit ihr passiert? Meine Gedanken surrten wie ein wild gewordener Bienenschwarm durch meinen Kopf, und bevor sie mich vollkommen kirre machen konnten, entschied ich, einfach dranzugehen. »Hallo?«

»Hallo June. Bist du es?«, hörte ich Jasper.

»Ja.« Ich versuchte zu ignorieren, dass schon der vertraute Klang seiner tiefen Stimme etwas mit mir machte. Ich musste an unser erstes Date denken. Obwohl er mich nach unserem Kinobesuch nach Hause gebracht hatte, hatten wir noch bis Mitternacht miteinander telefoniert.

»Hast du kurz Zeit? Ich würde gern mit dir reden.«

Die Bienen summten noch wilder durch meinen Kopf. Worüber wollte Jasper mit mir sprechen? »Gerade passt es mir nicht. Kannst du morgen anrufen?«

»Klar«, meinte er. »Ich melde mich.«

»Bis dann«, sagte ich und legte auf. Ich war selbst überrascht, wie gelassen ich reagiert hatte. Immerhin war es Jasper gewesen, der gleiche Jasper, der sich hinter meinem Rücken mit meiner besten Freundin Carla getroffen und sich in sie verliebt hatte. Hatte sein Anruf damit zu tun, dass die beiden Schluss gemacht hatten?

Ich versuchte, alle Gedanken in diese Richtung abzuschütteln, und bahnte mir meinen Weg zurück ins Foyer des Theaters. Dabei glaubte ich, aus dem Augenwinkel Wilfried zu entdecken, doch als ich mich nach ihm umdrehte, war er nirgends zu sehen. Wahrscheinlich war das alles hier einfach zu viel für mich, wahrscheinlich war ich nach den letzten zehn Minuten einfach zu fertig.

»June!«, rief mir Lilly aus einer Ecke der Empfangshalle zu. Die Gespräche der Leute vermischten sich mit dem Geruch nach Lachsbrötchen und Alkohol, und mir fiel auf, dass der Raum viel zu klein für die Anzahl an Menschen war. Aber das schien niemanden zu stören. Die fein gekleideten Besucher standen dicht gedrängt am Treppenaufgang, vor der Garderobe und neben dem Kassenbereich und schlürften fröhlich ihren Champagner.

»Was hast du gemacht, June? Du warst eine Ewigkeit weg, ich dachte, du kommst nie wieder.«

»Stau auf der Damentoilette«, erklärte ich. »Und? Hast du ihn schon entdeckt?«

Lilly schüttelte den Kopf. »Nein, noch nicht. Es sind einfach zu viele Leute hier. Ein paar von ihnen scheinen auch bereits betrunken zu sein.«

»Auf einer Theaterpremiere?«, fragte ich irritiert und sah mich um. Die Stimmung war angeregt, wirkte jedoch noch nicht derart ausgelassen. »Laut einer Statistik sollen zu jedem Zeitpunkt etwa 0,7 Prozent der Weltbevölkerung betrunken sein«, sagte ich nachdenklich, weil es mir gerade einfiel.

»Zum Glück sind diese 0,7 Prozent nicht alle hier«, entgegnete Lilly steif. »Dafür bin ich aber zufällig dem schusseligen Pfarrer von Darktrew über den Weg gelaufen und habe von seiner Gesprächspartnerin erfahren, dass irgendein Maskenball nächste Woche *das* Event des Jahres ist. Die meisten hier reden über nichts anderes. Und ich habe herausgefunden, dass der genaue Farbton meines Kleides Scharlachrot heißt.«

»Das habe ich auch schon gehört«, sagte ich, »also das mit dem Maskenball.« Er war nicht nur bei der Dunkelhaarigen eben, sondern auch bei Brooke in der Cafeteria Thema gewesen. »Aber mit wem hast du über die Farbe deines Kleides gesprochen?«

Lilly sah mich verdrossen an. »Mit einer älteren Frau, die übrigens genau das gleiche Kleid anhatte.«

»Oh.«

»Genau. Ich meine nicht irgendein ähnliches Kleid, sie hatte genau das gleiche Kleid an. Jetzt ist es also offiziell, June: Ich habe nicht nur einen pathologischen Rot-Tick, ich habe auch noch einen verdammt schlechten Geschmack.«

Ich versuchte, mir ein Lächeln zu verkneifen. »Vielleicht hat die Frau auch nur einen verdammt guten Geschmack.«

»Die Frau war über siebzig. Sie war nett, keine Frage, aber ich will mit nicht wie eine Siebzigjährige anziehen. Wollen wir nicht einfach Kleider tauschen?« Lilly biss sich auf die Unterlippe und sah mich flehend an. »Überleg es dir gut. Wenn du Nein sagst, klau ich dir dein Kleid einfach.«

Ich grinste und war dennoch erleichtert, als der Gong durch das Foyer hallte und den Beginn des zweiten Teils der Vorstellung ankündigte.

»Du kannst einem echt Angst machen«, sagte ich Lilly.

»Ich weiß«, meinte sie stolz. Gemeinsam folgten wir den Leuten und machten uns auf den Weg zu unseren Plätzen.

»Verdammt, ich habe noch immer meinen Champagner«, stellte Lilly plötzlich fest.

Ich sah auf das leere Glas in ihrer Hand. »Lilly!«

»Ich habe nicht davon getrunken, wirklich nicht«, versicherte sie mir. »Also, das glaube ich zumindest. Ich war so in meine Rolle vertieft und war wirklich total unauffällig.« Sie stockte. »Oder glaubst du, dass ich das Glas instinktiv habe mitgehen lassen? Oh mein Gott.« Ihre Augen weiteten sich und sie beugte sich zu mir. »Bei all dem schönen Schmuck … klaue ich ausgerechnet ein Glas? Ich brauche wirklich ein paar zusätzliche Stunden bei meinem Therapeuten.«

»Gib es mir, ich bringe es zurück, okay?«, bot ich an und machte mich wieder auf dem Weg ins Foyer. Die Kellner waren bereits damit beschäftigt, sauber zu machen, und ich überreichte einem von ihnen Lillys Glas.

Als ich mich umdrehte, um in den Saal zurückzukehren, stieß ich gegen einen gut gekleideten Mann, dessen blaue Augen mich eindringlich fixierten. Schlagartig schoss mein Puls in die Höhe, und ein eiskalter Schauer lief mir den Rücken hinunter. Es war Lord Musgrave.

»June Mansfield.« Seine Stimme klang distanziert, und sein anthrazitfarbener Anzug über dem weißen Hemd verstärkte diesen Eindruck noch. In der Bibliothek hatte ich ihn älter eingeschätzt, als er tatsächlich war. Aus der Nähe betrachtet wirkte er wie ein Mann in den Vierzigern. »Ich bin überrascht, Sie *auf diese Weise* kennenzulernen.«

»Sie wissen, wer ich bin?« Die Härchen auf meinen Armen stellten sich auf. Ich mochte die Art nicht, wie mich Lord Musgrave ansah. In seinen Augen konnte ich eine tiefe Abscheu erkennen, die er offenbar kein bisschen zu verbergen versuchte.

»Natürlich weiß ich, wer Sie sind. Und Sie wissen offenbar auch, wer ich bin. Ich gehe davon aus, dass meine Neffen Sie über unsere Unterhaltung in Kenntnis gesetzt haben.«

Ich wusste nicht, was ich darauf erwidern sollte. Stattdessen spürte ich, wie es mir die Kehle zuschnürte. Lord Musgraves Ausstrahlung machte etwas mit mir. Seine bloße Anwesenheit schüchterte mich ein, und ich wünschte, ich würde jetzt hier nicht in dem verlassenen Foyer mit ihm stehen. Die Kälte und Überlegenheit, die von diesem Mann ausgingen, waren eine beunruhigende Kombination, die mich nicht an seiner Gefährlichkeit zweifeln ließ.

Der Lord musterte mich abfällig und kam meiner Antwort zuvor. »Sie müssen nicht das naive Ding spielen. Ich kann nur hoffen, dass Sie die Warnung verstanden haben.«

»Welche Warnung meinen Sie?«, fragte ich widerspenstig und nahm dafür all meinen Mut zusammen. Lord Musgrave verengte seine Augen. Es war ihm anzusehen, dass er normalerweise bekam, was er verlangte, und Widerrede nicht gewohnt war.

»Halten Sie sich von meinen Neffen fern. Blake und Preston sind meine einzigen noch lebenden Verwandten, und ich habe vor, in ihrem Leben eine wichtige Rolle zu spielen. Ich werde auf sie achtgeben und ich werde nicht zulassen, dass ihnen irgendjemand etwas antut. Haben Sie mich verstanden, June Mansfield?«

Seine Worte klangen nicht nach einer Frage, sie klangen nach einer Drohung, und ich war froh, dass ein paar Meter neben uns gerade eine Kellnerin den Kassenbereich reinigte. Nur ungern wäre ich mit Lord Musgrave völlig allein gewesen. »Ich habe nicht vor, Ihren Neffen etwas anzutun.«

Ein kühles Lächeln, das seine Augen nicht erreichte, umspielte seinen Mund. »Ihre bloße Anwesenheit ist Gift für meine Familie. Schon Ihre Tante war Gift.«

Ich hielt seinem durchdringenden Blick stand, auch wenn es mir schwerfiel. »Wie meinen Sie das?«

»Ich sage es noch einmal: Halten Sie sich von meinen Neffen fern!« Lord Musgrave hatte nicht vor, mir meine Fragen zu beantworten, er war nur hier, um seinen Standpunkt zu verdeutlichen. Ich straffte den Rücken. Ich würde ihm nicht noch mehr Gelegenheit dazu geben.

»Die Aufführung fängt an«, sagte ich und deutete auf einen schwarz gekleideten Angestellten, der gerade die breiten Türen zum

Theatersaal schließen wollte. »Ich möchte sie keinesfalls verpassen. Entschuldigen Sie mich.«

Ich wandte mich ab, doch Lord Musgrave stellte sich mir in den Weg. »Sollten Sie meinen Neffen zu nahe kommen, wird das Unglück weite Kreise ziehen und auch vor Unschuldigen nicht haltmachen.« Er trat zur Seite, doch sein kalter Blick ruhte noch immer auf mir. »Prägen Sie sich meine Worte ein: Ich werde alles in meiner Macht Stehende tun, um meine Neffen vor Ihnen zu beschützen, ich werde das Schicksal nicht noch einmal zuschlagen lassen.« Seine Augen schienen sich noch tiefer in meine zu bohren, sodass ich das Gefühl hatte, gleich zu Eis zu erstarren. »Vergessen Sie das niemals.«

Kapitel 17

In der Nacht schlief ich schlecht. Ich träumte von einem Wald, in dem Feen in flatternden Gewändern und Kobolde mit spitzen Ohren um mich herumtanzten und mich mit funkelnden Augen verwünschten. Sie nannten mich das *Böse*, das ihre Welt zerbrechen und Unglück über alle bringen würde. Die Bäume ringsum verloren ihre Blätter, die Luft begann zu flirren und eine tiefe Finsternis kroch von allen Seiten auf mich zu und ließ die Welt zu eisigem Glas werden.

»Und dann bist du aufgewacht?«

Ich legte meinen Rucksack auf den Tisch und nickte. Aus irgendeinem Grund fand Englisch heute nicht im Raum *Winston Churchill*, sondern im Raum *Sir Robert Walpole* statt, und offenbar waren Lilly und ich die Ersten, die das realisiert hatten. Denn außer uns war das Klassenzimmer mit den großen Fenstern und der alten dunkelbraunen Einrichtung noch menschenleer.

Lilly schob seufzend einen Stuhl zurück und ließ sich darauf fallen. »Dass du gerade an der spannendsten Stelle aufwachen musstest. Ich meine, was wäre als Nächstes passiert? Wärst du auch zu Glas geworden? Wärt ihr danach alle zusammen explodiert?«

Ich setzte mich neben sie und warf einen Blick aus dem Fenster. Von hier aus konnte man die Grünflächen des Sportplatzes sehen, bei denen offenbar gerade eine neue Bewässerungsanlage eingebaut wurde, denn einige Männer waren dabei, den ganzen Rasen umzugraben. »Ich habe keine Ahnung. Und es ist auch egal, es war nur ein Traum.«

Lilly kniff die Augen zusammen. »Man muss kein Psychologe sein, um zu verstehen, was sich in deinem Unterbewusstsein abspielt.«

Das war wahrscheinlich der Moment, in dem ich besser die Reißleine zog und das Gespräch in eine andere Richtung lenkte. Ich verspürte absolut keine Lust, alles noch einmal durchzukauen, was mir in der Nacht sowieso nicht aus dem Kopf gegangen war. Das Gespräch mit Lord Musgrave hallte noch immer in mir nach, und wenn ich nur daran dachte, bekam ich eine unangenehme Gänsehaut am ganzen Körper.

»Und was spielt sich in meinem Unterbewusstsein ab?«, fragte ich, obwohl ich es eigentlich besser wusste.

»Du fandst das Theaterstück mit Graysons Eltern grässlich.« Lilly grinste mich vergnügt an, und ich liebte sie dafür, dass sie mich in jeder Situation zum Lachen bringen konnte. Instinktiv wusste sie einfach, wann es an der Zeit war, mich aufzuheitern.

»Sie haben toll gespielt«, sagte ich, auch wenn ich die Aufführung wegen Lord Musgraves Anwesenheit nicht in vollen Zügen hatte genießen können.

»Ich weiß«, meinte Lilly. »Vor ein paar Jahren habe ich mir noch gewünscht, dass mich Graysons Eltern adoptieren. Die sind nicht nur reich, sondern echt cool.«

»Und warum wünschst du es dir jetzt nicht mehr?«

Lilly zog einen Apfel aus ihrem Rucksack. »Irgendwann habe ich verstanden, dass ich dann Graysons Schwester wäre«, erklärte sie schmunzelnd. »Nein, im Ernst. Ich habe viel zu viele Brüder, und alles ist total chaotisch bei uns, aber es würde meinen Eltern das Herz brechen, wenn ich sie mit meinen Brüdern allein lassen würde. Deswegen warte ich lieber noch ein wenig.« Sie biss von ihrem Apfel ab. »Bleibt's dabei, dass wir nachher noch nach Newtown fahren?«

»Klar. Schließlich haben wir endlich eine Spur.« Lilly und ich hatten beschlossen, am Nachmittag die Bibliothek von Newtown zu besuchen, um einen Blick in das dortige Zeitungsarchiv zu werfen. Wir hatten vor, mehr über die Anspielungen des Lords zu erfahren. Auch wenn die Begegnung unangenehm gewesen war, so hatte sie uns doch einen Anhaltspunkt geliefert – immerhin hatte er von Tante Catherine gesprochen, die seinen Worten nach Gift für seine Familie gewesen war. Mein Großvater hatte in dem Streit mit meiner Tante eine ähnliche Formulierung verwendet, was wahrscheinlich kein Zufall war. *Du kannst dich nicht auf diesen Kerl einlassen. Seine gesamte Familie ist Gift für dich! Gift für uns!*

Lilly lehnte sich auf ihrem Stuhl zurück. »Glaubst du, dass deine Tante wirklich etwas mit einem Musgrave hatte?«

»Es würde zumindest Sinn ergeben.«

»Sie wäre ja auch nicht die einzige Grüne, die sich je mit einem Blauen eingelassen hat«, meinte sie. »Apropos: Bist du Blake oder Preston heute schon über den Weg gelaufen?«

Ein paar andere Schüler strömten nun in den Raum und suchten sich ihre Plätze. Automatisch wurde es lauter.

Ich senkte meine Stimme ein wenig, damit nicht gleich jeder etwas von unserem Gespräch mitbekam. »Nein. Ich habe heute aufs Frühstück verzichtet und den Bus genommen.«

»Und was ist mit diesem Jasper? Hat er schon angerufen?«

»Noch nicht, aber der Tag ist natürlich noch lang.«

Ich kramte einen Haargummi aus meinem Rucksack, mit dem ich mir meine Locken zu einem lockeren Knoten zusammenband. Dabei versuchte ich, nicht an Jasper zu denken oder daran, wie verwirrend sein Anruf noch immer für mich war.

»Du hast einen absoluten Jungs-Überschuss, June, weißt du das eigentlich?« Lilly stand auf, um ihren Apfelrest in den Mülleimer zu werfen.

»Ich habe wohl eher das absolute Chaos in meinem Leben«, sagte ich, als sie sich wieder auf den Stuhl neben mir fallen ließ.

Sie zuckte nur mit den Schultern und beugte sich zu mir. »Ich habe auch Chaos in meinem Leben, aber meines wärmt mich nicht in einer Schmugglerhöhle oder verteilt heiße Küsse auf der Couch.«

»Wer verteilt heiße Küsse?«, wollte Grayson wissen, der plötzlich neben uns aufgetaucht war.

»Niemand«, sagte ich schnell, doch Grayson zog nur die Augenbrauen hoch, bevor er mich und dann Lilly fixierte.

»Sie hat mit Blake rumgemacht.«

»Lilly!«, schoss es aus mir heraus.

Meine Freundin atmete tief ein. »Sorry, June. Aber Grayson hat sein Terrier-Gesicht aufgesetzt.«

Ich sah sie perplex an. »Na und?«

»Du weißt doch, dass er dann nicht mehr lockerlässt.«

»Ganz recht, Darling«, stimmte er ihr zu.

Da der Lehrer in diesem Moment den Raum betrat, konnte Grayson mich zwar nicht an Ort und Stelle ausquetschen, doch dafür zwang er mich in den nächsten Pausen, ihm alles von meinem Wochenende mit Blake zu erzählen. Grayson schien noch aufgeregter als damals, als ich ihm von der Schmugglerhöhle berichtet hatte. Dabei war es gar nicht so einfach, ihm das Geschehene ganz ohne die Worte *Fluch* und *magische Gabe* wiederzugeben.

»Du bist ein Glückspilz, Sweetheart«, seufzte er, als die letzte Unterrichtsstunde um war und wir die Treppe nach unten gingen.

Ich stöhnte. »Können wir bitte das Thema wechseln?«

Grayson sah mich an, als hätte ich ihm eben angeboten, einen karierten Schottenrock zu tragen. »Natürlich nicht. Ich erwäge sogar, meine Nachmittagsverabredung abzusagen, um noch länger mit dir darüber sprechen zu können. Ich meine, dass mit dir und den Deep-Blue-Twins scheint ziemlich ernst zu sein. Und heiß. Oder nur heiß, egal.« Er machte eine Pause.

»Ich weiß selbst nicht, was es ist.« Leider war das die Wahrheit.

Lilly straffte den Riemen ihres Rucksacks. »Was für eine Nachmittagsverabredung hast du denn, Grayson?«

»Ich musste meinen Eltern versprechen, einen Familiennachmittag mit ihnen zu verbringen, weil die Premiere so gut gelaufen ist und es bislang nur Lobeshymnen geregnet hat.«

»Und was macht ihr?«, hakte ich nach und spazierte durch die große Eingangstür der King's School nach draußen. Es war ein ungewöhnlich warmer Tag für Oktober, und die Sonne schien mir strahlend hell ins Gesicht.

»Wir fahren zu meinem Onkel und verbringen einen Nachmittag mit ihm und seinen nervigen Kindern.«

»So nervig sind sie doch gar nicht«, behauptete Lilly, die auf der Steintreppe ein Stück voranging.

»Ich hatte das letzte Mal Kaugummi im Haar, Darling.«

Ein Lächeln huschte über Lillys Gesicht. »Das ist doch kein Weltuntergang.«

»Ich weiß nicht, wo du deine Kaugummis hinsteckst, aber meiner Meinung nach gehören sie nicht ins Haar. Apropos Haar: Hast du Brookes glitzernde Haarspange gesehen? Ich hoffe, sie ist noch immer an ihrem Platz.«

Lilly straffte den Rücken. »Das ist also dein Klau-Scherz des Tages? Ich habe nichts gemacht, wirklich nicht.«

»Gut so. Im Gegensatz zu meinen Eltern habe ich nicht vor, meine schauspielerischen Künste noch einmal unter Beweis zu stellen«, erklärte Grayson, womit er auf unsere verrückte Ring-Rückgabe-Mission anspielte. »Übrigens: Wie fandet ihr die Aufführung gestern?«

Wir schlenderten gemütlich Richtung Bushaltestelle.

»Hättest du mich vor deinem Klau-Vorwurf gefragt, hätte ich phänomenal gesagt«, meinte Lilly.

»Und jetzt?«

»Auch noch phänomenal«, murrte sie nach ein paar Sekunden und erntete dafür ein fettes Grinsen von Grayson.

»Und wie hat es dir gefallen?«, wollte ich wissen.

Grayson krempelte die Ärmel seines weißen Hemds hoch. »Es war ganz *okay*. Die Kostüme waren hübsch, und es war nicht ganz so peinlich, wie ich erwartet hatte.« Obwohl er versuchte, so unbeteiligt wie möglich zu klingen, schwang der Stolz in seiner Stimme einfach zu deutlich mit.

»Hast du diesen Lord Musgrave eigentlich auch noch kennengelernt?«, fragte Lilly dann. Sie tat, als wäre es die belangloseste Sache der Welt.

»Diesen Kunstmäzen? Nein, der hätte eigentlich noch hinter die Bühne kommen sollen, um sich mit meinen Eltern zu unterhalten, aber er war dann plötzlich weg. Was bei so wichtigen Leuten üblich ist.«

Ein ungutes Gefühl befiel mich. »Wie wichtig ist er denn?«

»Nun ja, er ist steinreich und hat erst vor Kurzem wieder seinen Landsitz in Blackcross bezogen – was alle in der Umgebung ganz wuselig macht, weil sie auf sein weit geöffnetes Portemonnaie für Kunst und Kultur hoffen. Lord Musgrave ist dafür bekannt, hier etwas tiefer in die Tasche zu greifen, aber das habt ihr ja bereits gehört.« Grayson fischte seine Sonnenbrille aus dem Rucksack und setzte sie auf, bevor er auf seine Uhr schielte. »Leider muss ich nun aber los. Ladys, man sieht sich.« Er schnaubte theatralisch. »Sofern ich diesen Nachmittag überlebe.«

»Hier ist etwas«, wisperte Lilly, woraufhin ich meinen Stuhl ein Stück näher an sie heranrückte. Wir saßen vor dem Archiv-Computer der Bücherei, der sich in einer hellen Ecke vor einem der Fenster befand.

Die Bibliothek von Newtown war ein mehrstöckiges Gebäude, das mit seinen hübschen Glasfronten und der modernen Einrichtung gar nicht wie eine klassische Bibliothek aussah. Ein riesiges rundes Oberlicht war in die kirchenhohe Decke eingelassen und sorgte neben den bodentiefen Fenstern für viel Tageslicht im Inneren. Der helle Ahornboden harmonierte mit den weißen Regalen, die überall in dem lichtdurchfluteten Raum verteilt waren. Im Grunde handelte es sich um einen einzigen großen Saal, der sich über mehrere Ebenen erstreckte, die durch offene weiße Treppen miteinander verbunden waren.

Die moderne Bibliothek war gut besucht, was es uns gar nicht so leicht gemacht hatte, einen Platz an dem Archiv-Computer zu ergattern. Außerdem musste man sich schon im Vorfeld in eine Liste eintragen, was wir nicht getan hatten. Es hatte Lilly einen Kaffee und einen kleinen Flirt mit einem langhaarigen Typen mit Nickelbrille gekostet, um an den Computer zu dürfen, aber das war es wert gewesen. Denn in der Datenbank fand sie die eingescannten Zeitungsausgaben der letzten hundert Jahre.

Mein Blick wanderte über den Bildschirm. Lilly hatte den Artikel über den Autounfall von Blakes und Prestons Mutter aufgerufen, den wir in seinem Zimmer gefunden hatten. »Den kennen wir doch schon.«

»Ja, aber den hier kennen wir noch nicht«, sagte Lilly und tippte etwas ein, woraufhin ein anderer Artikel erschien. Er war aus dem Jahr 1995 und seine Headline lautete: »Schrecklicher Reitunfall. Kenneth Musgrave stirbt noch vor Ort«. Eine seltsame Aufregung ergriff mich, als mein Blick über die Zeilen glitt.

Am vergangenen Sonntag, den 24. September 1995, ist Kenneth Musgrave, Sohn von Harold Musgrave, bei einem tragischen Reitunfall ums Leben gekommen. Der passionierte Reiter wurde während seines Ausritts in der Grafschaft Cornwall, in der Nähe des Landsitzes der Familie in Blackcross, von seinem Pferd abgeworfen. Der preisgekrönte Hengst, der für seinen widerspenstigen Charakter bekannt war, wurde nach dem tödlichen Sturz auf Wunsch der Familie eingeschläfert.

Kenneth Musgrave wurde 21 Jahre alt.

»Kenneth Musgrave?«, wiederholte ich.

»Das muss der Bruder von Lord Musgrave gewesen sein. Und offenbar auch die erste Liebe von deiner Tante Catherine. Wir hatten also recht«, bemerkte Lilly aufgeregt. »Ich habe in einem anderen Artikel gelesen, dass unser Lord – Nigel Musgrave – sein Vermögen und den Titel von seinem Vater Harold geerbt hat. Was ist, wenn der Lord mit dem Schicksalsschlag nicht nur den Tod seiner Schwester, sondern auch den Tod seines Bruders meinte?«

Ein eisiger Schauer rann mir den Rücken hinunter, als Lord Musgraves Worte in meinem Kopf widerhallten. *Ich werde alles in meiner Macht Stehende tun, um meine Neffen vor Ihnen zu beschützen, ich werde das Schicksal nicht noch einmal zuschlagen lassen.* Ich schluckte. »Du glaubst, dass *beide* Geschwister von Lord Musgrave wegen des Fluchs gestorben sind? Und dass Tante Catherine etwas damit zu tun hatte?«

Lilly zuckte mit den Schultern. »Das könnte zumindest seine Verbitterung erklären. Ich meine, wie schrecklich ist es, wenn dir nach und nach deine Familie genommen wird! Da würde ich wahrscheinlich auch an einen Fluch denken.«

Ich atmete tief durch.

»Okay, ich will nicht mit dem Lord sympathisieren«, fuhr Lilly fort, »aber das ist alles schon ziemlich merkwürdig, oder? Vielleicht hat aber auch der Lord alle abgemurkst, damit er sein Vermögen nicht teilen muss.«

»Zutrauen würde ich es ihm. Hast du auch irgendetwas über seine Schwester herausfinden können?«

Lilly schüttelte den Kopf. »Ich weiß nur ihren Namen. Georgina Musgrave.«

»*Georgina Musgrave*«, wiederholte ich nachdenklich und hätte zu gerne gewusst, was für ein Mensch Blakes und Prestons Mutter gewesen war. Hing ihr Tod tatsächlich mit dem ihres Bruders Kenneth zusammen? Und wo war überhaupt Blakes und Prestons leiblicher Vater?

Die Fragen prasselten nur so auf mich ein, dass mir ganz schwindlig wurde. Wieder einmal wurde mir schmerzhaft bewusst, wie unerträglich die Situation für Blake sein musste – so viele Fragen, so wenige Antworten.

In dem Moment vibrierte Lillys Handy, das vor ihr auf dem weißen Computertisch lag. »Oh. Es ist eine WhatsApp von Granny«, sagte sie und las schmunzelnd die Nachricht. »Sie verlegt zwar all ihre Sachen, aber das neueste Handy muss sie haben. Das ist ja interessant.«

»Was?«

»Es gibt offenbar noch eine Version darüber, warum Darktrew vor Hunderten von Jahren abgebrannt ist. Granny hat von einer Freundin bei der Fußpflege erfahren, dass angeblich eine Hexe dafür verantwortlich war. Die hat das Dorf nämlich verflucht.«

Ich zog eine Augenbraue hoch. »Und warum hat sie das gemacht?«

»Keine Ahnung«, erwiderte Lilly. »Granny meint, dass ihr selbst zwar tausend Gründe dafür einfallen würden, sie die Beweggründe der Hexe allerdings nicht kennt. Sie bleibt aber dran.« Lilly grinste.

»Was ist?«

»Sie hat mit *Liebe Grüße, Violet* unterschrieben.«

Jetzt musste ich auch lächeln. »Deine Oma ist wirklich cool.«

»Ich weiß. Aber wie meine große Schwester sieht sie trotzdem nicht aus.«

Wenig später war ich wieder auf dem Weg nach Hause, weil Lilly ihrem Vater versprochen hatte, ihm bei der Restauration eines alten Bildes zu helfen, das sie auf dem Dachboden gefunden hatten. Ihre Brüder seien für solche künstlerischen Aufgaben nicht zu gebrauchen, behauptete Lilly, und deshalb müsse sie ihrem Vater helfen.

Ich hatte den Eindruck, dass sie das ziemlich genoss, auch wenn sie mir das Gegenteil weismachen wollte.

Der Bus öffnete zischend die Türen, und ich stieg aus. Glücklicherweise war mein Rucksack heute nicht besonders schwer, sodass der kurze Weg nach Green Manor nicht zu einer sportlichen Aktivität wurde. Für einen Oktobertag war es wirklich viel zu warm, und ich freute mich schon auf die Dusche.

Beherzt setzte ich mich in Bewegung und folgte der Straße, die sich in sanften Windungen den Hügel hinauf schlängelte. Auch wenn ich diesen Weg jede Woche zurücklegte, übte der idyllische Ausblick noch immer einen besonderen Reiz auf mich aus. Von hier aus konnte ich die grünen Hügel und das glitzernde Meer sehen, dessen salziger Geruch sich mit dem Duft von wildem Lavendel vermischte. Ich nahm einen tiefen Atemzug und lauschte dem Rauschen der Wellen, bevor es vom Klingelton meines Handys unterbrochen wurde.

Als ich Jaspers Namen auf dem Display sah, stand mein Herz für einen Augenblick still.

»Hallo Jasper.«

»Hi June. Passt es dir jetzt?« Seine tiefe Stimme klang so charmant wie immer. Trotzdem hätte ich ihm am liebsten gesagt, dass es wahrscheinlich niemals passen würde. Allerdings war ich doch zu neugierig, um einfach aufzulegen.

»Was willst du?«

»Ich wollte mit dir reden.« Er zögerte, und ich konnte ihm anhören, wie schwer ihm das fiel. »Ich … Mann, da habe ich mir extra aufgeschrieben, was ich sagen will, und dann stottere ich doch nur herum.« Er holte auf der anderen Seite tief Luft. »Du weißt, dass ich mit Carla zusammen war.«

»Es ist mir nicht entgangen.« Meine Stimme klang nüchtern, aber er konnte keine andere Reaktion erwarten.

»Ich … ich habe damals Schluss mit dir gemacht, weil ich dachte, dass ich mehr für sie empfinde. Aber die Wahrheit ist, dass ich die ganze Zeit nur an dich denken konnte.«

Ich glaubte, nicht richtig zu hören. Für einen Moment sagte keiner etwas. Ein Auto überholte mich, und es fühlte sich so an, als hätte es mich überfahren.

»June? Bist du noch da?«

»Ja, leider«, sagte ich langsam. »Du verarschst mich doch.«

»Nein, wirklich nicht. Seit du weg bist, steht meine Welt kopf. Ich kann nicht mehr richtig schlafen oder essen, in der Schule kann ich mich nicht konzentrieren und beim Fußball verschieße ich jeden verdammten Ball. Ich werd hier noch verrückt, June.«

»Hast du *das* jetzt vom Zettel abgelesen?«

»June.«

»Jasper«, sagte ich und holte tief Luft, um meine Atmung wieder unter Kontrolle zu bringen. »Was glaubst du denn, was ich jetzt sage? Schwamm drüber? Kein Problem, dass du mich mit meiner besten Freundin betrogen hast, flieg jetzt einfach zu mir nach Cornwall und wir vergessen die Sache?«

»Natürlich erwarte ich das nicht, June.«

»Sie war meine beste Freundin«, presste ich hervor und fühlte erneut den Schmerz, den ich vor wenigen Wochen vor dem Pub empfunden hatte. Es war schlimm gewesen, zu erfahren, wie sehr mich die beiden hintergangen hatten. »Ich hatte keine Ahnung, warum du mit mir Schluss gemacht hast. Du hast nicht mal den Anstand gehabt, mir den Grund zu nennen!«

»Ich weiß, das war falsch. Es war so vieles falsch. Ich hab's jetzt geschnallt, June. Ich hab's geschnallt, dass du mein Mädchen bist, nur du. Ich dreh hier durch ohne dich.«

»Aber ich will nicht mehr dein Mädchen sein, also lass mich bitte in Ruhe. Ruf mich nicht mehr an.« Noch bevor er etwas darauf erwidern konnte, legte ich auf. Was bildete er sich ein? Wie konnte er nur glauben, dass ich ihm jemals verzeihen würde?

Schnaubend setzte ich meinen Weg fort. Auf einmal hatte ich keinen Sinn mehr für die romantische Landschaft Cornwalls, ich sah nur noch Jasper vor mir, der mir so wehgetan hatte. Ohne zu zögern, tat er jetzt das Gleiche mit Carla. Was war er nur für ein Arsch!

In Gedanken noch immer bei Jasper, durchquerte ich das schmiedeeiserne Tor von Green Manor und sah Blakes Maschine, die am Rand der Kiesauffahrt stand. Die Wut in meinem Bauch löste sich schlagartig auf, als ich Blake erkannte, der mit nacktem Oberkörper auf sein Motorrad zuging. Dabei humpelte er ein wenig und schien aufzupassen, seinen verstauchten Fuß nicht allzu sehr zu belasten.

Seine Jeans saß tief und mein Blick blieb an seinen definierten Brustmuskeln und seinen gespannten Oberarmen hängen, als er sich nach unten beugte, um einen Schraubenschlüssel aus der grauen Werkzeugkiste zu ziehen. Sein Sixpack zog sich dabei verführerisch zusammen, und ich erinnerte mich daran, wie gut er sich unter meinen Fingerspitzen angefühlt hatte. Automatisch kamen auch alle anderen Erinnerungen an unseren Abend im Wintergarten zurück und sandten einen prickelnd warmen Schauer über meinen Körper.

Ich konnte nicht anders, als Blake anzustarren. Langsam ging er in die Knie und begann, an seiner Maschine herumzuschrauben.

Mit den zerzausten schwarzen Haaren, der dunklen Jeans und den öligen Händen war er so verboten sexy, dass es mir schwerfiel, ganz normal die Auffahrt hinaufzugehen.

»Hey June.« Mit dem Handrücken fuhr er sich über seine verschwitze Stirn.

»Hallo Blake.« Ich wusste nicht so recht, wo ich hinsehen sollte, da einfach alles an ihm verführerisch auf mich wirkte. Kurz meldete sich mein Verstand und machte mich darauf aufmerksam, dass ich Blake von meinen Nachforschungen erzählen sollte, aber da ich seine Meinung zu meiner Recherche kannte, hielt ich lieber den Mund.

»Schöner Tag, nicht wahr?« Blake erhob sich und machte einen Schritt auf mich zu.

Ich nickte, während mein Blick von seinen Bauchmuskeln angezogen wurde. »Ist es denn so heiß?«, fragte mein Mund von ganz allein, und ich biss mir sofort auf die Lippen. Etwas Stumpfsinnigeres hätte mir wohl kaum einfallen können.

Ein Lächeln umspielte seine Lippen. »Sag du es mir. Ist es heiß?« Seine Stimme klang rau. Ich fühlte, wie sie viel zu viel mit mir machte. Natürlich war Blake heiß, aber er war noch so viel mehr als das.

»Für einen Oktobertag ist es schon recht warm«, erklärte ich lahm und versuchte, nicht auf die feinen Härchen zu starren, die sich von Blakes perfektem Bauchnabel nach unten fortsetzten und unter dem Bund seiner Jeans verschwanden.

Blakes Blick ruhte noch immer auf mir, und ich bemerkte ein amüsiertes Funkeln in seinen Augen.

»Solltest du dich nicht ausruhen?«

»Alles okay. Der Arzt ist zufrieden. Die Verstauchung heilt gut.«

Er griff nach einem Lappen und wischte sich damit seine öligen Finger ab.

»Und die Schmerzen?«

»Erträglich.«

»Warst du heute noch in der Schule?«, wollte ich wissen und bemerkte, dass ich meine Nervosität mit einer Reihe an Fragen zu überspielen versuchte.

»Nein, war ich nicht.«

»Gehst du morgen wieder?«

»June.« Blake schenkte mir ein amüsiertes Lächeln.

»Ja?«

»Ich stelle dir jetzt auch mal eine Frage.«

»Okay«, sagte ich.

»Du musst etwas näher kommen, damit ich meine Frage stellen kann.«

Ich schluckte trocken und machte ein paar Schritte auf Blake zu, bis ich zwischen ihm und dem Motorrad stand. Der Wind frischte auf, und eine angenehme Brise fuhr mir durch die Haare, aber es war bei Weitem nicht genug, um mich abzukühlen.

»Wie kann es sein, dass du in meinem Zimmer rumschnüffelst, wenn ich etwas dagegen habe, aber kein einziges Mal hineinstolperst, wenn ich will, dass du kommst?«

Mein Atem beschleunigte sich. »Du wolltest, dass ich zu dir komme?«

»Das ganze Wochenende lang.« Seine Stimme klang kratzig und sehnsüchtig. Mein Herz explodierte vor Freude.

»Was wolltest du denn von mir?«, fragte ich sicherheitshalber nach.

Anstatt zu antworten, hob Blake nur die Augenbrauen. Dann

griff er nach meiner Hand und zog mich ganz nah zu sich, bis ich seine Bauchmuskeln durch die Bluse meiner Schuluniform hindurch fühlen konnte.

»Miss Mansfield, ich denke, du weißt genau, was ich will.« Mit dem Zeigefinger strich Blake mir sanft über die Wange. Sein Blick rutschte zu meinen Lippen, und dann küsste er mich mit einer Leidenschaft, die mir den Boden unter den Füßen wegzog.

Seine Lippen waren so unglaublich weich und sein Kuss war so wunderschön. Ihn zu schmecken, ihn zu fühlen war einfach atemberaubend. Das, was Blake mit mir anstellte, war unglaublich, *er* war meine Droge, nach der ich süchtig war. Blake umschlang mich mit seinen starken Armen und zog mich noch enger an sich. Mein Körper begann zu kribbeln und verlangte nach mehr, schrie, dass er doch nicht aufhören sollte, als Blake sich ein wenig zurücklehnte und mich anlächelte. Dieses Lächeln gehörte nur mir allein.

»Vielleicht sollten wir reingehen.«

»Vielleicht«, sagte ich.

»Vielleicht sollte ich mir dein Zimmer einmal näher ansehen.« Die Vorstellung gefiel mir, sie gefiel mir sogar sehr gut. Blake beugte sich vor, bis seine Lippen ganz nahe an meinem Ohr waren. »Immerhin würde es für einen gewissen Ausgleich sorgen, nachdem du mein Zimmer schon gesehen hast.«

Ich nickte. »Ausgleich ist gut.«

»Ausgleich ist sogar sehr gut«, bemerkte er, als die Haustür aufging und Onkel Edgar mit Preston nach draußen kam. Die beiden waren so sehr in ihr Gespräch vertieft, dass sie uns nicht sofort bemerkten. Augenblicklich stoben Blake und ich auseinander, und da hob Onkel Edgar auch schon den Kopf und lächelte mich an.

»Hallo June, schön dich zu sehen. Kommst du von der Schule?«

»Ich war noch mit einer Freundin unterwegs.« Hoffentlich konnten sie meinem Gesicht die Hitze nicht ansehen, vor allem nicht Preston, der mich interessiert musterte. Er trug seine Surfklamotten und war wohl auf dem Weg zum Strand.

»Blake, hast du gerade zu tun?«, fragte Onkel Edgar, bevor er zu Blakes Maschine ging und mit der flachen Hand über das dunkle Metall fuhr. »Ein Wunder, dass sie nur ein paar Kratzer hat.« Er schüttelte den Kopf und wandte sich dann seinem Sohn zu. »Aber das noch größere Wunder ist, dass dir nicht mehr passiert ist.«

»Glück.«

»Das liegt wohl immer im Auge des Betrachters«, grinste Preston.

»Einen geplatzten Bremsschlauch würde ich nicht gerade als Glück bezeichnen«, brummte Onkel Edgar. »Vor allem, weil das Motorrad erst zwei Jahre alt ist.«

»Lag wahrscheinlich an Blakes Fahrstil«, bemerkte Preston und kam auf mich zu. »Ist ja auch nicht die erste Maschine, die er zu Schrott gefahren hat.« Die Selbstverständlichkeit, mit der er die Spitze gegen Blake äußerte, war mir unangenehm. Offenbar waren aber alle schon so daran gewöhnt, Preston schlecht über seinen Bruder sprechen zu hören, dass Onkel Edgar nur mit einem Seufzen reagierte.

»Du weißt genau, dass Blake nichts dafür konnte. Sein letztes Motorrad hatte einen Konstruktionsfehler. Glücklicherweise ist Blake so ein guter Fahrer, sonst hätte das damals auch ins Auge gehen können«, erklärte mir Onkel Edgar.

»Ja, Blake scheint offenbar immer viel Glück zu haben«, bestätigte Preston. »Aber genug von ihm. June, was hast du heute noch Schönes vor?«

Onkel Edgars Blick rutschte zu meiner Bluse, und ich bemerkte erst jetzt, dass Blakes Hände einen kleinen Ölfleck auf dem weißen Stoff hinterlassen hatten. Rasch zog ich die Jacke meiner Schuluniform enger.

»Ich wollte noch etwas lesen«, log ich und sah, wie Blakes Mundwinkel nach oben zuckten. Wir beide hatten garantiert nicht vor, unsere Zeit mit Lesen zu verbringen.

»Bei dem tollen Wetter? Da gibt es doch bessere Möglichkeiten.« Preston lächelte mich an. Ich verriet ihm nicht, dass eine weitaus bessere Möglichkeit schon in meinem Kopf war.

»Blake, kannst du mit deiner Maschine bitte morgen weitermachen? Ich brauche heute deine Hilfe in einer geschäftlichen Sache«, sagte Onkel Edgar.

Blake atmete tief ein. Ich konnte ihm ansehen, dass er innerlich mit sich rang. »Jetzt gleich? Oder geht es auch später?«

»Jetzt gleich. Es geht um ein paar Verträge.« Ich konnte regelrecht hören, wie unser gemeinsamer Plan ins Wasser fiel.

»Vergiss dein Buch. Ich nehme dich lieber mit zum Strand«, sagte Preston.

Onkel Edgar lächelte. »Ja, das klingt gut, zeig June den Strand.«

Ich wollte etwas erwidern, doch da griff Preston schon nach meiner Hand. »Guck nicht so. Glaub mir, du wirst es lieben.«

Kapitel 18

»Diesen Weg kenne ich noch gar nicht«, sagte ich, als ich Preston durch das stille Waldstück folgte, das wie ein dunkelgrünes Band hinter den Gärten von Green Manor lag. Vereinzelt fielen Sonnenstrahlen durch das dichte Blätterdach und zauberten helle Lichtkleckse auf den von Nadeln bedeckten Trampelpfad.

»Tja, liebe June, du kennst eben nicht all meine Geheimwege.« Preston warf mir einen herausfordernden Blick zu, und ich versuchte, nicht daran zu denken, wo ich jetzt sein könnte, wenn Onkel Edgar und er nicht so unvermutet aufgetaucht wären.

»Was ist los mit dir? Du bist ja so still«, meinte Preston, als wir eine Forststraße mit getrockneten Reifenspuren überquerten. »Sonst bist du doch auch nie um eine Antwort verlegen.«

»Ich mache mir nur Sorgen, dass du das schwere Surfbrett den ganzen weiten Weg umsonst trägst, weil es hier gar nicht zum Strand geht.«

Er blieb so abrupt stehen, dass ich fast in ihn hineingelaufen wäre.

»Was ist los?«, fragte ich. »Sag bloß, du hast gerade gemerkt, dass du dich verlaufen hast.«

Preston drehte sich mit dem Surfbrett auf der Schulter zu mir um, sodass ich den Kopf einziehen musste, um das Ding nicht auf die Nase zu bekommen. »Das hättest du wohl gern. Hör mal.«

Ich runzelte die Stirn und legte den Kopf leicht schief. »Was soll ich hören?«

Preston stellte das Surfbrett ab und beugte sich zu mir hinunter. »Das Meer«, raunte er mir leise ins Ohr. Sein warmer Atem roch nach Pfefferminze und vermischte sich mit dem angenehmen Duft seines Parfums. Ein wenig verlegen folgte ich seiner Aufforderung und schloss die Augen, um mich besser konzentrieren zu können. Zuerst hörte ich nur das Klopfen meines Herzens und den Ruf eines Waldvogels. Doch nach einigen Sekunden hörte ich tatsächlich ein rhythmisches Rauschen, das ganz nach der Meeresbrandung klang.

Als ich die Augen wieder öffnete, schulterte Preston zufrieden sein Surfbrett. »Du kannst mir vertrauen, June. Nur weil ich andere Leute zum Lügen bringen kann, heißt das noch lange nicht, dass ich selbst nicht die Wahrheit sage.« Mit diesen Worten wandte er sich um und stapfte weiter durch den Wald. Unschlüssig, was ich darauf erwidern sollte, folgte ich ihm, bis sich die Bäume nach ein paar Minuten lichteten und den Blick auf eine unglaubliche Kulisse freigaben.

Vor mir erstreckte sich eine weite Wiese, die an einer hohen Klippe endete. Große Felsbrocken lagen vereinzelt in dem sonnenbeschienenen Gras, und der Wind trug den typischen Geruch nach Meer mit sich.

»Na, was sagst du jetzt?«, fragte Preston triumphierend.

»Ich sehe noch immer keinen Strand«, erwiderte ich grinsend, weil ich es ihm nicht so leicht machen wollte.

Preston lachte. »Sei lieber nicht so frech, sonst befördere ich dich auf dem kurzen Weg dorthin.« Er nahm meine Hand und zog mich über die Wiese bis zum Rand der steil abfallenden Felskante. Von hier aus war der Ausblick noch fantastischer. Weit unter uns lag ein helles Stück Sandstrand, an dem sich die rauschenden Wellen in regelmäßigen Abständen brachen. Der schöne Tag hatte einige Surfer angelockt, die mit ihren Boards immer wieder aufs Meer hinauspaddelten, um eine besonders gute Welle zu erwischen. Das Wasser wirkte in Ufernähe fast türkisfarben, während es am Horizont, wo das Sonnenlicht auf dem Meer glänzte, sturmblau aussah.

»Es ist wunderschön«, sagte ich ergriffen und bemerkte, dass Preston noch immer meine Hand hielt.

»Die Wellen hier sind nicht so hoch wie in Portfall, aber für einen Anfänger wie dich gerade richtig.«

»Moment. Wie meinst du das?« Vor Schreck entzog ich ihm meine Finger. »Ich dachte, du willst mir nur den Strand zeigen.«

Preston grinste schief. »Dachtest du wirklich, ich würde dich zum Surfen mitnehmen, damit du nur zuguckst?«

»Aber ich hab doch gar keine Ausrüstung«, fuhr ich fort, doch Preston hatte sich schon abgewandt und einen befestigten Pfad hinunter zum Strand eingeschlagen. Der Weg war ziemlich steil und führte in Serpentinen an hohen Felsbrocken vorbei immer tiefer. Preston wandte sich noch einmal um und zwinkerte mir unbekümmert zu. »Zerbrich dir darüber nicht den Kopf. Das bekommen wir schon hin.«

»Ihr habt eine eigene Strandhütte?«

»Klar«, sagte Preston und zog unter einem alten Blumentopf einen Schlüssel hervor, um das weiße Häuschen mit der blauen Tür und der hübschen Terrasse aufzuschließen, das sich gleich neben dem Abgang des befestigten Pfades befand. »Immerhin stehen wir noch immer auf unserem Besitz.«

Ungläubig blickte ich über den Strand, der eine Art geheimer Hotspot für Surfer zu sein schien. Ungefähr zehn junge Leute, von denen ein paar Preston zugewinkt hatten, tummelten sich auf einem Abschnitt von etwa einem Kilometer. Sie alle trugen Neoprenanzüge, denn für reines Planschen im Meer war es im Oktober eindeutig zu kühl – selbst an so einem sonnigen Tag wie heute. »Der Strand gehört also auch noch zu Green Manor?«

Preston öffnete die Tür und nickte. »Ungefähr drei Kilometer in diese Richtung.« Damit deutete er nach links, wo sich die felsigen Steilwände immer weiter verflachten, bis sie in ein wildes Hügelland mit struppigen grünen Flechten übergingen. Dahinter war eine kleine Straße zu erkennen, auf der die anderen Surfer offenbar hergekommen waren. »Wir hätten natürlich auch ein Schild mit dem Hinweis *Privatbesitz* aufstellen können, aber ich fand es immer langweilig, ganz allein surfen zu gehen.«

Ich sah mich verstohlen auf dem Strand um. Wenn ich in wenigen Minuten zum ersten Mal in meinem Leben auf einem Surfbrett stand, hätte ich lieber weniger neugierige Augenpaare gehabt, die uns beobachteten.

»Muss ich gleich einen von deinen alten Neoprenanzügen anprobieren?«, fragte ich herausfordernd.

»Der würde dir wohl kaum passen. Warte kurz.« Preston betrat die Strandhütte und förderte ein gelbes Surfbrett zutage, das er mir zusammen mit einem dunkelblauen Ganzkörperanzug in die Hände drückte. »Das ist einer von Rileys alten Anzügen – und wenn mich mein Augenmaß nicht täuscht«, sein Blick wanderte kurz über meinen Körper und blieb dabei einen Tick länger an meiner Oberweite hängen, »wird er dir ausgezeichnet stehen.«

»Die beste Zeit, um mit dem Surfen anzufangen, ist eigentlich im Sommer«, sagte Preston, nachdem ich mich in der hübschen Strandhütte umgezogen hatte. Mir war nicht ganz wohl gewesen, in einen von Rileys alten Anzügen zu schlüpfen, aber ich schob den Gedanken daran einfach zur Seite.

»Na super, und das erzählst du mir jetzt?«, fragte ich und zupfte ein letztes Mal an dem dunkelblauen Neoprenanzug herum, der mir tatsächlich wie angegossen passte.

Preston schnappte sich sein Board und machte sich auf den Weg zum Wasser. »Das liegt nur an den Wellen«, erklärte er über die Schulter. »Seichte Sommerwellen sind am einfachsten zu bewältigen, aber da du mich an deiner Seite hast, kannst du ganz entspannt sein.«

Ich musste lachen über so viel Selbstbewusstsein. Preston grinste ebenfalls und strich die hellbraunen Haare zur Seite, die der Wind ihm in die Stirn geweht hatte. In seinem schwarz-grauen Neoprenanzug, der sich eng an seinen durchtrainierten Körper schmiegte, machte er eine verdammt gute Figur, und mir entging nicht, dass er die Blicke der weiblichen Strandbesucherinnen permanent auf sich zog. Als wäre sein Anblick einfach zu unwiderstehlich, um länger als ein paar Sekunden wegzusehen.

»Ich habe gehört, dass Surfen ziemlich schwer zu lernen ist«, sagte ich und beobachtete einen blonden Typen dabei, wie er auf einer anrollenden Welle paddelte, sich auf sein Board schwang und dort ungefähr drei Sekunden stand, bevor ihn die Wassermassen unter sich begruben.

»Deine erste Welle wirst du heute wahrscheinlich nicht stehend reiten«, gab Preston zu. »Aber es wird dir trotzdem Spaß machen.«

Ein paar Meter vor dem Wasser legte Preston sein Board mit der Unterseite nach oben in den feuchten Sand und gab mir eine kurze theoretische Sicherheitseinweisung. Danach stellte er sich hinter mich, sodass sich unsere Körper fast berührten.

»Wenn du in die Brandungszone läufst, musst du das Surfboard mit beiden Händen fest neben deinem Körper halten. Dabei zeigt die Spitze immer direkt ins Meer.« Preston griff von hinten nach meinen Ellbogen und korrigierte meine Haltung, bis er damit zufrieden war. »Beim Paddeln ist dann die Körperspannung extrem wichtig, von deinen Beinen über den Po bis zum Brustkorb.«

Ich atmete tief die salzige Meeresluft ein und nickte. Noch immer stand er so nah hinter mir, dass wir einander berührt hätten, wenn ich mich auch nur ein wenig nach hinten gelehnt hätte. »In Ordnung. Ich glaube, ich bin bereit für einen ersten Versuch.«

Preston machte einen Schritt zur Seite und holte sein eigenes Surfboard, während ich meines fester packte. Die Aussicht, mich gleich in die Wellen zu stürzen, erfüllte mich mit einer kribbelnden Aufregung.

»Du weißt noch die wichtigste Regel beim Paddeln?«

»Finger und Beine geschlossen«, erwiderte ich wie aus der Pistole geschossen.

»Perfekt. Dann los, Miss Mansfield.« Preston lächelte mich ermutigend an, und ich versuchte, sein Lächeln genauso freundlich zu erwidern, obwohl mich die Anrede an Blake denken ließ. Unvermittelt schossen mir die Bilder von unserem Kuss durch den Kopf, und ich glaubte, seine Lippen noch auf meinen zu spüren. Um jetzt nicht daran zu denken, lief ich schnell los. Das kalte Wasser spritzte unter meinen nackten Fußsohlen in die Höhe, und ich beobachtete, wie Preston sich neben mir auf das Board legte und lospaddelte, um es ihm gleichzutun. Schon das allein war schwieriger, als es aussah, und ich war froh, als wir die Brandung hinter uns gelassen hatten. Preston hielt schließlich an und drehte sein Board Richtung Strand. Ich folgte seinem Beispiel, warf einen Blick hinter mich – und paddelte wie eine Verrückte los.

Eine Welle rollte auf mich zu, und ich erinnerte mich an Prestons Rat, erst mal ein Gefühl für das Board zu bekommen, und nicht gleich zu versuchen, aufzustehen. Als ob ich das getan hätte – ich fühlte mich weit davon entfernt, irgendetwas anderes zu tun, als auf dem Bauch zu liegen und mein Gleichgewicht zu halten. Preston rief mir etwas zu, das ich nicht verstand. Im nächsten Moment wurde ich hochgehoben und sanft Richtung Land gespült. Quietschend vor Freude hielt ich mich an meinem Board fest, während die weiße Gischt neben mir in die Höhe spritzte. Es fühlte sich fantastisch an.

»Achtung!«, hörte ich Preston rufen, und da schlug das Wasser auch schon krachend über mir zusammen. Ich rutschte von meinem Surfbrett und hielt die Luft an, um kein Meerwasser zu schlucken. Keine zwei Sekunden später umfingen mich zwei kräftige Arme, die mich in die Höhe zogen, bis ich direkt in Prestons tiefblaue Augen sehen konnte. Kleine Wassertropfen hingen in seinen Wimpern und fielen von dort auf seine leicht gebräunten Wangen.

»Alles okay?« Sein besorgter Gesichtsausdruck ließ mich grinsen.

»Das war unglaublich! Ich will es gleich noch einmal versuchen!«

Sofort fiel die Anspannung von ihm ab. Er zog mein Board an der Leine zu uns heran und drückte es mir in die Hand.

»Los geht's.«

Die nächste Stunde machte unglaublich viel Spaß, war aber auch so anstrengend, dass ich danach jeden Muskel spürte. Das Wellenreiten schien mir nicht gerade im Blut zu liegen, denn ich schaffte es kein einziges Mal, auf dem Board aufzustehen und länger als eine Sekunde stehen zu bleiben, aber der Wind und das Meer fegten zumindest sämtliche Gedanken aus meinem Kopf. Als ich schließlich in ein riesiges Badetuch gehüllt erschöpft neben Preston im Sand saß, machte sich jedoch plötzlich ein unangenehmes Gefühl in mir breit.

Der Strand hatte sich inzwischen geleert, und die Sonne stand tiefer. Ich sah mich unruhig um und wurde den Eindruck nicht los, beobachtet zu werden.

»Was ist los? Hältst du Ausschau nach jemandem?« Prestons Stimme klang ein wenig gepresst, und ich blickte ihn verwirrt an.

»Nein, ich habe bloß das Gefühl, als ob wir nicht allein wären.«

»Wir sind auch nicht allein«, erklärte Preston trocken, als eine Möwe schreiend über uns hinwegflog und nur einen knappen Meter von mir entfernt ein Klecks Vogeldreck im Sand landete.

»Ich meine es ernst«, erwiderte ich und prüfte ein weiteres Mal die Umgebung. »Letztes Wochenende hatte ich auch so ein komisches Gefühl.«

Preston streckte seine langen Beine im Sand aus und sah mich von der Seite an. »Du meinst, als du allein mit Blake in Green Manor festgesessen hast? *Das* kann ich allerdings verstehen.«

»Nein, davor. Als ich von der Schule nach Hause gekommen bin, hätte ich schwören können …« Ich brach ab. »Egal. Vielleicht bilde ich mir das auch nur ein.«

Ein paar Sekunden lang sagte keiner von uns etwas.

»Denkst du, das hat etwas mit dem Fluch zu tun?« Prestons Stimme schwankte zwischen unwillig und belustigt, woraufhin ich nur mit den Schultern zuckte.

»Keine Ahnung, Preston. Ich weiß überhaupt nicht mehr, was ich denken soll.«

Preston runzelte die Stirn. »Ganz so weit hergeholt ist die Sache mit dem Fluch ja nicht, immerhin ist Blakes Selbstüberschätzung für sich allein schon ein Fluch.«

Ich zog die Knie an meine Brust und blickte hinaus aufs Meer. »Versagende Bremsen würde ich nicht als Selbstüberschätzung bezeichnen.«

Er seufzte tief. »Okay. Aber wenn ein Fluch auf uns lasten würde, müsste ich dann nicht auch etwas davon mitbekommen?«

Ich biss mir auf die Unterlippe. »Vielleicht ist es erst der Anfang.« Automatisch dachte ich an Tante Catherine und Kenneth Musgraves Tod.

»Oder es ist Bullshit.« Preston zog eine Muschelschale aus dem Sand und betrachtete sie, bevor er sie ins Meer warf. »Wenn deine Theorie stimmt, dann müsste mir doch auch etwas Schlimmes passieren, da ich mich in deiner Nähe befinde – oder nicht?«

»Ja, eigentlich schon.«

»Siehst du? Und mir geht es gut. Ich habe in letzter Zeit sogar eine Glückssträhne.«

Prestons Worte führten dazu, dass das Gewicht auf meiner Brust wieder etwas leichter wurde. »Wieso denn das?«

»Zum einen wäre ich vor meinem Trip nach London fast von einem verrückten Taxifahrer umgenietet worden – und zum anderen hätte ich mir beinahe eine Fischvergiftung eingefangen, als ich mit ein paar Kumpels essen war. Wenn ich die Fischsuppe bestellt hätte, läge ich jetzt wahrscheinlich im Krankenhaus und würde mir wie der arme Jonathan die Seele aus dem Leib kotzen.«

»Moment, das nennst du Glück?« Ungläubig starrte ich Preston an.

Doch er lachte bloß. »Pech wäre es doch nur, wenn es mich erwischt hätte, oder nicht?«

Ich zog eine Augenbraue hoch. »Ich könnte mir vorstellen, dass Jonathan das anders sieht.«

Preston stand grinsend auf. »Komm. Ich lade dich zu einer Portion Scones mit Clotted Cream ein. Das ganze Gerede übers Essen hat mich hungrig gemacht.«

Schmunzelnd stemmte ich mich ebenfalls in die Höhe und klopfte mir den Sand ab. »Du meinst das ganze Gerede über Fischsuppenvergiftung?«

Preston grinste schief. »Das nicht gerade. Aber zum Glück findet man in Scones nicht das kleinste bisschen Fisch.«

»Es ist wunderschön hier.« Begeistert sah ich mich in dem kleinen Café um. Preston hatte zwei Surfer vom Strand überredet, uns in ihrem Pick-up ein paar Kilometer Richtung Süden mitzunehmen, wo es eine kleine Ortschaft mit weiß verputzten Häusern, blauen Fensterläden und diesem entzückenden Strandcafé gab. Das freundliche Lokal besaß eine großzügige Terrasse aus hellem Holz, von der ein paar Stufen direkt hinunter zum Strand führten. Eine durchsichtige Brüstung spannte sich rund um den Außenbereich mit den quadratischen Tischen. Die Gäste saßen unter weißen Sonnensegeln und hatten einen herrlichen Blick aufs Meer, über dem nun langsam die Sonne unterging.

»Ich wusste, dass es dir gefallen würde. Matt bäckt die besten

Scones in ganz Cornwall. Und er sagt immer, es gäbe kein besseres Rezept gegen jegliche Art von Sorgen als ein paar Bissen von seinen Kalorienbomben.«

»Die besten Scones in ganz Cornwall?«, wiederholte ich. »Pass nur auf, dass Betty das nie hört.«

Preston ließ sich auf dem Stuhl mir gegenüber nieder und lächelte entspannt. Wir waren nach dem Surfen wieder in unsere normalen Klamotten geschlüpft, und als er seine Arme auf dem Tisch ablegte, traten seine Muskeln unter dem grauen T-Shirt deutlich hervor.

»Wenn Betty je hört, dass ich das gesagt habe, brauche ich tatsächlich mehr als ein paar Scones, um die negativen Schwingungen wieder loszuwerden«, erwiderte Preston amüsiert. Ich lächelte zurück und versuchte, mich auf die unbeschwerte Stimmung des milden Abends einzulassen. Der Nachmittag mit Preston war wirklich schön gewesen und hatte meine Enttäuschung darüber, keine Zeit mit Blake allein verbringen zu können, in den Hintergrund rücken lassen.

»Kommst du regelmäßig hierher?«, fragte ich.

Preston zögerte kurz. »Früher waren wir manchmal mit Riley hier. Und ich bin auch allein ganz gern hergekommen, nachdem sie Blake und mich von der Schule geworfen haben.«

»Von der Schule geworfen? Das klingt ein bisschen ernster als das, was ich bisher über euer Wiederholungsjahr gehört habe.«

Preston fing den interessierten Blick eines hübschen dunkelhaarigen Mädchens auf, ohne es richtig wahrzunehmen. Stattdessen heftete er seine Augen sofort wieder auf mich.

»Das ist doch Schnee von gestern, June.«

»Willst du mir nicht endlich sagen, was ihr angestellt habt? Warum hat Mr Clark euch suspendiert?«

Preston seufzte. »Es hat ziemlich harmlos angefangen. Wir haben unsere Gaben ausprobiert. Wir wollten einfach unsere Grenzen testen und hatten ein bisschen Spaß.« Er unterbrach sich, und ich dachte daran, wie er mit Riley und Lenny die Krone der King's School versteckt hatte. »Nun ja, *ich* hatte zumindest Spaß, Blake war schon damals ein wenig … *vernünftiger.*«

Ich nickte und rechnete es Preston hoch an, dass er es dabei beließ. »Und dann?«

»Dann kam der Streit um Riley.« Er griff nach einem Bierdeckel und begann, ihn zwischen seinen Fingern zu drehen. »Unsere Kräfte wuchsen. Und unsere Skrupel sanken. Nach einiger Zeit nutzten wir jede Möglichkeit, dem anderen eins reinzuwürgen. Und als Riley dann bei dem Unfall starb …« Preston atmete tief ein, und es dauerte ein paar Sekunden, bis er weitersprach. »Nach ihrem Tod ist alles irgendwie auseinandergebrochen. Blake und ich redeten nicht mehr miteinander, Rileys beste Freundin zog mit ihren Eltern nach Kanada und unsere Clique löste sich komplett auf. In der Zeit hat die Schule für mich keinen Sinn mehr gemacht. Was die Lehrer oder Mr Clark sagten, war mir ehrlich gesagt egal geworden.«

»Bist du trotzdem noch hingegangen?«

»Am Anfang schon. Aber als Blake und ich einmal nach dem Sport in der Umkleide aufeinander losgegangen sind, ist ein Lehrer zwischen die Fronten geraten. Er hat sich dabei die Nase gebrochen. Ich habe ihn über den Vorfall lügen lassen, aber Mr Clark hat uns dennoch suspendiert.« Preston machte eine kurze Pause. »Im Nachhinein war das wohl richtig. So hatten wir zumindest Zeit, uns wieder ein wenig zu fangen.«

Ich schaute Preston nachdenklich an. Bei den Spannungen, die nach wie vor zwischen ihm und Blake herrschten, hätte ich nicht behauptet, dass sich die beiden großartig gefangen hätten. Aber vielleicht war es früher tatsächlich noch viel schlimmer gewesen.

»Hey, sieh mich nicht so an. Ich bin kein hoffnungsloser Fall.« Preston spielte noch immer mit dem Bierdeckel, von dem eine kleine Ecke fehlte. Und dann holte er tief Luft. »Außer bei dir.«

Kapitel 19

Die Ernsthaftigkeit in seinen Worten überraschte mich, und ich wusste nicht, was ich darauf erwidern sollte.

Preston beobachtete mich ein paar Sekunden lang, bevor er sich im Stuhl zurücklehnte. »Es ist so beschissen verwirrend, June.«

»Was genau?«, fragte ich langsam und merkte, dass mein Herz plötzlich schneller schlug.

Er zögerte, bevor er antwortete. »Was du mit mir machst. Ich bin keiner von den Typen, die einem Mädchen hinterherlaufen. Ich bin ein Fan von Flexibilität und Freiheit. Aber bei dir …« Preston nahm einen weiteren tiefen Atemzug, seine Zerrissenheit war seinem Gesicht abzulesen. Offenbar kämpfte er mit seinen Gefühlen.

Ich schluckte und wich seinem Blick aus. Das war ein Gespräch, das ich nicht mit ihm führen wollte.

Er schien mein Schweigen richtig zu interpretieren. »Egal, wechseln wir lieber das Thema«, murmelte er. Ich öffnete nun doch den Mund, doch er kam mir zuvor. »Schon gut, June. Vergiss einfach, dass ich das gesagt habe. Wahrscheinlich war ich heute einfach zu lange in der Sonne.«

In diesem Moment servierte eine mollige Kellnerin unsere Scones und die Getränke, die wir eben an der Theke bestellt hatten.

Dankbar für die Unterbrechung richtete ich meine Aufmerksamkeit auf das süße Gebäck, während die Gedanken in meinem Kopf wild herumflatterten. Noch vor Kurzem hatten Blake und Preston den Pakt geschlossen, mich komplett zu ignorieren, was ganz und gar nicht angenehm gewesen war. Allerdings war es jetzt auch kompliziert, wenn *beide* gerne Zeit mit mir verbrachten. Wenn *beide* Gefühle für mich hatten.

Dazu kam, dass Lord Musgrave mich eindrücklich davor gewarnt hatte, seinen Neffen zu nahe zu kommen. Die ganze Situation war total vertrackt, und ich wusste nicht, wie ich das ändern sollte. Leicht grimmig machte ich mich über meinen ersten Scone her und sah erst auf, als ich Preston leise lachen hörte. »Was ist?«

»Schmeckt der Scone wirklich so fürchterlich?«

»Nein, ganz und gar nicht.« Rasch wischte ich mir mit einer Serviette ein wenig Clotted Cream aus dem Mundwinkel. »Er ist köstlich.«

Preston grinste noch immer. »*So* siehst du also aus, wenn du etwas Köstliches verspeist? Wie guckst du dann, wenn dir etwas nicht schmeckt?«

Ich musste auch lachen. »Dann schießen Feuerblitze aus meinen Augen und Dampf quillt aus meiner Nase.«

»Sehr beeindruckend.« Er hob eine Augenbraue. »Wahrscheinlich hat unser Onkel deswegen so eine Angst davor, dass du uns was antun könntest.«

Ich wollte gern etwas Scherzhaftes darauf erwidern, aber bei dem erneuten Gedanken an Lord Musgrave zog sich mir der Magen zusammen. Selbst der Appetit auf den Scone verging mir kurzzeitig, sodass ich ihn wieder zurück auf den Teller legte.

»Sorry, ich wollte nicht …« Preston fuhr sich über das Gesicht.

»Ich weiß, dass du dir Sorgen machst, und trotzdem kann ich solche Kommentare nicht lassen. Kein Wunder, dass du auf Blake mehr abfährst, der hält ja meistens die Klappe.«

»Ist schon gut«, sagte ich schnell, um nicht auf den zweiten Satz reagieren zu müssen. »Es war doch auch irgendwie witzig.«

Preston sah mir direkt in die Augen, und die Offenheit in seinem Blick berührte mich. »Du musst nicht lügen, damit ich mich besser fühle.«

»Okay«, sagte ich nach kurzem Zögern. »Es war überhaupt nicht witzig. Es war total unwitzig und unangebracht.«

Sein rechter Mundwinkel zuckte nach oben. »Jetzt übertreibst du aber.«

Ich lächelte. »Vielleicht.«

Preston sah mich aufmerksam an, seine Gesichtszüge hatten sich wieder entspannt. »Schade, dass ich bei dir nicht sehen kann, wenn du lügst.«

Unwillkürlich musste ich lachen. »Eigentlich bemühe ich mich, eher selten zu lügen.«

Er nahm einen Schluck von seiner Cola. »So habe ich dich auch eingeschätzt. Aber es hätte mich stutzig gemacht, wenn du mir weismachen wolltest, überhaupt nicht zu lügen. Immerhin lügen alle Menschen, wenn auch aus den unterschiedlichsten Gründen.«

»Und die wären?«

»Die einen lügen, weil sie sich selbst besser darstellen wollen. Und die anderen …« Er stockte.

»Lügen, weil sie von dir dazu gezwungen werden?«, warf ich ein.

»Die paar sind kaum der Rede wert. Die anderen lügen, um jemanden nicht zu verletzen, um nett zu sein oder jemanden zu beschützen. Auch wenn Lügen gesellschaftlich verpönt sind, sind sie für unser soziales Leben total wichtig. Es gibt auch ein paar Studien dazu. In einem Artikel wurden Lügen sogar als das Schmieröl der Gesellschaft bezeichnet.«

Ich konnte mir ein Schmunzeln nicht verkneifen. »Und damit rechtfertigst du den Einsatz deiner Gabe?«

Er lehnte sich auf seinem Stuhl zurück. »Manchmal. Nein, nicht wirklich. Für mich ist meine Gabe einfach total praktisch. Wobei ich mich auch mit deiner Fähigkeit anfreunden könnte, denn sie ist auch ziemlich lässig, June. Zu sehen, ob jemand die Wahrheit sagt oder lügt.« Er lächelte. »Keiner kann dir etwas vormachen.«

»Außer du und Blake. Und natürlich der Lord. Bei ihm würde ich meine Gabe echt gerne anwenden, um zu sehen, was er im Schilde führt.«

Preston seufzte. »Ich glaube nicht, dass er lügt. Natürlich bedeutet das noch lange nicht, dass er die Wahrheit sagt. Wenn du mich fragst, hat er sich bei dieser Fluch-Geschichte einfach in etwas verrannt. Was wahrscheinlich auch kein Wunder ist, nachdem seine Schwester gestorben ist und seine beiden Neffen einfach verschwunden sind. Vor ein paar Tagen hat er mich angerufen. Er wollte mit mir reden und hat mich zu sich nach Hause eingeladen. So übel ist der Kerl wahrscheinlich gar nicht.«

Ich hob eine Augenbraue. »Was hat er denn gesagt?«

Preston tunkte sein Gebäck in die Clotted Cream. »Er hat nicht über den Fluch gesprochen, wenn du das meinst. Ich glaube, er wollte mich nur ein wenig besser kennenlernen. All die Jahre dachte der Typ, dass wir tot sind – und als er herausgefunden hat, dass wir doch noch am Leben sind, hat ihm das offenbar ziemlich den Boden unter den Füßen weggerissen.«

»Der Ärmste.« Es fiel mir schwer, Mitleid mit dem unfreundlichen Lord mit den kalten Augen zu haben.

Preston biss von seinem Scone ab und betrachtete mich kauend. Unter seinem Blick kam ich mir wie ein trotziges kleines Mädchen vor. Allerdings war er nicht dabei gewesen, als mich Lord Musgrave in der Eingangshalle des Theaters aufgehalten hatte. Preston hatte nicht gesehen, mit welcher Herablassung der Lord sich mir in den Weg gestellt und mich gewarnt hatte, seinen Neffen nicht zu nahe zu kommen.

Ich werde alles in meiner Macht Stehende tun, um meine Neffen vor Ihnen zu beschützen.

»Hör zu, keiner verlangt von dir, ihn zu mögen. Ich finde nur, es täte uns allen gut, die Sache mit Musgrave etwas vorurteilsfreier anzugehen. Außerdem kann er uns wahrscheinlich Informationen und Tipps geben, an die wir sonst niemals kommen würden.«

Nachdenklich nippte ich an meinem Eistee. War es möglich, dass der Lord wirklich kein so übler Kerl war? Konnte es sein, dass er tatsächlich nur das Wohl von Blake und Preston im Sinne hatte und deshalb in mir einen Feind sah?

Mein Gedanke wurde von dem Ruf eines sportlichen Mädchens mit glänzenden kastanienbraunen Haaren unterbrochen, das gerade gemeinsam mit einer Freundin das Café betrat. Als sie Preston sah, begann ihr Gesicht zu leuchten. Sie tuschelte ihrer Freundin etwas ins Ohr und stand keine zwei Sekunden später an unserem Tisch.

»Hallo Preston.« Die Art, wie sie seinen Namen über ihre Zunge rollte, ließ darauf schließen, dass sie und Preston schon engeren Kontakt gehabt hatten.

Preston blickte auf und blinzelte gegen die untergehende Sonne.

»Oh. Hallo Emily.« Er zögerte kurz. »Emily – das ist June. June – Emily.«

Ich lächelte Emily an, die mich nicht gerade glücklich in Augenschein nahm. Doch dann hellte sich ihr Gesicht auf. »Ah, du bist Prestons Cousine aus der Schweiz, richtig?«

»Aus Deutschland.«

»Ach so. Wie auch immer.« Nachdem ich bestätigt hatte, Prestons Cousine zu sein, schien sich Emily zu entspannen. Sie wandte ihre volle Aufmerksamkeit wieder ihm zu. »Wie schön, dass wir uns hier treffen. Ich hab dich letztes Wochenende am Strand vermisst.«

Er zuckte mit den Schultern. »Ich hatte in letzter Zeit einiges zu tun.«

Sie seufzte. »Ja, ich weiß. Du probst ja dauernd mit deiner Band. Aber heute warst du surfen, oder? Deine Haare sind noch feucht.«

»Äh, ja.« Preston warf mir einen kurzen Blick zu und schien sich ein wenig unbehaglich zu fühlen. »Ich hab June den Strand gezeigt. Der Wind war heute nicht so stark, das waren ideale Bedingungen, um die ersten Versuche zu wagen.«

»Ich war letzte Woche unten in St Ives und das war der Hammer! Du hättest dort sein sollen«, meinte Emily enthusiastisch.

»Echt? So gut?«, fragte Preston.

Sie stützte sich auf unserem Tisch ab und drehte mir nun vollends den Rücken zu. »Ehrlich, du musst da auch mal hinfahren. Es gibt da eine kleine Bucht, die kennt fast kein Mensch und die Wellen sind bombastisch.«

Ich nahm noch einen Bissen von meinem Scone und sah mich ein wenig gelangweilt im Café um. Emily schwärmte Preston von der Bucht vor, während ihre Freundin sich einen freien Tisch in der Ecke gesichert hatte und dort auf ihrem Handy herumtippte.

Neben uns saß ein älterer Mann mit Halbglatze, der seine Zeitung studierte. Als er umblätterte, sah ich direkt in die kalten Augen von Lord Musgrave und verschluckte mich vor Schreck. Hustend griff ich nach meinem Eistee und beugte mich vor, um die Überschrift des Artikels, unter dem ein Bild von Lord Musgrave und einer Frau abgebildet war, besser lesen zu können: *Kunstmäzen Lord Musgrave veranstaltet spektakulären Maskenball.*

Mein Herz begann, vor Aufregung zu pochen. Lord Musgrave steckte hinter dem Maskenball?

»Danke übrigens noch mal für deine Einladung, Preston«, hauchte Emily wie aufs Stichwort. »Ich kann noch immer nicht fassen, dass ich in ein paar Tagen mit dir auf einen echten Maskenball gehe.«

»Maskenball?«, wiederholte ich. »Etwa Lord Musgraves Maskenball?« Ich starrte Preston an. Er hatte eine Einladung bekommen? Wieso hatte er das nicht erwähnt?

Emily nickte eifrig und drehte sich halb in meine Richtung, sodass ich ihr strahlendes Gesicht sehen konnte. »Das wird *das* Society-Event des Jahres«, schwärmte sie. »Angeblich sollen sogar ein paar Schauspieler kommen.«

»Nein, ehrlich?«, gab ich mich interessiert. »Wie kommt man denn an die Karten?«

»Oh, das ist fast unmöglich«, erzählte Emily. Sie platzte beinahe vor Stolz. »Da müsste man schon direkt vom Lord eine persönliche Einladung erhalten – oder man hat das große Glück, als Begleitung dabei zu sein.« Sie lächelte Preston glückselig an. »Ich muss dann leider wieder los.« Emily deutete bedauernd auf ihre Freundin, die sich noch immer mit dem Handy beschäftigte.

»Ja, wir werden auch bald aufbrechen«, meinte Preston.

»Wieso hast du mir nichts von dem Ball erzählt?«, fragte ich verwundert, als Emily wieder verschwunden war.

Preston rieb sich über den Nacken. »Hey, ich dachte einfach, dass es keine gute Idee wäre.«

»Und warum?«, fragte ich, obwohl ich wusste, dass ich Preston keinen Vorwurf machen konnte. Schließlich hatte ich das Theater-Treffen mit dem Lord bislang auch unter den Tisch fallen lassen.

»Warum?«, wiederholte er ungläubig. »Vielleicht weil du meinen Onkel nicht leiden kannst und von ihm auf seinem Anwesen sicher nicht herzlich willkommen geheißen wirst?«

Als ich schwieg, legte Preston den Kopf leicht schief. »Es ist doch nur ein Maskenball, June.«

Ich nickte, als mein Blick erneut auf die Zeitung des älteren Herrn neben uns fiel. Meine Aufmerksamkeit blieb nun an der dunkelhaarigen Frau neben Lord Musgrave hängen, die mir von dem Bild entgegenlächelte. Es war genau dieselbe Frau, die mich auch im Spiegel des Theaterwaschraums angelächelt hatte, bevor ich unabsichtlich meine Gabe bei ihr eingesetzt hatte. Und noch während ich ihr Foto anstarrte, wurde mir eiskalt, weil ich plötzlich wusste, mit wem sie sich in meiner Vision getroffen hatte.

»Lilly!« Der Wind pfiff mir ins Gesicht und brachte einen Schwall eiskalten Regens mit sich. Nach dem gestrigen Ausflug zum Strand in strahlendem Sonnenschein hätte mir das Wetter heute kein stärkeres Kontrastprogramm liefern können. Bibbernd zog ich meinen Mantel enger und winkte Lilly zu, die mit gesenktem Kopf die Auffahrt der King's School heraufeilte.

Damit war sie natürlich nicht die Einzige. Normalerweise pilgerten die Schüler lachend und plaudernd zum Schultor, doch heute hasteten die meisten mit eingezogenen Köpfen an mir vorbei, um ins Trockene zu gelangen. Was es mir hoffentlich leichter machte, Lilly noch kurz unter vier Augen zu sprechen, bevor die erste Stunde begann und Grayson den ganzen Tag mit uns zusammen sein würde.

Lilly hob den Kopf, der unter einer riesigen schwarzen Kapuze steckte, und blinzelte gegen den prasselnden Regen an. Es wirkte, als würde das Wasser eimerweise vom Himmel stürzen. »June? Was ist los?«

»Ich muss mit dir reden.« Rasch sah ich mich um und zog sie unter einen Dachvorsprung des großen Backsteingebäudes, unter dem es halbwegs trocken war.

»Hier?« Lilly konnte gerade noch stolpernd einer riesigen Wasserpfütze ausweichen und sah mich an, als hätte ich sie in einen Schweinestall gezerrt. »Können wir das nicht im Trockenen machen?«

»Ich hätte das liebend gern im Trockenen mit dir besprochen, aber du hattest ja den ganzen Abend dein Handy nicht an.«

Sie seufzte. »Ich hatte mein Handy sehr wohl an, aber leider ist es seit genau siebzehn Stunden kaputt, weil meine idiotischen Brüder sich nicht einigen konnten, wer den Geschirrspüler ausräumen muss. Sie sind wie ein Haufen wild gewordener Böcke aufeinander losgegangen, und dabei ist mein Handy auf den Boden geknallt.«

»Das tut mir leid.«

»Du kannst ja nichts dafür. Also? Was war so dringend?«

Ich holte tief Luft und spürte dabei, wie mir der kalte Regen in den Kragen tropfte. »Kannst du dich an die Frau erinnern, deren Wahrheit ich mir auf der Toilette des Theaters angesehen habe? Ich weiß jetzt, wer sie ist.«

Lilly runzelte verständnislos die Stirn, und nun sprudelte aus mir hervor, was ich seit gestern Abend mühevoll für mich behalten hatte. »Gestern war ich mit Preston in einem Café, und da habe ich in der Zeitung das Bild von Lord Musgrave und einer dunkelhaarigen Frau gesehen. Das war die Frau von der Toilette, die dir auch auf den Fuß gestiegen ist – und sie ist Lord Musgraves Assistentin.«

Lilly blickte irritiert. »Okay, das ist ein komischer Zufall. Aber warum bist du deswegen so nervös?«

»Der Typ, dem sie in ihrer Wahrheit den Umschlag übergeben hat, der mir irgendwie bekannt vorgekommen ist – gestern habe ich mich daran erinnert, dass ich ihn schon einmal auf Green Manor gesehen habe.«

Lillys Augen weiteten sich. »Das heißt, die Assistentin von Lord Musgrave verteilt irgendwelche dubiosen Umschläge an noch dubiosere Typen, die dann auf eurem Anwesen herumschleichen?« Ein unheilvolles Donnergrollen begleitete ihre Worte, was gerade ziemlich gut passte.

Ich blickte mich rasch um. »Fast. Der Typ ist zwar nicht herumgeschlichen, sondern hat wie ein ganz normaler Blumenlieferant ausgesehen, aber das ist er anscheinend nicht. Ich habe Betty gefragt, welche Blumenhandlung üblicherweise Green Manor beliefert, und dort angerufen.«

»Und?« Obwohl Lilly der Regen von ihrer Kapuze auf die Nasenspitze tropfte, schien sie es gar nicht zu bemerken.

»Und die Besitzerin von Rosalie's Roses hat mir am Telefon erklärt, dass die letzte Bestellung von uns über einen Monat her ist. Außerdem hat sie keinen Mitarbeiter, der auf die Beschreibung passt.«

»Okay, aber vielleicht hat euch irgendjemand einen Strauß geschickt. Der hätte dann ja von einem anderen Laden kommen können.«

Ich schüttelte den Kopf. »Ich hab Betty gefragt – bei uns sind überhaupt keine Blumen abgeliefert worden.«

Lilly hob die Hand zum Mund. »Dann ist es wahr. Musgraves Assistentin bezahlt jemanden, um euch auszuspionieren!«

»Oder noch Schlimmeres.«

»Was meinst du damit?«

Ich biss mir auf die Unterlippe. An diesem Punkt waren meine Überlegungen immer ein wenig fantastisch – um nicht zu sagen *paranoid* – geworden, und ich schwankte zwischen dem Gefühl, der Wahrheit auf der Spur zu sein, und der Sorge, mich in etwas hineinzusteigern.

»Wie gesagt, das sind alles nur Vermutungen. Aber was ist, wenn die Sache mit Blakes Unfall zusammenhängt? Offenbar war ein geplatzter Bremsschlauch schuld. Onkel Edgar meinte, dass so etwas bei einem zwei Jahre alten Motorrad nicht vorkommen dürfte. Was ist, wenn hier jemand nachgeholfen hat?«

Lilly kniff nachdenklich die Augen zusammen. »Du meinst, der falsche Blumenlieferant hat da seine Finger im Spiel? Hör mal, als ich im Theater gesagt habe, dass mit dem Unfall etwas faul ist, wollte ich nur Preston eins reinwürgen. Glaubst du wirklich, dass ein Handlanger von Lord Musgrave Blake etwas antun wollte?«

Ich zuckte mit den Schultern. »Es würde zumindest zu der Szene in meiner Vision passen. Da hat es sich so angefühlt, als hätten Musgraves Assistentin und der Typ mit dem Vollbart etwas Illegales vor. Außerdem war das nicht das einzige Seltsame, was in letzter Zeit passiert ist.« Unwillkürlich sprach ich etwas schneller. »Preston hat mir gestern erzählt, dass er vor seinem Trip nach London fast überfahren worden wäre und dass er sich außerdem beinahe eine Fischvergiftung zugezogen hätte, die dann einen seiner Freunde ins Krankenhaus gebracht hat. Das könnten natürlich alles nur blöde Zufälle sein …«

»Es könnte aber auch sein, dass Lord Musgrave dahintersteckt. Aber wieso sollte er das tun? Wieso sollte er seine Assistentin beauftragen, jemanden zu bezahlen, der Blake und Preston schadet?« Lilly wirkte nicht ganz überzeugt und schien sich selbst nicht sicher zu sein, ob das überhaupt logisch war.

»Keine Ahnung. Deswegen brauchen wir unbedingt mehr Informationen, um zu sehen, ob da überhaupt etwas dran ist.«

»Und wie willst du an diese Informationen rankommen? So etwas finden wir nicht in irgendeiner Bibliothek, June.«

»Nein, aber vielleicht bei Lord Musgrave zu Hause. Zum Beispiel in seinem Büro.«

»Wie? Du willst bei ihm einbrechen?« Lilly sah mich perplex an.

»Nicht direkt«, sagte ich. »Aber wenn ich es schaffe, mich beim Maskenball unbemerkt unter die Gäste zu mischen, kann ich mich vielleicht in seinem Büro und dem seiner Assistentin ein wenig umsehen.«

Lilly strich sich eine feuchte Haarsträhne von der Wange, wodurch ihr Gesicht nur noch nasser wurde. »Du willst dich bei Musgraves Maskenball einschmuggeln? Bei *dem* Society-Event des Jahres? Bist du irre?« Ich öffnete den Mund, doch Lilly ließ mich gar nicht zu Wort kommen. »Mir ist schon klar, dass du mit deiner tollen magischen Gabe Lüge von Wahrheit unterscheiden kannst, aber das heißt noch lange nicht, dass du Superwoman bist. Du kannst dort auf keinen Fall hin, zumindest nicht allein. Definitiv nicht allein, Watson.«

Gerührt betrachtete ich meine Freundin, als sie plötzlich erschrocken die Luft einzog und jemanden hinter meiner rechten Schulter fixierte. Beunruhigt fuhr ich herum und fand mich Auge in Auge mit Grayson wieder, der uns ungläubig anstarrte. Der Regen lief ihm in Strömen über das Gesicht, aber seine gebannte Aufmerksamkeit galt nur uns.

»Hat Lilly gerade wirklich behauptet, dass du eine magische Gabe hast?«, fragte er fassungslos.

Kapitel 20

»Okay. Ich gebe dir noch genau fünf Sekunden. Und wenn du mir dann nicht erklärst, was es mit deiner angeblich *magischen Gabe* auf sich hat, dann ...« Grayson holte tief Luft und schien selbst nicht so genau zu wissen, was dann passieren würde. Auf alle Fälle würde er dann noch lauter werden als ohnehin schon.

Lilly saß mit schuldbewusst gesenktem Kopf neben uns an dem kleinen runden Tisch und starrte auf die Papierblumen, die in einer bunten Vase steckten. Schon den ganzen Tag – seit sie heute Morgen meine magische Gabe in einer Lautstärke erwähnt hatte, dass Grayson es hören konnte – lief sie mit eingezogenem Kopf herum. Es tat ihr anscheinend wirklich leid – so leid, dass ich ihr nicht mal böse sein konnte, obwohl die letzten Stunden für mich auch nicht gerade angenehm gewesen waren. Grayson hatte sich nur höchst unwillig auf später vertrösten lassen und mich den ganzen Tag mit skeptischen Blicken durchlöchert, bis ich mir wie ein Schweizer Käse vorgekommen war. Am liebsten hätte er mich direkt auf dem Schulhof ausgequetscht. Ehrlich gesagt war es ein Wunder, dass er sich dazu bereit erklärt hatte, zu warten und mit Lilly und mir an einen ruhigen Ort zu gehen. Lilly hatte dann die rettende Idee gehabt, uns in ein Café mitzunehmen, das eine kurzzeitige Schließung durch die Gesundheitsbehörde hinter sich hatte. Es lag in einer schmalen Gasse von Darktrew, die durch die hohen Steinhäuser mit ihren dunkelgrauen Spitzdächern nicht viel Licht zu sehen bekam. Obwohl das Lokal mit seinen bunten Markisen und den hübschen Papierblumen einen einladenden Eindruck zu machen versuchte, war es so gut wie leer, da in der Küche angeblich Ratten gesichtet worden waren.

»Also? Ich warte.« Grayson trommelte mit den Fingern auf der hölzernen Tischplatte. Wir hatten uns im hintersten Winkel des Lokals auf eine gepolsterte Eckbank zurückgezogen. Obwohl der dunkelrote Sitzbezug ziemlich bequem war, spürte ich, wie ich mich unter Graysons Blick unwillkürlich versteifte. Das wurde noch schlimmer, als er mit einer unwilligen Handbewegung den attraktiven jungen Kellner verscheuchte, der uns vor zwei Minuten die Karten gebracht hatte und nun unsere Bestellung aufnehmen wollte. Ich holte tief Luft. Wenn Grayson so gut aussehende Typen einfach links liegen ließ, war die Sache wirklich ernst.

»Drei, zwei, eins …«

»Schon gut«, sagte ich schnell, bevor Grayson vor Frustration zu schreien anfing. »Das, was Lilly heute Morgen gesagt hat, stimmt. Ich habe … tatsächlich eine magische Gabe.«

Grayson stieß einen Laut aus, der mich an eine Mischung aus ersticktem Lachen und Schnauben erinnerte. »Ihr wollt mich verarschen.«

Ich ließ mich seufzend gegen die Rückenlehne der Bank sinken. Das hier schien nicht gerade einfach zu werden.

»Wieso hätte ich denn etwas sagen sollen, um dich zu verarschen, wenn ich gar nicht gesehen habe, dass du hinter June stehst?«, murmelte Lilly.

»Keine Ahnung. Ihr wollt mir wahrscheinlich einen Streich spielen.« Grayson verschränkte die Arme vor der Brust und sah uns mit hochgezogenen Augenbrauen an. »Filmt mich gerade jemand? Habt ihr vor, das Ganze auf Youtube zu stellen?«

Lilly verdrehte die Augen. »Das ergibt doch überhaupt keinen Sinn, Grayson.«

»Wäre es dir denn lieber, wenn es nur ein Streich wäre?«, fragte ich ihn.

Er kniff die Augen zusammen. »Damn!«, murmelte er dann. »So, wie ihr beide euch benehmt, ist es vielleicht wirklich kein Streich.«

Lilly sah ihn ungläubig an. »Natürlich ist es kein Streich. Denkst du, ich würde dich absichtlich anlügen? Gerade jetzt, nachdem ich dir endlich von meinem *Problem* erzählt habe?«

Graysons Überzeugung geriet sichtbar ins Wanken und er ließ seine verschränkten Arme sinken. »Du meinst das wirklich ernst, oder?«

Lilly nickte, und Grayson betrachtete mich nachdenklich. »Du besitzt wirklich eine magische Gabe?«

Ich nickte ebenfalls.

»Damn!«, murmelte er ein zweites Mal. »Damit ist es offiziell: Ihr seid alle beide verrückt.«

Lilly schlug mit den flachen Händen auf den Tisch. »Jetzt sei nicht so ignorant, Grayson! Ich hab dir auch geglaubt, als Peter Sanderson behauptet hat, dass du seine Hulk-Figur mit Absicht kaputt gemacht hast. Also: June kann tatsächlich sehen, ob jemand die Wahrheit sagt oder lügt.«

Der hübsche junge Kellner machte wieder einen Versuch, sich unserem Tisch zu nähern. Diesmal wurde er von Lilly verscheucht, die nachdrücklich den Kopf schüttelte und dabei so furchterregend aussah, dass er gleich wieder kehrtmachte.

Grayson schlug die Beine übereinander. »Okay. Beweise es.«

Ich seufzte. »Frag mich einfach etwas. Irgendetwas, das niemand außer dir wissen kann.«

Grayson verengte für einen Moment die Augen. »Was habe ich heute Morgen direkt nach dem Aufstehen gemacht?«

»So funktioniert das nicht«, sagte Lilly. »Du musst schon etwas behaupten – und June sieht dann, ob du lügst oder die Wahrheit sagst.«

»Das ist ja eine Fifty-Fifty-Chance«, schnaubte Grayson. Er schnippte die abgerissene Ecke einer Papierblume von dem Cafétisch. »Dafür braucht es keine magische Gabe. Das nennt sich Intuition, Darling.«

Lilly öffnete den Mund, aber ich bedeutete ihr, mich einfach machen zu lassen. »Okay«, sagte ich. »Lass es uns auf deine Weise versuchen.« Ich blickte Grayson direkt in die Augen und konzentrierte mich auf meine Gabe. Augenblicklich fror die Umgebung ein, und sein Körper verwandelte sich in eine leuchtend bunte Diamantfigur, deren glatte, harte Oberfläche sich in kürzester Zeit im ganzen Café ausbreitete.

»*Was hast du heute Morgen direkt nach dem Aufstehen getan, Grayson?*«, flüsterte ich in die funkelnde Kristallwelt hinein. Nur einen Sekundenbruchteil später zersplitterte die ganze Szene, und ich fand mich in einem komplett veränderten Schauplatz wieder.

»Also?«, fragte Grayson, als ich zurück war. Ich blinzelte ein paar Mal, um mich in der Gegenwart zurechtzufinden. Dabei musste ich mir ein Schmunzeln verkneifen.

»Du hast dir heute Morgen die Zähne geputzt und dabei mit

Youtube die Choreografie für einen Straßenflashmob gelernt.« Das Lächeln breitete sich nun gegen meinen Willen auf meinem ganzen Gesicht aus. »Ich wusste gar nicht, dass man zu *Shape of you* so abgehen kann.«

Er sah mich so fassungslos an, dass ihm die Kinnlade runterklappte. »Woher … Wie … Das ist nicht möglich«, stammelte er schließlich.

Lilly wirkte nicht minder überrascht, fing sich jedoch schnell wieder. »Du hast *was?*« Sie kicherte vergnügt. »Ich wusste gar nicht, dass du bei einem Flashmob mitmachen willst.«

»Ich will gar nicht – das ist …« Grayson wusste anscheinend nicht, was er sagen sollte. »*Holy shit!*«, murmelte er schließlich. »Du kannst das wirklich, oder?«

»Sagte ich doch«, meinte Lilly.

Doch Grayson schien noch nicht ganz überzeugt zu sein. »Du könntest Kameras bei mir zu Hause installiert haben«, sagte er nachdenklich. »Das ist es: Ihr habt mein Schlafzimmer verkabelt.«

»Garantiert nicht, Grayson.« Lilly schüttelte sich. »Denkst du wirklich, wir wollen sehen, was du in deinem Schlafzimmer tust?«

Ein paar Sekunden lang schien es hinter seiner Stirn zu arbeiten, dann schob er den Tisch mit einem Scharren zur Seite und sprang auf. »Das kann nicht sein«, flüsterte er und begann, in dem leeren Café hin und her zu laufen. »So etwas wie Magie existiert nicht. Das gibt es nur in Filmen oder – oder auf der Bühne.« Er gestikulierte so erregt, dass der Kellner wieder auf uns aufmerksam wurde.

»Wir sollten irgendetwas bestellen«, sagte ich mit einem Blick über die Schulter.

Lilly steckte sich einen Kaugummi in den Mund. »Aber finde vorher bitte noch heraus, was die Gesundheitsbehörde wirklich in der Küche gefunden hat.«

Zehn Minuten später hatte jeder von uns eine Tasse Tee und ein Stück Kuchen auf einem hübschen Porzellanteller vor sich stehen. Offenbar war keine Ratte, sondern eine tote Schabe auf dem Küchenboden der Grund für die Schließung gewesen. Und das auch nur, weil der Inspektor vom Gesundheitsamt draufgetreten und beinahe darauf ausgerutscht wäre. Nach einem Besuch des Kammerjägers sowie einer groß angelegten Putzaktion besaß das Café jetzt aber wahrscheinlich die sauberste Küche in ganz Cornwall, sodass wir uns den Kuchen schmecken ließen.

»That's fucking unbelievable. Unser Steinkreis«, Grayson schob sich noch eine Gabel Kuchen in den Mund, »ist tatsächlich magisch!«

Lilly und ich nickten, während Grayson damit fortfuhr, seinen Kuchen in einem Wahnsinnstempo zu verschlingen. Das Essen schien ihm irgendwie gegen die Aufregung zu helfen. »Und seitdem siehst du jeden Tag zerspringende Menschen, die sich vorher in riesige Swarovski-Figuren verwandeln?« Aus seinem Mund purzelten zwei Kuchenkrümel auf die Tischplatte. »Das ist gruselig, Darling.«

Lilly nahm schulterzuckend einen Schluck Tee. »Ich mag Swarovski-Figuren. Wusstet ihr, dass es sogar welche von Disney gibt? Die sind zwar ziemlich kitschig, aber ich finde sie trotzdem irgendwie cool.«

Grayson verdrehte die Augen. »Du magst alles, was glitzert. Zurück zu June. Wann hattest du vor, mir von deiner neuen magischen Fähigkeit zu erzählen?«

Ich verharrte mit der Gabel auf dem Weg zum Mund und wechselte einen schnellen Blick mit Lilly. »Das ist nicht so einfach«, murmelte ich. »Zum einen wollte Blake auf keinen Fall, dass ich überhaupt jemandem davon erzähle. Und zum anderen gibt es noch etwas, das ich bisher nicht erwähnt habe.«

Grayson tupfte sich den Mund mit einer Serviette ab. »Ach ja, und was? Ich hoffe, du erklärst mir jetzt nicht, dass du vorhast, ins englische Königshaus einzuheiraten. Oder eine entfernte Verwandtschaft mit Benedict Cumberbatch festgestellt hast. Denn glaub mir, June, es ist jetzt schon schwer, dich nicht zu hassen.« Er zählte an seinen Fingern ab. »Nicht nur, dass du wie die kleine Schwester von Lily Collins aussiehst und deine Freizeit damit verbringst, auf Blake Beaufort herumzuturnen, nein, du hast auch noch eine magische Gabe, für die andere Leute wahrscheinlich einen Mord begehen würden. Ist dir überhaupt bewusst, welche Macht du besitzt? Du kannst dir die tiefsten Wahrheiten deiner Mitmenschen ansehen, kannst ihre Geheimnisse erkunden und ihre Sehnsüchte erforschen. Das ist der Wahnsinn, Darling. Was gäbe ich, um mit dir zu tauschen!«

Ich atmete tief ein. »Ich glaube, du würdest weit weniger gerne mit mir tauschen, als du denkst. Denn angeblich lastet auch noch ein Fluch auf mir.«

An diesem Abend kam ich todmüde nach Hause. Nachdem ich Grayson alles über den Fluch der Blauen und Grünen, den Drohungen von Lord Musgrave und unseren Nachforschungen zu dem Thema erzählt hatte, war ich völlig fertig gewesen. Grayson hatte sich kaum mehr eingekriegt. Er hatte ständig zwischen ungläubigem Staunen, fassungsloser Sprachlosigkeit und heller Aufregung darüber, dass Blake und Preston ebenfalls eine magische Gabe besaßen, hin und her geschwankt. Bis wir alles durchgesprochen hatten, waren ganze fünf Stunden vergangen, und wir hatten in dieser Zeit so viel zu essen bestellt, dass es für ein ganzes Hockey-Team gereicht hätte.

Kaum weniger aufregend ging es in den nächsten Tagen weiter. In der Schule standen einige Tests an, für die ich jede Menge lernen musste, gleichzeitig tüftelten Lilly, Grayson und ich an einem Plan, wie ich unbemerkt auf den Maskenball kommen konnte. Über seine Eltern war Grayson noch kurzfristig an eine Einladung gelangt, und als er uns das schwarze Kuvert zeigte, realisierte ich, dass Blake in seinem Zimmer genau diese Einladung vor Lilly und mir versteckt hatte. Außerdem bekam ich mit, dass Wilfried Blakes frisch gereinigten Smoking auf sein Zimmer bringen ließ. Es wäre auch ziemlich seltsam gewesen, wenn Lord Musgrave nur einen seiner Neffen zu *dem* Society-Event des Jahres eingeladen hätte. Da ich Blakes Meinung zu meinem Kontakt mit dem Lord ziemlich gut kannte, vermied ich es jedoch, das Thema Maskenball ihm gegenüber anzuschneiden.

Abgesehen davon sah ich Blake ohnehin kaum. Obwohl sich alles in mir danach sehnte, Zeit mit ihm allein zu verbringen, schafften wir es nicht, mehr als drei Sätze miteinander zu wechseln. Das lag zum einen daran, dass er ständig unterwegs oder mit irgendetwas Wichtigem beschäftigt zu sein schien, und zum anderen an meinem eigenen stressigen Tagesablauf. Abends fiel ich jedes Mal wie gerädert ins Bett – und stellte irgendwann mit Entsetzen fest, dass der Maskenball schon in drei Tagen stattfinden würde und ich bei dem ganzen Trubel komplett vergessen hatte, dass mir noch die passende Garderobe fehlte.

»Daran hätten wir echt schon früher denken können«, schnaufte Lilly, als wir am nächsten Tag nach der Schule mit Grayson nach Newtown fuhren. Dort gab es in der Nähe der Altstadt eine kleine Modeboutique, die ihm zufolge ein absoluter Geheimtipp war, weil sie nicht nur wunderschöne Ballkleider verkaufte, sondern sie auch gegen eine halbwegs erschwingliche Gebühr für bestimmte Anlässe verlieh.

»Wir hatten eben eine Menge andere Sachen um die Ohren«, erwiderte ich, obwohl ich genau wusste, dass Lilly recht hatte. Irgendwie ging gerade alles Schlag auf Schlag.

»Immerhin haben wir einen Plan, wie wir dich auf diesen Ball bekommen«, bemerkte Grayson. Mit den Händen in den Hosentaschen marschierte er in die Boutique. Sie war nicht allzu groß und mit einem abgenutzten dunkelblauen Teppich ausgelegt. Auch das Mobiliar wirkte schon etwas älter, dafür waren die Kleider, die in dem verwinkelten Geschäft ausgestellt wurden, ein absoluter Traum. Fließende Seide, geknitterter Taft, hauchzarter Tüll, geraffte Röcke, ausgestellte Unterröcke, zauberhafte Mieder, schimmernde Goldfäden, glitzernde Strasssteine und elegante Spitzenbesätze erschlugen mich beinahe mit ihrer unglaublichen Vielfalt.

Selbst Lilly blieb vor Staunen der Mund offen stehen, bevor sie sich daran erinnerte, ihn wieder zuzuklappen. »Wieso kannte ich diesen Laden nicht?«, hauchte sie dann.

Grayson zuckte mit den Schultern. »Meine Mutter hat ihn selbst erst vor Kurzem entdeckt. Seitdem lässt sie hier auch Kostüme für das Theater nähen. Der Besitzer heißt Mr Fairchild und scheint ein wahrer Künstler zu sein.

»Absolut«, seufzte Lilly und strich sanft über ein cremefarbenes Kleid mit einem gerafften Mieder, Hunderten von Schleifen und einem mehrlagigen Reifrock, das auch gut an den Hof von Marie-Antoinette gepasst hätte. Allerdings war es für eine etwas voluminösere Frau als Lilly geschneidert worden und ihr eindeutig zu groß.

»Wenn ihr als meine Begleitungen durchgehen wollt, brauchen wir Kleider mit einer dazu passenden Maske«, bemerkte Grayson, der sein eigenes Outfit – einen eleganten Smoking mit einer glänzenden dunkelroten Gesichtsmaske – schon längst zu Hause im Schrank hängen hatte.

»Ich kann mir nicht vorstellen, dass das funktioniert«, murrte Lilly zum gefühlt hundertsten Mal. Nachdem wir in den letzten Tagen über nichts anderes als den Einlass zum Maskenball gesprochen hatten, waren wir leider nur darauf gekommen, dass Grayson einfach behaupten sollte, zwei Begleitungen mitbringen zu dürfen. Unsere Hoffnung gründete sich auf der psychologischen Annahme, dass wir bei einem so prunkvollen Event nicht einfach abgewiesen werden würden, wenn wir schon mal da waren. Schließlich konnten sie ja schlecht eine von uns wieder nach Hause schicken. Vielleicht aber doch.

»Solange du keine bessere Idee hast, wie wir euch beide da reinschmuggeln, will ich diesen Satz nicht mehr von dir hören«, stöhnte Grayson an Lilly gewandt. »Wir können natürlich auch Blake fragen, ob er dich als seine Begleitung mit zum Ball nimmt, aber ich fürchte, die Chancen stünden weitaus schlechter, als dass ein Aufpasser am Eingang ein Auge zudrückt.«

»Abgesehen davon würde Blake wahrscheinlich ziemlich wütend werden, wenn er herausfände, dass ich vorhabe, ebenfalls den Ball zu besuchen«, warf ich ein.

»Ihr habt ja recht«, seufzte Lilly und steuerte ein glitzerndes Diadem an, das in einem Schaukasten aus Glas lag.

»Wir brauchen Masken, keine Diademe«, sagte Grayson und griff sanft nach ihren Schultern, um ihren Kurs zu korrigieren. In diesem Moment trat ein kleiner älterer Mann mit einer runden Brille auf der Nase hinter einem Vorhang hervor. Er trug eine Rolle Damast unter dem Arm und schien der Künstler zu sein, der für die wundervollen Kreationen verantwortlich war. Als er uns sah, legte Mr Fairchild den Stoff beiseite.

»Oh, hallo. Kann ich euch helfen?«

»Diese beiden jungen Damen möchten mich zu einem Maskenball begleiten und benötigen noch die passende Garderobe«, erklärte Grayson. »Wir haben gehört, Sie verleihen auch Kleider?«

Der Ladenbesitzer seufzte und schob seine Brille auf der Nase zurück. »Da seid ihr aber reichlich spät dran. Für den Maskenball sind leider so gut wie alle Kleider schon weg.«

»So gut wie alle?«, echote ich und hoffte, dass unter den übrig gebliebenen etwas Passendes dabei sein würde. »Was haben Sie denn noch?«

Der ältere Mann schürzte die Lippen und betrachtete mich und Lilly einen Moment lang abschätzend. Unter seinem Blick begann ich mich ein wenig unwohl zu fühlen, da sein Gesichtsausdruck nicht gerade freundlich war. »Hm. Ich hab da noch ein Kleid, das könnte dir passen. Ist allerdings ein wenig teurer. Und für dich«, er taxierte Lilly, »hab ich vielleicht auch noch eines im Lager.«

Lilly nickte. »Ich nehme alles, nur bitte kein rotes.«

Zehn Minuten später drehte ich mich entzückt vor dem Spiegel der kleinen Boutique im Kreis. Mr Fairchild hatte für Lilly ein hellblaues Kleid mit einem schwarz-weißen Mieder hervorgekramt, das mich ein wenig an das von Alice im Wunderland erinnerte – dabei jedoch viel schöner war. Winzige Knospenbesätze zierten den weit schwingenden Rock, dessen hellblauer Taft je nach Lichteinfall sanft schimmerte. Die passende Maske hatte einen Stab zum Festhalten und bestand aus glänzendem schwarzen Stoff mit winzigen weißen Perlen, die Lilly total geheimnisvoll wirken ließen und ihr extrem gut standen. Obwohl sie nach ihrem Elster-Kleid beim *Kings & Queens*-Fest lieber keine schwarz-weiß-Kombinationen mehr getragen hätte, konnte ich sehen, wie sehr ihr das Kleid gefiel, denn sie strich immer wieder mit den Fingerspitzen über den raschelnden Stoff.

Ich selbst hätte mit meinem Kleid ebenfalls kaum glücklicher sein können. Wie mir Mr Fairchild versichert hatte, war es eine Sonderanfertigung, die von der letzten Kundin zurückgegeben worden war, weil sie offenbar ein paar Pfunde zugenommen hatte. An mir saß das atemberaubende Kleid jedoch wie angegossen. Bewundernd drehte ich mich im Kreis und konnte gar nicht mehr aufhören, es zu bestaunen. Das Oberteil bestand aus schwarzer Spitze, die an einigen Stellen verführerisch die Haut durchschimmern ließ und sich in zarten Rankenmustern über die Schultern wand. Vorne zauberte das Kleid ein wunderschönes Dekolleté, während es hinten einen großen Teil des Rückens und die Oberarme freiließ. Die eng anliegende Passform ging an der Taille in einen weit ausgestellten Rock mit vielen hauchzarten Lagen aus schwarzem Tüll über. Winzige, funkelnde Strasssteine waren in das märchenhafte Kleid eingearbeitet, die bei jeder Bewegung das Licht reflektierten. Dazu gab es eine filigrane venezianische Maske, die das zarte Rankenmuster des Kleides aufnahm und die sich mit zwei Samtbändern am Hinterkopf zusammenbinden ließ. Der Schneider hatte bei der Herstellung dieselbe durchsichtige schwarze Spitze verwendet, die auch bei dem Kleid zum Einsatz kam, sodass ich mir bei einem Blick in den Spiegel wie eine verwunschene dunkle Fee vorkam. Das »verwunschen« passte zumindest, auch wenn ich keine Fee war.

»You look absolutely stunning«, bemerkte Grayson hingerissen. »Ihr beide. Ihr seid … einfach nur wow.«

Lächelnd drehte ich mich zu Grayson um. »Danke. Für alles.«

»Danke mir lieber erst, wenn wir drin sind«, erwiderte er mit einem kurzen Grinsen. »Aber selbst wenn es nicht klappt, seid ihr mit Sicherheit die hübschesten abgewiesenen Gäste des Abends.«

Kapitel 21

Hohe Mauern schirmten Duncan House vom Rest der Welt ab. Es kam sicher nicht häufig vor, dass die schmiedeeisernen Tore des Anwesens einladend geöffnet waren, und ich sog gespannt die Luft ein, als unser Wagen den herrschaftlichen Eingang passierte. Dabei fiel mein Blick auf das auffällige Wappen, das in der Mitte des Tores prangte. Es war ein dunkles Fantasiewesen mit der Statur eines Pferdes und dem glänzenden Kopf eines Drachen, dessen dunkle Augen Feuer zu speien schienen.

»Es wird schon alles gut gehen«, meinte Lilly und drückte beruhigend meine Hand.

»Wahrscheinlich. Oder eben auch nicht«, bemerkte Grayson nervös von der gegenüberliegenden Sitzbank aus. Seine Eltern hatten es sich dem Anlass entsprechend nicht nehmen lassen, eine Limousine für ihn allein zu buchen. Grayson tat so, als wäre es das Normalste der Welt, aber von Lilly wusste ich, dass er total aufgeregt war. Natürlich nicht nur wegen des Autos.

Mein Blick glitt durch die getönte Scheibe der Limousine nach draußen. Die Dunkelheit hatte sich über das Land gesenkt, und die Sterne glitzerten am Nachthimmel um die Wette. Der Mond sandte sein silberfarbenes Licht über die riesige Parklandschaft, die sich zu beiden Seiten der von Fackeln erhellten Auffahrt erstreckte. Vor unserem Wagen hatte sich bereits ein Konvoi aus teuren Autos gebildet, die alle den Eingang des prunkvollen Hauses ansteuerten.

»Wow, ich komme mir vor wie in einem alten Kostümfilm«, kommentierte Lilly den Anblick von Duncan House.

»Ja, ich auch. Und das ist nur sein Landsitz?« Obwohl ich selbst in einem Palast lebte, musste ich zugeben, dass Lord Musgraves Anwesen in eine andere Kategorie fiel. Das mehrstöckige Haus aus hellem Stein verfügte über mehr Fenster, als ich zählen konnte, und imposante Säulen, die an einen griechischen Tempel erinnerten.

Grayson zupfte nervös an den schwarzen Ärmeln seines Smokings. »Richtig, er wohnt gewöhnlich in einem gigantischen Schloss in der Nähe von Nottingham.«

»Wahrscheinlich ist Duncan House für ihn eine schnuckelige Abwechslung«, bemerkte Lilly grinsend. Die Limousine rollte langsam die Auffahrt entlang. Als sie endlich auf dem gepflasterten Vorplatz zum Stillstand kam, klopfte mein Herz wie wild in meiner Brust.

Ein roter Teppich führte zu dem bogenförmigen Eingang, der von zwei Security-Leuten und hübsch gekleideten Hostessen mit Tablets in der Hand bewacht wurde. Ich stieg nach Grayson und Lilly aus dem Auto, was bei meinem weiten Reifrock mit den vielen Schichten schwarzen Tülls gar nicht so einfach war. Nachdem ich es auf den roten Teppich geschafft hatte, richtete ich erleichtert mein dunkles Feenkleid und blickte mich unauffällig um. Von Preston und Blake war zum Glück nichts zu sehen, wobei ich die leise Hoffnung hatte, dass sie mich unter meiner schwarzen Spitzenmaske ohnehin nicht sofort erkennen würden. Schließlich rechnete ja keiner der beiden damit, dass ich versuchen würde, mich einzuschleichen. Noch während ich das dachte, rückte die Schlange ein

Stückchen weiter. Vor uns standen zwei Pärchen, und es dauerte nicht lange, bis sich eine der Hostessen vor dem Eingang uns zuwandte.

»Guten Abend«, begrüßte sie uns freundlich. Ihre weißen Zähne blitzten im Licht einer festlichen Fackel neben ihr.

Grayson nickte ihr zu. Jegliche Anspannung war aus seinem Gesicht gewichen, und mit seiner aktuellen Gelassenheit hätte er James Bond das Wasser reichen können. »Guten Abend. Grayson Clifford. In zauberhafter Begleitung.«

Die Hostess lächelte ihn an, bevor sie einen Blick auf das Tablet mit ihrer Gästeliste warf. Sie tippte darauf herum und lächelte noch breiter, als sie offenbar Graysons Namen fand. Doch dann sah sie von Lilly zu mir und wieder zurück zu Grayson. »Es tut mir leid, aber ich habe nur eine Begleitung auf der Liste stehen.«

»Das ist sicher ein Fehler«, erklärte Grayson mit seinem unüberhörbaren Londoner Akzent und einer Selbstsicherheit, die auch mich überzeugt hätte.

»Warten Sie einen Moment.« Die Hostess ging zu ihrer Kollegin und deutete auf ihr Tablet, wobei sie etwas tuschelte, das wir nicht verstanden.

»Scheiße. Scheiße. Scheiße«, stieß Lilly hinter ihrer schwarzen Maske leise hervor. »Ich hab euch doch gesagt, dass das nicht klappen wird.«

Grayson warf ihr einen ungläubigen Blick zu. »Du hast doch eben noch verkündet, dass alles gut gehen wird.«

»Das habe ich doch nur so dahingesagt.« Lilly strich sich nervös über den ausgestellten Rock ihres Alice-im-Wunderland-Kleides. Ihre hochgesteckten roten Haare bildeten einen schönen Kontrast zu dem blauen Stoff. Da niemand von meinem verbotenen Ballbesuch Wind bekommen sollte, hatten wir uns gegenseitig mit unseren Hochsteckfrisuren geholfen, anstatt Madeleine zu bitten.

»June, wie hoch ist die statistische Wahrscheinlichkeit, dass wir hineinkommen?«, fragte Lilly und hoffte offenbar auf eine aufmunternde Antwort von mir.

»Sie liegt bei über fünfzig Prozent«, log ich, da ich wusste, dass 72 Prozent aller Menschen an wahllos gewählte Statistiken glaubten.

Die Hostess kam wieder auf uns zu. »Es tut mir sehr leid, Mr Clifford, aber wir haben nur eine Begleitung auf der Gästeliste stehen und wir haben strikte Anweisung, uns an die Liste zu halten.«

Bevor jemand noch irgendetwas erwidern konnte, setzte ich aus einem Impuls heraus meine Gabe ein. Statistik hin oder her, ich war jetzt nicht gewillt, wieder umzukehren. Von einem Moment auf den anderen erstarrte meine Umgebung, selbst die zuckenden Flammen der Fackeln bewegten sich nicht mehr.

»Wie kommen wir auf den Maskenball?«, flüsterte ich, in der Hoffnung, irgendeine Art von Hilfe zu erhalten. Die Augen der Hostess wurden zu harten Diamanten, in deren Flächen sich der Lichtschein des Feuers spiegelte. Wie schon die letzten Male breitete sich der Kristall auf alles um mich herum aus und verwandelte die Welt in eine einzige Welt aus Glas, die mit einem lauten Klirren zersprang. Hinter den Augen der Hostess erstrahlte ein leuchtend helles Licht, und ein frischer Luftzug wehte mir entgegen.

Die auseinandergedrifteten Kristallsplitter schwebten wie in Zeitlupe um mich herum. Mit meinem wunderschönen schwarzen Ballkleid, der Hochsteckfrisur und den funkelnden Splittern hatte ich das Gefühl, niemals einen magischeren Moment erlebt zu haben. Für einen Sekundenbruchteil kam ich mir vor, als befände ich mich in meinem ganz eigenen Märchen, doch dann warf ich einen Blick auf einen größeren Splitter und bekam eine Idee, was ich zu tun hatte. Im nächsten Augenblick lief die Zeit weiter, als wäre nichts passiert.

»Das ist aber seltsam. Dabei hat Miranda doch gemeint, dass es keine Probleme geben sollte«, sagte ich lächelnd zu Grayson, während ich meine Maske zurechtrückte. Damit war es wenigstens leichter, zu lügen.

Die Hostess runzelte sorgenvoll die Stirn. »Meinen Sie Miranda Carter?«

Ich nickte. »Ist sie deine Cousine oder deine Großcousine, Grayson? Ich komme da immer durcheinander.«

»Sie ist meine Cousine zweiten Grades, Darling.«

Die Hostess wurde noch unruhiger. »Dann ist es natürlich kein Problem.« Sie trat rasch zur Seite und bedeutete den beiden Bodyguards mit einem angestrengten Lächeln, uns durchzulassen.

»Wie hast du das gemacht?«, zischte Lilly, als wir im Inneren von Duncan House die lange Steintreppe mit dem roten Teppich emporstiegen.

»Durch meine Fähigkeit habe ich gesehen, dass die Hostess Angst vor Miranda Carter hat«, flüsterte ich zurück. »Anscheinend hat sie heute schon zweimal Anschiss von ihr bekommen, und ich hab mir gedacht, dass es einen Versuch wert ist – immerhin würde sie wahrscheinlich nicht riskieren, noch einmal zurechtgewiesen zu werden. Miranda Carter ist übrigens die Assistentin von Lord Musgrave.«

»Großartig, und mit der bin ich jetzt verwandt?«, stöhnte Grayson und brachte Lilly und mich damit zum Schmunzeln.

Die Treppe führte zu einem pompösen Ballsaal, der von der

Größe her gut mit einer Bahnhofshalle hätte mithalten können. Das Stimmengewirr der Gäste vermischte sich mit zarter klassischer Musik, die von einem kleinen Orchester an der anderen Seite des Raumes kam. Beeindruckt sah ich mich um. Unzählige imposante Kristalllüster hingen von der hohen stuckverzierten Decke und tauchten den Saal und seine große Tanzfläche in ein funkelndes Licht.

»Noch mal wow«, kommentierte Lilly den Anblick des Ballsaals und Grayson schien es die Sprache verschlagen zu haben. Die festlich gekleideten Gäste verstärkten mit ihren üppigen Ballkleidern und den eleganten Anzügen die prunkvolle Atmosphäre, bei der ich mich sofort ein paar Hundert Jahre in die Vergangenheit zurückversetzt fühlte.

»Jetzt habe ich echt das Gefühl, in einer Jane-Austen-Verfilmung mitzuspielen«, meinte Lilly grinsend und ließ ihre hübsche Gesichtsmaske ein Stück sinken. Sie hatte heute dunklen Lidschatten aufgetragen, sodass ihre Augen etwas verrucht wirkten.

»Jane Austen? Wohl bis auf die Bodyguards, die an jeder Tür postiert sind. Die sehen doch mehr nach *Men in Black* aus«, bemerkte Grayson. »Die ganzen venezianischen Masken nicht zu vergessen. Das wäre dann eher das Thema *Eyes Wide Shut.*«

»Hoffst du jetzt etwa auf irgendwelche Orgien?«, fragte Lilly keck. Ich hatte den Film nie gesehen, wusste aber, dass es darin ziemlich zur Sache ging.

»Was denkst du bloß von mir«, erwiderte Grayson, bevor wir beschlossen, uns aufzuteilen und unauffällig umzusehen, um herauszufinden, wo sich die Büroräume von Lord Musgrave und seiner Assistentin befanden.

An der Stirnseite des Saals, gleich neben dem Orchester, war eine

Bühne errichtet worden, die mit ihrem Aufbau an eine Art Laufsteg erinnerte. Mit pochendem Herzen spazierte ich durch den riesigen Saal und warf mich ins Getümmel. Dabei hoffte ich, weder Blake noch Preston – und schon gar nicht ihrem Onkel – über den Weg zu laufen. Bisher hatte ich keinen der drei gesehen, was bei dem Gewusel von fremden Menschen mit funkelnden Masken und eleganten Kleidern wahrscheinlich auch kein Wunder war. Dennoch überprüfte ich den Sitz meiner Maske noch einmal, denn ich wollte um keinen Preis erkannt werden. Allein die Vorstellung, dass mich Lord Musgrave unter den Gästen bemerkte, jagte mir einen kühlen Schauer über den Rücken. Während ich mich umsah, musste ich feststellen, dass die Gerüchte stimmten: Der Maskenball schien tatsächlich *das* Society-Event des Jahres zu sein. Noch nie hatte ich so viele bekannte Personen auf einem Fleck gesehen. Schauspieler, Politiker und Leute aus der Wirtschaft hatten sich in Schale geworfen, um gemeinsam den Abend zu genießen und sich vom herumeilenden Personal teure Getränke reichen zu lassen. Die Maskenpflicht wurde nicht allzu ernst genommen, was vermutlich daran lag, dass die meisten Menschen hier – ganz im Gegensatz zu mir – gern gesehen werden wollten. Unter den Gästen konnte ich auch Grace und ihren Vater erkennen. Mit ihren offenen blonden Haaren, die im weichen Licht der Kristallleuchter sanft schimmerten, und dem goldfarbenen Kleid mit den glänzenden Stickereien sah meine Mitschülerin wie eine Märchenprinzessin aus.

Schnell wechselte ich die Richtung und versuchte, nicht von ihr bemerkt zu werden. Dabei stieß ich mit einem groß gewachsenen Mann zusammen und spürte, wie mein Herz einen Schlag aussetzte, als mir sein Duft in die Nase stieg. Es war ein teures Herrenparfum, dessen Geruch mir inzwischen so vertraut war, dass ich es überall erkannt hätte. *Preston.* Für einen Sekundenbruchteil begegneten sich unsere Blicke, bevor ich rasch den Kopf abwandte. Ich musste hier weg. Leider war ich noch keinen Schritt weit gekommen, als sich seine Hand auch schon fest um meinen nackten Oberarm legte. Offenbar hatte ihm der kurze Augenkontakt gereicht, um mich zu erkennen.

»June? Was machst du hier?« Obwohl Preston leise sprach, hatte ich das Gefühl, dass jeder in der Nähe sein maskiertes Gesicht in unsere Richtung drehte. Einen winzigen Moment lang erwog ich, mich loszureißen und in der Menschenmenge unterzutauchen – aber mir war klar, dass ich damit nur noch mehr Aufmerksamkeit auf uns gezogen hätte.

»Ich bin mit einem Freund hier«, presste ich deshalb mit einem falschen Lächeln hervor und versuchte, Prestons Griff unauffällig zu entkommen. Doch statt mich loszulassen, legte er eine Hand auf meine Taille und zog mich mit der anderen ein paar Schritte weiter in Richtung der großen Tanzfläche. Völlig perplex ließ ich es geschehen und sah mich gleichzeitig verstohlen nach Blake um. Zum Glück konnte ich ihn nirgendwo entdecken.

»Interessant. Und welcher *Freund* hat dich ganz zufällig mitgenommen?« Da Prestons Gesicht zur Hälfte unter seiner unheimlichen schwarz-weißen Maske verborgen war, konnte ich seine Mimik nicht deuten – und auch seine Stimme ließ nicht erkennen, ob ihn meine Anwesenheit auf dem Ball eher störte oder belustigte.

»Grayson«, erwiderte ich knapp.

Wir hatten nun die Tanzfläche in der Mitte des Saals erreicht, und Preston mischte sich mit mir elegant unter die anderen Tänzer.

»Grayson hat dich spontan zum Maskenball eingeladen. Mann, was für ein Zufall!«, erwiderte Preston. Dabei wirbelte er mich so schwungvoll herum, dass ich mich unwillkürlich stärker an seiner Hand festklammerte. »Weiß Blake ebenfalls von dieser günstigen Fügung des Schicksals? Er flippt aus, wenn er davon erfährt.«

Ich presste meine rot geschminkten Lippen aufeinander. »Nein, er weiß nicht, dass ich hier bin. Und es wäre mir lieber, wenn das auch so bliebe.«

»Na klar.« Preston begann, zu grinsen. Offenbar freute es ihn, dass wir beide ein kleines Geheimnis teilten, von dem Blake nichts erfahren durfte.

»Wo ist denn Emily?«, fragte ich, um seine Selbstgefälligkeit etwas zurechtzustutzen. »Stört es sie gar nicht, dass du mit anderen Frauen tanzt?«

»Sie ist kurz auf der Toilette«, erklärte er, ohne mit der Wimper zu zucken. Dann sah er mir tief in die Augen. »Außerdem entscheide ich, mit wem ich tanze.«

Weil mir darauf keine passende Erwiderung einfiel, schwiegen wir für ein paar Sekunden, bis Preston elegant das Thema wechselte.

»Und wie sieht dein Plan jetzt aus?«, fragte er. »Schleichst du dich nach dem Tanz in die Gemächer meines Onkels und spionierst ihm hinterher?«

»Ich weiß, du denkst, er ist kein so übler Kerl. Doch so nett ist er auch wieder nicht.« Preston betrachtete mich amüsiert. Er schien mir nicht zu glauben. Ich atmete tief ein und wartete, bis sich ein anderes Pärchen, das uns beim Tanzen sehr nahe gekommen war, wieder etwas entfernte. »Ich habe Lord Musgrave zufällig bei einer Theaterpremiere getroffen«, erklärte ich mit gedämpfter Stimme. »Er hat mir sehr eindrücklich nahegelegt, dass ich mich von dir und Blake fernhalten soll.«

Prestons Schmunzeln vertiefte sich. »Aha. Und so sieht für dich fernhalten aus?« Dabei zog er mich noch ein wenig näher zu sich, bis sich unsere Oberkörper berührten.

Schnell brachte ich wieder etwas Abstand zwischen uns und sah mich um. Lord Musgrave war nicht zu entdecken, aber es konnte natürlich sein, dass er mir in dem Meer aus maskierten Gesichtern einfach nicht auffiel. »Das ist nicht witzig. Genauso wenig wie die Drohung deines Onkels.«

Preston seufzte. »June, mir ist klar, dass Musgrave ein wenig … paranoid rüberkommt. Aber sieh es mal aus seiner Perspektive. Offenbar glaubt er fest an diesen bescheuerten Fluch. Mich hat er heute auch noch mal davor gewarnt.«

»Was genau hat er denn gesagt?«

Preston wirbelte mich erneut herum, sodass der funkelnde schwarze Tüll meines ausgestellten Rockes über den Boden streifte. »Im Grunde dasselbe wie in der Bibliothek. Dass die Grünen den Blauen zum Verhängnis werden und ich mich vor dir in Acht nehmen soll. Sehr viel interessanter fand ich jedoch, was er über seine Gabe erzählt hat: Er kann Lügen erzwingen, die noch lange nach dem Augenkontakt in den Köpfen der Leute bestehen bleiben. Ich denke, dass ich noch viel von ihm lernen kann. Er hat mir auch meinen wahren Namen und unser tatsächliches Geburtsdatum verraten. In Zukunft könnte ich mich also auch George nennen und darf gleich zweimal Geburtstag feiern. Ganz schön schräg, oder?«

Ich schwieg verwirrt, weil sich der nette Lord Musgrave nicht mit meinem Bild von dem kalten Mann deckte, der mir begegnet war. Allerdings passte die Fähigkeit, Lügen zu erzwingen, die einen Menschen länger begleiteten, sehr wohl zu dem Eindruck, den ich von Lord Musgrave gehabt hatte. In diesem Moment endete der

Tanz und die Menschen blieben stehen, um dem Orchester zu applaudieren.

Preston ließ mich los, und ich klatschte mechanisch, während die Gedanken in meinem Kopf durcheinanderwirbelten. Konnte es sein, dass ich mich in Lord Musgrave tatsächlich irrte? Aber was hatte es dann mit dem Mann mit Vollbart auf sich, der von Musgraves Assistentin einen Umschlag erhalten hatte?

Preston betrachtete mich durch die Augenschlitze seiner Maske hindurch. »Was ist los?«

Ich atmete tief ein. »Es gibt da etwas, das ich dir noch nicht erzählt habe.«

»Und was?«

Ich zog Preston ein paar Schritte weg vom Getümmel, bevor ich ihm dasselbe sagte, was ich Lilly vor Kurzem erzählt hatte.

Preston hörte sich alles an und räusperte sich danach. Dabei wirkte er ganz und gar nicht mehr erheitert. »Du glaubst tatsächlich, dass unser Onkel jemanden dafür bezahlt hat, Blakes Bremsen zu manipulieren? Das ist verrückt, June.«

Entnervt blitzte ich ihn an. »Gut, dann glaubst du mir eben nicht.«

Aus den Augenwinkeln sah ich, wie sich eine der Türen links von mir öffnete und Lord Musgrave mit seiner Assistentin den Saal betrat. Automatisch rückte ich meine Maske zurecht und bemerkte, wie Preston meinem Blick folgte. Miranda Carter unterhielt sich gerade mit einem der Bodyguards, während der Lord sich seinen Weg durch die Menge bahnte.

»Hey, da ist er ja. Soll ich meinen Onkel herwinken, um zu sehen, was er zu deiner *Ich-töte-meine-Neffen*-Theorie zu sagen hat?« Prestons Stimme hatte wieder einen belustigten Klang angenommen, aber mir war gar nicht nach Scherzen zumute.

»Lieber nicht.«

Er grinste. »Wirklich nicht?« Preston hob die Hand und winkte seinem Onkel, der zum Glück gerade in eine andere Richtung sah.

»Das ist nicht witzig.«

»Ach, June. Entspann dich ein wenig.«

»Ich wünsch dir noch einen schönen Abend, Preston.« Ich drehte mich rasch um und drängte mich zurück ins Getümmel, weil ich keine Lust auf weitere Spielchen hatte. Darauf bedacht, den Kopf unten zu halten, wich ich dem Lord großräumig aus, der in diesem Moment zum Glück von Grace' Vater Lewis Campell angesprochen wurde. Der Journalist schien ein großes Interesse daran zu haben, sich mit Lord Musgrave zu unterhalten, was mir nur entgegenkam. Ungefähr zehn Minuten später traf ich mich mit Lilly und Grayson in einer abgelegenen Nische beim Buffet.

»Die Assistentin und der Lord sind vorhin aus der Tür dort drüben gekommen«, erklärte ich mit gesenkter Stimme. »Sie haben mich nicht gesehen. Allerdings bin ich vorher Preston in die Arme gelaufen.«

»Verdammt«, murmelte Grayson. »Weiß Blake auch, dass du hier bist? Und wenn ja, wie viel Ärger wird er uns machen?«

Die Frage ließ ein flaues Gefühl in meinem Magen hochsteigen. Rasch schüttelte ich den Kopf. »Zum Glück nicht, ich habe Blake bisher überhaupt nicht gesehen. Und Preston wird ziemlich sicher nicht mit ihm sprechen.«

Lilly sah sich rasch um. »Das glaube ich auch nicht. Viel interessanter ist allerdings, dass ich einen der Bodyguards belauscht habe. Er sagte, dass sich die Büros im Westflügel befinden.«

»Das stimmt«, pflichtete ihr Grayson bei. »Und sie sind nicht besonders gut bewacht – was allerdings auch nicht nötig ist, da sie immer verschlossen werden. Einen Schlüssel hat Lord Musgrave bei sich, der andere befindet sich wohl in dem hübschen Glitzertäschchen meiner Cousine zweiten Grades.«

Lilly und ich sahen Grayson verdutzt an. »Woher weißt du das?«, fragte Lilly ungläubig.

»Nicht nur unsere liebe June besitzt Fähigkeiten. Auch ich habe eine Superkraft.«

»Und was ist deine Superkraft?«, hakte ich tief beeindruckt nach.

»Dass mir Leute gerne Dinge anvertrauen, auch ohne Terrier-Gesicht, wie es Lilly so uncharmant ausdrückt. Und dass mich einer der Security-Leute wohl recht anziehend fand und mit mir über die Sicherheitsmaßnahmen des Anwesens geplaudert hat, weil ich die ja so interessant finde. Schließlich überlege ich auch, in das Business einzusteigen und als Bodyguard zu arbeiten.«

Lilly räusperte sich. »Und das hat er dir geglaubt?« Mit seiner schlaksigen Figur wirkte Grayson nicht wie jemand, der als Bodyguard eine große Karriere hinlegen würde.

»Natürlich.«

Ich sah es Lilly an, dass sie sich auf die Zunge beißen musste, um nicht laut loszuprusten. Ich war froh darüber, dass sie die Klappe hielt und Grayson einfach weiterreden ließ.

»Ich weiß übrigens auch, dass der *Goldene Salon* bewacht wird. Das ist ein besonderer Raum voller Antiquitäten, in dem der Lord seine Kunstsammlung aufbewahrt – und der ist ihm wohl weitaus wichtiger als die Büros.«

Ich schluckte, denn mein Plan für heute Abend schien sich gerade in Luft aufzulösen. »Aber wie sollen wir an einen der Schlüssel gelangen?« Mein Blick wanderte hilfesuchend zu Lilly, und als mir eine Idee kam, seufzte ich bedauernd. Kurz wirkte sie irritiert, doch dann fiel der Groschen und sie kapierte, worauf ich hinauswollte.

»Du willst, dass ich den Schlüssel klaue?«

Grayson nickte zustimmend. »Perfekt. Wozu haben wir denn sonst eine kleine Diebin in unserer Runde?«

Lilly sah Grayson bitterböse an, woraufhin er beschwichtigend die Arme hob. »Darling, sieh es doch so: *Das* ist deine Superkraft.«

»Aber was ist, wenn ich erwischt werde?«

Grayson legte den Kopf schief und betrachtete Lilly ungläubig. »Wie oft bist du denn bisher schon erwischt worden?«

Ein paar Sekunden vergingen, bevor sie antwortete. »Noch nie«, erklärte sie, und der Stolz in ihrer Stimme war nicht zu überhören. »Okay, ich mach's. Ich bekomme das schon hin, immerhin habe ich ja … jahrelange Übung.«

Die nächsten fünfzehn Minuten verbrachten wir damit, einen Plan auszuhecken. Nachdem Lilly aus Nervosität noch einmal die Toilette aufgesucht hatte, pirschte sie sich unauffällig an Miranda Carter heran, als sich diese mit Grayson und seinen Eltern unterhielt. Grayson hatte sich bereit erklärt, in dem Gespräch für eine kurze Ablenkung zu sorgen, und schwenkte dafür das Champagnerglas in seiner Hand. Aus sicherer Entfernung beobachtete ich das Spektakel und spürte, wie mir das Herz bis zum Hals schlug. Ich liebte meine Freunde dafür, dass sie das hier für mich taten, und war wahrscheinlich noch einen Tick aufgeregter als sie.

Es musste klappen, es durfte jetzt nichts schiefgehen. Auf keinen Fall durften Lilly und Grayson wegen mir Ärger bekommen.

Als Grayson mit einer vermeintlich unbedachten Bewegung etwas Champagner über das dunkelrote Kleid von Miranda Carter schüttete, nutzte Lilly den Augenblick. Sie war wirklich blitzschnell, und obwohl ich wusste, was sie vorhatte, war es kaum möglich, ihren geübten Handgriffen zu folgen, als sie den Schlüssel aus dem Glitzertäschchen von Lord Musgraves Assistentin fischte. Lilly war wie einer dieser Zauberkünstler, die einem vor den Augen aller die Armbanduhr vom Handgelenk klauten, ohne dass es jemand merkte. Grayson entschuldigte sich überschwänglich bei Miranda Carter, die nur die Hand heben musste, um von einem der herumeilenden Kellner eine Serviette gereicht zu bekommen. Danach traten Lilly und Grayson den Rückzug an.

Eine Welle der Erleichterung überrollte mich, als sie kurz darauf wieder neben mir standen.

»Danke«, hauchte ich nur. Grinsend griff Lilly nach meinen Fingern und drückte mir unbemerkt den Schlüssel in die Hand. Als sich meine Fingerspitzen um das kalte Metall schlossen, spürte ich einen Anflug von Euphorie. Schritt eins war schon mal geschafft.

»Vielleicht nicht meine beste schauspielerische Leistung, aber es war ganz passabel«, kommentierte Grayson seinen Auftritt. Im nächsten Moment wurde das Licht gedimmt und die Musik des Orchesters verstummte. Eine erwartungsvolle Stille senkte sich über den Ballsaal, und ich sah, wie die Bühnenlichter angingen und Miranda Carter die laufstegähnliche Bühne betrat, um ganz ans vordere Ende zu gehen. Das kleine Malheur mit dem Champagner schien bereits wieder vergessen zu sein.

»Guten Abend, Ladies and Gentlemen. Es freut mich, Sie auf Duncan House willkommen heißen zu dürfen«, hallte ihre Stimme über das Mikro in ihrer Hand durch den Raum. »Begrüßen Sie mit mir unseren Gastgeber *Lord Musgrave.*« Applaus brandete auf, und der Mann mit den graumelierten Schläfen betrat die Bühne. Er wartete kurz, bis der Beifall verebbte, und erhob dann die Stimme.

»Dieser Maskenball ist der Beginn einer neuen Ära. Aus privaten Gründen habe ich beschlossen, Duncan House wieder zu beziehen und mich gewissen Herzensprojekten zu widmen. Eines dieser Herzensprojekte ist dieser Maskenball, der nun jährlich auf dem Anwesen stattfinden wird.« Rings um uns herum erstrahlten die Gesichter und eine neuerliche Woge Applaus rollte durch den Saal.

»Es ist unsere gemeinschaftliche Pflicht, uns für den Erhalt von Kunst und Kultur einzusetzen. Wie viele von Ihnen wissen, ist mir diese Aufgabe schon seit Jahren ein Anliegen, weshalb ich es mir nicht nehmen lasse, auch die heutige Veranstaltung dafür zu nutzen.« Er lächelte. »Ich zähle auf Ihre offenen Herzen und vor allem auf Ihre offenen Brieftaschen.« Gelächter ertönte, und ich war mir sicher, dass heute noch eine stattliche Spendensumme zustande kommen würde. Die anwesenden Gäste würden sich nicht lumpen lassen und wollten sicherlich auch nicht ihr Gesicht verlieren.

»In diesem Sinne wünsche ich uns allen einen bezaubernden Abend«, schloss der Lord seine Rede, bevor seine Assistentin wieder übernahm.

»Um Ihrer Spendenfreundlichkeit einen kleinen Anreiz zu verschaffen, starten wir den Abend mit einer Versteigerung.« Ein Raunen ging durch die Menge. »Es war eine spontane Idee und ist keine Versteigerung im üblichen Sinne, also erwarten Sie keine Antiquitäten. Sie haben heute die Möglichkeit, ein ganz besonderes Candlelight-Dinner zu ersteigern – und das in ziemlich attraktiver Gesellschaft. Heute Abend können die Damen unter Ihnen *Zeit erwerben.* Romantische Zeit mit einem unserer Junggesellen, die sich spontan bereit erklärt haben, sich für eine gute Sache zur Verfügung zu stellen.«

Die Gäste begannen überrascht, zu jubeln und zu klatschen. Offenbar hatte keiner mit so einer modernen Idee in diesen alten Gemäuern gerechnet.

»Heißen Sie den ersten Junggesellen des Abends mit mir willkommen, bei dem ich sehr stark bereue, dass ich selbst nicht mitbieten darf.«

Das Orchester begann zu spielen und mein Herz setzte aus, als der angesprochene Junggeselle die Bühne betrat. Die schwarzen Haare hatte er nach hinten gelegt, seine Wangen waren glatt rasiert. Er kam langsam den Laufsteg entlangspaziert, und ich registrierte, dass er in seinem Smoking eine blendende Figur machte. Sein dunkler Blick glitt über den Saal, und ich konnte förmlich hören, wie die Herzen der anderen Frauen bei seinem Anblick ebenfalls zum Stillstand kamen.

Kapitel 22

Ich konnte es nicht fassen. Ich konnte nicht fassen, dass Blake da vorne auf der Bühne stand, und ich konnte nicht fassen, dass sich diverse Frauenhände hoben, um für ihn zu bieten.

Für *Blake Beaufort.*

Für einen romantischen Abend mit Blake Beaufort.

Natürlich war es nicht verwunderlich, dass sie Zeit mit ihm verbringen wollten. So wie er dastand, in seinem eleganten Outfit, dem schwarzen Anzug mit dem weißen Hemd und der schwarzen Fliege, sah er einfach nur zum Anbeißen aus. Der Blick aus seinen blauen Augen glitt über die Menge an aufgeregten Damen, die sich gar nicht mehr zu halten wussten. Sie kicherten und zückten grinsend ihre Portemonnaies, um nervös mit ihren Geldscheinen herumzuwedeln. Der Anblick entlockte Blake ein sanftes Lächeln, ein Lächeln, das eigentlich nur mir gehören sollte.

Als ich Grace in unmittelbarer Entfernung sah, die ihre Hand zum Gebot hob, wanderte meine Hand wie von selbst nach oben.

»Wir starten mit dreihundert Pfund«, sagte Miranda Carter ins Mikro. »Wer bietet mehr?«

Wieder schnellten die Damenhände in die Höhe, und ich registrierte abwesend, wie Lilly mich in die Seite stieß. »Ist das dein Ernst?«

Ich schüttelte den Kopf und zog meine Hand zurück, da sie recht hatte. Nicht nur, dass ich mir das Date mit ihm finanziell nicht leisten konnte, es wäre auch Wahnsinn, Blake hier zu ersteigern. Wenn er Wind davon bekam, dass ich mich auf den Maskenball geschmuggelt hatte, würde er mir die Hölle heißmachen und unser Friedensabkommen gehörte der Vergangenheit an. Genauso wie die Küsse, die er mit mir geteilt hatte, und das leise Versprechen, das seit unserer Begegnung vor dem Surfausflug mit Preston zwischen uns lag.

»Schau mal«, Lilly deutete mit dem Kinn in Richtung der Tür, aus der Lord Musgrave und seine Assistentin vorhin gekommen waren.

»Der Weg zum Westflügel ist frei«, raunte mir Grayson von der anderen Seite ins Ohr. Die beiden Bodyguards, die dort postiert worden waren, kümmerten sich gerade um zwei Gäste, die offenbar zu tief ins Glas geschaut hatten und heftig gestikulierten. Es handelte sich um ein Promi-Pärchen, das für seine Eskapaden bekannt war. Die Security-Leute waren darum bemüht, den Streit nicht ausufern zu lassen und die Veranstaltung nicht zu stören.

Mein Blick wanderte Richtung Bühne. Auch wenn ich am liebsten hiergeblieben wäre, wusste ich, dass sich so eine Gelegenheit nur einmal ergab. »Okay, ich werde die Chance schnell nutzen.«

Sofort versuchte ich, Augenkontakt mit Miss Carter herzustellen, und als sich unsere Blicke für einen kurzen Moment trafen, setzte ich hastig meine Gabe ein und stöberte in ihrer Wahrheit nach dem kürzesten Weg zu ihrem Büro. Gefühlte dreißig Sekunden später wusste ich, wo ich hinmusste. Für Lilly und Grayson war jedoch keine Zeit vergangen.

»Du willst ganz allein gehen?«, fragte Lilly perplex.

»Natürlich«, wisperte ich. »Ihr müsst ein Auge auf die Assistentin und den Lord haben. Nicht dass sie mir aus irgendeinem Grund hinterherkommen. Zum Beispiel, weil sie bemerken, dass der Schlüssel fehlt.«

Lilly und Grayson nickten, auch wenn Lilly der Widerwille deutlich ins Gesicht geschrieben stand. »Gut, wir teilen uns auf. Du übernimmst den finsteren Lord und ich die Versteigerungstante.«

Nachdem wir uns alle wie in einem schlechten Agentenfilm noch einmal kurz zugenickt hatten, schlich ich mich mit dem Schlüssel in der Hand durch die Menge Richtung Westflügel. Miranda Carter machte derweilen weiter mit den Geboten, und ich hasste es, dass sie bereits bei achthundert Pfund angekommen war.

Der schwingende Rock meines Kleides streifte die Wand, als ich mich mit dem Rücken unauffällig neben den Zugang zum Westflügel stellte. Ich schielte ein letztes Mal zu den beiden Bodyguards, die noch immer mit dem Promi-Pärchen beschäftigt waren, und wollte gerade durch die Tür schlüpfen, als sich eine eisenharte Hand um meinen Oberarm schloss.

»Verzeihung, Miss. Aber dieser Bereich ist gesperrt.« Die kompromisslose Stimme hinter mir duldete keine Widerrede. Ich fuhr erschrocken herum und starrte in das unnachgiebige Gesicht eines Security-Mannes. Er hatte seine Haare auf wenige Millimeter abrasiert und schien seinen Job sehr ernst zu nehmen.

»Tut mir leid, das wusste ich nicht. Ich muss nur furchtbar dringend auf die Toilette.« Flehend zog ich an meinem Arm, den der Security-Mann nach kurzem Zögern losließ. Dabei bemerkte ich, dass Lilly auf die Situation aufmerksam geworden war und sich mit schnellen Schritten durch die Menge zu uns durchdrängte.

»Die Gästetoiletten sind im Erdgeschoss«, erwiderte der Sicherheitsbeamte und deutete mit dem Kinn in Richtung des Haupteinganges, durch den ich gekommen war. »Die Treppe hinunter und dann links.«

»Danke«, sagte ich und wandte mich mit einem bemühten Lächeln und klopfendem Herzen in die angegebene Richtung. Aus den Augenwinkeln sah ich, dass Lilly uns inzwischen fast erreicht hatte. Sie tat so, als würde sie über ihr Kleid stolpern, und taumelte gegen einen älteren Mann, der sie im Reflex auffing. In dem Moment, als der Security-Typ seine Aufmerksamkeit auf Lilly richtete, änderte ich meine Richtung. So leise wie möglich betrat ich den langen Korridor und rannte los. Hinter mir hörte ich Lilly sich wortreich bei dem älteren Herrn entschuldigen und raste über den Teppichboden auf das andere Ende des Ganges zu. Links gab es unzählige Fenster, während sich an der rechten Wand eine Menge weiß-goldener Türen mit gedimmten Wandlampen aneinanderreihten. Ich hatte das Ende des Korridors beinahe erreicht, als die Tür hinter mir aufgerissen wurde und der Sicherheitsmann einen verärgerten Ruf ausstieß. Hektisch warf ich einen Blick zurück und sah, wie er mir wütend hinterherstürmte. Obwohl uns etwa dreißig Meter voneinander trennten, machte ich mir keine Illusionen über meine Chancen – er konnte sehr viel schneller rennen als ich in diesem Kleid. Mit brennenden Lungen schlitterte ich um eine Ecke in den nächsten Flur und stürzte zu der zweiten Tür auf der rechten Seite, hinter der das Büro von Miss Carter lag. Mein Herz trommelte schmerzhaft gegen meine Rippen, und meine Hände zitterten so stark, dass ich den Schlüssel nicht sofort ins Schloss bekam. Hinter mir nahm ich die schnellen Schritte wahr, die immer näher kamen. Panik überflutete mich.

Ich bildete mir ein, bereits den keuchenden Atem des Security-

Mannes zu hören, und versuchte erneut, den Schlüssel in das Schloss zu rammen. Diesmal klappte es, und ich drehte ihn mit fliegenden Fingern herum. Die Schritte waren jetzt schon ganz nah. Hastig riss ich die Tür auf und stürzte in den Raum, bevor ich sie so schnell und leise wie möglich schloss. Nur Sekunden später rannte der große Mann draußen an dem Büro vorbei. Um keinen Laut von mir zu geben, presste ich mir die Hand vor den Mund, und sackte vor Erleichterung gegen die Tür. Mein Herz raste noch immer in meiner Brust und meine Knie fühlten sich unnatürlich weich an.

Das war knapp gewesen.

Wenn ich nur einen Herzschlag länger gebraucht hätte, hätte er mich auf frischer Tat ertappt.

Angespannt stand ich etwa eine Minute lang an der Tür und lauschte nach draußen. Offenbar führte der Korridor jedoch noch zu weiteren Teilen des Hauses, denn der Mann kam nicht wieder. Erst jetzt erlaubte ich mir, das Büro genauer in Augenschein zu nehmen. Es sah genauso aus, wie ich es in Miss Carters Wahrheit gesehen hatte – abgesehen davon, dass jetzt das Mondlicht durch die Rundbogenfenster strahlte und silbrig helle Lichtstreifen auf den Holzboden warf. Auf Zehenspitzen durchquerte ich den Raum und schlich zu dem antiken Schreibtisch, hinter dem ein paar Regale standen. Meine Maske behinderte meine Sicht, und so nahm ich sie kurz entschlossen ab und legte sie auf die aufgeräumte Arbeitsplatte, bevor ich die dunkle Schreibunterlage inspizierte, unter der sich jedoch keine einzige Notiz befand. Dann widmete ich meine Aufmerksamkeit einem schwarzen Adressbuch, in dem Miranda Carter fein säuberlich ihre Geschäftskontakte notiert hatte. In der Hoffnung, irgendeinen Hinweis auf den geheimnisvollen Blumenlieferanten zu erhalten, blätterte ich das Buch einmal von vorne bis hinten durch. Da ich den Namen des Mannes mit dem Vollbart nicht kannte, brachte mich das jedoch nicht weiter. Und auch die anderen Namen waren mir nicht geläufig, nur *Madeleine Rousseau* sagte mir etwas. Arbeitete die französische Visagistin etwa auch für Lord Musgrave?

Als von draußen Stimmen zu hören waren, legte ich das Adressbuch hastig an seinen Platz zurück und ging hinter dem Schreibtisch in Deckung. Mit angehaltenem Atem lauschte ich auf die Schritte vor der Tür. Sie kamen immer näher. Diesmal schienen es zwei Männer zu sein, und ich spürte, wie mein Mund ganz trocken wurde. Verkrampft hockte ich auf dem Boden und wartete ab. Vor den Fenstern begann es zu regnen, und die prasselnden Wassertropfen vermischten sich mit meinem heftigen Herzschlag. Als die Schritte sich wieder entfernten, atmete ich zitternd auf. Dann rüttelte ich vorsichtig an den Schubladen des Schreibtisches, die allesamt verschlossen waren. Entnervt gab ich auf. Womit hatte ich auch gerechnet? Dass mir sämtliche Beweise auf dem Silbertablett präsentiert werden würden? Dass ich ein Foto des Mannes mit dem Vollbart fand, samt Namen, Telefonnummer und Adresse, sowie einer Beschreibung der Aufträge, die er für Miss Carter durchgeführt hatte?

Dennoch wollte ich so noch nicht gehen. Mit fliegenden Fingern untersuchte ich den Rest des Schreibtischs und hoffte, irgendwo eine Art Geheimversteck zu finden, wurde jedoch enttäuscht. Hier war nichts.

Vielleicht gab es ja einen verstecken Safe hinter einem der Bilder, die hier an den Wänden hingen? Im nächsten Moment fragte ich mich, was ich überhaupt tun würde, wenn ich tatsächlich einen geheimen Safe entdeckte. Ich hatte keine Möglichkeit, ihn aufzubrechen. Was machte ich bloß hier? Ich war alles andere als die geborene Einbrecherin.

Der Regen trommelte immer lauter an die Fensterscheiben, und ich beschloss, noch einen letzten Versuch zu wagen. Leise huschte ich zu den Regalen hinter Miss Carters Schreibtisch. Eine Vielzahl an Mappen, alten Büchern und Katalogen war darin dicht aneinandergereiht. Ich zog an einem der dunklen Ordner, um einen Blick hineinzuwerfen, als das Buch daneben ins Rutschen kam und mit einem dumpfen Knall auf dem Boden aufschlug.

Erschrocken zuckte ich zusammen und bückte mich danach, als die Tür aufgerissen wurde und ein breitschultriger Mann das Zimmer betrat. Vor lauter Schreck vergaß ich, zu atmen. Das Adrenalin peitschte durch meinen Körper und vermischte sich mit einer Woge der Erleichterung, als ich sein Gesicht sah.

»Verdammt, was machst du hier?«, zischte Blake und schloss die Tür schnell hinter sich. Trotz der Wut in seinen Augen konnte ich nicht anders, als froh darüber zu sein, dass er nicht der Security-Typ war.

»Gar nichts«, antwortete ich daher so ruhig wie möglich und stellte das Buch zurück an seinen Platz.

»Nach gar nichts sieht das aber nicht aus.« Bei dem aufgebrachten Tonfall in seiner Stimme begann meine Erleichterung zu verblassen.

»Und was machst du hier?«, gab ich genauso unfreundlich zurück. »Solltest du nicht bei deiner Versteigerung sein?«

»Die Versteigerung ist vorbei«, presste Blake wütend hervor.

»Interessant. Und wer hat dich ersteigert?« Ich wusste selbst nicht, wieso ich das jetzt fragte, es kam einfach aus mir heraus.

»Was tut das jetzt zur Sache?«

»War es etwa Grace?« Schon wieder war mein Mund schneller als mein Verstand. Als er schwieg, entfuhr mir ein leises Schnauben. »Na toll. Zuerst besuchst du sie zu Hause, und jetzt ersteigert sie dich auch noch für ein romantisches Dinner. Ist sie auch deine Begleitung für den heutigen Abend?«

»Ich bin ohne Begleitung hier.« Blake blickte mich kopfschüttelnd an. »Ist dir klar, dass ich sie nur zu Hause besucht habe, weil ich mich bei ihrem Vater unauffällig nach dem Fluch erkundigen wollte? Immerhin beschäftigt er sich mit der Geschichte Cornwalls.«

Seine Worte nahmen mir ein wenig den Wind aus den Segeln, sodass mir nicht sofort eine Antwort einfiel.

»Doch statt darüber zu sprechen, wo ich vor Wochen gewesen bin, sollten wir uns lieber darüber unterhalten, was du genau in diesem Moment hier machst, June.« Er machte einen Schritt auf mich zu. Obwohl er leise sprach, war ihm die Verärgerung deutlich anzumerken. »Du solltest nicht hier sein, nicht auf diesem Maskenball und auf keinen Fall in den Büros meines Onkels!«

»Aber ich bin nun einmal hier, und ich habe meine Gründe«, entgegnete ich gedämpft.

»Und was sind das für Gründe?« Sein Blick bohrte sich tiefer in meinen, und mir wurde glühend heiß.

»Ich denke, dass Lord Musgrave hinter deinem Motorradunfall steckt«, sprach ich meinen Verdacht laut aus.

Blake starrte mich ungläubig an. »Du denkst *was*?«

»Ich denke, dass diese Unglücke auf Green Manor nicht zufällig passieren. Dein Motorradunfall, Prestons Beinahe-Fischvergiftung, das Gefühl, beobachtet zu werden … Ich glaube, es gibt eine Ursache, und die heißt Lord Musgrave. Seine Assistentin hat einem

Mann einen Briefumschlag zugesteckt, einem Mann, den ich bereits auf Green Manor gesehen habe und den niemand dort kannte. Tatsächlich hätte er gar nicht da sein sollen.«

Blake überwand den letzten Abstand zwischen uns und sah mir tief in die Augen. »Wir gehen jetzt, June«, sagte er nachdrücklich. »Deine kleine Spionageaktion ist hiermit beendet.«

Widerwillig machte ich einen Schritt zurück. Blake begann schon wieder, mich zu bevormunden, und langsam hatte ich davon echt die Nase voll. »Das hast du nicht zu entscheiden.«

»Wenn du nicht fähig bist, selbst die richtigen Entscheidungen zu treffen, dann muss ich das wohl für dich übernehmen.«

»Das ist ja wohl nicht dein Ernst. Ich kann meine Entscheidungen selbst treffen, Blake.«

»Und das sieht dann so aus?«, fragte er gepresst und deutete auf die Tür. »Was hättest du gemacht, wenn einer der Wachleute dich hier erwischt hätte? Dann hättest du jetzt eine verdammte Klage wegen Einbruchs am Hals.«

Damit hatte er nicht unrecht, aber ich hasste seine Selbstgerechtigkeit gerade so sehr, dass ich das selbst unter Folter nicht zugegeben hätte.

»Ich hatte alles im Griff«, zischte ich daher. »Außerdem bin ich nicht allein hier. Lilly und Grayson haben für die notwendige Ablenkung gesorgt, du brauchst dir also keine Sorgen zu machen.«

Als ein Muskel in Blakes Gesicht zu zucken anfing, ahnte ich, welchen Fehler ich gemacht hatte.

»*Grayson?* Du hast *Grayson* auch noch mit reingezogen?!«

Ich schloss für einen Moment die Augen. »Was hätte ich denn tun sollen? Grayson hat mitbekommen, wie Lilly und ich über meine

Gabe gesprochen haben, und hätte nicht lockergelassen, bis er die Wahrheit kennt.«

Blake fuhr sich erst durch die Haare und stützte sich dann mit der flachen Hand auf dem antiken Schreibtisch neben uns ab. »Und ihr sprecht in aller Öffentlichkeit über deine Gabe? Hast du schon mal daran gedacht, das Ganze über Twitter und Instagram zu verbreiten? Irgendjemand könnte es ja noch nicht mitbekommen haben!« Er flüsterte die Worte, aber sie klangen deswegen nicht weniger anklagend.

»So ist es doch nicht«, zischte ich. »Ich weihe nicht Gott und die Welt ein, aber ich habe es satt, die Leute zu belügen, die mir wichtig sind. Und trotzdem hätte ich mein Geheimnis vor Grayson bewahrt, aber nicht, wenn er etwas mitbekommt. Dann kann ich ihm nicht ins Gesicht sehen und ihn direkt anlügen, das mache ich nicht, Blake!«

Von draußen war ein Geräusch zu hören, und Blake und ich verstummten augenblicklich. In Windeseile zog mich Blake in eine kleine Nische neben den Regalen.

In seiner unmittelbaren Nähe begann mein Herz, noch verrückter zu pochen, aber ich versuchte, mich nicht davon ablenken zu lassen. Ich konzentrierte mich auf die Geräusche ringsum, um nicht an seinen Körper zu denken, an den er mich gerade presste. Oder an den verführerischen Duft nach Ozean, der ihm auch jetzt anhaftete. Der Regen hatte etwas nachgelassen, und ich atmete erleichtert aus, als sich die Schritte draußen langsam entfernten.

»Wir müssen hier raus«, erklärte Blake, und ich war froh, dass seine Stimme nun einen Tick sanfter klang.

»Ich muss Lilly noch den Schlüssel zurückgeben.«

Blake wandte mir im Licht des Monds sein scharf geschnittenes Profil zu. »Welchen Schlüssel?«

»Der Raum war abgesperrt. Lilly hat sich den Schlüssel von Miss Carter ausgeborgt.« Selbst in diesem spärlichen Licht konnte ich sehen, wie Blake eine Augenbraue hochzog.

»Ausgeborgt?«

»Geklaut«, gab ich leise zu.

»Ich darf dich wirklich nicht aus den Augen lassen, June Mansfield.« Er war noch immer wütend, aber die Art, wie er meinen Namen aussprach, war trotzdem schön.

»Du bist selbst schuld, wenn du dich die ganze Woche nicht blicken lässt.« Wieder so ein Satz, den ich bei klarem Verstand wahrscheinlich niemals gesagt hätte.

Er hielt mich noch immer fest an sich gepresst. »Ist das ernsthaft deine Ausrede dafür, dass du hier eingebrochen bist? Dass ich mich zu wenig um dich gekümmert habe?«

»Natürlich ist das nicht meine Ausrede, denn ich brauche keine *Ausrede*«, gab ich trotzig zurück. »Ich habe meine Gründe, selbst wenn du die nicht ernst nimmst.«

Blake schüttelte nur leicht den Kopf, bevor er in die Dunkelheit horchte. »Wir müssen hier raus, June«, sagte er und zog mich aus der Nische. »Mit dem Rest können wir uns später beschäftigen.«

Kapitel 23

Blake zog mich so entschlossen durch das Zimmer, dass mir nichts anderes übrig blieb, als ihm zu folgen. Keine drei Sekunden später standen wir auf dem Korridor vor dem Büro.

»Sperr ab«, befahl Blake drängend, während er sich unruhig in dem Gang umsah. Mit zitternden Fingern steckte ich den goldenen Schlüssel ins Schloss. Blakes unmittelbare Nähe und der Zeitdruck machten mich nervös, aber es war nicht so schlimm wie eben, als der Wachmann hinter mir her gewesen war. Als der Schlüssel sich mit einem leisen Klicken drehte, atmete ich leise aus.

»Und jetzt raus hier«, sagte Blake und griff nach meiner Hand, um mich rasch in Richtung Ausgang zu ziehen.

Wir waren noch keine zwei Meter weit gekommen, als plötzlich schwere Schritte hinter uns erklangen.

»Halt!«, ertönte da auch schon eine unnachgiebige Stimme, die mir viel zu bekannt vorkam. »Was machen Sie hier?«

Ich spürte, wie sich mir die Nackenhaare aufstellten. Von allen Security-Typen musste mir ausgerechnet der begegnen, der mich vor ein paar Minuten noch verfolgt hatte. Blake warf mir von der Seite einen schnellen Blick zu, und ich schluckte gegen das flaue Gefühl in meinem Magen an. Wenn wir Pech hatten, würde uns der

Sicherheitsmann zu Lord Musgrave schleifen – und was der dann tat, wollte ich mir lieber nicht ausmalen. Meine Gedanken rasten noch immer durch meinen Kopf, als Blake seinen Arm etwas fester um meine Taille legte. Ohne mich loszulassen, wandte er sich halb zu dem Kerl vom Sicherheitsdienst.

»Sorry, wir waren nur auf der Suche nach einem ungestörten Plätzchen.« Blake ließ seine Hand ein wenig tiefer sinken, bis sie auf meinem Hintern lag, und zwinkerte dem Security-Typen vertraulich zu. »Wir sind schon wieder weg.«

Unbeeindruckt starrte der Mann mich an. »Und deshalb sind Sie vorhin vor mir davongerannt? Um sich mit ihm zu treffen?« Als ich den Mund öffnete, um eine Antwort zu geben, machte er einen Schritt auf mich zu. »Kommen Sie bitte mit.«

Er streckte den Arm nach mir aus, woraufhin Blake sich zwischen uns stellte. »Nicht so schnell. Das lässt sich doch sicher auch anders regeln.« Seine Stimme klang absolut selbstbewusst, doch das schien den Security-Typen kein bisschen zu beeindrucken. Ohne auf Blakes Vorschlag einzugehen, zog der Mann ein Walkie-Talkie aus seinem Sakko. Als er es Richtung Mund hob, zog sich mein Magen vor Anspannung zusammen.

»Warte«, sagte Blake und machte einen Schritt auf den dunkel gekleideten Mann zu. »Zuerst unterhalten wir uns noch. Erzähl mir dein größtes Geheimnis.« Obwohl er leise sprach, fühlte ich die Macht, die mit seinen Worten einherging. Die Wandlampen im Korridor begannen, gleichzeitig zu flackern, und die Scheiben in der langen Fensterfront klirrten leise. Der Security-Typ ließ das Walkie-Talkie sinken. Ich konnte sehen, wie der große Mann leicht zu zittern anfing.

»Ich … ich …«

»Ja?« Blake machte noch einen Schritt auf ihn zu, ohne ihn aus den Augen zu lassen. »Was ist dein dunkelstes Geheimnis? Was ist es, das kein Mensch jemals erfahren darf?«

Ein kalter Lufthauch wehte durch den Korridor. Die Fensterscheiben klirrten noch lauter, und die Temperatur fiel um mindestens zehn Grad. Der Typ vom Sicherheitsdienst schluckte so heftig, dass sein Adamsapfel hervortrat.

»Ich habe …« Er sprach nicht weiter. Blakes Blick wurde noch eindringlicher, woraufhin die Glühbirne einer Wandlampe neben uns zerplatzte. »Ich habe mit der Schwester meiner Frau geschlafen.«

»Sonst noch etwas?« In Blakes Frage lag eine Kälte, die ich nicht von ihm gewohnt war.

»Ich tue es noch immer.« Der Mann schlug sich die Hand vor den Mund und stolperte zwei Schritte zurück. In der Sekunde hörte das Fensterklirren auf. Die Lampen flackerten nicht mehr, die Temperatur normalisierte sich. Blake betrachtete den Typen ruhig.

»Wir waren niemals hier«, schärfte er ihm ein. »Wie heißt deine Frau?«

»Sofia«, keuchte der Mann.

»Sofia wird nichts davon erfahren. Es sei denn, du entscheidest dich dafür, unsere Begegnung zu melden.«

Blake fixierte den Sicherheitsmann noch für einige Sekunden, bevor er sich zu mir umdrehte und nach meiner Hand griff. »Komm«, murmelte er. »Lass uns von hier verschwinden.«

Die nächste halbe Stunde sprach Blake kein einziges Wort mit mir. Stumm hatte er mir den goldenen Schlüssel abgenommen und ihn Lilly ebenso wortlos in die Hand gedrückt, bevor er mich zu einem

Taxi geschleift und auf den Rücksitz verfrachtet hatte. Der strömende Regen durchnässte mich innerhalb von Sekunden bis auf die Haut, aber ich sagte nichts. Ich war nur froh, dass Blake mir vorhin mit dem Sicherheitstypen geholfen hatte, obwohl ich sein jetziges Verhalten unausstehlich fand.

Als die Auffahrt von Green Manor in Sicht kam, atmete ich auf. Die angespannte Atmosphäre im Taxi war von Minute zu Minute unerträglicher geworden. Ich sehnte mich danach, endlich in mein Zimmer zu gehen und Blakes vorwurfsvollem Schweigen zu entkommen. Kaum hatte der Taxifahrer den Wagen zum Stehen gebracht, riss ich die Tür auf und stürzte Hals über Kopf in den Regen hinaus. Der weite Reifrock hing so schwer an mir, als ob jemand Steine in den Saum eingenäht hätte. Ich hatte mich endlich aus dem Auto gekämpft, als Blake um den Wagen herumkam und die Tür hinter mir zuschlug. Es gab einen kurzen Ruck, gefolgt von einem reißenden Geräusch, das von einer der unzähligen Tüllschichten stammte, die Blake in der Autotür eingeklemmt hatte.

»Verdammter Mist«, fluchte ich, öffnete die Tür erneut und griff nach dem beschädigten Stoff, bevor ich die Wagentür wieder zufallen ließ.

»Komm mit«, knurrte Blake und griff nach meinem Ellbogen, um mich zum Eingang von Green Manor zu ziehen.

»Du hast mein Kleid ruiniert. Das war nur geliehen«, fauchte ich ihn an, als er vor der schweren Tür innehielt und nach seinem Schlüssel suchte.

»Das Kleid ist jetzt deine geringste Sorge, das kannst du mir glauben, June.« Blakes blaue Augen funkelten. »Was hast du dir nur dabei gedacht, auf dem Ball aufzukreuzen? Hast du schon mal überlegt, was passiert wäre, wenn dich der Typ von der Security erwischt hätte und ich nicht dabei gewesen wäre?«

Verärgert verschränkte ich die Arme vor der Brust. »Hör auf, mich anzuschreien.«

»Ich schreie dich nicht an!«

»Und ob du das tust!«, blaffte ich. »Und ich bin es leid, dass du mich so behandelst. Ich treffe meine eigenen Entscheidungen und habe es satt, mich ständig für irgendetwas rechtfertigen zu müssen. Immerhin ist überhaupt nichts passiert!« Das war zwar nicht ganz richtig, aber ich wollte jetzt mal nicht so kleinlich sein.

»Nichts passiert?«, brüllte Blake. »Ich musste meine Gabe einsetzen, um uns da rauszuholen! Das nennst du *nichts passiert?*«

»Du musstest gar nichts!«, brüllte ich zurück und war froh, dass der prasselnde Regen unseren Streit übertönte. »Schließlich hat dich keiner dazu gezwungen!«

»Und was wäre passiert, wenn ich es nicht getan hätte? Dann hätte uns dieser Kerl direkt zu meinem Onkel gebracht!«

»Das weißt du doch gar nicht!«, rief ich. »Ich habe – falls du das noch nicht bemerkt hast – nämlich auch eine Gabe. Mir wäre schon etwas eingefallen!«

Blake rammte seinen Hausschlüssel mit Gewalt ins Schloss. »Etwa so etwas Geniales, wie deine Freundin loszuschicken, damit sie im Beisein von ungefähr zwanzig Sicherheitskräften einen Schlüssel klaut? Wenn du glaubst, dass du ewig mit so etwas durchkommen wirst, bist du noch naiver, als ich dachte, June!«

»Und wenn du glaubst, dass ich mir das noch länger anhöre, bist *du* noch naiver, als ich dachte!« Die Wortwahl passte nicht ganz zu Blake, aber das war mir in dem Moment egal. Erbost stieß ich die Tür auf und nutzte die Tatsache, dass er mich fassungslos anstarrte, um in die stille Eingangshalle zu stürmen und die Treppe hinaufzulaufen. Mein regennasses Kleid schlug mir schwer gegen die Beine, aber ich merkte es kaum. Mit gerafften Röcken erreichte ich den ersten Stock und lief in mein Zimmer. Mein Herzschlag hämmerte in meinen Ohren. Ich war so wütend auf Blake, dass ich mich gerade noch beherrschen konnte, die Tür nicht mit einem lauten Knall zuzuschlagen und Onkel Edgar zu wecken. Mit bebenden Fingern schaltete ich die Nachttischlampe ein und zuckte zusammen, als mir mein eigenes Spiegelbild in den großen Fensterscheiben entgegensprang. Einzelne nasse Strähnen hatten sich aus meiner Hochsteckfrisur gelöst, die nur noch schief auf meinem Kopf saß. Das ehemals traumhafte Kleid klebte an meinem Oberkörper, der zarte Tüll hing tropfend an mir herab. Auf Höhe meiner Knöchel fehlte ein Stück und ich spürte einen Anflug von Verzweiflung, als ich an meine schwarze Gesichtsmaske dachte, die ich im Büro von Lord Musgraves Assistentin vergessen hatte. Verdammt, was war ich nur für eine Idiotin! Bei dem Gedanken daran, wie Lord Musgrave die Maske fand und durch seine schmalen Finger gleiten ließ, wurde mir ganz heiß und kalt. Würde er wissen, dass ich mich auf den Ball geschlichen hatte? Nein, beruhigte ich mich schnell. So eine Maske konnte schließlich jedem gehören. Dennoch hatte Blake recht – ich konnte von Glück sagen, dass nur er es gewesen war, der mich erwischt hatte. Allerdings hätte ich mir eher die Zunge abgebissen, als das vor ihm zuzugeben.

In diesem Moment flog die Tür auf, und ich fuhr erschrocken herum. Blake stand auf der Schwelle und fixierte mich mit lodernden Augen. Auf dem Weg hierher hatte er offenbar seine Fliege gelöst und den obersten Hemdsknopf geöffnet. Gegen meinen Willen starrte ich für ein paar Sekunden auf das Stückchen nackter Haut unter seinem Adamsapfel, bevor es mir gelang, Blake wieder in die Augen zu sehen.

»Ich war noch nicht fertig, June.«

Der mühsam unterdrückte Zorn in seiner Stimme verursachte mir eine Gänsehaut. Ich tat mein Bestes, um nicht vor ihm zurückzuweichen. Stattdessen tastete ich nach dem Pfosten meines Himmelbettes und hob trotzig das Kinn. »Aber ich war fertig.«

Er verengte die Augen. »Weißt du eigentlich, wie unfassbar stur du bist?«

Das hatten mir meine Eltern auch schon ein oder zwei Mal vorgeworfen, aber ich sah nicht ein, ihm das auf die Nase zu binden – erst recht nicht, weil mich das Wort inzwischen vor allem an meinen Großvater denken ließ.

»Was willst du denn jetzt noch?«, fauchte ich widerwillig und hoffte, dass er einfach wieder ging. Trotz unseres Streits reagierte mein Körper nämlich auf eine ganz und gar unangebrachte Weise darauf, mit Blake in einem Zimmer zu sein. Noch dazu in *meinem* Zimmer. Sein Blick glitt zu meinem frisch bezogenen Himmelbett, und ich fühlte, wie mein Herz ins Stolpern geriet, bevor es umso schneller weiterklopfte.

»Was denkst du denn, das ich will?« Er machte einen Schritt in mein Zimmer hinein und schloss lautlos die Tür hinter sich.

In mir löste sich eine Lawine aus Gefühlen, die sich wüst aufeinandertürmten, bis sie mich unter sich zu begraben drohten.

»Ich habe keine Ahnung«, entgegnete ich störrisch und spürte, wie mein ganzer Körper zu kribbeln anfing, als er noch einen Schritt auf mich zu machte.

Blake war hier. In meinem Zimmer. Und wir waren allein.

All das, was ich mir in der letzten Woche so sehr gewünscht hatte, war nun eingetreten. Und mein verräterischer Körper reagierte darauf, obwohl ich gerade so wütend war, dass ich Blake am liebsten weiter angeschrien hätte.

»Und du kannst es dir nicht denken? Sonst hast du doch auch eine beeindruckende Kombinationsgabe.« Blake machte noch einen Schritt und stand plötzlich so dicht vor mir, dass sich unsere Körper beinahe berührten. Sein Duft kitzelte in meiner Nase. Ich wandte leicht das Gesicht ab, als mich die Erinnerung an unsere Küsse wie eine heftige Welle traf. Mein Atem beschleunigte sich, ich war hin- und hergerissen zwischen dem Wunsch, ihn an mich zu ziehen und ihn wegzustoßen.

»So wie ich es verstanden habe, schätzt du meine Kombinationsgabe nicht besonders«, presste ich hervor und zwang mich, ihn wieder anzusehen. »Genauso wenig wie meinen Drang, die Wahrheit herauszufinden.«

Er betrachtete mein Gesicht. Der Ernst auf seinen Zügen machte ihn noch attraktiver als ohnehin schon. Mir stockte der Atem, als sein Blick langsam zu meinen Lippen hinunterrutschte und dort verharrte. »Deine Suche nach der Wahrheit ist nicht das Problem.«

Schon der Klang seiner tiefen Stimme sorgte dafür, dass sich meine Knie in Pudding verwandelten. Ich schluckte und war dankbar für den Bettpfosten, an dem ich mich festhalten konnte.

»Und was ist das Problem?«, hauchte ich.

Er beugte sein Gesicht zu meinem hinunter, bis sich unsere Lippen ganz nah waren. »Du bist mein Problem, June Mansfield.«

Sein Atem vermischte sich mit meinem, und ich mich erfasste ein sanfter Schwindel. Keine Ahnung, was ich ohne den Bettpfosten getan hätte.

»Von Problemen sollte man sich fernhalten«, sagte ich leise. Unsere Blicke trafen sich, und ich sah einen kurzen Schmerz in Blakes Augen aufblitzen.

»Das habe ich versucht, es klappt aber irgendwie nicht.« Er hob die Hand und strich mir sanft eine feuchte Haarlocke aus dem Gesicht. Ein leises Seufzen entfuhr mir, als seine Finger dabei meine Haut streiften. Erschrocken wich ich einen Schritt zurück und merkte, wie mir das Blut in die Wangen schoss.

Das ging so nicht. Er konnte nicht einfach hereinkommen, mich sein Problem nennen und mit einer beiläufigen Bewegung meine komplette Selbstbeherrschung zunichtemachen. Er konnte nicht eine Woche lang von der Bildfläche verschwinden, sich dann bei einer Junggesellen-Versteigerung an die Höchstbietende verschachern lassen, mir anschließend einen Haufen Vorwürfe machen und mir dann mit einer einzigen Berührung ein Seufzen entlocken. Entschlossen hob ich das Kinn und sah Blake an. Obwohl sich mein ganzer Körper danach sehnte, mehr von ihm zu spüren, durfte ich meinen niederen Instinkten nicht die Zügel überlassen. Schließlich hatte ich auch noch so etwas wie Selbstachtung.

»Vielleicht solltest du jetzt gehen, es ist spät und du brauchst sicher keine neuen Probleme.« Ich konnte kaum glauben, dass ich es geschafft hatte, die Worte zu sagen. Aber sie waren aus meinem Mund gekommen. Jetzt musste ich nur noch den Blickkontakt halten und ihm zeigen, dass ich es ernst meinte.

Blake starrte mich an. Er bewegte sich keinen Millimeter.

»Du hast recht«, erwiderte er schließlich. »Es ist spät.« Er machte eine kurze Pause. »Aber vor manchen Problemen kann man nicht davonlaufen, man muss sich ihnen stellen. *Hier und jetzt.*«

Seine Worte sickerten ein wenig zeitverzögert zu mir durch. Womöglich lag es daran, dass ich schon müde war. Oder an der ganzen

Aufregung, die langsam von mir abfiel. Wahrscheinlicher war jedoch, dass es an seinen Augen lag, die mich auf eine Weise betrachteten, als ob sie sich jeden Zentimeter meines Gesichts einprägen wollten.

»Was hast du vor?«, flüsterte ich.

Er schloss den Abstand zwischen uns mit einem Schritt.

»Das hier.« Mit diesen Worten küsste er mich. Nicht sanft oder behutsam, sondern mit einer Leidenschaft, die mir den Boden unter den Füßen wegriss. Haltsuchend griff ich nach Blakes Schultern und spürte gleichzeitig seine Hüften, die sich gegen meine drängten. Ein tiefer, rauer Laut entfuhr ihm, bei dem sich etwas in meinem Bauch zusammenzog.

Ich keuchte auf. Sofort war seine Zunge in meinem Mund. Obwohl mir Blakes Geruch und Geschmack inzwischen so vertraut waren, dass ich regelmäßig davon träumte, war es in echt so viel intensiver.

Und ich wollte mehr davon.

Wie von selbst griffen meine Finger in sein dichtes schwarzes Haar, das noch feucht vom Regen war. Ich zog leicht daran, während Blake mich mit einer Hand an sich presste und mit der anderen an meiner Taille nach oben fuhr. Seine Finger strichen über den schwarzen Spitzenstoff meines Kleides, sie folgten dem zarten Rankenmuster, das sich über meine Rippen in Richtung meiner Schulter wand. Zentimeter für Zentimeter näherten sie sich der Unterseite meiner Brüste, ohne sie jedoch zu berühren. Mein Herz pochte wie verrückt. Mein ganzer Körper sehnte sich so sehr nach ihm, dass mir ein frustriertes Wimmern entfuhr. Oh Gott, ich wimmerte tatsächlich.

Blake hielt schwer atmend inne und starrte mich an.

»Alles in Ordnung?«

Ich wusste nicht, ob ich nicken oder den Kopf schütteln sollte, ich wusste nur, dass ich mehr wollte. Ich wollte seine Haut auf meiner spüren, wollte dieses nasse Kleid endlich ausziehen und seine Küsse auf meinem ganzen Körper fühlen. Meine Finger glitten in seinen Nacken und vergruben sich noch tiefer in seinen Haaren.

»Hör nicht auf«, flüsterte ich. Mein Herz dröhnte so laut in meinen Ohren, dass ich meine eigenen Worte kaum verstehen konnte.

Langsam neigte er den Kopf, bis sein Mund wieder auf meinem lag. »Niemals«, hauchte er gegen meine Lippen. Ich fühlte seine linke Hand meinen Rücken hinaufwandern und seine rechte dasselbe auf meinem Bauch tun. Als seine Finger sich endlich um meine Brust schlossen, keuchte ich auf. Ein Strahl glühend heißer Erregung schoss durch mich hindurch. Es war so überwältigend, dass meine Beine nachgaben. Noch bevor ich realisierte, was gerade geschah, fing Blake mich sanft auf und legte mich aufs Bett. Trotz des schweren, nassen Kleides hielt er mich so mühelos, als ob ich kaum etwas wöge.

Atemlos starrte ich ihn an. Er war so schön wie an dem Tag, als wir uns zum ersten Mal begegnet waren. Aber im Gegensatz zu damals war er für mich inzwischen noch so viel mehr als nur *schön.* Er war der Mann, der mein Herz regelmäßig zum Rasen brachte und mich zur Weißglut trieb. Und gleichzeitig war er der Einzige, nach dem ich mich mit einer Intensität sehnte, die mir selbst manchmal Angst machte.

Meine Hände zogen an seiner offenen Fliege und warfen sie zur Seite. Als Nächstes nestelte ich an den Knöpfen seines weißen Hemdes herum, aber sie ließen sich nicht öffnen. Frustriert stützte ich mich auf den Ellbogen auf und versuchte es noch mal. Als es wieder nicht klappte, lachte Blake leise auf und machte es selbst. Seine

Finger schienen geschickter zu sein, denn innerhalb kürzester Zeit hatte er Jackett und Hemd ausgezogen. Bei seinem Anblick sog ich tief die Luft ein. Als Blake bemerkte, wohin mein Blick wanderte, grinste er so sexy, dass ich mir auf die Unterlippe biss.

»Was siehst du dir denn da an?«, raunte er leise an meinem Ohr und griff gleichzeitig hinter mich, um mir den Verschluss des Kleides am Rücken zu öffnen. Ich lag noch immer halb aufgestützt auf meinen Ellbogen und beugte mich ein wenig nach vorne, um es ihm leichter zu machen. Dabei streifte ich mit dem Gesicht über seine nackte Brust und spürte, wie er unter der Berührung erschauerte. Atemlos hob ich den Blick. Sein kräftiger Herzschlag war an dem schnellen Pochen seiner Halsschlagader zu sehen, und ich beugte mich vor, um seine glatte Haut zu küssen. Ein tiefes Stöhnen löste sich aus seiner Brust, das in meinem ganzen Körper widerhallte.

Es klang unglaublich sexy.

»June …«, hörte ich ihn flüstern und fühlte im nächsten Moment seine Lippen auf meinen. Seine Hände zerrten an dem Verschluss meines Kleides, und gemeinsam kämpften wir mit der feuchten schwarzen Spitze, bis sie sich endlich abstreifen ließ.

Langsam, ganz langsam zogen wir uns gegenseitig aus, und ich war froh, schon zu liegen, weil mein Körper absolut verrücktspielte. Mein Herz hämmerte in einem unglaublichen Tempo, und kleine Hitzeschauer explodierten an den unmöglichsten Stellen.

Lautlos landete mein schwarzer Slip auf dem weichen Teppichboden neben meinem Bett. Blake streichelte sanft von meinen Fußknöcheln aufwärts über meine Haut und betrachtete mich dabei mit einer solchen Ehrfurcht, dass ich schlucken musste.

»Diesen Moment habe ich mir schon so oft vorgestellt«, flüsterte er heiser. »Aber die Fantasie kommt nicht mal annähernd an die Wirklichkeit heran.«

Ein leichtes Zittern lief durch meinen Körper, als er damit fortfuhr, mich zu streicheln.

»Küss mich«, hauchte ich.

Blake beugte sich vor und kam meiner Aufforderung nach, bevor er sich sanft auf mich legte. Als ich seine nackte Haut direkt auf meiner fühlte, stöhnten wir beide auf. Es fühlte sich absolut perfekt an. Sein Gewicht auf mir war genau das, was ich brauchte, genau das, wonach ich mich schon so lange gesehnt hatte. Wieder küsste er mich, doch diesmal gingen seine Hände gleichzeitig auf Wanderschaft und verwandelten jedes Fleckchen meiner Haut in pochende Hitze. Ich schlang meine Arme um Blakes Schultern und reckte mich ihm entgegen. Unsere Atemzüge wurden immer schneller und schneller.

»June«, hörte ich ihn meinen Namen flüstern, leidenschaftlich und drängend, während er mich gleichzeitig auf eine Art liebkoste, dass ich das Gefühl hatte, innerlich zu verbrennen.

Ich schlug die Augen auf und sah ihn an. »Ich will dich spüren. Alles von dir.«

Blake verschloss meine Lippen stöhnend mit einem Kuss, bevor er ein kleines quadratisches Päckchen aus der Gesäßtasche seiner Hose zog und sich kurz darauf wieder auf mich herabsenkte.

Die Luft um uns herum schien zu knistern und ich warf den Kopf zurück. Als ich das nächste Mal in Blakes Augen sah, zuckten kleine Lichtblitze darin, die mich für eine Sekunde an unsere erste Begegnung denken ließen. Doch dann bewegte sich Blake erneut, und jeder Gedanke löste sich in Empfindungen auf, die wie die Wellen des Ozeans über mir zusammenschlugen und mich an einen Ort entführten, wo es kein Denken mehr gab.

Kapitel 24

Als am nächsten Morgen der Wecker klingelte, tanzten unzählige Gedanken durch meinen Kopf. Sanft lächelnd fuhr ich über das weiche Bettlaken und dachte an meine gemeinsame Nacht mit Blake. Selbst mit geschlossenen Augen konnte ich noch immer seine Berührungen fühlen und mich in dem verführerischen Duft verlieren, den er auf meinem Kopfkissen hinterlassen hatte. Verträumt biss ich mir auf die Unterlippe und hatte das Gefühl, dass mein Gesicht vor Glück leuchtete.

Es war absolut himmlisch gewesen.

Und mit nichts zu vergleichen, was ich je mit Jasper erlebt hatte.

Ich schob die Bettdecke aus Damast zur Seite und erhob mich widerwillig von meinem Himmelbett, das sich heute Nacht seinen Namen voll und ganz verdient hatte. Zu gern hätte ich noch mehrere Stunden darin verbracht – und das am liebsten mit Blake –, aber wir waren uns einig gewesen, dass es besser war, wenn nicht gleich alle von uns erfuhren. Insgeheim war ich sehr dankbar über diesen Entschluss, denn ich hatte keine Ahnung, wie ich Preston begegnen sollte. Mir war bewusst, dass er etwas für mich empfand – wobei ich noch immer nicht einordnen konnte, ob es ihm wirklich um *mich* oder um den schwelenden Wettkampf mit Blake ging.

Gähnend tapste ich zum Fenster und zog die cremefarbenen Stoffvorhänge zur Seite, um das freundliche Licht des anbrechenden Tages in mein Prinzessinnenzimmer zu lassen. Doch statt einer zarten Morgenröte erwartete mich ein völlig anderer Anblick. Der Himmel war in ein tiefviolettes Licht getaucht, dessen unwirkliches Leuchten nicht von dieser Welt zu sein schien. Schwarze Gewitterwolken ballten sich am Horizont, feine Nebelschwaden schwebten fast geisterhaft über die Grünflächen des Anwesens. Um diese Uhrzeit waren häufig Rehe und Hirsche auf dem Gelände zu sehen, doch heute wirkte die Umgebung wie ausgestorben. Selbst die Klippen und das Meer, die ich sonst von meinem Zimmer aus sehen konnte, verloren sich in dem bedrohlichen Dunst, der alles durchdrang. Über allem lag dieser dramatische Himmel, der Green Manor mit seinem dunkelvioletten Licht überzog. Die merkwürdige Düsternis, die von diesem Anblick ausging, erfüllte mein Herz mit einer irrationalen Angst.

Ich öffnete das Fenster.

Eine unheilvolle Stille lag über der parkähnlichen Rasenfläche mit den gestutzten Hecken. Weder Vogelgezwitscher noch das Rascheln von Blättern war zu hören, ich konnte nur das nervöse Wiehern der Pferde ausmachen, das der Wind an mein Ohr trug.

Mit pochendem Herzen ging ich schnell unter die Dusche, zog mich an und packte meine Schulsachen. Das hier hatte nichts mit dem Fluch zu tun, ganz sicher nicht. Das redete ich mir jedenfalls noch immer ein, als ich die Treppe mit dem dunkelroten Teppich hinunterlief und Bettys und Wilfrieds Stimmen in der Empfangshalle hörte.

»Ich sage es Ihnen zum letzten Mal, Betty. Lassen Sie mich bitte mit diesem Thema in Ruhe. Es ist privat.«

Die Köchin stemmte die Hände in die Hüften. »Aber, Wilfried, was ist denn schon dabei? Sie sollten tanzen und singen, Sie sollten es in die ganze Welt hinausschreien: *Ich bin verliebt, ich bin verliebt!* Every Jack will find his Jill, das war mir schon immer bewusst.«

Der ergraute Butler schüttelte den Kopf. »Es ist eine legitime Bitte, Betty. Können Sie ihr nicht einfach nachkommen?«

Ich war schon zu weit die Treppe hinuntergegangen, um jetzt noch unbemerkt umdrehen zu können. Außerdem musste ich zur Schule – und auch wenn ich nicht die Absicht hatte, in dieses vertrauliche Gespräch zu platzen, blieb mir wohl nichts anderes übrig.

»Guten Morgen, June«, begrüßte mich Betty und lächelte breit, während sie mich von Kopf bis Fuß musterte. »Was ist denn heute los? Auch du scheinst innerlich zu strahlen, meine Liebe. Bist du vielleicht so verliebt wie unser guter Wilfried hier?«

»Betty!«, zischte der Butler. Seine Augenbrauen waren dicht zusammengezogen, und ich konnte mich nicht daran erinnern, ihn jemals so verärgert gesehen zu haben. Ich zog den Riemen meines Rucksacks enger und blickte mich rasch um. Hatte Preston hier vielleicht seine Finger im Spiel? Brachte er Betty mit seiner Gabe dazu, etwas zu sagen, das sie normalerweise nicht sagen würde? So wie damals bei unserer ersten Begegnung in der Küche, als Betty unter Prestons Einfluss behauptet hatte, dass er ihr der liebere von den beiden Zwillingsbrüdern war?

»Unser guter Wilfried hier hat ein wunderschönes Geheimnis. Du wirst niemals erraten, *mit wem* er das Wochenende in Windsor verbracht hat!« Betty lief aufgeregt vor den deckenhohen Buntglasfenstern in der Eingangshalle hin und her. »Ich wüsste es übrigens auch nicht, wenn die Verkäuferin aus Barry's Bakery nicht wieder einmal getratscht hätte – die Gute hat anscheinend kein eigenes

Leben, über das sie sprechen kann, seit ihr Mann sie verlassen hat.« Betty war schon immer gesprächig gewesen, aber so redselig nun auch wieder nicht, und vor allem nicht so gehässig. Wilfried versteifte sich zunehmend neben mir, und ich erinnerte mich daran, dass ich bei unserem Gespräch über seine Pläne für das zurückliegende Wochenende tatsächlich das Gefühl gehabt hatte, dass er mir gegenüber nicht ganz ehrlich gewesen war.

»Okay, du musst nicht raten. *Madeleine.* Sie ist seine Herzensdame.« Es bereitete Betty sichtlich Freude, Wilfrieds Geheimnis auszuplaudern.

Der Butler reagierte mit einem kühlen Blick, der einem durch Mark und Bein gehen konnte. »Ich bin hier jedoch nicht der Einzige mit einem Geheimnis. Was ist mit Ihren kleinen Alkoholvorräten unter der Spüle?«

»For God's sake! Ich? Pah, was ist denn das für eine gemeine Anschuldigung! Schämen Sie sich!«

Wilfried fixierte die Köchin mit seinen klugen Augen. »Das ist keine Anschuldigung, das ist die Wahrheit, Betty. Sie verstecken schon seit Jahren Ihre Vorräte dort, genauso wie der alte Joseph seine Zigaretten unter der Bank im Garten hortet.«

Nachdenklich runzelte ich die Stirn. Das erklärte zumindest, warum Lilly und ich dem Gärtner bei der schmiedeeisernen Bank vor dem Geheimgang über den Weg gelaufen waren. Betty wurde ganz rot im Gesicht, doch bevor sie etwas sagen konnte, schob ich mich dazwischen. »Ist Blake irgendwo?« Ich sollte dringend mit ihm über mein seltsames Gefühl reden.

»Die Herren sind schon alle außer Haus«, bemerkte Wilfried und ignorierte Betty, die noch immer nach Luft schnappte und nach einer passenden Antwort suchte. Weil ich mir den Rest ihres Gesprächs nicht anhören wollte, verabschiedete ich mich rasch und lief in die Küche, um mir einen Apfel zu schnappen. Da Mary gerade damit beschäftigt war, das Frühstücksgeschirr in den Geschirrspüler zu räumen, widerstand ich der Versuchung, einen Blick unter die Spüle zu werfen, und verließ so schnell wie möglich das Haus.

Während der Busfahrt zur Schule drehten sich die Gedanken in meinem Kopf. Warum hatten Wilfried und Betty sich so eigenartig verhalten?

Dass Preston etwas mit der Sache zu tun hatte, konnte ich nun ausschließen. Schließlich benötigte er Blickkontakt, um seine Gabe einzusetzen. Darüber hinaus schienen die Köchin und der Butler nicht gelogen, sondern die Wahrheit gesagt zu haben, die für den anderen äußerst unangenehm war.

Madeleine und Wilfried.

Offenbar hatte ich mir Wilfried im Theater tatsächlich nicht eigebildet, er war Madeleines Begleitung gewesen. Dass die beiden so etwas wie ein Paar waren, war eine eigenartige Vorstellung. Auf den ersten Blick schienen die quirlige kleine Französin und der reservierte Butler gar nicht zusammenzupassen. Aber wahrscheinlich würde man das auch über mich und Blake behaupten. Automatisch schlichen sich die Erinnerungen an gestern Nacht wieder in mein Gedächtnis, und ich fragte mich, *was genau* wir waren? Meine Gefühle kannte ich … Aber was fühlte Blake?

Ich atmete tief ein und lehnte meinen Kopf gegen die getönte Fensterscheibe des Busses. Draußen zog die Landschaft mit ihren sanften Hügeln und den romantischen Gärten an mir vorbei. Doch auch sie wurden von dem unheilvollen violetten Licht überschattet, das sich über die Gegend gelegt hatte. Hatte der Lord mit seinen

Drohungen etwa recht gehabt? Waren das womöglich die ersten Anzeichen des Fluchs?

Sollten Sie meinen Neffen zu nahe kommen, wird das Unglück weite Kreise ziehen und auch vor Unschuldigen nicht haltmachen, hallten die Worte des alten Mannes in mir wider.

Das ungute Gefühl in meiner Brust breitete sich aus. Der Lord hatte unmissverständlich klargemacht, dass ich mich von den Jungs fernhalten sollte. Von Blake hatte ich mich letzte Nacht jedoch alles andere als *ferngehalten.* Vor meinem geistigen Auge tauchten die leuchtenden Blitze auf, die ich gestern in seinen Augen gesehen hatte. Waren sie ein Zeichen gewesen, irgendeine Art Vorbote?

Stopp. Ich durfte mich nicht verrückt machen lassen. Vielleicht war der heutige Tag einfach nur schräg, weil der Mond im Zeichen des Skorpions stand oder so.

Während der Fahrt beobachtete ich unruhig ein älteres Ehepaar, das im Bus leise zu streiten anfing, und eine schluchzende Frau, die weiter vorne Platz nahm. Die Stimmung, die heute herrschte, war wirklich mehr als sonderbar und sie wurde auch nicht besser, als ich schließlich die Schule erreicht hatte und den Raum *Margaret Thatcher* betrat.

»Ich habe vor zwei Jahren dein Tagebuch gelesen«, erklärte eine meiner Mitschülerinnen gerade ihrer Freundin. Sie standen neben der alten grünen Schultafel und wirkten, als würden sie gleich aufeinander losgehen. »Das war der Grund, warum ich dir Clark Mitchell ausgespannt habe. Weil du geschrieben hast, dass ich völlig talentfrei bin.«

»Du hast was?«, fragte ihre Freundin fassungslos. Schnell ging ich weiter. Fast überall in der Klasse schienen die Leute zu diskutieren, auch in der letzten Reihe, wo ich Lilly und Grayson ausmachte.

Lilly saß mit dem Rücken zu mir auf einem der abgenutzten dunkelbraunen Holztische und redete wie ein Wasserfall auf Grayson ein. »Mach das nicht, Grayson!«

»Aber Darling, das ist doch keine große Sache.«

»Du wirst es bereuen«, sagte sie und schüttelte den Kopf, sodass ihre roten Haare wild hin und her flogen. »Immerhin hast du es bisher doch immer für dich behalten.«

»Ich spüre aber, dass es Zeit für eine Veränderung ist«, erklärte Grayson hartnäckig.

»Und was genau willst du verändern?«, fragte ich und ließ meinen Schulrucksack langsam auf die Tischoberfläche sinken.

»Es muss einfach aus mir heraus«, erklärte Grayson, schnappte sich einen Stuhl und stellte sich darauf. »Ich stehe auf Jungs!«, rief er über die hitzigen Gespräche der anderen hinweg durch den Klassenraum.

Von einem Moment auf den anderen verstummten die Diskussionen. Ungefähr fünfzehn Köpfe drehten sich in unsere Richtung und blickten Grayson verwundert an, der auf dem Stuhl die Arme ausgestreckt hatte. Er sah aus wie einer dieser amerikanischen Prediger, die den Gläubigen so richtig einheizten, bevor ein gewaltiger Gospelchor seine Stimmen erhob. Erwartungsvoll betrachtete Grayson die Runde, und ich fragte mich, ob er tatsächlich mit Beifall rechnete. Dass Grayson Jungs gut fand, war keine große Überraschung, und das zeichnete sich nun auch in der Reaktion der Leute ab. Denn bereits eine Sekunde später waren sie wieder in ihre Gespräche vertieft. Keiner schenkte ihm weitere Aufmerksamkeit.

»Komm bitte von dem Stuhl runter«, presste Lilly hervor. »Das ist dir später sicher mega peinlich. Und mir schon jetzt.«

Irritiert stieg Grayson zurück auf den alten Parkettboden.

»Hey, was ist da gerade passiert? Warum interessiert mein Outing keinen?«

»Weil sie viel zu sehr mit sich selbst beschäftigt sind«, behauptete ich und lehnte mich neben Lilly an den Tisch. Hatte Grayson wirklich gedacht, dass er damit das Geständnis des einundzwanzigsten Jahrhunderts ablegte?

Lilly schnaubte. »Oder weil es einfach nichts Neues ist.«

Grayson richtete sein graues Schulsakko. »Sie wussten es?«

»Natürlich wussten sie es. Jeder weiß es.«

Für einen Augenblick wirkte er verdutzt. »Okay, damit habe ich nicht gerechnet. Vielleicht war die Aktion auch ein bisschen zu spontan.«

»Was genau ist überhaupt in dich gefahren?«, wollte ich wissen und hoffte, dass es eine vernünftige Erklärung für sein Verhalten gab.

Grayson rieb sich nachdenklich über sein schmales Gesicht. »Keine Ahnung. Ich hatte irgendwie das Bedürfnis, reinen Tisch zu machen.« Er zuckte mit den Schultern. »War wohl eine blöde Idee. Und es wussten wirklich alle?«

Lilly und ich nickten gleichzeitig. In dem Moment piepste ihr Handy und sie griff danach, um eine WhatsApp zu lesen. »Das ist Granny. Sie hat irgendetwas gefunden, das sie uns zeigen möchte. Habt ihr nach der Schule Zeit, um zu ihr zu fahren?«

»Klar.«

»Ich muss nach der Schule leider zu meinem Onkel«, erklärte Grayson bedauernd.

»Und wieso?«

»Weil ich den kleinen Kröten versprochen habe, mit ihnen Crocket zu üben.« Er seufzte. »Es war ein Deal: Crocket gegen Kein-Kaugummi-im-Haar.«

Lilly grinste. »Du magst die Kleinen, gib es doch zu.«

Grayson schüttelte vehement den Kopf. »Tue ich nicht«, sagte er und atmete tief ein. »Außerdem gebe *ich* in nächster Zeit sicher nichts mehr zu.«

Der restliche Schultag verlief ähnlich eigenartig. Zum einen machte am Vormittag das Gerücht die Runde, dass bei den Grabungsarbeiten für die neue Bewässerungsanlage einige alte Knochen auf dem Fußballplatz gefunden worden wären. Und zum anderen schienen sich heute alle irgendwie verrückt zu benehmen. Immer wieder beobachtete ich Schüler, die miteinander zu diskutieren begannen. Während der Mittagspause kam es sogar beinahe zu einer Prügelei, die nur durch das Einschreiten eines Lehrers verhindert werden konnte.

»Es ist gruselig, was hier abgeht«, sagte ich zu Lilly, als wir auf dem Weg zum Sport waren. Wir spazierten über den Kiesweg zum Hockeyplatz, der von den Umgrabungsmaßnahmen zum Glück nicht betroffen war.

»Glaubst du, dass sie hier wirklich Knochen gefunden haben?«, fragte ich dann, als ich zu dem aufgegrabenen Fußballfeld hinüberschaute.

»Keine Ahnung. Aber auf dem Schulgelände möchte ich keinesfalls begraben sein. Es ist schon schlimm genug, seine Tage hier zu verbringen, aber dann auch noch die Nächte?« Sie schüttelte sich. »Ehrlich, da bekommt der Ausdruck »über Leichen gehen« gleich eine ganz andere Bedeutung, oder?«

Ich nickte stumm und dachte an den heutigen Tag. Irgendwie schienen heute tatsächlich verdammt viele Leute bereit gewesen zu sein, metaphorisch betrachtet *über Leichen zu gehen*, indem sie alle möglichen Geheimnisse ausgeplaudert hatten. Unbehaglich schielte ich hinauf in den Himmel und wünschte, ich hätte mit Blake darüber sprechen können. Ich hatte schon mehrmals vergeblich versucht, ihn zu erreichen, mich dann aber erinnert, dass heute der Tag war, den er mit seinem Kunstkurs in London verbrachte. Offenbar herrschte dabei striktes Handyverbot, denn er hatte kein einziges Mal zurückgerufen. Zum Glück schien sich die düstere Atmosphäre aber langsam zu lichten, denn obwohl sich noch immer schwarze Gewitterwolken über unseren Köpfen zusammenballten, war das dunkle Violett zumindest einem schmutzigen Blauton gewichen.

Der auffrischende Wind blies Lilly ein paar Haarsträhnen ins Gesicht. »Echt komisches Wetter.«

»Ja, schon, oder?«

Sie lockerte ihre Schultern. »Du hättest eben keinen Sex haben dürfen.« Auch wenn Grayson bereits in alles eingeweiht war, hatte ich mit dieser Info gewartet, bis ich mit Lilly allein gewesen war.

Ich stockte. »Meinst du das ernst?«

»Natürlich nicht. Es wird schon eine vernünftige Erklärung für das alles hier geben, vielleicht hat uns jemand etwas ins Wasser gemischt. Oder es ist tatsächlich nur der Mond, der ungünstig steht.«

»Vielleicht«, sagte ich und hoffte inständig, dass es so war.

Lilly seufzte. »Vielleicht ist das alles gar nicht so schlecht. Ich meine, diese ganze Ehrlichkeit könnte befreiend sein.«

»Grayson wirkte nicht unbedingt befreit.«

»Ja, weil sein Geheimnis kein richtiges Geheimnis war. Was ist, wenn ich Grace einfach sage, dass ich ihren Ring geklaut habe, und mich dann dafür entschuldige? Vielleicht wäre das ein guter Schritt für mich, um endlich meine Kleptomanie in den Griff zu bekommen. Außerdem sieht sie mich sowieso immer so misstrauisch an.«

Ich blieb abrupt stehen. »Lilly, das kannst du nicht machen.«

»Wieso nicht?«

»Weil es Irrsinn ist. Glaubst du, dass Grace die Sache dann auf sich beruhen lässt?«

»Keine Ahnung«, murmelte Lilly schulterzuckend.

»Willst du, dass dich dein Bruder wegen Diebstahl festnehmen muss?«

Lilly verzog das Gesicht. »Natürlich nicht.«

»Eben. Dann behalte das lieber für dich.«

»Es ist nicht viel, aber es ist zumindest mehr, als wir vorher hatten«, erklärte Violet und bedeutete uns mit der Hand, in der Sitzecke Platz zu nehmen. Dabei flatterten die Ärmel ihres violetten Umhangs, den sie über einem lavendelfarbenen Kleid trug. Ihre weißen Haare hatte Violet heute zu einem losen Knoten gebunden, und ich war wieder einmal verblüfft, wie frisch und jung Lillys Großmutter aussah.

Lilly und ich ließen uns auf der Sitzbank nieder. Auf dem ovalen Tisch vor uns lag eine aufgeschlagene Zeitung mit den Ergebnissen der letzten Pferderennen. Mit Kugelschreiber waren ein paar der Pferdenamen eingekringelt, und ich schmunzelte innerlich darüber, dass die alte Dame so sehr auf Pferdewetten stand.

»Es ist paradox«, seufzte Violet, die offenbar nach etwas suchte. Gebückt durchforstete sie einen Stapel alter Bücher, der neben dem lilafarbenen Flickenteppich stand. Das Hausboot schaukelte sachte, und ich atmete den zarten Duft von Lavendel ein, der im Raum hing.

»Was genau ist paradox?«, wollte Lilly wissen.

»Dass ich bei meinen letzten Pferdewetten sehr viel Glück hatte.

Ausgerechnet mit einem Pferd das *Bad Luck* heißt. Es geschehen wirklich merkwürdige Dinge.«

»Wolltest du uns nicht etwas zeigen?«

»Nur Geduld. Ah, da ist es.« Violet zog ein einziges Blatt Papier hervor und setzte sich neben uns. »Kannst du dich an meine Freundin Amanda erinnern?«

Lilly schüttelte den Kopf.

»Sie ist die Frau mit dem viel zu großen Kopf und den hohen Schuhen.«

»Sorry, ich habe keine Ahnung, von wem du sprichst.«

Violet machte eine wegwerfende Handbewegung. »Egal. Sie ist diejenige, die diesen schnuckeligen Antiquitätenladen in Blackcross führt, direkt neben dem Blumenladen. Ich habe Amanda letztens zum Tee getroffen … apropos Tee – soll ich schnell einen für uns Hübschen aufsetzen?«

»Nein danke«, sagte ich rasch.

Lilly stützte sich mit den Unterarmen auf dem Tisch ab. »Du verstehst es echt, die Spannung bis zur letzten Sekunde auszureizen, Granny. Machst du das mit Absicht?« Violet schürzte die rot geschminkten Lippen und warf ihrer Enkeltochter einen strafenden Blick zu, woraufhin Lilly tief einatmete. »Du verstehst es echt, die Spannung bis zur letzten Sekunde auszureizen, *Violet.*«

»Schon besser«, lächelte Lillys Großmutter und zog eine Mini-Schokoladentafel aus ihrem Umhang, die sie bedächtig auspackte und sich in den Mund schob. »Okay, wo war ich? Ich habe Amanda bei unserem gemeinsamen Tee gefragt, ob sie irgendwelche alten kornischen Geschichten und Flüche kennt. Anfangs hat sie verneint, doch dann hat sie etwas von einem Historiker erzählt, der irgendwo ganz zurückgezogen lebt. Sein Name ist glaube ich Edmond, Edison oder Edward – irgendwas mit E. Jedenfalls hat der ihr vor etwa zwanzig Jahren die Seite eines alten Tagebuchs verkauft. Anscheinend hatte er irgendwelche Geldprobleme oder vielleicht wollte er Amanda auch nur beeindrucken, sie hatte schon immer Verehrer.« Violet blickte uns an. Die Ungeduld musste in unseren Augen zu lesen sein, denn sie straffte sofort die Schultern und beeilte sich, weiterzusprechen. »Jedenfalls hat sie damals dieser Seite nicht besonders viel Bedeutung beigemessen. Erst als sich eine Frau aus der Gegend dafür interessierte und das alte Blatt Papier weit über dem Marktwert erstand, kam ihr die Sache seltsam vor.«

»Weißt du zufällig, wie die Frau hieß?«

Violet nickte. »Ja, ihren Namen habe ich mir tatsächlich gemerkt, weil ihr Bruder immer wieder in der Presse auftaucht. *Georgina Musgrave.*«

Mein Herz setzte für einen Moment aus. Blakes und Prestons Mutter hatte eine alte Tagebuchseite gekauft? Das konnte kein Zufall sein.

»Und was stand auf der Seite geschrieben?«, fragte ich nervös.

Violet lächelte. »Amanda war zum Glück so vorausschauend, eine Kopie davon anzufertigen – das macht sie häufiger, auch wenn es die Kunden nicht besonders gerne sehen. Nun ja, was jemand nicht weiß, macht ihn nicht heiß, sagt sie immer. Amanda ist eine kluge Frau, wahrscheinlich ist ihr Kopf deshalb so groß.«

Violet legte das Blatt Papier vor uns auf den Tisch und drehte es so, dass wir es gut lesen konnten. Es war die Kopie einer vergilbten Seite. Ein großer Teil war abgerissen und die Schrift auf dem Dokument kaum lesbar. Zum einen, weil sie verblasst war, und zum anderen, weil der Verfasser eine furchtbar krakelige Handschrift gehabt hatte.

Lilly runzelte die Stirn. »Mann, wer auch immer das geschrieben hat, hätte sich wirklich mehr Mühe geben sollen.« Es dauerte eine Weile, bis wir die Worte richtig entziffern konnten, aber mit Violets Hilfe gelang es uns irgendwann, das Geschriebene zu lesen:

Ich verfluche die Ehebrecherin! Soll sie den Mann lieben, den sie nicht haben kann, möge sie seinen blauen Augen ganz und gar verfallen und ihrem Bann erliegen. Der Zauber seines Blickes wird sie gefangen nehmen, wird sie ihm ausliefern, bis sie sich Tag und Nacht nach dem Blauäugigen verzehrt. Aber auch der Bruder soll verflucht sein. In Sehnsucht soll er vergehen und das Verlangen nach der Grünäugigen ungestillt bleiben. Verflucht seien die drei! Denn von nun an gilt: In einem einzigen Augenblick mit klopfenden Herzen gefunden, sind die Blauen und die Grünen in ewigem Fluche gebunden!
Wehe ihnen, wenn sie ihren niederen Gelüsten nachgeben. Wehe ihnen, wenn sie sich in Sünde vereinen! Alsdann wird der Fluch seine Macht entfalten und schwarzes Verderben über sie und all jene in ihrer Nähe bringen.
Doch mit ihrem Leid wird es nicht enden. Auch die Kinder und Kindeskinder werden unter der Last der Sünde leben, sie werden dieselben Schmerzen spüren, auf dass der Frevel niemals in Vergessenheit gerät, der von ihren Ahnen begangen wurde.
Und ist der Fluch einmal entfacht, bleiben dem Teufel nur noch …

»Und das war's? Mehr Seiten gibt es nicht?«, hauchte ich.

Ein Blick in Lillys versteinertes Gesicht machte mir klar, dass mich das ungute Gefühl in meiner Brust nicht getäuscht hatte: Offenbar stand ich vor einem größeren Problem als gedacht.

Kapitel 25

»Ist Blake da?«, fragte ich Wilfried nervös, nachdem er mir die Tür geöffnet hatte. Die Aufregung von heute Morgen war aus seinem Gesicht verschwunden.

»Mr Beaufort ist im Salon. Darf ich Ihnen die Jacke abnehmen?«

Ich nickte, reichte ihm meine Jacke und eilte zum Salon. Dabei hämmerten die Worte aus dem Tagebuch auf mich ein.

Wehe ihnen, wenn sie ihren niederen Gelüsten nachgeben. Wehe ihnen, wenn sie sich in Sünde vereinen! Alsdann wird der Fluch seine Macht entfalten und schwarzes Verderben über sie und all jene in ihrer Nähe bringen …

»Blake.« Ich atmete auf, als ich ihn durch die geöffneten Flügeltüren auf der beigefarbenen Couch sitzen sah. »Ich habe den ganzen Tag versucht, dich zu erreichen.«

Blake starrte unbewegt in die Flammen des Kamins, die wahrscheinlich von Betty oder Mary gegen die Kälte des nahenden Novembers angezündet worden waren. Bei meinen Worten wandte er nur langsam den Kopf in meine Richtung. »Ach ja?«

»Ja. Ich muss mit dir sprechen.«

Unsere Blicke begegneten sich. Bei dem abwesenden Ausdruck in seinen Augen wurde mir innerlich ganz kalt, trotz der knackenden Holzscheite, die eine behagliche Wärme verbreiteten. Es schien, als ob er meilenweit von mir entfernt wäre.

»Und worüber?« Blakes Stimme klang genauso seltsam, wie sich der ganze Moment anfühlte.

»Worüber?« Ich durchquerte den Salon und blieb vor dem Sofa stehen. »Wie wäre es damit, was heute passiert ist?« Unwillkürlich senkte ich die Stimme und deutete hinaus in den Garten. »Ist dir denn gar nichts aufgefallen? Zum Beispiel, dass der Himmel den ganzen Tag dunkel war? Ganz zu schweigen von den Leuten, die sich alle irgendwie komisch benommen haben.«

Blake fuhr sich durch die Haare und wirkte unendlich müde. »Bitte, June. Lass uns das nicht jetzt besprechen.«

»Nicht jetzt besprechen?«, echote ich ungläubig. »Natürlich müssen wir jetzt darüber sprechen. Irgendetwas geschieht gerade.«

»Ja, das merke ich.« Blake stand auf und wirkte so genervt, dass ich schlucken musste. Es war, als läge plötzlich eine Kluft zwischen uns, ein tiefer Graben, der gestern Nacht noch nicht existiert hatte. Ich verstand nur nicht, warum. Dass Blake einer der Typen war, die ein Mädchen nach einer gemeinsamen Nacht abservierten, konnte ich mir nicht vorstellen. Was war es also dann? Lag es an dem Fluch? Wurde Blake davon irgendwie beeinträchtigt?

Oder belog ich mich damit selbst?

»Wir müssen reden«, beharrte ich, obwohl mich seine Zurückweisung verletzte. »Was ist, wenn wir den Fluch letzte Nacht tatsächlich ausgelöst haben? Was ist, wenn alles, was gerade geschieht, unsere Schuld ist?«

Blake blieb in der Mitte des Raumes stehen und holte tief Luft, bevor er den Kopf schüttelte. »Ehrlich, June. Mich beschäftigen gerade andere Dinge.«

»Andere Dinge?«, wiederholte ich ungläubig. »Was für andere Dinge? Etwa, was du bei deinem Date mit Grace anziehen wirst?« Ich wusste, dass es unfair war, aber das Gefühl, von Blake fallen gelassen zu werden, tat einfach zu weh. Vor allem deshalb, weil er gestern Nacht so komplett anders gewesen war. Wenn ich die Augen schloss, konnte ich seine zärtlichen Berührungen noch immer auf meiner Haut fühlen. Schon allein die Erinnerung daran führte dazu, dass sich in meinem Bauch ein Knoten bildete.

Blake sah mich irritiert an. »Ehrlich? Du denkst sofort an Grace?«

»Was soll ich denn sonst denken?«, entgegnete ich etwas lauter. »Du speist mich ja nur mit irgendwelchen kryptischen Äußerungen ab!«

»Ich speise dich überhaupt nicht ab!«, erwiderte Blake heftig. »Aber ich kann dieses Gespräch jetzt nicht mit dir führen!«

»Und wann? Wann ist es dir genehm, mit mir darüber zu sprechen, dass die Nacht mit mir womöglich den verdammten Fluch ausgelöst hat?!«, stieß ich hervor.

»Wie bitte?!«, ertönte Prestons Stimme in diesem Moment hinter mir. Erschrocken drehte ich mich zu ihm um. Er musste gerade vom Joggen gekommen sein, denn er trug dunkelblaue Sportklamotten und seine Haare hingen ihm verschwitzt in die Stirn. Sein Blick wanderte von mir zu Blake, und die Wut, die darin lag, war nicht zu übersehen. »Ihr hattet Sex?«

Blakes Handy klingelte und er zog es hervor, ohne auf seinen Bruder zu achten. »Da muss ich rangehen.«

»Ehrlich?«, fragte ich ungläubig, als er sich auch schon an Preston und mir vorbeidrängte und den Raum verließ. Völlig fassungslos sah ich ihm nach. Am liebsten hätte ich Blake für seine Reaktion ins Gesicht geschlagen. All die Gefühle, die ich letzte Nacht noch für ihn empfunden hatte, wurden durch seine Rücksichtslosigkeit mit Füßen getreten.

Zurück blieb Preston, der mich auf eine Art ansah, die mir durch und durch ging. Ich hatte damit gerechnet, dass es ihm wehtun würde – aber ich hatte nicht gewollt, dass er es ausgerechnet so erfuhr.

»Es tut mir leid. Ich wollte nicht …«

»Was?«, unterbrach mich Preston kühl. Obwohl seine Stimme hart klang, war die Enttäuschung in seinen Augen unverkennbar. »Du wolltest nicht, dass ich es auf diese Weise erfahre? Oder wolltest du nicht, dass ich es überhaupt je erfahre?«

Ich öffnete den Mund und schloss ihn wieder. »Es ist … einfach passiert«, flüsterte ich dann.

Preston schnaubte und strich sich die verschwitzten Haare zurück. In der Geste lag etwas tief Verzweifeltes, mit dem ich nicht gerechnet hatte. »Ich dachte echt, dass du uns …« Er machte einen Schritt auf mich zu und bohrte seinen Blick in meinen. »Ich dachte echt, dass du uns zumindest eine Chance gibst.«

Seine Enttäuschung brach mir das Herz, und doch wusste ich nicht, was ich darauf sagen sollte.

Ein bitterer Zug legte sich auf sein Gesicht. »Egal, was ich dachte, offensichtlich habe ich mich getäuscht.« Mit den Worten wandte er sich ab und ließ mich genauso stehen, wie Blake es getan hatte.

»Und er hat wirklich nicht mit dir reden wollen?«, fragte Lilly übers Telefon.

Mit dem Handy am Ohr ließ ich mich rücklings aufs Bett fallen und versuchte, nicht loszuheulen. »Keine Ahnung, es war total schräg. Er sagte, es würden ihn gerade *andere Dinge* beschäftigen. Er war wie ausgewechselt.« Ich hasste es, dass ich mit den Tränen kämpfen musste, ich wollte weder aus Enttäuschung noch aus Wut weinen. Ich wollte nicht, dass Blake diese Macht über mich hatte.

Gleichzeitig wiederholten sich die Worte der Tagebuchseite immer wieder in meinem Kopf. *Soll sie den Mann lieben, den sie nicht haben kann, möge sie seinen blauen Augen ganz und gar verfallen und ihrem Bann erliegen. Der Zauber seines Blickes wird sie gefangen nehmen, wird sie ihm ausliefern, bis sie sich Tag und Nacht nach dem Blauäugigen verzehrt.*

Es stimmte: Es war wie eine Form von Magie gewesen. Ich war Blake tatsächlich vom ersten Moment an irgendwie verfallen gewesen.

»Was ist, wenn der Fluch tatsächlich für Blakes Gefühle verantwortlich war? Wenn der Fluch ihn dazu gebracht hat, eine Nacht mit mir zu verbringen, damit sich das dunkle Schicksal über uns legt? Und jetzt empfindet er einfach nichts mehr für mich.«

»Das dunkle Schicksal? Du stehst noch immer unter Schock, oder?« Lillys mitfühlende Stimme machte es noch schlimmer.

»Du hättest ihn sehen sollen. Er war so anders.«

»Zum Glück habe ich ihn nicht gesehen. Sonst hätte ich ihm eine verpasst, dem Arsch. Und dem anderen Arsch gleich dazu.«

Ich drehte mich auf die Seite, zog die Knie an die Brust und kuschelte mich in mein Kissen. »Preston war gar nicht so ein Arsch, ich meine, ich habe ihn einfach enttäuscht.«

»Trotzdem hätte ich ihm gleich eine mitgescheuert. Schließlich ist es Preston. Da kann man gar nicht so falschliegen.«

Ich lächelte und hörte, wie das Signal einer eintrudelnden Whats-

App erklang. Ich stellte das Gespräch mit Lilly auf den Lautsprecher. »Einen Moment, ich habe eine Nachricht bekommen, ich sehe mal kurz nach.«

»Und du hoffst, dass sie von Blake ist?«

Auch wenn ich es nicht zugeben wollte, entsprach es der Wahrheit. »Sie ist nicht von Blake, sie ist von Carla«, erklärte ich und versuchte, meine Enttäuschung in den Griff zu bekommen.

»Und was will sie?«

»Sie will mit mir sprechen, es geht um Jasper.«

»Na, das hat dir gerade noch gefehlt«, meinte Lilly. »Wirst du sie anrufen?«

»Vielleicht später, jetzt habe ich keinen Kopf dafür.« Alles in mir sträubte sich dagegen, mich in die Carla-Jasper-Geschichte noch weiter reinziehen zu lassen. Ich atmete tief ein und stockte, als ich Blakes verführerischen Duft auf meinem Kissen wahrnahm. Verletzt schmiss ich es auf den Boden, als das Eingangssignal einer weiteren Nachricht ertönte. Erschöpft blickte ich auf das Handydisplay.

»Ich habe noch eine Mitteilung bekommen«, flüsterte ich. Mein Puls begann zu rasen. Ich glaubte nicht, was ich da las.

»So schlimm? Droht Carla jetzt, dir wieder einen Besuch abzustatten?«

»Die Nachricht ist nicht von Carla. Sie ist von Lord Musgraves Assistentin.«

»Was?« Lillys Stimme war nur ein Hauchen. »Woher hat sie denn deine Nummer?«

»Keine Ahnung.« Sofort tauchte die schwarze Maske, die ich in Miss Carters Büro vergessen hatte, vor meinem inneren Auge auf.

»Und was will sie?«

Ich schluckte. »Sie will, dass ich Lord Musgrave morgen auf Duncan House besuche. Er wünscht mich nämlich zu sehen.«

Als wir am nächsten Nachmittag im Auto von Lillys Bruder das schmiedeeiserne Tor von Duncan House passierten, knetete ich nervös meine Hände. Das Wappen des Anwesens wirkte heute noch furchteinflößender als am Abend des Maskenballs, und ich fragte mich, ob es nicht eine tiefere Bedeutung verbarg. Dieses Fantasiewesen aus Pferd und Drache hatte etwas Gefährliches an sich. In dem Moment kam es mir weniger wie ein Wappen vor als wie eine Warnung, die Höhle des Drachenpferdes besser nicht zu betreten.

»Er wird definitiv überrascht sein«, meinte Grayson von der Rückbank aus.

»Na und?« Lilly lenkte den roten Wagen zielsicher die lange Auffahrt hinauf. Bei Tag wirkte Duncan House nicht weniger beeindruckend als bei Nacht. Das riesige, mehrstöckige Gebäude aus Sandstein thronte am Ende der Auffahrt, umgeben von gepflegten Parkflächen, in denen man sich sicher problemlos verlaufen konnte. »Er hat June eingeladen und nicht dezidiert erwähnt, dass er allein mit ihr sprechen möchte.«

Ich hörte Grayson hinter uns stöhnen. »Darling, die Formulierung *unter vier Augen* ist doch wohl eindeutig.«

»Wir können unsere Augen schließen, dann sind es nur vier *geöffnete* Augen. Okay, das ist Blödsinn, aber wir werden June sicher nicht mit dem düsteren Lord allein lassen.«

Lilly und ich hatten gestern Abend noch wild spekuliert, was Lord Musgrave genau von mir wollen könnte. Letztendlich kamen wir dabei zu einem Schluss: dass wir es nur herausfinden würden, wenn ich seine Einladung annahm.

»Natürlich werden wir sie nicht mit dem Lord allein lassen«, pflichtete ihr Grayson bei. »Wenn ich Glück habe, läuft uns auch noch die adrette Miss Carter über den Weg, dann habe ich vielleicht die Möglichkeit, mich bei ihr für diese absurde Junggesellenversteigerung zu revanchieren.«

Obwohl die Anspannung sich in jede Zelle meines Körpers ausbreitete, konnte ich nicht anders, als zu schmunzeln. Lord Musgraves Assistentin hatte sich offenbar für Graysons Champagner-Übergriff gerächt, indem sie ihn auf dem Maskenball spontan zur Versteigerung angeboten hatte. Laut Lilly hatte Grayson keine Chance gehabt, sich zu wehren, und war von einer älteren Frau ersteigert worden. Im Gegensatz zu Blake, den Grace gewonnen hatte. Aber daran wollte ich jetzt nicht denken.

»Und wann triffst du dein heißes Date?«

Grayson schnaubte. »Freitagabend. Es wird schrecklich werden, es kann nur schrecklich werden. Ich muss mit Mrs Cox im *Le Canard* romantisch dinieren, eine Kutsche wird uns dorthin bringen. Ich hasse Pferde.«

Lilly parkte den Wagen direkt vor dem Eingang. Ich klappte meinen Sitz nach vorne und ließ Grayson aussteigen.

»Bei Tag sieht es echt nicht weniger beeindruckend aus«, meinte Lilly, die den Wagen abschloss. Das kleine Auto mit der Delle im Kotflügel wirkte in dieser herrschaftlichen Umgebung völlig deplatziert. »Selbst die Queen müsste auf dieses Anwesen neidisch sein.«

Gemeinsam schritten wir auf das riesige Eingangstor zu. Noch bevor wir klingeln konnten, wurde die Tür von einem groß gewachsenen Butler geöffnet. In Statur und Mimik ähnelte er Wilfried dermaßen, dass er fast sein jüngerer Bruder sein könnte.

»Miss Mansfield?«

»Das bin ich. Ich habe einen Termin bei Lord Musgrave.«

Der Butler nickte. »Sie werden bereits erwartet. Der Lord befindet sich zurzeit bei den Ställen, ich soll Sie zu ihm führen.«

Bei dem Wort *Ställen* verkrampfte sich Grayson unmerklich neben mir.

»Folgen Sie mir.« Der Butler schloss die Tür und marschierte mit uns im Schlepptau einen Kiesweg entlang, der in einem weiten Bogen um das Haus herumführte. Vor unseren Augen breitete sich ein riesiges Anwesen aus, und ich bekam eine Ahnung davon, wie groß der Grund von Duncan House tatsächlich war.

»Das ist ja kein Garten, sondern ein Golfplatz«, flüsterte mir Grayson zu, dem die Faszination ins Gesicht geschrieben stand. Selbst Lilly wirkte angesichts der Pracht sprachlos. Ein gewaltiger weißer Springbrunnen bildete das Zentrum der Anlage. Ringsherum gab es wie in Green Manor kiesbestreute Wege, gestutzte Hecken und riesige Rosensträucher. Doch das war noch lange nicht alles. Während wir dem Butler durch den Garten folgten, blieb mir vor Staunen der Mund offen stehen. Duncan House schien über ein ganzes Heer an Landschaftsgärtnern zu verfügen, die sich auf dem riesigen Anwesen ausgetobt hatten. Ein mit Seerosen zugewachsenes Biotop in einem länglichen Becken führte zu einem Labyrinthgarten aus dunkelgrünen Hecken, dessen Eingang von zwei steinernen Skulpturen flankiert wurde. Rechteckige und geschwungene Blumenbeete mit geometrischen Mustern sorgten trotz der Jahreszeit noch immer für eine große Farbenvielfalt. Ringsum erstreckten sich perfekte englische Rasenflächen bis zu einem angrenzenden Waldstück, das mit seiner unberührten Schönheit einen gelungenen Kontrast zur künstlichen Idylle des Ziergartens bildete.

»Bis zu den Ställen ist es aber ganz schön weit«, bemerkte Lilly, als der Butler uns durch mehrere berankte Bögen zu einem schmiedeeisernen Tor führte, an dem der Kiesweg endete. Dahinter fiel das Grundstück sanft ab und bildete einen weitläufigen Talkessel, der seitlich vom dunkelgrünen Wald begrenzt wurde, bevor er weiter hinten in eine sanfte Hügellandschaft überging.

»Der Lord hält sich gerne fit«, bemerkte der Butler über die Schulter, als er den Pfad zu einem Reitplatz neben den Stallungen einschlug, die ungefähr doppelt so groß waren wie auf Green Manor.

»Das sehe ich«, murmelte Grayson, als Lord Musgrave in diesem Moment aus dem länglichen Stall trat. Er trug eine hellbraune Reitmontur mit schwarzen Stiefeln, die seine sportliche Figur unterstrichen. Am seltsamsten für mich war aber das ungewohnte Lächeln im Gesicht des Lords, als ein gefleckter Windhund aus dem Gebäude geschossen kam und aufgeregt um ihn herumsprang. Bisher hatte ich Lord Musgrave immer nur angespannt erlebt, doch seine Züge waren beinahe weich, als er dem Hund ein Leckerli aus seiner Hosentasche zusteckte. Dann sah er auf und straffte augenblicklich die Schultern.

»Miss Mansfield«, begrüßte er mich, als wir näher kamen. Sein Blick glitt missbilligend über Lilly und Grayson. »Mir war nicht bewusst, dass Sie in Begleitung kommen würden.«

»Lilly Baker und Grayson Clifford«, stellte ich meine Freunde vor. »Nach unserer letzten Begegnung fand ich es besser, nicht allein zu erscheinen.«

Der Lord nickte kurz dem Butler zu, der sich daraufhin lautlos zurückzog. »Ich sehe, Sie kommen direkt zum Punkt.«

»Sie haben mir beim letzten Mal gedroht, Lord Musgrave.«

Er machte einen Schritt auf mich zu, bis mir der Geruch nach Leder und Heu in die Nase stieg. »So würde ich es nicht nennen. Ich habe Sie gewarnt, aber ich denke, dass Sie meine Warnung nicht ernst genommen haben.« Mit diesen Worten blickte der Lord vielsagend hoch zum Himmel, der noch dieselbe schmutzig blaue Färbung hatte wie gestern.

Unbehaglich folgte ich seinem Blick. Also hatten die rätselhaften Ereignisse doch etwas mit dem Fluch zu tun?

Grayson nieste neben mir. »Sorry. Pferdehaarallergie«, erklärte er missmutig.

»Wir alle könnten froh sein, wenn die Auswirkungen des Verhaltens Ihrer Freundin so harmlos wie eine Allergie wären«, entgegnete der Lord kühl. »Mir sind die *Veränderungen* der letzten Tage nicht entgangen, Miss Mansfield.«

Ich wusste im ersten Moment nicht, was ich darauf sagen sollte. Zum Glück hatte der Windhund inzwischen seinen Hundekeks verputzt und stupste Lord Musgrave sanft an, der ihm abwesend über seinen Kopf tätschelte.

»Vielleicht wollen Sie mit mir einen kleinen Spaziergang unternehmen?«, schlug er ein wenig milder vor. »Ich würde Ihnen gerne das Anwesen zeigen.« Dabei deutete er auf die dunkelgrüne Baumgrenze. Bei der Vorstellung, mit dem Lord alleine durch den Wald zu spazieren, versteifte ich mich.

Lord Musgrave tätschelte noch immer den Hund und ließ den Blick von Lilly und Grayson zu mir wandern. »Ich verstehe Ihre Zurückhaltung, Miss Mansfield. Mir ist bewusst, dass ich Ihnen bei unserem letzten Treffen nicht allzu freundlich begegnet bin. Auch wenn es keine Entschuldigung für mein Verhalten sein mag, möchte ich Ihnen doch sagen, dass meine harschen Worte lediglich der

Sorge um meine Neffen entsprungen sind. Ich würde Ihnen diese Sorge sehr gern erklären, wenn Sie es zulassen. Ihre Freunde können uns bei dem Spaziergang auch begleiten, wenn Sie mir ihre Verschwiegenheit zusichern.«

Ein wenig überrascht vom Stimmungswandel des Lords, tauschte ich einen raschen Blick mit Lilly und Grayson. Beide nickten, sodass ich Blakes und Prestons Onkel folgte, als er sich in Bewegung setzte. Der Hund bellte einmal kurz vor Freude und rannte in Richtung Wald voraus.

»Vor einigen Monaten ging ich noch davon aus, dass dieses Anwesen nach meinem Tod in die Hände einer wohltätigen Stiftung fallen würde«, begann der Lord. »Verstehen Sie mich nicht falsch, Duncan House ist eine ansehnliche Hinterlassenschaft, die einem guten Zweck mehr als dienlich wäre. Dennoch erfüllte es mein Herz mit einer gewissen Schwermut, zu wissen, dass der Name *Musgrave* mit meinem Tod der Vergangenheit angehören würde.«

Lilly verdrehte bei diesen salbungsvollen Worten die Augen, aber da sie hinter dem Lord ging, bemerkte er es zum Glück nicht.

»Wissen Sie, es war mir nie vergönnt, Kinder zu haben – ein Umstand, der mit dem Alter immer schwerer wiegt, wenn einem die eigene Sterblichkeit Tag für Tag bewusster wird. Wenn man versteht, dass man in Wirklichkeit nichts auf dieser Welt hinterlässt, außer finanzielle Mittel, die schon bald in Vergessenheit geraten werden. Das *Vergessenwerden* ist kein schöner Ausblick.« Der Lord bückte sich nach einem Stück Holz und warf es für den Windhund, bevor er weitersprach. »Sie können sich gar nicht vorstellen, wie erfreut ich war, zu erfahren, dass meine Neffen noch leben. Anfangs konnte ich es nicht glauben und zweifelte an der Nachricht, da es mir zu schön vorkam, um wahr zu sein. Als vermögender Mann kommt es leider nicht selten vor, dass Leute versuchen, einem das Geld aus der Tasche zu ziehen.« Grayson nieste erneut, was der Lord geflissentlich ignorierte. »Als ich jedoch verstand, dass es sich bei Preston und Blake tatsächlich um mein eigen Fleisch und Blut handelt, war ich überwältigt.« Er stockte kurz und schlug einen Weg ein, der uns in den lichten Wald hineinführte.

»Und wie hat sich diese Überwältigung geäußert?«, fragte Lilly und drückte Grayson ein Taschentuch in die Hand.

Der Lord drehte sich im Gehen zu ihr um. Sein Stirnrunzeln wirkte, als wäre die Anwesenheit meiner Freunde ein lästiges Übel, das er nur in Kauf nahm, wenn sie dafür den Mund hielten. »Nun, das Gefühl der Freude wurde sehr rasch von einer grenzenlosen Sorge überschattet, sobald ich mehr über die Umstände ihres Aufwachsens erfuhr«, erwiderte er reserviert. »Aus diesem Grund brauchte ich erst eine kurze Auszeit und flog nach Florenz, um meine Gedanken zu ordnen.«

Lord Musgraves offenherzige Worte überraschten mich. »Welche Sorge hatten Sie denn?«

Er berührte im Gehen den Stamm einer Fichte und blieb dann stehen. »Auch wenn das, was jetzt kommt, fantastisch klingt, lassen Sie mich bitte zu Ende reden. Versprechen Sie es?«

Ich sah aus dem Augenwinkel, wie Grayson und Lilly einen neugierigen Blick tauschten, und nickte.

Lord Musgrave ging langsam weiter. »Es hört sich wie eine Sage an, und ich werde es auch wie eine Sage erzählen, denn so wurde es mir damals von meinem Vater zugetragen. Vor Hunderten von Jahren lebte eine schöne Frau namens Diana. Sie hatte leuchtend grüne Augen und verstand es, ihre Reize zu nutzen. Diana war mit dem jungen Fletcher verheiratet, der ein recht beliebter Mann war, es mit der Ehrlichkeit aber nicht immer so genau nahm. Das Paar war glücklich, doch Diana fühlte sich gleichzeitig auch zu Fletchers Bruder Heathcliff hingezogen, dessen blauen Augen geheimnisvoller funkelten als die seines Bruders. Heathcliff war ein ansehnlicher Kerl, aber er hatte etwas Dunkles an sich. Auf eine sehr unangenehme Weise war er ehrlich und scheute nicht davor zurück, jede noch so hässliche Wahrheit auszusprechen. Schon bald war ihm Diana verfallen, die sich von seiner Dunkelheit angezogen fühlte. Eines Tages kam Diana in den Besitz eines Medaillons, das eigentlich einer jungen Hexe namens Scarlett gehörte. Das Medaillon entstammte einer längst vergangenen Zeit, einer Zeit der Druiden und Zauberei, und trug die Magie von Lüge und Wahrheit in sich.«

Bei Lord Musgraves Worten musste ich an die Prinzessin denken, von der uns Violet erzählt hatte, und bekam eine Gänsehaut am ganzen Körper.

»Fletcher erwischte Diana mit seinem Bruder. Im darauffolgenden Streit zersprang das kostbare Medaillon und übertrug seine Magie auf die drei. Fortan konnte Heathcliff die Wahrheit erzwingen, Fletcher seine Mitmenschen zum Lügen bringen und Diana zwischen Lüge und Wahrheit unterscheiden.«

Ich schluckte. Es machte alles Sinn, und ich hatte das Gefühl, endlich zu verstehen, woher unsere Gaben kamen. »Und wie ging es weiter?«

Musgrave bückte sich nach einem abgebrochenen Ast, um ihn für den Hund zu werfen, und wischte sich danach die Finger an der Hose ab. »Die Hexe war natürlich nicht glücklich über diese Entwicklung und verfluchte gleich alle drei: Sollte Diana sich weiterhin dem falschen Bruder zuwenden, würde sie ein ganzes Dorf ins Unglück stürzen. Gleichzeitig belegte die Hexe die drei mit einem Bann und sorgte dafür, dass eine unaufhaltsame Anziehung zwischen Diana und Heathcliff herrschte. Die lodernde Begierde war so stark, dass es kam, wie es kommen musste. Diana und Heathcliff konnten einander nicht widerstehen und lösten mit einer einzigen Liebesnacht den Fluch aus.« Lord Musgrave hielt kurz inne, und ich wich seinem Blick aus, als ich spürte, wie mir das Blut in die Wangen stieg.

»Eine dunkle Kraft ging durch das Dorf, eine schwarze Magie, die Wahrheit und Lüge durcheinanderwirbelte und die Leute dazu brachte, ihre tiefsten Geheimnisse zu verraten. Es dauerte nicht lange, bis sich die Leute gegenseitig attackierten und das Dorf bis auf seine Grundfesten niederbrannte. Fletcher tötete Heathcliff, bevor er weiterzog und sein altes Leben hinter sich ließ. Doch damit war der Fluch nicht gebrochen. Fletcher zeugte mit einer anderen Frau meinen Vorfahren, den Stammhalter der Blauen. Diana hatte später noch eine uneheliche Verbindung, aus der Ihre Ahnin hervorging, Miss Mansfield. Seitdem lastet der Fluch auf jeder nachfolgenden Generation. Weitergegeben wird er durch alle Familienmitglieder, wirksam ist er jedoch nur bei den weiblichen Nachkommen der Grünen und den männlichen Nachkommen der Blauen. Interessanterweise wurden in meiner Familie seitdem in jeder einzelnen Generation Zwillingssöhne geboren.« Er hielt kurz inne. »Wie Sie sehen, verbindet die Mansfields und die Musgraves eine lange Geschichte.«

Lord Musgrave blieb stehen, und mir fiel plötzlich die absolute Lautlosigkeit des Waldes auf. Kein einziger Vogel zwitscherte, und nicht mal der Wind fuhr durch die Zweige der Bäume. Auch Lilly und Grayson schwiegen, selbst der Hund hatte sich ruhig vor Lord

Musgrave gesetzt und sein Stöckchen auf dem Waldboden abgelegt. Die bedrückende Stille erinnerte mich unangenehm an die Atmosphäre des gestrigen Morgens. Rasch räusperte ich mich und versuchte, das bedrohliche Gefühl abzuschütteln.

»Das heißt, die Mansfields sind die Grünen und die Musgraves die Blauen?«

»So ist es.«

»Und auch die Winterlys waren Grüne?«, fragte ich und dachte daran, dass Deborah Winterly und ihre Tochter von den Dorffrauen und dem Pfarrer angefeindet worden waren.

Der Lord nickte. »Zumindest die Frauen.«

»Und welche Gabe haben Sie geerbt, Lord Musgrave?«

»Ich kann Menschen dazu bringen, zu lügen«, erklärte er geradeheraus. »Wobei ich auch sehr gut darin bin, die Wahrheit zu erkennen.«

»Und die Wahrheit ist Ihrer Meinung nach, dass es diesen Fluch tatsächlich gibt? Wie können Sie sich so sicher sein?« Mir war klar, dass eine erdrückende Flut an Indizien dafür sprach, dass der Fluch existierte. Trotzdem sträubte sich alles in mir gegen die Vorstellung, dass Blake, Preston und ich eine Geschichte wiederholten, die ihren Ursprung vor Hunderten von Jahren hatte – und dass die Anziehung zwischen Blake und mir eventuell nur darauf beruhte. Das durfte einfach nicht stimmen. »Immerhin könnte es auch nur ein Märchen sein.«

Lord Musgrave ging weiter, ohne dem Hund das Stöckchen zu werfen. Seine Lippen waren zu einer dünnen Linie zusammengepresst und er hielt den Rücken sehr gerade. »Glauben Sie mir, Miss Mansfield, ich wünschte, es wäre so. Ich wünschte es von ganzem Herzen, denn dann würde mein Bruder Kenneth noch leben.« Sofort fielen mir Tante Catherine und der Zeitungsartikel ein, den wir in der Bibliothek gelesen hatten. Unwillkürlich beschleunigte ich mein Tempo, um mit dem Lord Schritt zu halten.

»Wie meinen Sie das? Ich dachte, Ihr Bruder sei bei einem Reitunfall ums Leben gekommen?«

Er warf mir einen kurzen Blick über die Schulter zu. »Sie haben recherchiert, das ist gut. Denn es zeigt, dass Sie die Wahrheit wissen wollen. Aber sind Sie auch bereit dafür?«

»Ich versuche zumindest, bereit dafür zu sein.« Zwischen den Bäumen kam das riesige Herrenhaus mit den vielen Fenstern wieder in Sicht, und mir fiel auf, dass der Lord uns auf einem anderen Weg zurückgeführt hatte.

»Ihre Antwort ist ehrlich. Über Jahrzehnte hielten die Musgraves und die Mansfields Abstand voneinander. Irgendwann kaufte mein Vater jedoch Duncan House, und durch einen unglücklichen Zufall kam Kenneth in den Kontakt mit Ihrer Tante Catherine. Die beiden waren sich auf den ersten Blick verfallen, sie hatten keine Möglichkeit, einander zu widerstehen. Catherines Vater war natürlich gegen die Vereinigung, und meine Eltern wären auch dagegen gewesen, wenn sie zu diesem Zeitpunkt noch gelebt hätten. Aber Kenneth war nicht aufzuhalten, er verzehrte sich Tag und Nacht nach Catherine, während ich selbst Abstand hielt. Denn sie war Gift für uns.« Lord Musgrave atmete hörbar aus. »Es dauerte nicht lange, bis er starb. Der Hengst, mit dem er an diesem Tag ausritt, war zwar widerspenstig, aber er gehorchte meinem Bruder aufs Wort. Er hätte ihn unter normalen Umständen niemals abgeworfen. Als wir die beiden fanden, war das Pferd jedoch total verstört«, Lord Musgraves Stimme wurde ein wenig leiser, »fast, als wäre der Hengst von einer dunklen Macht besessen.« Er räusperte sich. »Ich weiß selbst, wie das klingt, aber glauben Sie mir, hier waren andere Kräfte im Spiel. Und das ist nicht die einzige Begebenheit.«

Wir hatten den Wald hinter uns gelassen und marschierten auf einem breiten Kiesweg an Blumenrabatten vorbei auf das herrschaftliche Haus zu. Lilly und Grayson hatten sich während der Geschichte still verhalten und folgten uns immer noch schweigend.

»Wie meinen Sie das?«, hakte ich bei Lord Musgrave nach.

»Ich meine den Tod meiner Schwester. Ich denke nicht, dass es ein Unfall war.« Seine Stimme wurde härter. »Mir ist bewusst, dass man über die Toten nicht schlecht reden soll, aber Ihr Großvater Charles Mansfield war wie besessen von dem Gedanken, seine Nachkommen zu beschützen.«

Bei der Erwähnung meines Großvaters verkrampfte ich mich ein wenig, da mir sofort die Worte einfielen, die ich in Bettys Wahrheit gehört hatte. *Ich werde nicht zulassen, dass du mit dieser elendigen Familie verkehrst, Catherine. Egal, was ich tun muss, und selbst wenn ich sie alle auslöschen muss – ich werde dich nicht in dein Unglück rennen lassen!*

»Was wollen Sie damit sagen?«, fragte ich nervös.

Der Lord blieb abrupt stehen und wandte sich mir zu. »Ich will damit sagen, dass er nicht nur Kenneth gehasst hat, weil er ihm seine geliebte Tochter streitig gemacht hat. Ihre Tante Catherine hat sich durch meinen Bruder von ihrem Vater entfernt – und das hat ihm gar nicht gefallen. Ihr Großvater war darüber so wütend, dass er meinen Bruder aufgesucht und auf offener Straße verprügelt hat. Ich bin mir sicher, wenn der Fluch nicht dazwischengekommen wäre, hätte Ihr Großvater selbst für den Tod meines Bruders gesorgt, weil er unsere Familie aus tiefstem Herzen verabscheut hat. Er hat sich in die Vorstellung verbissen, dass wir eine Gefahr für den Erhalt seiner Familie darstellen, und ist dabei immer wahnsinniger geworden. Vor allem die Zwillingssöhne meiner Schwester haben seine Aufmerksamkeit erregt. In seiner Besessenheit war er schließlich bereit, alles zu tun, um seine Nachfahren vor dem Fluch zu bewahren. Ich selbst habe nur knapp ein Attentat überlebt, meine Schwester hatte leider weniger Glück.«

Grayson räusperte sich neben mir. »Sie denken tatsächlich, dass Junes Großvater für den Tod Ihrer Schwester verantwortlich ist?«

»Ja, Mr Clifford, das denke ich. Es ist verrückt, wie das Leben so spielt, nicht wahr? Denn aus irgendeinem Grund wurden die Kinder meiner Schwester gerettet und noch in der gleichen Nacht an der Schwelle von Charles Mansfields Haus abgelegt. Wieder scheint es, als wäre hier eine höhere Macht am Werk.« Er richtete seinen Blick auf mich. »Leider bin ich mir sicher, dass meine Neffen nicht besonders alt geworden wären, wenn Charles Mansfield in jener Nacht nicht einen Schlaganfall erlitten hätte. Danach war er für den Rest seines Lebens geschwächt und nicht mehr Herr seiner Sinne.«

Hilflos schüttelte ich den Kopf. Das konnte nicht wahr sein. Die Informationen, die ich in der letzten halben Stunde erhalten hatte, erklärten so viel – während ich gleichzeitig das Gefühl hatte, den Boden unter den Füßen zu verlieren. Konnte Kenneth Musgrave tatsächlich ein Opfer des magischen Fluches geworden sein? Und Georgina Musgrave ein Opfer meines Großvaters?

»Sie sehen überwältigt aus«, sagte Lord Musgrave kühl. »Möchten Sie mich vielleicht ins Haus begleiten? Es gibt da noch eine Sache, die ich gerne unter vier Augen besprechen würde.«

Zögernd wechselte ich einen Blick mit Lilly und Grayson und nickte schließlich. Der Lord wirkte nicht so, als ob er mir etwas tun wollte.

»Wir warten im Eingangsbereich auf dich«, sagte Lilly so laut, dass es der Lord nicht überhören konnte. »Wenn du innerhalb von einer Viertelstunde nicht wieder zurück bist, kommen wir dich suchen.«

»Das wird nicht nötig sein«, erwiderte Lord Musgrave bestimmt. »Wir werden nicht so lange brauchen.«

Kapitel 26

Wie betäubt folgte ich Lord Musgrave in den Goldenen Salon. Lilly und Grayson hatten in der Eingangshalle vom Butler etwas zu trinken angeboten bekommen und mir mit einem demonstrativen Blick auf die Uhr zu verstehen gegeben, nicht zu lange wegzubleiben.

»Treten Sie ein, Miss Mansfield.« Lord Musgrave hatte mich durch ein Gewirr an Gängen in einen riesigen Saal geführt, in dem antike Kunstgegenstände zur Schau gestellt wurden. Unter dem *Goldenen Salon* hatte ich mir einen etwas kleineren Raum vorgestellt, doch *klein* schien eine Kategorie zu sein, die auf Duncan House nicht existierte.

Der Saal war so riesig, dass er auch gut in ein Museum gepasst hätte. Ein gewaltiger ockerfarbener Perserteppich lag auf dem glänzenden Parkettboden und dämpfte unsere Schritte, neben den zahlreichen Fenstern hingen goldene Brokatvorhänge mit dunkelblauen Kordeln. Staunend blickte ich mich um. Die linke Seite des Raumes wurde von einer Reihe gläserner Schaukästen dominiert, in denen wertvolle Schmuckstücke und andere Kunstobjekte ausgestellt waren. Rechter Hand befanden sich einige antike Möbel, die bereits mehrere Hundert Jahre alt sein mussten. An den Wänden hingen etliche Gemälde in goldenen Rahmen, und selbst die Standfüße der Lampen waren vergoldet.

»Sehen Sie sich nur um«, sagte Lord Musgrave, als ich mich einmal im Kreis drehte. »Es kommen nicht viele in den Genuss, meine private Sammlung zu besichtigen.«

»Es ist wunderschön«, sagte ich aufrichtig. Obwohl ich mich nicht als große Kunstkennerin bezeichnet hätte, war sogar mir der unfassbare Wert der Sammlerstücke bewusst. Schon allein die Gemälde mussten ein Vermögen wert sein, ganz zu schweigen von den Schmuckstücken in den Schaukästen. Neben einem blauen Fabergé-Ei lag ein glitzerndes Diamantcollier mit dem dazu passenden Diadem auf einer Samtunterlage. Inzwischen war ich froh, dass Lilly nicht mitgekommen war, denn ich wusste nicht, wie sie auf die ganzen Sachen hier reagiert hätte. Doch trotz meiner Bewunderung für die Skulpturen und die wunderschön gearbeiteten antiken Möbelstücke lastete das Gespräch mit Lord Musgrave viel zu schwer auf der Seele, um mich lange mit seiner Sammlung zu beschäftigen.

»Worüber wollten Sie noch mit mir reden?«, fragte ich.

Der Lord ging mit mir langsam an den Schaukästen entlang in Richtung der großen Fenster. »Und wieder kommen Sie gleich zum Punkt, Miss Mansfield.« Er lächelte leicht. »Ich möchte Ihnen ein Angebot machen.«

Überrascht – und auch ein wenig auf der Hut – blickte ich ihn an. »Und welches?«

Lord Musgrave fuhr sich mit der Hand durch seine grau melierten Haare. »Ich möchte Ihnen Geld anbieten.«

»Geld?«, wiederholte ich perplex. »Und wofür?«

Er zögerte für einen Moment, in dem nur das Ticken einer großen Standuhr mit vergoldeten Zeigern zu hören war. »Ich möchte, dass Sie das Geld nehmen, um Cornwall für immer den Rücken zu kehren.«

»Was? Sie wollen mich dafür bezahlen, dass ich … das Land verlasse?«

Der Lord betrachtete mich ausdruckslos. »Exakt, Miss Mansfield.«

Bei der Kälte in seiner Stimme lief mir ein Schauer über den Rücken. »Das ist doch verrückt«, stieß ich mit einem unsicheren Lachen hervor.

Er hob eine Augenbraue. »Finden Sie das tatsächlich? Ihre Familie«, er machte eine bedeutungsvolle Pause, »ist für meine Familie tödlich, Miss Mansfield. Ihr Großvater hat meine Schwester auf dem Gewissen.«

»Das wissen Sie doch gar nicht«, sagte ich, obwohl ich die Möglichkeit in Betracht ziehen musste. Aber das wollte ich nicht. »Wer sagt mir denn, dass nicht Sie es waren, der …«

»Der was? Der seine eigene Schwester umgebracht hat?« Lord Musgraves Gesicht nahm einen wütenden Ausdruck an. »Glauben Sie das wirklich? Meine eigene Schwester? Was müsste ich für eine Bestie sein, um das zu tun. Denken Sie denn, dass ich auch meinen Bruder auf dem Gewissen habe? Dass ich den Fluch lediglich erfunden habe, um meine wahre Motivation zu verbergen?« Kurz schloss Lord Musgrave die Augen, als müsse er sich selbst zur Ordnung rufen. Als er sie wieder öffnete, war ein leichter Schimmer darin zu sehen, der von einer tiefen Traurigkeit zeugte.

»Ich würde alles in der Welt geben, um hier nicht allein sein zu müssen, Miss Mansfield. Falls Sie ernsthaft glauben, dass ich für den Tod meiner Schwester oder meines Bruders verantwortlich bin, sollten Sie sich auch die Frage nach meinem Motiv stellen. Das

Offensichtlichste wäre Geld, aber das kann es in meinem Fall nicht sein. Seit Generationen ist es in der Familie der Musgraves üblich, dass der Erstgeborene den Großteil des Vermögens erbt. Meine Schwester war ein paar Jahre jünger und hatte somit keinen Anspruch. Auch wenn Kenneth und ich Zwillinge waren, bin ich dennoch der Erstgeborene, da ich ein paar Minuten vor ihm zur Welt gekommen bin. Das Testament meines Vaters war dahingehend eindeutig. An Geld fehlt es mir also definitiv nicht. Dafür aber an Familie. Das ist der Grund, warum ich es nicht akzeptieren kann, dass Sie sich in der Nähe meiner Neffen aufhalten. Ihre Anziehungskraft wird einen oder beide von ihnen ins Unglück stürzen. Womöglich kann es sie sogar das Leben kosten. Verstehen Sie doch, dass ich das nicht zulassen kann.«

»Und deshalb soll ich das Land verlassen und nie wiederkommen? Wegen eines angeblichen Fluches, für den es keinen echten Beweis gibt?« Ich wusste, dass der Fluch mit großer Wahrscheinlichkeit existierte – aber ich war noch nicht so weit, es als unumstößliche Tatsache anzuerkennen. Und ich war ganz und gar nicht bereit, Cornwall zu verlassen. Dieses Stückchen Land war mir in kürzester Zeit so sehr ans Herz gewachsen, dass ich mir nicht vorstellen konnte, ihm einfach den Rücken zu kehren. Denn ich hatte mein Herz nicht nur an das Land verloren, sondern auch an die Menschen, die hier lebten. Entschieden schüttelte ich den Kopf. »Es muss eine andere Möglichkeit geben.«

Lord Musgraves blaue Augen bohrten sich in meine. »Was bringt Sie zu dieser Annahme?«

Verzweifelt öffnete ich den Mund. »Keine Ahnung, es gibt doch immer eine Lösung! Sie können doch nicht einfach über mein Leben bestimmen!«

»Sie meinen, so wie Ihr Großvater über mein Leben bestimmt hat, als er meine Schwester tötete? Oder wie dieser vermaledeite Fluch über mein Leben bestimmt hat, als er mir meinen Bruder nahm?«

In diesem Moment ertönte ein leises Klopfen von der offenen Tür, und Lord Musgraves Assistentin steckte den Kopf herein. Beim Anblick von Miranda Carter und der Erinnerung an meinen Einbruch in ihr Büro versteifte ich mich unwillkürlich.

»Entschuldigen Sie die Störung, Lord Musgrave.« Miranda Carter trat in den Raum. »Ich habe von Mrs Derby eine dringende Interviewanfrage für morgen Nachmittag erhalten. Möchten Sie den Termin wahrnehmen?«

»Schon wieder ein Interview?«, erwiderte der Lord gereizt. »Nein, sagen Sie ihr, ich habe keine Zeit. Es war doch erst dieser Campell hier, um sich eine Privatführung geben zu lassen. Das reicht mir im Augenblick an Öffentlichkeitsarbeit.«

Campell? War Grace' Vater etwa hier gewesen, weil er zu den Sehenswürdigkeiten Cornwalls recherchierte?

»Sehr wohl, Lord Musgrave.« Seine Assistentin zog sich wieder zurück.

»Wo waren wir? Ach ja, beim Fluch.« Der Lord fixierte mich erneut. »Ich weiß, Sie sind stur und wollen mir nicht glauben, aber ich lebe schon zu lange mit den Auswirkungen der Taten unserer Ahnen, als dass ich die Augen davor verschließen könnte.«

Sein kalter Blick trieb mich einen Schritt rückwärts, bis ich gegen einen der Schaukästen stieß. »Auch wenn das so ist, werde ich nicht gehen«, erklärte ich Lord Musgrave und hob das Kinn. »Ich kann nicht einfach alles hinter mir lassen.«

»Nun, jeder Mensch hat seinen Preis, Miss Mansfield. Es kommt nur auf die Höhe an.«

Bei seinen Worten kniff ich die Augen zusammen. Etwas in mir wollte zum Gegenschlag ausholen, wollte sich nicht einfach vertreiben lassen. »Wenn wir schon beim Thema Preis sind – wie viel mussten Sie Ihrem Mitarbeiter bezahlen, damit er die Bremsen an Blakes Motorrad manipuliert?« Lord Musgrave runzelte die Stirn, aber ich sprach gleich weiter. »Sie brauchen es gar nicht erst abzustreiten. Ich weiß, dass Ihre Sekretärin dem Mann Geld gegeben hat. Kurz darauf gab es einige bedrohliche Unfälle in der Nähe Ihrer Neffen. Ein seltsamer Zufall, finden Sie nicht auch?«

Lord Musgrave betrachtete mich kühl. »Sie haben recht, Miss Mansfield, das ist seltsam. Und Sie haben auch recht, dass Miss Carter einen Mann bezahlt hat – allerdings nicht, um meinen Neffen zu schaden, sondern um sie im Auge zu behalten. Schließlich leben sie *mit Ihnen* unter einem Dach.« Der Lord verschränkte die Hände hinter dem Rücken. »Sind Sie etwa deshalb auf dem Maskenball in das Büro meiner Assistentin eingebrochen? Weil Sie glauben, dass ich meine eigenen Neffen ermorden möchte?«

Mit hämmerndem Herzen erwiderte ich seinen Blick, wusste aber nicht, was ich sagen sollte.

»Meine Büros verfügen natürlich über Überwachungskameras, und eines meiner Zimmermädchen hat Ihre schwarze Maske auf dem Schreibtisch von Miss Carter gefunden. Außerdem wird eine weiße Zuckerdose mit einem Fliederbusch vermisst. Sagen Sie mir, Miss Mansfield: Haben Sie etwas hiergelassen, um etwas anderes dafür mitzunehmen?«

»Nein!«, entgegnete ich heftig. »Ich bin doch keine Diebin!«

»Stimmt, Sie sind ja nur eine Einbrecherin.« Lord Musgrave schnaubte leise. »Und offenbar auch eine Hysterikerin. Es ist mir rätselhaft, wie Sie nach Ihren absurden Anschuldigungen auch noch auf den Gedanken kommen können, dass ich meinen Neffen etwas antun wollte. Sie haben immer Familie um sich gehabt, nicht wahr?« Er sah sich traurig in seinem Goldenen Salon um. »Die Kunst war bislang das, was mich am Leben hielt. Die Schönheit dieser Kunstwerke hat mir sehr geholfen, aber sie konnte nie ersetzen, was ich verloren habe. Doch jetzt habe ich es wiedergefunden, verstehen Sie? Blake und Preston sind ein Teil von mir und sie sind zu Großem geboren.« Er räusperte sich. »Mir ist klar, dass Sie Pläne haben, Miss Mansfield. Sie wollen meinen Informationen zufolge in Oxford studieren, um Anwältin zu werden. Ich bitte Sie nicht darum, Ihre Ambitionen aufzugeben. Ich bitte Sie nur darum, Ihr Studium nicht in England zu absolvieren. Wenn Sie mein Angebot annehmen, steht Ihnen jede Universität auf der Welt offen. Mit einer Million Pfund können Sie überallhin gehen.«

Bei der Summe verschlug es mir den Atem, dennoch dachte ich keine Sekunde ernsthaft über sein Angebot nach. »Ich will aber nicht an jede Universität«, presste ich hervor. »Ich will einfach nur hierbleiben.«

Lord Musgrave nickte langsam, doch es war offensichtlich, dass ihm meine Antwort nicht gefiel. »Sie müssen nicht sofort antworten, Miss Mansfield. Nehmen Sie sich ein paar Tage Zeit, um sich meinen Vorschlag durch den Kopf gehen zu lassen. Wer weiß, wie Sie dann darüber denken.«

Kapitel 27

Nachdem ich Lilly und Grayson von meinem Gespräch mit dem Lord erzählt hatte, bombardierten die beiden mich auf der Heimfahrt mit Fragen, die ich so gut wie möglich zu beantworten versuchte. Dabei schwirrten mir selbst jedoch genug eigene Gedanken durch den Kopf. Konnte es sein, dass ich mich in Lord Musgrave getäuscht hatte? Dass er nicht der üble Kerl war, den ich in ihm gesehen hatte? Stand für ihn das Wohl seiner Neffen tatsächlich an erster Stelle? Denn wieso sonst hätte er mir eine dermaßen hohe Summe Geld anbieten sollen?

»Okay, wenn der Lord sowieso das Vermögen seiner Familie geerbt hätte, hatte er wirklich kein Motiv, seine Schwester abzumurksen«, meinte Grayson. »Außerdem bietet er dir echt viel Geld, um seine Neffen zu beschützen. Um genau zu sein, eine Million Pfund, Darling.« Er schnalzte mit der Zunge. »Du weißt, ich hab dich wirklich gern, aber ich an deiner Stelle würde das Geld nehmen und verschwinden.«

»Bist du verrückt?«, zischte Lilly ihn an. »Zuerst unterstellst du mir, diese blöde Zuckerdose geklaut zu haben, und jetzt schlägst du auch noch ernsthaft vor, dass June sich dermaßen plump bestechen lassen soll?« Sie fuhr etwas schneller als nötig in eine Kurve, und ich hielt mich am Griff der Wagentür fest, um nicht nach rechts gedrückt zu werden.

»Ich behaupte ja nicht, dass ich mich freuen würde, wenn June wieder ab nach Deutschland düst«, erklärte Grayson ein wenig beleidigt. »Ich sage nur, dass eine Million Pfund durchaus eine Überlegung wert sind.«

»Hör auf, sie zu beeinflussen.«

»Du beeinflusst sie doch genauso.«

»Ich will einfach nicht meine Freundin verlieren«, zischte Lilly und sah mich eindringlich von der Seite an. »Du machst es doch nicht, oder, June?«

»Ich muss selbst erst darüber nachdenken«, erwiderte ich abwehrend und blickte aus dem Fenster. Denn obwohl sich wirklich alles in mir dagegen wehrte, Cornwall den Rücken zu kehren, konnte ich nicht ignorieren, welche Auswirkungen meine Entscheidung auf die Menschen in meinem Umfeld haben würde. Bei der Summe, die der Lord mir geboten hatte, wäre meine Familie für immer abgesichert. Ich könnte sowohl meinen Eltern als auch Theo ein absolut sorgenfreies Leben ermöglichen. War es egoistisch, darauf verzichten zu wollen? Und warum war mein Widerwille gegen das Angebot des Lords eigentlich so groß? Nur deshalb, weil ich mich nicht dafür bezahlen lassen wollte, Blake und Preston den Rücken zu kehren? Oder weil ich den Gedanken nicht ertrug, die beiden nie wiederzusehen?

Nachdem ich mich von Lilly und Grayson verabschiedet hatte, betrat ich Green Manor. Das alte Haus empfing mich mit einer kühlen Stille, die mir gerade guttat. Gedankenverloren schlug ich den Weg zum Wintergarten ein und war froh, dabei keiner fröhlichen

Betty über den Weg zu laufen, da ich erst alles für mich sortieren musste.

Ein leises Frauenlachen ließ mich aufhorchen. Es kam aus Onkel Edgars Arbeitszimmer, dessen Tür untypischerweise offen stand. Neugierig trat ich näher und verharrte reglos an der Schwelle. Mein Blick fiel auf einen aufgeklappten Laptop, der so auf dem Tisch stand, dass ich den Bildschirm sehen konnte. Blake stand mit dem Rücken zu mir an Onkel Edgars Schreibtisch und starrte auf ein Video. Es zeigte Tante Catherine an einem sonnigen Tag im Garten von Green Manor. Sie hatte eine riesige Heckenschere in der Hand, die sie kurz sinken ließ, um sich mit der anderen Hand den Schweiß von der Stirn zu wischen. Offenbar war sie gerade dabei, die Rosen im Garten zu schneiden, während sie gleichzeitig mit der Person hinter der Kamera scherzte. Der Stimme nach zu urteilen, handelte es sich dabei um Onkel Edgar.

Mein Blick glitt von dem Video zu Blake, der sich überhaupt nicht rührte. Es war das erste Mal, dass ich ihn seit unserem Streit wiedersah, und ich spürte, wie die ganzen Emotionen erneut in mir hochkamen – ich war noch genauso verletzt wie gestern.

Blake hatte mich noch nicht bemerkt und starrte nach wie vor auf das Video. Die Kamera schwenkte gerade herum und fing ein blondes Mädchen ein, das ich schon mal auf einigen Fotos im Wintergarten gesehen hatte.

Riley.

»Hallo Mr und Mrs Beaufort«, rief sie und winkte den beiden zu. »Wissen Sie, wo Blake ist?«

Riley war hier etwas jünger als auf den Bildern und trug Jeansshorts zu einem sportlichen Top.

»Tut mir leid, Darling, ich habe ihn nicht gesehen«, antwortete

Tante Catherine lächelnd und blickte ihren Mann an. »Du vielleicht?«

»Ich glaube, er ist bei den Pferden«, erwiderte Onkel Edgar und schwenkte mit der Kamera wieder auf Riley.

Sie verdrehte lachend die Augen. »Hätte ich mir auch denken können, er ist doch fast immer bei den Pferden. Wir sehen uns.« Mit diesen Worten winkte sie in die Kamera.

Blake drückte die Leertaste auf dem Laptop und das Video stoppte. Es zeigte Riley, wie sie schon halb auf dem Weg zu den Ställen war und sich noch einmal umdrehte, um Onkel Edgar zu winken. Der Wind hatte ihr die Haare ins Gesicht geweht, und ich musste schlucken, als mir bewusst wurde, dass sie nur wenige Jahre nach diesen Aufnahmen gestorben war. Riley war nicht nur wunderschön, sondern auch so voller Leben gewesen.

In diesem Moment drehte sich Blake zu mir um. Als er mich sah, wirkte er kurz überrumpelt, bevor er die Augen zusammenkniff. Unter seinem Blick fühlte ich mich, als hätte ich ihn heimlich bei etwas beobachtet, was ich nicht sehen sollte.

»Was willst du, June?« Seine Stimme klang noch immer so distanziert, als hätte es unsere gemeinsame Nacht nie gegeben.

Ich atmete tief ein. »Wir müssen miteinander reden.« Das, was Lord Musgrave mir erzählt hatte, war zu ungeheuerlich, um es für mich zu behalten. Wenn es stimmte, dass mein Großvater etwas mit dem Tod von Blakes leiblicher Mutter zu tun hatte, hatte Blake ein Recht darauf, es zu erfahren. Unabhängig davon, dass wir gestern miteinander gestritten hatten, und es sich so anfühlte, als hätte er mein Herz in unzählige Stücke zerbrochen.

Abrupt wandte Blake sich ab. »Jetzt nicht. Ich bin nur gekommen, um mir ein paar Geschäftsunterlagen auf dem Laptop anzusehen.« Er klappte den Computer zu und machte sich auf den Weg nach draußen.

Als er an mir vorbeikam, griff ich, ohne darüber nachzudenken, nach seinem Oberarm. »Blake. Ich komme gerade von Lord Musgrave. Er hatte mich eingeladen, ihn auf Duncan House zu besuchen.«

Bei meinen Worten blieb er stehen und versteifte sich spürbar. »Und du warst allein dort?«

Mein Handy begann zu klingeln und ich zog es reflexartig aus der Tasche. »Nein, Lilly und Grayson waren die ganze Zeit bei mir. Ich bin vielleicht nicht immer so zurückhaltend, wie du mich gerne hättest, aber ich bin auch keine Idiotin.« Als ich sah, dass es Jasper war, der gerade anrief, drückte ich ihn weg.

Blakes Augen waren zu meinem Handydisplay gehuscht. Beim Anblick des Namens meines Ex-Freundes knirschte er mit den Zähnen. »Ich habe nie behauptet, dass du eine Idiotin bist.«

Als Jasper ein zweites Mal anrief, seufzte ich. »Lord Musgrave ist sich auf jeden Fall sicher, dass der Fluch existiert.«

Blake schnaubte. »Natürlich existiert er. Ich dachte nicht, dass du nach dem gestrigen Tag noch Zweifel daran hättest.« Die Bitterkeit in seiner Stimme ließ mich den Blick heben.

»Gehst du mir deswegen aus dem Weg?«, fragte ich leise. »Weil du bereust, was wir getan haben?«

Blake zögerte. In dem Moment, als er zu einer Antwort ansetzte, trudelte eine WhatsApp-Nachricht von Jasper ein.

June, wir müssen reden. Über uns.

Ich hätte ihn am liebsten ans andere Ende der Welt geschossen. Blakes Blick fiel ebenfalls auf mein Handydisplay und sofort nahm er wieder die abweisende Haltung von gestern ein.

»Läuft da etwa was zwischen dir und diesem Typen?« Sein Ton war dermaßen vorwurfsvoll, dass ich nur ungläubig den Kopf schüttelte.

»Ist das dein Ernst?«

»Ich habe dir eine Frage gestellt.«

Fassungslos starrte ich ihn an. »Ja, Blake. Du hast mir eine Frage gestellt. Aber was für eine.« Seine unglaubliche Selbstgefälligkeit machte mich von Sekunde zu Sekunde wütender. »Ich habe dir gestern auch mehrere Fragen gestellt. Ich wollte mit dir über den Fluch reden und alles, was ich zu hören bekommen habe, war: *Mich beschäftigen gerade andere Dinge.*«

Blake fuhr sich frustriert durch die Haare. »Willst du das wirklich jetzt ausdiskutieren?«

»Wieso denn nicht?«, fauchte ich. »Du wolltest meine Beziehung mit Jasper doch auch jetzt ausdiskutieren!«

Er verzog den Mund. »Du hast recht, June. Dein Freund geht mich nichts an.« *Ex-Freund* lag mir auf der Zunge, aber Blake sprach schon weiter. »Vielleicht sind wir einfach nicht füreinander geschaffen.« Seine Augen bohrten sich in meine. »Der verdammte Fluch ist die eine Sache, aber dass …« Er verstummte, aber die Worte hingen schwer zwischen uns.

»Dass mein Großvater deine Mutter umgebracht haben soll? Geht es darum?«, flüsterte ich. Dabei sah ich ihm direkt in die Augen. Möglicherweise war das der Grund, warum sich Blake die ganze Zeit über schon so seltsam benahm.

Er presste die Kiefer aufeinander, und es war klar, dass er von der Anschuldigung des Lords wusste. »Das gibt dem Ganzen doch nur den Rest«, bemerkte er schließlich. »Vieleicht sollten wir es einsehen, June. Wir gehören nicht zusammen. Wenn wir uns nahekommen, verdunkelt sich der Himmel, weil ein jahrhundertealter Zauber auf uns liegt. Dabei wissen wir nicht mal, ob die Gefühle, die wir füreinander empfinden, real sind. Möglicherweise sind sie genauso Teil des beschissenen Fluchs und einfach nicht echt.«

Bei seinen Worten stockte mir der Atem. Allein die Tatsache, dass Blake diese Möglichkeit in Betracht zog, verletzte mich. Ich selbst hatte immer wieder darüber nachgedacht, aber es war etwas anderes, diesen Verdacht aus seinem Mund zu hören.

In diesem Moment schickte Jasper eine neue Nachricht, und auch Blakes Handy klingelte. Als ich Grace' Namen auf dem Display sah, zog sich mein Herz zusammen.

»Ich gehe jetzt besser.« Blake wandte sich ab und hob das Telefon an sein Ohr. Wie gelähmt blickte ich ihm nach. Ich wollte ihm hinterherschreien, dass wir uns nichts eingebildet hatten, dass sich meine Gefühle voll und ganz *echt* anfühlten, doch kein Wort kam aus meinem Mund. Stattdessen setzten sich meine Beine in Bewegung und schlugen den Weg zu meinem Zimmer ein. Blind lief ich die geschwungene Treppe hinauf und wollte nur allein sein. Doch Preston machte mir einen Strich durch die Rechnung, da er sich gerade diesen Augenblick für die Verabschiedung seines aktuellen Betthäschens ausgesucht hatte. Er stand, nur mit einer tiefsitzenden Jeans bekleidet, am oberen Treppenabsatz und küsste ein Mädchen mit glänzenden kastanienbraunen Haaren. Als sie mir ihr Profil zuwandte, erkannte ich, dass es sich bei ihr um Prestons Ballbegleitung Emily handelte.

»Bis später. Nächstes Mal kann ich ja wieder auf dem *speziellen* Weg zu dir kommen«, hauchte Emily. Ihre Hände glitten ein letztes Mal sehnsüchtig über seine nackte Brust, bevor sie sich widerstrebend von ihm losmachte. An ihren geröteten Wangen und den geschwollenen Lippen ließ sich leicht ablesen, womit die beiden ihre Zeit verbracht hatten.

»Vergiss den Geheimgang. Der Weg durchs Haus ist kürzer«, erwiderte Preston entspannt. Er sah mich nicht an, aber mir war klar, dass er nichts dagegen hatte, dass ich die Unterhaltung mitbekam.

Ungläubig blieb ich stehen. Offenbar hatte er die Geheimgänge schon in der Vergangenheit für seine ganzen Mädels benutzt. Das ergab Sinn, immerhin hatte ich sein Parfüm damals an dem grünen Umhang gerochen. Von wegen *grüne Lady.* Allerdings fiel es mir erst jetzt wie Schuppen von den Augen, an wen mich Emily mit ihrer groß gewachsenen schlanken Gestalt erinnerte.

»Du warst das«, stieß ich hervor. »Du hast meine Freundin und mich in dem Geheimgang geblendet, als wir uns vor ein paar Wochen zufällig begegnet sind!«

Emily wandte mir ihr Gesicht zu und musterte mich kühl. »Ich habe keine Ahnung, wovon du redest.«

»Blödsinn.« Ich musste nicht mal meine Gabe einsetzen, um zu wissen, dass sie log. »Du weißt genau, wovon ich rede!«

Sie verzog die Lippen zu einem knappen Lächeln. »Ach ja, jetzt erinnere ich mich wieder.« Ihr Lächeln wurde breiter. »Ich muss aber gestehen, es war keine große Kunst, euch zu erschrecken. Eigentlich war es geradezu lächerlich einfach.« Mit diesen Worten zwinkerte sie mir zu und lief dann gut gelaunt die Treppe hinunter.

Verärgert sah ich ihr hinterher und schluckte die Bezeichnung, die mir für Emily auf der Zunge lag, hinunter. Dann fing ich Prestons Blick auf. Er stützte sich lässig am Geländer ab und beobachtete mich amüsiert.

»Du explodierst gleich, nicht wahr?« Seine Stimme hatte wieder diesen leichten, unnahbaren Klang, den ich noch von früher kannte. Offenbar wollte er mir klarmachen, dass es ihn nicht berührte, wenn ich mit seinem Bruder ins Bett ging.

»Mir geht es gut, danke«, knurrte ich.

»Sicher?« Preston betrachtete mich unverwandt. »Du bist ganz rot im Gesicht. So eine ähnliche Gesichtsfarbe hatte unser Großvater auch immer, bevor er einen Tobsuchtsanfall bekam.«

Ich schloss für einen Moment die Augen. Mit dem Mann verglichen zu werden, der womöglich Prestons und Blakes Mutter auf dem Gewissen hatte, setzte dem Tag heute die Krone auf.

»Danke, Preston.« Verärgert wandte ich mich ab, um zu meinem Zimmer zu gehen.

»Versuch es vielleicht mal mit Stricken oder einer Maltherapie«, rief mir Preston spöttisch hinterher. »Soll einigen Leuten ja helfen.«

Mit diesen Worten verschwand er im Flur zu seinem Zimmer, während ich mitten im Schritt verharrte. Ich musste plötzlich an Tante Catherines Atelier denken, das ich in Bettys Wahrheit gesehen hatte und das seit ihrem Tod offenbar nicht mehr genutzt wurde. Jedenfalls hatten weder Onkel Edgar noch die Jungs es je erwähnt.

Die Tür war zwar wahrscheinlich abgeschlossen – aber ich hatte eine Ahnung, wo ich den Schlüssel finden würde.

Kapitel 28

Wie ich gehofft hatte, hing der Schlüssel mit der roten Samtschleife an dem Brett in Bettys Küche. Nachdem ich ihn mir geschnappt hatte, war ich möglichst unauffällig zu der abgeschlossenen Tür geschlichen. Ich wusste zwar nicht, ob ich hier gerade etwas Verbotenes tat, aber die Tatsache, dass niemand über Tante Catherines Leidenschaft für Malerei sprach, ließ mich lieber vorsichtig sein.

Der Raum empfing mich mit einer Stille, die beinahe schon unheimlich war. Ich ging zum Fenster und öffnete die schweren dunkelroten Vorhänge, um etwas Licht hereinzulassen. Obwohl die Sonne langsam unterging, reichten ihre warmen Strahlen, um den wunderschönen Blick auf den Rosengarten freizugeben. Ich fragte mich, wie oft Tante Catherine wohl an genau diesem Fenster gestanden hatte, um sich für ihre Bilder inspirieren zu lassen.

Ich nahm noch einen kurzen Atemzug, bevor ich das Zimmer genauer in Augenschein nahm. Einen Teil davon hatte ich durch den Türspalt in Bettys Wahrheit bereits gesehen, und es wirkte, als wäre die Zeit hier drinnen stehen geblieben. Ein leichter Rosenduft hing in der Luft, als wolle er noch immer von Tante Catherines Anwesenheit zeugen. Lediglich der Staub, der auf den edlen Einrichtungsgegenständen lag, war ein Beweis dafür, dass das Zimmer schon längere Zeit nicht mehr betreten worden war.

Betty hatte gesagt, dass mein Großvater genau wie Tante Catherine ein leidenschaftlicher Maler gewesen war. Bei dem Gedanken, dass er vielleicht auch ein leidenschaftlicher Mörder gewesen war, krampfte sich mein Herz schmerzhaft zusammen.

Ich wollte es nicht glauben. Ich wollte nicht, dass er so etwas Schreckliches getan hatte. Selbst wenn er cholerisch gewesen sein mochte, selbst wenn er seine Familie hatte beschützen wollen, jagte mir die bloße Vorstellung, dass er etwas mit dem Tod von Georgina Musgrave zu tun hatte, einen kalten Schauer über den Rücken. Wenn es stimmte, hatte er dann tatsächlich auch Blake und Preston töten wollen? Und wieso hatten sie den Autounfall überlebt? War das alles wirklich Teil des Fluchs?

Nachdenklich ließ ich meinen Blick durch das Zimmer schweifen. An den tapezierten Wänden lehnten verhüllte Bilder, und in der Mitte des Raumes stand jene Staffelei, die Catherine damals benutzt hatte, als sie den Streit mit ihrem Vater gehabt hatte. Gleich daneben befand sich eine offene Kommode, in der einige eingetrocknete Farbtöpfe und Pinsel zu sehen waren. Offenbar war der Raum nach Catherines Tod wirklich nicht mehr benutzt worden. Wahrscheinlich war es für Onkel Edgar einfach zu schmerzhaft gewesen, ihre Bilder ständig vor Augen zu haben.

Mein Blick glitt über den Rest des Raumes. In der rechten Ecke war ein antiker Sekretär zu sehen, dessen dunkler Farbton gut mit dem Holzfußboden harmonierte. Auf der gegenüberliegenden Seite stand ein langer Holztisch, der mit bunten Malklecksen übersät war. Um ihn herum lehnten an den Wänden unzählige verhangene Bilder. Neugierig näherte ich mich ihnen und zog ein Tuch nach dem anderen ab, um einen Blick auf die Gemälde werfen zu können.

Es waren ganz unterschiedliche Kunstwerke. Bei den meisten handelte es sich um Darstellungen von Rosen. Der Großteil erstrahlte in den schönsten Farben, aber einige hatte auch etwas Düsteres an sich. Darauf waren schwarze Blüten mit verdorrten Blättern zu sehen, die offenbar die Stimmung von Tante Catherine zu diesem Zeitpunkt widerspiegelten.

Die Bilder meines Großvaters waren ganz anders. Es waren hübsche Landschaftsmalereien, die die Schönheit Cornwalls einfingen. Schroffe Klippen, das tosende Meer und die satten grünen Hügel der Region waren darauf zu sehen. Auffallend war, dass sich auf jedem Gemälde das Meer zeigte, fast, als hätte mein Großvater eine besondere Beziehung dazu gehabt.

Nachdem ich die Bilder wieder mit den weißen Tüchern bedeckt hatte, ging ich zu dem kleinen Sekretär und sah ihn mir genauer an. In Wirklichkeit hatte ich keine Ahnung, was ich hier eigentlich suchte, aber ich hoffte, irgendetwas zu finden. Am besten eine Erklärung, die die Anschuldigungen des Lords widerlegte.

Zu meiner Enttäuschung waren jedoch alle Laden leer. Ernüchtert schloss ich die letzte Schublade, die nicht ganz zuging, weil sie klemmte. Es war nur ein kleines Stück, und ich hätte es wahrscheinlich nicht mal bemerkt, wenn ich nicht so verzweifelt nach etwas gesucht hätte.

Nervös zog ich die gesamte Schublade heraus und tastete mit den Fingerspitzen in dem freiliegenden Fach herum. Als ich dabei gegen kühles Metall stieß, spürte ich die Aufregung bis in den letzten Winkel meines Körpers. Rasch zog ich meinen Arm zurück und betrachtete den Schlüssel mit der Rosenverzierung. Ich hatte keine

Ahnung, in welches Schloss er passte, aber er fühlte sich wichtig an.

»Dieses Rätsel bereitet mir schon schlaflose Nächte«, seufzte Lilly, als wir am folgenden Freitag am Rand des Springbrunnens im Schulhof saßen und die spärliche Novembersonne genossen. »Sieh dir meine Augenringe an! Wenn du nicht willst, dass ich bald wirklich aussehe wie Grannys jüngere Schwester, musst du ganz schnell herausfinden, was das für ein Schlüssel ist.«

Bei der Vorstellung musste ich unwillkürlich grinsen, auch wenn Lilly mir aus der Seele sprach. Ich hatte zwar einen geheimnisvollen Rosenschlüssel gefunden – nur leider fehlte mir das dazu passende Schloss. Da meine Bemühungen diesbezüglich jedoch im Sande verlaufen waren, hatte ich den Fund schließlich innerlich beiseite gestellt und mich stattdessen auf meinen Alltag konzentriert. Was bedeutete, dass ich für diverse Tests gelernt, mit Lilly und Grayson über die Uni-Bewerbungen gesprochen und mein zerrissenes Ballkleid wieder zurück in die Boutique gebracht hatte. Der Aufpreis für die Schäden und die fehlende Maske verschlang zwar mein ganzes Taschengeld für den November, doch ich hatte im Moment ohnehin kein Bedürfnis nach Shoppingtrips.

Ansonsten war auch nicht viel Aufregendes passiert: Der neue Kantinenkoch hatte eine Käse-Woche eingelegt, in der es eine Menge Gerichte mit kornischem Yarg und kornischem Brie gab, und die Bewässerungsanlage auf dem Fußballfeld war fertiggestellt worden.

Alles in allem war es nicht besonders spannend gewesen.

Am unangenehmsten empfand ich die Situation auf Green Manor. Während Blake sich anscheinend Hals über Kopf in die Geschäfte seines Vaters stürzte, schleppte Preston ein Mädchen nach dem anderen ab. In Summe wichen mir jedoch beide Jungs aus, und ich wandte jedes Mal den Blick ab, wenn ich Grace und Blake in der Schule sah, die sich in der Mittagspause nun immer häufiger zum Essen verabredeten. Offenbar konnten sie ihr romantisches Candlelight-Dinner von der Versteigerung kaum noch erwarten.

»Ich habe ganz Green Manor durchsucht«, antwortete ich auf Lillys Kommentar, um die Gedanken an Grace und Blake aus dem Kopf zu bekommen. »Nichts. Weder im Garten noch sonstwo auf dem Anwesen. Nicht einmal im Geheimgang, und auf den hatte ich meine größte Hoffnung gesetzt«, erklärte ich frustriert. »Wilfried war sogar so nett, mich zum Cottage zu fahren, weil ich ihm vorgemacht habe, dass ich dort vor Wochen einen Ohrring verloren hätte. War aber auch eine Fehlanzeige.«

»Mmh. Und du bist sicher, dass der Schlüssel in eine Tür passt? Er könnte doch auch zu einem Tisch oder einem Schmuckkästchen gehören«, sagte Grayson, der an seiner Jacke herumzupfte.

»Ich weiß«, stöhnte ich. »Das macht die Sache leider nicht besser. Ich habe den Schlüssel auch Betty und Mary gezeigt, aber keiner hatte eine Ahnung, zu welchem Schloss er gehört.«

Lilly fixierte den Ärmel von Grayson Jacke, mit dem er schon die ganze Zeit herumspielte. »Sag mal, Grayson, bist du nervös?«

»Nervös? Ich? Nur weil ich den Abend mit einer Frau jenseits der Hundert verbringen muss, die den Ruf hat, auf junge Toyboys zu stehen?« Er schnaubte theatralisch. »Wie kommst du bloß darauf?«

Ich runzelte die Stirn. »Auf junge Toyboys?«

Grayson nickte unglücklich. »Das hat mir Miss Carter bei unserem letzten Telefonat gesteckt. Offenbar war es Miss Carter eine große Freude, dass gerade ich die lüsterne Mrs Cox abbekommen habe.«

Lilly lachte und warf mir einen vielsagenden Blick zu, bevor sie sich wieder Grayson zuwandte. »Sieh es mal so: Wenn Mrs Cox wirklich über hundert ist, dann wird euer romantisches Dinner nicht besonders lange dauern. Werden so alte Leute vom Essen nicht sofort müde?«

»Nein, Sweetheart. Mrs Cox wird vom Essen mit mir sicher nicht müde. Genauso wenig, wie die Kinder meines Onkels vom Crocketspielen müde werden. In meiner Gegenwart scheinen alle über unerschöpfliche Energie zu verfügen.«

»Das liegt wahrscheinlich an deinem Esprit und deiner erfrischenden Ausstrahlung«, sagte ich.

Grayson steckte sich den Rest seines belegten Brötchens in den Mund und verdrehte die Augen. »Macht nur weiter Witze über mich. Ihr müsst ja nicht den Alleinunterhalter für eine uralte Lady spielen, die so taub ist, dass sie nicht mal meinen Namen richtig verstanden hat. Beim Maskenball nannte sie mich hartnäckig *Graham.*«

Ich zuckte mit den Schultern. »Graham ist doch auch nett.«

»Ich finde, wir sollten dich ab sofort Graham nennen«, erklärte Lilly. »Nach dem Dinner könntest du vielleicht auch ein Buch schreiben?« Sie grinste bis über beide Ohren. »Ich habe auch schon den Buchtitel: *Graham, der nicht aus dem Fenster stieg, aber mit der Hundertjährigen verschwand.*«

»Hört sich nach einer Lovestory an«, pflichtete ich ihr bei.

Lilly streckt die Beine aus. »*Shape of You* könnte euer Titelsong werden.«

»Ich sehe sie in der Verfilmung schon wild miteinander tanzen«, sagte ich, woraufhin Grayson tief einatmete.

»Ihr zwei kommt irgendwann in die Hölle.« Er sah mich mit blitzenden Augen an. »Wenn ich gewusst hätte, dass du dir meine persönliche Wahrheit wirklich ansehen kannst, hätte ich sie dich niemals sehen lassen. Mit *Shape of You* wird mich Lilly wahrscheinlich noch aufziehen, wenn ich selbst schon hundert bin.«

»Könnte sein«, erwiderte Lilly und biss von ihrem Apfel ab. Dann schaute sie mich an. »Wie geht es denn dir – mit dem ganzen Chaos?«

Chaos beschrieb meinen aktuellen Gemütszustand, bei dem ich zwischen Verdrängung, Wut und Schmerz ständig hin und her driftete, recht gut.

»Lord Musgraves Assistentin hat mir erneut eine Nachricht geschickt, in der sie nachfragt, ob ich mir das Angebot des Lords schon überlegt habe.«

Lilly vergaß zu kauen, was mir einen unschönen Blick in ihre Mundhöhle ermöglichte. »Und?«, fragte sie aufgeregt.

»Nichts und. Ich habe ihr gesagt, dass ich ablehne. Sie meinte, der Lord bestünde darauf, dass ich es mir noch etwas länger überlege.«

»Ich bin gespannt, wie lange es dauert, bis Graysons erster Hilferuf kommt«, sagte Lilly grinsend, als wir am Abend zusammen auf dem riesigen Himmelbett in meinem Zimmer saßen. Die Lampen an den tapezierten Wänden hatten wir ausgeschaltet – stattdessen erhellter sanfter Kerzenschein den Raum. Lilly hatte nämlich darauf bestanden, unser eigenes Candlelight-Dinner zu veranstalten, um mich von meinen eifersüchtigen Gedanken an Grace abzulenken, die den heutigen Abend mit Blake in einem romantischen Restaurant verbringen würde. Dazu hatte Lilly eine Unmenge an lavendelfarbenen Teelichtern mitgebracht, die dem Geruch und der Farbe nach zu urteilen perfekt auf das Hausboot ihrer Oma gepasst hätten, und großzügig in meinem Zimmer verteilt. Dass mich die vielen Kerzen nicht ablenkten, sondern im Gegenteil ständig an Blake und Grace denken ließen, behielt ich aus diplomatischen Gründen lieber für mich. Zum Essen gab es frische Fish & Chips, die Lilly von unterwegs mitgenommen hatte und die wir direkt aus der Mitnahmebox aßen.

»Du musst mir versprechen, dass du Betty nie etwas davon erzählst«, sagte ich, während ich mir genussvoll ein Pommes in den Mund steckte. »Wenn sie erfährt, dass ich ein fettiges Essen aus dem Schnellimbiss ihrem selbst gekochten Abendessen vorgezogen habe, wird sie mir das nie verzeihen.«

»Ich schwöre, dass ich nichts sage«, erklärte Lilly feierlich und hielt zwei Finger in die Höhe. »Außerdem habe ich gelesen, dass jede vierte Kartoffel bei uns in Form von Pommes gegessen wird. Ich dachte, die Statistik würde dich aufheitern und in Kombination mit etwas Fettigem gegen die Traurigkeit helfen.«

Mit einem Augenrollen schob ich mir noch ein Pommes in den Mund und versuchte, mich von Lillys Dramatik nicht mitreißen zu lassen. »Es geht mir gut.«

Lilly seufzte vielsagend und enthielt sich eines Kommentars. Zur gleichen Zeit trudelte eine WhatsApp-Nachricht auf ihrem Handy ein. Sie checkte kurz die Nachricht, bevor sie grinste. »Grayson schickt seinen ersten Hilferuf.«

»Was will er denn?«, fragte ich und rutschte auf dem Bett etwas näher zu Lilly, um die Nachricht auch zu lesen.

»Er sagt, er verträgt die Kutschfahrt nicht. Seine Nase juckt, und seine Augen tränen wegen seiner Pferdeallergie.« Schmunzelnd zeigte Lilly mir ein Selfie von Grayson, auf dem er – mal abgesehen von dem hellgrauen Anzug – aussah wie immer.

»Sollen wir ihm sagen, dass nichts zu sehen ist?«

»Niemals«, erwiderte Lilly und steckte das Handy wieder ein. »Sonst ist er tagelang beleidigt. Ich hab ihn mal einen Hypochonder genannt, weil ihn eine Mücke gestochen hat und er in dem roten Punkt die ersten Anzeichen einer hoch ansteckenden Virusinfektion vermutet hat. Danach hat er eine Woche lang nicht mit mir geredet.«

In diesem Moment kam noch eine Nachricht. Lilly zog ihr Handy wieder hervor und lachte leise. »Sie nennt ihn noch immer hartnäckig Graham, obwohl er ihr schon dreimal erklärt hat, dass er Grayson heißt.«

Ich aß ein gebackenes Fischstück. »Wer weiß – wenn er es oft genug hört, vielleicht gewöhnt er sich dann wirklich noch an den Namen.«

Lilly kicherte. »Wir kommen tatsächlich in die Hölle.«

»Ich weiß.«

»Apropos neue Namen. Wie geht es eigentlich deinem Onkel?«, wechselte sie unvermittelt das Thema. »Weiß er inzwischen, dass Blake und Preston einen Blutsverwandten gefunden haben und eigentlich Henry und George heißen sollten?«

Ich nickte. »Yep. Sie haben es ihm gesagt.«

»Und?«

»Ich war nicht dabei. Ich habe nur gehört, wie Betty und Wilfried sich darüber unterhalten haben. Und mir ist aufgefallen, dass Onkel Edgar in den letzten Tagen ein wenig stiller war.«

»Das ist ja auch ganz schön viel zu verdauen.«

Ich trank einen Schluck von meiner Cola und nickte abermals. »Das stimmt. Aber zumindest ist er im Moment abgelenkt, da er sich ständig mit irgendeiner neuen Frau aus London trifft.«

Lilly hob beide Augenbrauen. »Also kriegen Preston und Blake nicht nur einen neuen Onkel, sondern auch noch eine neue Mami?« Ihr Handy klingelte schon wieder, und sie warf seufzend einen Blick auf die Nachricht.

»Grayson schreibt, seine Hundertjährige hat ihm gerade zweimal hintereinander ans Bein gefasst. Beim ersten Mal dachte er noch, dass es Zufall war, nach dem zweiten Mal ist er sich sicher, dass sie ihn ins Bett bekommen will. Wir sollen ihn so schnell wie möglich da rausholen.«

Ich schluckte meinen Bissen runter. »Jetzt gleich? Kann er sie nicht abwehren?«

Lilly nagte an ihrer Unterlippe, während sie eine Antwort an Grayson tippte und dann wartete, bis eine neue Nachricht eintrudelte. »Okay, er droht uns damit, uns für immer zu entfreunden, wenn wir uns nicht schleunigst auf den Weg machen. Er schreibt nur noch in Großbuchstaben, June – ich denke, wir müssen los, um ihn zu retten.«

»Hier muss es sein«, sagte Lilly, als wir wenig später vor einem romantisch aussehenden Restaurant standen. Eine gläserne Drehtür mit goldenen Griffen, über der in einem geschwungenen Schriftzug *Le Canard* geschrieben stand, führte ins Innere.

»Ja, das ist es«, stimmte ich Lilly zu. Wir waren gerade dabei, die Straße mit dem Kopfsteinpflaster zu überqueren, und ich wäre fast in einen Pferdeapfel getreten. »Offenbar haben die Pferdekutschen direkt vor dem Restaurant gehalten.«

»Der Lord und seine Assistentin mögen es eben stilecht«, sagte Lilly, bevor sie plötzlich stehen blieb und abfällig schnaubte.

»Was ist?«, fragte ich und folgte ihrem Blick. »Oh.«

»Oh?«, wiederholte Lilly zischend. »Absolut peinlich ist das, wenn du mich fragst.« Neben dem Eingang des *Canard* war Preston zu sehen, der eine schlanke blonde Frau gegen die Wand drückte und hemmungslos mit ihr herumknutschte. Sie waren so miteinander beschäftigt, dass sie uns nicht einmal bemerkten. »Offenbar haben sie es nicht mal ins Lokal geschafft.«

»Oder das ist schon das Dessert.« Ich zog Lilly sanft am Ärmel. »Komm, lass uns reingehen und Grayson retten.«

Obwohl das Restaurant nicht besonders groß war, wirkte es mit seinem hellen Teppich und dem breiten goldenen Spiegel an der rückseitigen Wand äußerst edel. Weiß gedeckte Tische mit funkelnden Gläsern und blitzendem Silberbesteck sorgten für ein stilvolles Ambiente, das durch die klassische Hintergrundmusik noch unterstrichen wurde.

»Ich fürchte, wir erregen mit unseren Outfits negative Aufmerksamkeit«, sagte ich, als uns einer der Kellner missbilligend musterte. In unseren Jeans und den gefütterten Herbstjacken bildeten wir einen unübersehbaren Kontrast zu den elegant gekleideten Menschen ringsum. Ich sah mich um und entdeckte an einem der hinteren Tische direkt neben dem goldenen Spiegel Grace und Blake. Grace trug ein wunderschönes türkisgrünes Kleid mit einem tiefen Wasserfall-Ausschnitt und hatte die blonden Haare hochgesteckt. Ihre Lippen und Augen glänzten, und ihre ganze Aufmerksamkeit ruhte auf Blake, der in seinem schwarzen Anzug wie immer umwerfend aussah. Beide wirkten sehr gelöst, und ich beobachtete, wie Blake etwas sagte und Grace sich lachend an den Hals griff und mit den Fingerspitzen über ihren Ausschnitt glitt. Ein schmerzhafter, eifersüchtiger Stich durchzuckte mich. Am liebsten wäre ich sofort gegangen, doch in der Sekunde drehte sich Blake um. Er gab einem der Kellner ein Zeichen, wobei sein Blick für einen Moment an mir hängen blieb. Mein Herz machte einen Sprung und schlug dann stolpernd weiter. Noch bevor ich mir darüber klar werden konnte, wie ich auf Blakes reservierten Gesichtsausdruck reagieren sollte, wandte er sich schon wieder Grace zu. Der Stich von vorhin wurde noch schmerzhafter. Ich wollte nur noch weg.

»Da. Da ist Grayson.« Lilly deutete auf die andere Ecke des Restaurants, in der Grayson mit verzweifelter Miene ein Weinglas leerte. Die dünne weißhaarige Dame ihm gegenüber war gerade dabei, einen ganzen Haufen Fotos, die auf dem Tisch verstreut waren, zurück in ihre schmale Handtasche zu räumen.

»Gehst du zu ihm?«, bat ich Lilly. »Ich warte beim Wagen.«

Lilly wirkte kurz irritiert, doch als sie Grace und Blake entdeckte, nickte sie. Dankbar drehte ich mich auf dem Absatz um und verließ das Restaurant.

Etwa zwei Minuten später folgte Lilly mit Grayson.

»Ich wäre da drin fast gestorben«, schnaufte er, kaum dass wir alle im Auto saßen. »Wusstet ihr, dass meine Mrs Cox *sieben* Urenkel hat, von denen alle älter sind als ich?« Durch die Aufregung klang sein Londoner Akzent noch stärker durch als sonst. »Außerdem hat sie ungefähr fünfzehn von diesen winzigen Plüschhunden, die sie zu Hause züchtet und von denen sie mir die Lebensgeschichte jedes Einzelnen erzählt hat.«

Lilly kicherte, während sie den Blinker setzte und ausparkte. »Du hättest sie eben bitten müssen, dir die Lebensgeschichten ihrer Urenkel zu erzählen. Vielleicht ist ja ein heißer dabei?«

»Das bezweifle ich«, murmelte Grayson erschöpft, bevor er mich ansah. »Alles okay, June? Du bist so still.«

Als ich nicht sofort antwortete, warf Lilly Grayson einen vielsagenden Blick zu.

»Oh«, murmelte er. »Darum geht es.«

»Mir geht's gut«, versicherte ich schnell und zwang ein Lächeln auf meine Lippen.

»Ehrlich? *Gut* sieht in meiner Welt ein bisschen anders aus, Sweetheart.«

Lilly griff tröstend nach meiner Hand. »Hey. Blake war ja noch nicht mal freiwillig da. Wahrscheinlich fand er den Abend mit Grace genauso ätzend wie Grayson den mit Mrs Cox.« Sie sah Grayson im Rückspiegel auffordernd an. »Stimmt's?«

Unwillkürlich warf ich ebenfalls einen Blick zurück. Grayson hatte den Mund halb geöffnet und sah so aus, als wüsste er nicht, was er sagen sollte. »Äh … ja«, meinte er schließlich.

Ich schüttelte den Kopf. »Grayson, du musst das nicht tun. Ich sehe auch ohne meine Gabe, dass du lügst.«

Er fuhr sich unbehaglich durch die Haare. »Tut mir leid, June. Ich würde dir gern was anderes sagen, aber die beiden schienen sich wirklich gut zu verstehen.«

»Woher willst du das denn wissen?«, fragte Lilly widerspenstig. »Du hast doch ganz woanders gesessen.«

Grayson seufzte tief. »Das stimmt, aber ich bin auf dem Weg zum Klo an ihrem Tisch vorbeigekommen. Und glaubt mir, ich bin in dieser Dreiviertelstunde wirklich oft aufs Klo gegangen.«

Lilly hob die Augenbrauen. »Weil Mrs Cox ihre faltigen Hände nicht bei sich behalten konnte?«

»Damit triffst du den Nagel auf den Kopf, Darling. Leider konnte ich aber keine fünfzig Mal aufs Klo gehen.«

»Hast du denn auf einem deiner Klospaziergänge auch mitbekommen, worüber Blake und Grace gesprochen haben?«, fragte ich leise.

Grayson zögerte, und ich mochte mich für die Frage selbst nicht. Aber ein Teil von mir wollte es unbedingt wissen.

»Es schien um das Geschäft deines Onkels zu gehen«, erwiderte er nach einem Moment. »Für mich hat es sich so angehört, als ob Grace Blake irgendwelche Tipps zum Thema Vermarktung geben würde. Ihre Mutter hatte irgendwie damit zu tun.«

»Und das war alles?«, fragte ich.

Grayson wand sich auf der Rückbank. »Sie haben auch über unser Schulabschlussfest gesprochen. Wie es aussieht, sind die zwei für die Planung zuständig. Grace hat sich offenbar freiwillig verpflichtet, Blake hat den Dienst anscheinend von der Kensington aufgebrummt bekommen, weil er seine Schuluniform nie trägt.«

»Tatsächlich? Sie arbeiten gemeinsam an dem Projekt?« Wenn das stimmte, würden Grace und Blake jetzt wahrscheinlich nur noch aufeinander kleben.

»So, das reicht jetzt aber«, sagte Lilly und funkelte Grayson an.

»Schon gut«, sagte ich schnell. »Ich wollte es ja wissen. Danke, Grayson.«

Er nickte und ich richtete meinen Blick aus dem Fenster. Dabei versuchte ich angestrengt, nicht mehr an Grace und Blake zu denken, die offenbar eine neue Stufe ihrer Beziehung erreicht hatten. Nach allem, was passiert war, wusste ich, dass es nur eine Lösung für meine Probleme gab: Ich musste es schaffen, mir Blake ein für alle Mal aus dem Kopf zu schlagen, und mich stattdessen auf andere Dinge konzentrieren.

Kapitel 29

»Okay. Es ist nur ein Anhaltspunkt. Aber vielleicht ein guter«, wiederholte Grayson zum gefühlt hundertsten Mal, als wir am Montag nach dem Wochenende wieder in Lillys Auto saßen.

»Sag mal, hast du dich nach der Schule wirklich noch umgezogen?«, wollte Lilly wissen und blickte von ihrem Sitz auf die Rückbank, auf der Grayson in seinen schwarzen Klamotten saß. »Hattest du vorhin nicht noch deine Schuluniform an?«

Grayson strich über sein dunkles Shirt, das sich eng an seinen schlanken Oberkörper schmiegte. »Gut erkannt, Sherlock.«

Lilly setzte den Blinker, bevor sie in die nächste Straße einbog. Dabei grinste sie mich von der Seite an. »Siehst du, *ich* bin Sherlock.«

»Danke, Grayson«, murrte ich und sah kurz in den Rückspiegel. Hatte ich den weißen Lieferwagen vorhin schon hinter uns gesehen oder bildete ich mir das nur ein? »Du solltest Lilly in der Sache nicht bestärken, sie hat mich schon zu Watson degradiert.«

»Degradiert? Watson zu sein ist doch eine Ehre«, behauptete Lilly. »Er ist ein ehemaliger Arzt und ein treuer Freund.«

Mein Blick ging erneut zum Rückspiegel. Der Lieferwagen war nicht mehr zu sehen. Draußen zogen die weiß getünchten Häuser von Saint Clarkston an mir vorbei, einer Kleinstadt in der Nähe von

Newtown mit stolzen zweitausend Einwohnern. Einer von ihnen war Victor Conerly, der Journalist, der den Artikel von Georgina Musgraves Tod verfasst hatte. Von ihm hofften wir, mehr über die Umstände ihres Todes zu erfahren. Denn nur so konnten wir herausfinden, ob mein Großvater etwas mit ihrem Ableben zu tun hatte, oder nicht.

Grayson legte den Kopf leicht schief. »Und wer bin dann bitte schön ich?«

Lilly stoppte den Wagen vor der Ampel. »Du könntest Mycroft Holmes sein.«

»Dein älterer Bruder? Stirbt der nicht zum Schluss der Staffel?«

»Er arbeitet für den MI6, das ist doch cool.«

»Pah«, machte Grayson. »Wer von uns beiden ist denn auf die Idee gekommen, Victor Conerly darüber auszuquetschen, ob Junes Familientragödie wirklich perfekt ist und ihr Großvater die leibliche Mutter der Zwillinge auf dem Gewissen hat? Soweit ich mich erinnern kann, kam diese geniale Idee von mir, nicht wahr?«

Im Rückspiegel warf Lilly Grayson einen genervten Blick zu. »Du hast selbst gesagt, dass das bloß ein Anhaltspunkt ist.«

»Aber ein guter.«

Ich grinste, auch wenn die letzten Tage wirklich kein Zuckerschlecken gewesen waren. Vor allem nicht, wenn ich an Blake dachte.

»June«, ermahnte mich Grayson von der Rückbank aus. »Du tust es schon wieder.«

Irritierte drehte ich mich zu ihm um. »Was genau?«

»Deine Gedanken sind bei Blake Beaufort. Spar dir den Versuch, es zu leugnen. Es ist dieser verträumte Wieso-will-er-mich-nicht-Blick.«

Ich schüttelte den Kopf. »Nein, das ist er nicht. Es ist dieser Ichwill-endlich-die-Wahrheit-kennen-Blick und jetzt«, ich deutete mit dem Finger auf mein Gesicht, »jetzt ist es dieser Grayson-nervt-Blick.«

Lilly nickte so vehement, dass ich lachen musste. »Den Blick kenne ich nur zu gut. Und ich finde es super, wenn du ihn aufsetzt – Hauptsache, du lässt den verträumten Blick stecken. Ich meine, wenn Blake Grace auf einmal so toll findet, dann ist er sowieso nicht der Richtige für dich.« Ich erwiderte nichts, obwohl Lilly damit nicht falschlag. Blake ging mir nicht nur aus dem Weg, sondern suchte offenbar vermehrt den Kontakt zu Grace. Konnte es sein, dass der Fluch für ihn nur eine Ausrede war, um mich loszuwerden?

»Hier muss es gleich sein«, meinte Lilly in dem Moment und parkte das Auto in einer Wohnsiedlung, deren braune Backsteinhäuser mit den weißen Fensterläden und den geziegelten Schornsteinen alle gleich aussahen. Selbst die winzigen Vorgärten unterschieden sich kaum.

Ich schielte auf die Uhr. »Wir sind pünktlich.«

Lilly zog den Zündschlüssel ab und strich sich die Haare glatt. »Gut. Dann mal los, Watson und Mycroft – nach euch.«

Es dauerte etwa zwei Minuten, bis Victor Conerly uns die Tür geöffnet hatte. Er war ein untersetzter kleiner Mann mit Vollbart, dessen weißes T-Shirt einige unschöne Schweißflecken aufwies. Die dunkle Diele hinter ihm roch genauso muffig wie der Journalist selbst.

»Ich habe nur mit einem gerechnet. Der Typ am Telefon hat nichts davon gesagt, dass ihr zu dritt aufkreuzt.«

Grayson streckte ihm tapfer die Hand entgegen. »Ich bin der

Typ vom Telefon und hoffe, dass Sie flexibel sind. Wir haben auch nur ein paar Fragen an Sie.«

»Früher waren Fragen *mein* Job«, murrte der Mann, drehte sich um und schlurfte in Richtung Wohnzimmer. Grayson ließ seine Hand wieder fallen und warf uns einen vielsagenden Blick zu. Wir betraten den engen Vorraum, der mit den vollgestopften Schuhfächern, den herumliegenden Jacken und der sich ablösenden Tapete ein wenig verwahrlost wirkte. Der Rest des Hauses bestätigte den ersten Eindruck. Im Wohnzimmer herrschte ein ähnliches Chaos. Der Couchtisch war voller leerer Bierdosen, und es roch so intensiv nach altem Essen, als hätte seit Tagen keiner mehr gelüftet.

Victor Conerly ließ sich auf einen braunen Lederstuhl fallen, der sich unweit des Fernsehers befand. Mit einer Hand öffnete er zischend eine Bierdose, mit der anderen bedeutete er uns, ihm gegenüber auf einer abgewetzten Couch Platz zu nehmen.

Grayson lächelte schmallippig, stieg über die auf dem Boden verteilten Bücher und Zeitschriften und ließ sich dann als Erster nieder – jedoch nicht, ohne vorher noch kurz über die Sitzfläche zu wischen. Lilly und ich folgten seinem Beispiel.

»Gut. Also, was genau wollt ihr wissen? Journalist zu werden ist doch nicht so glamourös, wie ihr es euch ausgemalt habt, nicht wahr? Ich lebe nicht in Glanz und Gloria.« Victor Conerly nahm einen tiefen Schluck aus seiner Bierdose.

»Es geht weniger um den Beruf des Journalisten im Allgemeinen als um *Ihre* Arbeit, Mr Conerly«, meinte Lilly.

Der Mann fuhr sich mit dem Handrückten über den Mund. »Heißt das, dass der da mich am Telefon angelogen hat?« Sein Gesicht verfinsterte sich zunehmend.

Ich straffte die Schultern, da ich mit so einer Reaktion gerechnet hatte. »Haben Sie sich noch nie einer kleinen Notlüge bedient, um an Informationen zu kommen?«

Victor Conerly verengte seine Augen. »Eine Frage mit einer Gegenfrage zu beantworten, ist gar nicht übel. Aber bei mir verschwendete Zeit. Verschwindet lieber.«

»Wir sind extra hergekommen, wir werden sicher nicht gleich wieder gehen.« Lilly beugte sich ein Stück nach vorn. »Es sieht auch nicht so aus, als hätten Sie heute noch eine Menge vor. Da können Sie doch auch kurz mit uns reden.«

»Klar, könnte ich, will ich aber nicht«, erklärte der Journalist schroff.

»Arbeiten sie denn noch als Journalist?«, wollte Grayson wissen. Er sah sich unsicher im Wohnzimmer um, das mit den vollgestopften dunklen Bücherregalen und der dicken Staubschicht nicht so aussah, als würde hier jemand einem regelmäßigen Beruf nachgehen.

»Ab und an. Wenn was anfällt. Bin immer wieder auf der Suche nach einer guten Story, aber die gibt es leider nicht so häufig wie Sand am Meer. Habt ihr denn eine Story für mich?« Conerly stellte seine Bierdose neben sich auf dem Parkettboden ab.

»Wir waren vor Kurzem auf dem Maskenball von Lord Musgrave. Wir könnten Ihnen davon erzählen«, schlug Lilly vor und hob vielversprechend die Augenbrauen. Victor Conerly lehnte sich schnaubend in seinem Stuhl zurück. »Dieser Gesellschaftskram interessiert mich nicht. Ich meine *echte* Storys.«

»So wie der Unfall von Georgina Musgrave?«

Bei der Erwähnung ihres Namens versteifte sich Mr Conerly automatisch. »Aha. Daher weht der Wind.« Seine Stimme klang eiskalt, als hätten wir ihn plötzlich beleidigt. »Verschwindet.«

»Aber wieso?«, fragte ich.

Er setzte sich auf, seine Finger zitterten leicht. »Ich möchte mit der Sache nichts zu tun haben. Seid ihr solche Freaks wie dieser Typ?«

Welcher Typ? Plötzlich fiel mir wieder ein, dass Blake dem Journalisten vor einiger Zeit einen Besuch abgestattet hatte, um den Namen seiner leiblichen Familie zu erfahren. Wahrscheinlich hatte er dabei seine Gabe eingesetzt, um die Wahrheit aus Victor Conerly herauszubekommen.

Grayson runzelte die Stirn. »Was für ein Typ?«

»So ein dunkler, der hat irgendetwas mit mir gemacht. Ich wollte ihm nicht helfen, aber dann musste ich es doch. Auf so einen Scheiß habe ich keine Lust.« Der Journalist stand auf. »Verschwindet von hier. Ich will so etwas nicht noch einmal erleben.«

Bevor der Moment verstreichen konnte, blickte ich ihm rasch in seine braunen Augen und setzte meine Gabe ein. In der nächsten Sekunde erstarrte das gesamte Wohnzimmer, als hätte die Zeit aufgehört, zu existieren. Lillys Mund stand offen, weil sie etwas hatte sagen wollen, und Grayson fixierte den untersetzten Mann mit hochgezogenen Augenbrauen. Selbst der tanzende Staub um uns erstarrte, genauso wie der Journalist mit dem schmutzigen weißen T-Shirt, der gerade dabei war, uns aus seinem Haus zu werfen.

Meine Umgebung wurde zu einer Welt aus Glas, die mit ihren leuchtenden Farben die Trostlosigkeit des Wohnzimmers verschwinden ließ. Der Ort war noch immer verwahrlost, bekam aber einen neuen Glanz. Konzentriert blickte ich auf Victor Conerly, dessen braune Augen zersprangen, woraufhin mir dahinter ein helles Licht entgegenstrahlte. Gleichzeitig fegte ein frischer Wind durch den Raum, während mich ein starkes Gefühl der Neugierde erfasste.

»Was ist damals bei Georgina Musgraves Unfall passiert? Was wissen Sie?«, flüsterte ich. Das Kristall klirrte, als es auseinanderbrach. Unzählige Scherben schwebten funkelnd in der Luft, bevor sie zu Boden fielen und ich mich an einem anderen Ort wiederfand.

Hier draußen wehte ein Wind, der den Polizisten beinahe ihre schwarzen Kappen von den Köpfen riss. Es waren insgesamt drei Polizisten und Leute von der Spurensicherung anwesend, die das Areal absicherten.

Das Rauschen des Meeres drang an mein Ohr, ebenso das Gemurmel von Stimmen. Ich befand mich offensichtlich am Unfallort, an dem Blakes und Prestons Mutter gestorben war.

Ich stand auf dem schmalen, sandigen Streifen zwischen einer gewundenen Küstenstraße und einer steilen Klippe. Von hier aus hatte man einen fantastischen Blick auf das Meer, das mindestens hundert Meter unter uns stürmisch gegen die Steilküste brandete.

Mein Bick fiel zunächst auf das durchbrochene Geländer am Rand der Klippe, bevor ich den sandigen Boden betrachtete und dabei Reifenspuren entdeckte, die direkt auf die Abgrenzung zusteuerten. Es sah nicht so aus, als hätte die Autofahrerin versucht, zu bremsen.

»Conerly, ich hab nichts für dich«, hörte ich einen der Polizisten sagen, der ein wenig abseits stand. Er war hochgewachsen und kritzelte gerade etwas in sein schwarzes Notizbuch.

»Jetzt sei nicht so, Perry«, erwiderte Victor Conerly. Die fast zwanzig Jahre jüngere Version von ihm wirkte fit und weit weniger des Lebens überdrüssig, als es sein Gegenwarts-Ich war. In seinen Händen hielt er zwei Becher. »Du weißt, dass ich meine Quellen niemals preisgebe. Außerdem hab ich dir auch einen Kaffee mitgebracht.«

»Mit Milch und Zucker?«

»Natürlich.«

Der Polizist griff nach dem Kaffeebecher und nahm einen tiefen Schluck. »Das tut gut.«

»Also?«, fragte Victor Conerly.

»Sieht nach einem Unfall aus, die Fahrerin war weiblich. Der Wagen mit ihrer Leiche wurde schon geborgen.«

»Name?«

»Kann ich dir nicht sagen, Vic.«

»Ach, komm schon, Perry. Eine Hand wäscht die andere.«

Der Polizist nahm noch einen Schluck von seinem Kaffee. »Ist eine Musgrave.«

»Eine Musgrave?«, wiederholte der Journalist entsetzt. »Etwa Georgina Musgrave?«

Der Polizist nickte. »Das darfst du aber nicht drucken, du weißt, welchen Einfluss die Musgraves haben.«

»Natürlich weiß ich das. Aber glaubst du denn, dass es ein Unfall war?«

»Egal wie, es wird am Ende sicher ein Unfall sein. Diesmal sieht es aber wirklich danach aus. Gestern Abend war schlechte Sicht, da kann so was schon passieren.«

»Hatte die nicht auch Kinder?« Victor Conerly nippte an seinem Kaffeebecher.

»Zwillinge. Zwei Jungs. Sind wahrscheinlich im Auto gewesen, wir überprüfen das noch. Es gibt zwar keine Kindersitze, aber es wäre nicht das erste Mal, dass die Reichen das mit der Sicherheit nicht so ernst nehmen. Die glauben offenbar, dass ihr verdammtes Geld sie beschützt. Na ja. Jetzt sehen sie, was sie davon haben.«

»Kann ich einen Blick auf ihre Sachen werfen?«

»Sind schon auf der Polizeistation.«

»Nur einen kurzen Blick, Perry.«

Der Polizist schüttelte den Kopf. »Mein Chef killt mich, wenn er nur erfährt, dass ich mich mit dir unterhalte.«

Victor Conerlys Blick fiel auf den sandigen Boden, auf dem ein ausgetretener Zigarettenstummel lag. »Soll ich Jessica verraten, dass du die süßen Dinger immer noch rauchst?«

»Hey, die ist nicht von mir.«

Der Journalist grinste übers ganze Gesicht. »Das weiß aber Jessica nicht.«

»Wage es ja nicht, Vic. Du kannst dir mit mir viel Ärger einhandeln.«

»Sag mir einfach, ob was Interessantes bei den Sachen dabei war. Vielleicht ein Abschiedsbrief?«

»Haben wir nicht gefunden. Kann mir auch nicht vorstellen, dass es Selbstmord war – wobei … es sind schon schrägere Dinge passiert. Aber die Kinder …«

»Gib mir irgendetwas, mit dem ich was anfangen kann, Vic. Sonst muss ich wieder einen von diesen langweiligen Artikeln schreiben, der nutzloser ist als ein Stück Toilettenpapier. Wenn ich das noch länger mache, bringe ich mich irgendwann um.«

»Ein Stück Toilettenpapier ist nicht immer nutzlos.«

Victor Conerly kratzte sich am Kinn. »Du weißt, was ich meine.«

»Okay.« Der Polizist sah sich kurz um und senkte die Stimme. »Sie hatte ein Portemonnaie dabei, ein altes Buch und ein ziemlich auffälliges Medaillon. Mehr hab ich echt nicht, Vic.«

Der Journalist schob die Hände in die Hosentaschen, während ein Wort in meinem Kopf widerhallte: Medaillon.

Hatte das etwas zu bedeuten? Es musste nichts heißen, aber vielleicht bestand eine geringe Chance, dass es sich dabei um das Medaillon der Hexe handelte, das für unsere Gaben verantwortlich war. Es war nur ein Strohhalm, aber er motivierte mich dazu, etwas Neues auszuprobieren. Ich richtete meine ganze Konzentration auf den Polizisten, den Victor Conerly Perry genannt hatte. Mein Blick bohrte sich in seinen, und auch wenn er mich unmöglich sehen konnte, hatte ich das Gefühl, dass er mir direkt in die Augen schaute. »Zeig mir das Medaillon«, *flüsterte ich.* »Zeig es mir jetzt.«

Im nächsten Augenblick geschah etwas. Die Augen des Polizisten verwandelten sich in harte Diamanten, deren schimmernde Oberfläche sich auf die Umgebung ausbreitete. Innerhalb eines Wimpernschlages erstarrte die Szene aus der Vergangenheit. Der Himmel wurde leuchtend blau, die schwarzen Uniformen der Polizisten wurden noch dunkler – es war, als hätte jemand einen Kontrastfilter über meine Umgebung gelegt, die jede Farbe noch mehr strahlen ließ.

»Zeig mir das Medaillon«, *flüsterte ich noch einmal. Mein Blick lag auf dem Polizisten und mich erfasste eine Welle der Aufregung. Was konnte meine Gabe noch alles? Hatte ich überhaupt eine Ahnung von den Möglichkeiten, die mir offenstanden?* »Zeig es mir jetzt.«

In der Sekunde zersprang das Glas. Wie ein Vorhang aus Kristall fiel es klirrend zu Boden und brachte mich an einen anderen Ort. Plötzlich befand ich mich auf einer Polizeistation. Ich hatte es tatsächlich geschafft! Ich konnte mir die Wahrheit einer Person ansehen, die ich in der Wahrheit eines anderen Menschen getroffen hatte. Euphorisch ließ ich meinen Blick durch den Raum schweifen. Die beigefarbenen Wände wurden von einigen Bilderrahmen mit Auszeichnungen geziert, und an den wenigen Schreibtischen saßen Polizisten und arbeiteten. Ein herber Kaffeeduft lag in der Luft. Es dauerte nicht lange, bis ich den Polizisten vom Unfallort entdeckte.

Er saß an seinem Schreibtisch und telefonierte, während er einige Gegenstände musterte, die in durchsichtigen Tüten verpackt waren.

»Keine Sorge, Chef. Wir werden die Angelegenheit mit aller Vorsicht behandeln.« Er klemmte den Telefonhörer zwischen Kinn und Schulter und ließ eine Plastiktüte mit einem Schmuckstück sinken. »Es gibt keinen Hinweis auf Fremdeinwirkung, nein. Und Selbstmord halte ich auch für unwahrscheinlich.« Der Polizist legte seinen Fuß über sein Knie und fluchte, als er seinen Schuh inspizierte. »Nein, Sir, das galt nicht Ihnen. Ich habe nur gesehen, dass ich mir am Unfallort einen verdammten Kaugummi eingetreten habe. Auch für die sollten wir Strafen verteilen. Ja, klar, Fokus. Das Medaillon, mal sehen, ob es sich öffnen lässt. Moment.«

Er setzte sich wieder aufrechter hin und griff nach der Plastiktüte mit dem Schmuckstück. Es war ein aufwendig verziertes Medaillon mit einer hübschen eingravierten Orchidee, die sich um die goldene Oberfläche rankte. Das Schmuckstück sah alt aus, aber nicht so alt, wie das Medaillon der Hexe Scarlett vermutlich sein müsste. Mit einem geschickten Handgriff ließ der Polizist das Medaillon aufschnappen. Im Inneren war eine Fotografie eingefasst worden. Es war das Bild eines jungen Mannes. Mein Herz klopfte wie verrückt, als mir die Ähnlichkeit zu Preston und Blake bewusst wurde. Der Mann hatte markante Gesichtszüge, eine schön geformte Nase und dunkle Augen, die etwas Gefährliches ausstrahlten.

»Es wird Sie schon nicht umbringen, uns etwas zu erzählen«, hörte ich Lilly im nächsten Moment sagen und befand mich plötzlich wieder auf der abgewetzten Couch in Victor Conerlys Wohnzimmer. »Oder was meinen Sie?«

Erschöpft ließ ich mich zurücksinken. Der Sprung von einer Wahrheit in die nächste war unglaublich anstrengend gewesen. So anstrengend, dass ich meine Gabe in diesem Moment vermutlich nicht einmal dann hätte einsetzen können, wenn mein Leben davon abhängig gewesen wäre. Als der Journalist auf Lillys Frage antworten wollte, kam ich ihm zuvor. »Lasst uns das lieber nicht riskieren. Wenn er nicht reden möchte, sollten wir das akzeptieren.« Mühevoll stand ich auf und bedeutete den beiden, es mir gleichzutun, bevor ich mich Victor Conerly zuwandte, der als junger Mann noch Hoffnung in sich getragen hatte. »Vielen Dank für Ihre Zeit, wir finden allein hinaus.«

»Hey, was genau hast du in Conerlys Augen gesehen?«, fragte Lilly aufgeregt, als wir wieder im Auto saßen.

Ich schnallte mich an und spürte die Müdigkeit noch immer in meinen Knochen. »Ich denke, ich habe Blakes und Prestons Vater gesehen«.«

Grayson wurde auf der Rückbank ganz hibbelig. Nervös lehnte er sich an meinen Sitz. »Wie? Wer ist es? Und wo hast du ihn gesehen?«

»Auf einem Foto«, erklärte ich. »Ich bin mir sicher, dass er es war. Die Ähnlichkeit zu Preston und Blake ist eindeutig.«

»Okay, du musst uns alles ganz genau erzählen. Du darfst kein Detail auslassen, kein einziges«, ermahnte mich Lilly, bevor sie den Wagen startete und aus der Wohnsiedlung lenkte.

Die ganze Autofahrt über musste ich berichten, was ich mithilfe meiner Gabe gesehen hatte, und durfte erst aufhören, nachdem die beiden sich sicher waren, dass ich auch wirklich nichts vergessen hatte.

»Unbelievable«, stöhnte Grayson, als Lilly ihren Wagen auf einem abgelegenen Parkplatz an den Klippen abstellte, wo wir uns ungestört unterhalten konnten. Die betonierte Fläche wurde von einer brusthohen Bruchsteinmauer umgeben, vor der auch zwei große Aussichtsfernrohre angebracht waren. Hinter der Mauer war das glitzernde blaue Meer zu sehen, über dem ein paar Möwen kreisten. Grayson zog geräuschvoll an dem Strohhalm seines Erdbeershakes. Lilly hatte darauf bestanden, dass wir Verpflegung brauchten, und hatte unterwegs Shakes für uns alle besorgt.

»Schade, dass du uns nicht in die Wahrheiten der anderen mitnehmen kannst. Ich meine, wie abgefahren wäre das! Dann könnten wir das alles mit eigenen Augen sehen«, seufzte Lilly. »Ich hätte zu gerne einen Blick auf das Medaillon geworfen.«

»Und ich auf Blakes und Prestons Vater«, kommentierte Grayson von der Rückbank aus, woraufhin ihm Lilly einen schiefen Blick zuwarf. »Was? Ich hätte es nur getan, um Zusammenhänge zu unserem Fall herzustellen.«

»Ja, klar.«

»Aber sicher doch. Schließlich müssen wir herausfinden, ob Junes Opa die Mutter abgemurkst hat, Darling.«

Ich rieb mir über die Augen. »In Wahrheit sind wir keinen Schritt weitergekommen. Keinen einzigen.«

»Kopf hoch.« Lilly schlürfte von ihrem Schokoshake. »Immerhin wissen wir durch deine Gabe viel mehr als vorher. Dieser Polizist zum Beispiel glaubte wirklich an einen Unfall, oder? Hattest du nicht das Gefühl, dass er ein bisschen daran zweifelt?«

Ich schüttelte den Kopf. »Nein, nicht wirklich. Wie gesagt, er hat sich ein wenig über die Reichen beschwert, aber ich hatte nicht das Gefühl, dass er seine Arbeit irgendwie unordentlich macht.« Ich kurbelte das Autofenster hinunter und atmete die salzige Meeresluft tief ein. Neben uns stand noch ein rotes Auto, sonst war der kleine Parkplatz leer. In einiger Entfernung erkannte ich eine Familie, die offenbar zu dem Kombi gehörte und sich um ein Fernrohr tummelte. »Wo genau sind wir hier eigentlich?«

»Das ist ein Aussichtspunkt, zu dem meine Eltern mich und meine Brüder immer geschleppt haben, wenn Besuch da war. Du kannst dir gar nicht vorstellen, wie viele Fotos ich vor diesem Panoramahintergrund habe. Ich könnte damit ein Video auf YouTube erstellen.«

»Es ist wirklich schön hier«, sagte ich und blickte Richtung Klippen, an denen sich die Gischt brach. Die Sonne stand schon etwas tiefer, und der Anblick sorgte für eine beinahe verzauberte Atmosphäre. Dennoch schluckte ich. »So ähnlich hat es an dem Unfallort auch ausgesehen.«

»Die Küstenstraßen sehen alle irgendwie gleich aus, auch die von Blackcross«, bemerkte Lilly.

»Die meisten Aussichtspunkte sehen auch irgendwie gleich aus«, meldete sich Grayson zu Wort. »Dennoch ist es wichtig, zu wissen, wann man wohin fährt. An einem Sonntagnachmittag ist hier zum Beispiel die Hölle los.«

»Wirklich?«, fragte ich. Im Moment konnte ich mir das gar nicht vorstellen.

Grayson nickte. »Es gibt aber ein paar versteckte Locations, wo einem selbst am Sonntag kein Mensch über den Weg läuft.«

»Allerdings muss man, um dort hinzukommen, manchmal über gesperrte Straßen fahren«, konterte Lilly. »Und verdammt gut aufpassen, dass man nicht ausrutscht und sich den Hals bricht. Aber lieber zurück zum Thema.« Sie knabberte an ihrem Strohhalm. »Hatte das Medaillon, das du gesehen hast, vielleicht eine Gravur? Irgendetwas, das uns zu dem leiblichen Vater von Blake und Preston führen könnte?«

Grayson ließ sich nach hinten auf die Rückbank fallen. »Sind wir denn überhaupt sicher, dass wir ihn finden wollen? Was, wenn der Lord recht hat und der Unfall seiner Schwester gar kein Unfall war? Dann könnte es sein, dass der Typ die Mutter seiner Kinder auf dem Gewissen hat.«

Lilly legte die Stirn in Falten. »Es könnte aber auch sein, dass der Lord die ganze Story nur erfunden hat, um von seinen eigenen bösen Absichten abzulenken.«

Ich leerte meinen Milchshake. »Die da wären?«

»Vielleicht hat er es auf Blake und Preston abgesehen, weil er seine Kohle nicht teilen will. Oder weil er Angst hat, dass sie ihm sein Lieblingspferd oder Lieblingskunstwerk klauen.«

Grayson atmete tief ein. »Klar. Für sein Lieblingspferd würde der Lord sicherlich den Himmel verdunkeln. Mit Geld bekommt man schließlich alles hin.«

»Wer weiß, über welche Fähigkeiten er sonst noch verfügt«, erwiderte Lilly unbeeindruckt. »Vielleicht ist der Lord auch Mitglied eines dunklen Geheimbundes, der alle übernatürlichen Kräfte ausmerzen will.«

Grayson schlug die Beine übereinander. »Vielleicht guckst du auch nur zu viel fern, Darling.«

»Vielleicht war es der Fluch«, sagte ich.

»Du denkst, dass der Fluch das Auto über die Klippen stürzen ließ?« Grayson zog eine Augenbraue hoch.

»Ich weiß es nicht. Vielleicht war es wirklich mein Großvater.« Die Gedanken spielten in meinem Kopf total verrückt. Nichts ergab einen Sinn, aber irgendetwas musste doch einen Sinn ergeben! Erschöpft stieg ich aus, um meinen leeren Milchshakebecher in den Mülleimer zu werfen. Danach blieb ich noch einen Moment draußen stehen und beobachtete das Meer, das so wankelmütig war. Es konnte friedlich sein, sanft den Strand umspülen oder auch tosend seine Wellen über uns erheben. Es konnte ganze Landstriche unter sich begraben, es verfügte über eine Gewalt und Macht, die keiner beherrschen konnte.

»Hey, June, alles okay?«, fragte Lilly und griff mir sanft an die Schulter. »Oder wolltest du nur etwas Abstand von Grayson?«

»Ich kann euch hören!«, rief Grayson, der seinen Kopf aus dem Fenster gesteckt hatte. Er öffnete die Autotür, schmiss seinen Becher in den Mülleimer und kam auf uns zu.

»Ich habe das Gefühl, dass ich vor einem Meer aus Fragen stehe, die ich alle nicht beantworten kann. Aber ich muss sie beantworten, denn ich werde auf keinen Fall das Angebot des Lords annehmen.« Ich drehte mich zu den beiden um. »Haltet ihr mich deswegen für verrückt?«

Grayson legte den Arm um mich. »Ganz und gar nicht, June.« Er machte eine kurze Pause. »Okay, mit deiner Gabe bist du etwas durchgeknallt, aber immerhin passt du damit zu Lilly. Die ist nämlich auch verrückt.«

Lilly grinste. »Im Gegensatz zu dir?«

»Im Gegensatz zu mir.«

In dem Moment kam die Familie von der kleinen Aussichtsplattform zurück. Sie stiegen in den Kombi ein, und als der Wagen wendete, schnippte der Vater seine Zigarette aus dem Auto.

»Wie ich solche Typen hasse«, murmelte Lilly, bevor sie dem abfahrenden Auto hinterherrief: »Schon mal was von Umweltschutz gehört?!«

Grayson drückte kopfschüttelnd die Zigarette aus und beförderte sie dann mit spitzen Fingern in den Mülleimer. »Widerlich.

Noch dazu sind das diese stinkenden Dinger, die mein Großvater heimlich im Schuppen raucht. Eine Mischung aus Teer und Vanille, ekelhaft.«

Lilly nickte. »Das sind diese *Vanilla Clouds* nicht wahr? Von denen hat doch auch der Gärtner erzählt, der angeblich«, sie zeichnete Gänsefüßchen in die Luft, »aufgehört hat, zu rauchen.«

Ich starrte Lilly an.

»Was ist?«, fragte sie. »Du hast mir doch erzählt, dass der Butler in seinem Wahrheitsrausch ausgeplaudert hat, dass Joseph immer noch raucht.«

»Das ist es nicht«, sagte ich leise, während die Gedanken nur so durch meinen Kopf zischten und plötzlich zusammenpassten, zumindest ein Teil davon. »Kannst du dich erinnern, was Joseph uns im Garten erzählt hat? Dass dieser Typ – ich glaube, er nannte ihn ›den jungen Chester‹ – wie ein Schlot geraucht hat, und dann ständig Kaugummi gekaut hat, damit man es nicht riecht.«

»Ja, und?« Grayson und Lilly starrten mich verständnislos an. Sie hatten keine Ahnung, worauf ich hinauswollte.

»Victor Conerly hat am Unfallort den Polizisten damit aufgezogen, dass er noch immer raucht, dass er noch immer *diese süßen Dinger* raucht. Denn da lag eine Zigarettenkippe.«

Lillys Stirn bekam tiefe Falten. »Und was? Du glaubst jetzt, dass der Polizist der junge Chester ist?«

Ich schüttelte den Kopf. »Nein, ich denke nur, dass der junge Chester am Unfallort gewesen sein könnte. Vielleicht hat er etwas gesehen – oder vielleicht war er sogar für den Unfall verantwortlich …«

Grayson zog tief die Luft ein. »Ich will deinen Enthusiasmus nicht bremsen, aber glaubst du nicht, dass das etwas weit hergeholt ist? Selbst wenn Victor Conerly tatsächlich den Zigarettenstummel einer Vanilla Cloud am Boden gesehen hat, könnte doch jeder sie dort fallen gelassen haben.« Er verschränkte die Arme vor der Brust. »Auch mein Großvater – und von dem denke ich nicht, dass er ein Mörder ist. Eigentlich.«

»Klar ist es noch kein Beweis, aber denkt doch auch an den Kaugummi, der dem Polizisten am Schuh klebte. Der von dem Unfallort stammte. Ich meine, das sind doch schon *zwei* seltsame Zufälle, nicht wahr?«

»Ja, du hast recht«, stimmt Lilly mir zögernd zu. »Obwohl es noch immer kein Beweis ist. Aber zumindest ein Anhaltspunkt.«

Grayson machte eine wegwerfende Handbewegung. »Was soll's, ich steige in eure Theorie mit ein. Was ist, wenn dieser junge Chester vielleicht sogar der Vater von Blake und Preston ist?«

Für einen Augenblick hörten wir nur das Rauschen des Meeres und das Kreischen einer Möwe, die ihre Kreise am Nachmittagshimmel zog. »Es gibt nur eine Möglichkeit, das herauszufinden«, sagte ich schließlich. »Wir müssen diesen Chester finden.«

Kapitel 30

Die nächsten Tage verbrachten wir damit, mehr über den jungen Chester zu erfahren. Da Joseph sich in dieser Woche ein paar Tage freigenommen hatte, war das jedoch schwieriger als gedacht.

»Wo bist du denn mit deinen Gedanken, June?«, fragte mein Onkel, als wir im Esszimmer beim Frühstück saßen. Ich war gerade dabei, mir eine Tasse Tee einzuschenken, und bemerkte zu spät, dass sie am zarten Porzellanrand schon überlief.

»Entschuldige, ich war wohl abgelenkt.« Rasch stellte ich die Kanne Tee auf den Tisch und begann, die verschüttete Flüssigkeit auf der Untertasse mit ein paar Serviettentüchern wegzuwischen.

»Hast du viel Stress in der Schule?« Mein Onkel musterte mich besorgt. Ja, ich hatte viel Stress. Aber nicht in der Schule, sondern damit, die Wahrheit zu erfahren. Obwohl ich die Wahrheit in den Augen anderer sehen konnte, war es frustrierend, dass ich noch immer nicht wusste, was damals mit Georgina Musgrave passiert war.

»Etwas«, log ich. »Aber ich komme gut zurecht.«

»Wenn du Hilfe brauchst, scheu dich nicht davor, meine Jungs zu fragen. Immerhin ist das Schuljahr ihr zweiter Anlauf.« Er lächelte mich liebevoll an. Ich wusste, dass er es gut meinte, aber Preston und Blake waren aktuell die Letzten, die ich um Hilfe fragen würde.

Denn jedes Mal wenn ich ihnen in letzter Zeit über den Weg gelaufen war, schienen sie über die Begegnungen nicht besonders erfreut gewesen zu sein.

»Wo sind sie denn überhaupt?«, fragte ich, einfach nur, um die Konversation am Laufen zu halten und von mir selbst abzulenken.

»Blake wollte meines Wissens noch irgendein Mädchen aus Darktrew für die Schule abholen, und Preston scheint wohl eine längere Nacht gehabt zu haben.« Unbehaglich räusperte er sich. »Ich sollte wohl einmal ein ernstes Wort mit ihm sprechen.«

Ich wünschte, ich hätte meine Frage nicht gestellt, und war froh, als mich das Eingangssignal einer WhatsApp ablenkte, auch wenn sich ein hässliches Gefühl in meiner Brust festgesetzt hatte.

Hastig griff ich in die Tasche meines Schulblazers und zog mein Handy heraus. Lilly hatte geschrieben.

Ich bin zwar jetzt die offizielle Sklavin meines idiotischen Polizistenbruders (ein Monat Geschirrspüldienst), aber ich habe endlich einen Nachnamen und eine Meldeadresse. Chester Eagerman. Der Typ wohnt in der Nähe von Newtown. Nach der Schule geht's los, Watson. Sorry, das musste jetzt sein ☺

»Das wird schon zur Gewohnheit«, meinte Grayson, als Lilly den Wagen anderthalb Stunden nach Schulschluss vor dem efeuumrankten Haus von Chester Eagerman parkte. Das kleine Häuschen lag etwas außerhalb von Newtown, weshalb es gar nicht so leicht gewesen war, die Adresse zu finden.

Grayson lehnte sich von hinten an die Rückenlehne meines Sitzes. »Okay, und welche Story haben wir diesmal? Was nennen wir ihm als Grund für unseren Besuch?«

»Die Wahrheit«, sagte ich und versuchte, nicht zu nervös zu klingen. Konnte Chester Eagerman wirklich Blakes und Prestons Vater sein? Und wenn ja, wäre es dann nicht meine Pflicht gewesen, Blake und Preston in unser Vorhaben einzuweihen? »Also los«, sagte ich und entschied, die Sache vorerst selbst in die Hand zu nehmen. Entschlossen stieß ich die Autotür auf, um zu dem efeubewachsenen Haus zu gehen. »Dann lasst uns mal herausfinden, was dieser Chester weiß.«

»Wir möchten zu Chester Eagerman«, erklärte ich, nachdem uns eine dünne Frau um die fünfzig die Tür geöffnet hatte. Sie hatte kurze Haare, ihre Haut war blass und ihr Körper wirkte gebrochen, so als wäre sie schwer erkrankt.

»Den werden Sie hier nicht treffen«, sagte sie mit leiser Stimme.

»Und wo können wir ihn treffen?«, fragte Grayson. »Es ist wichtig, dass wir mit ihm sprechen.«

»Nicht hier.«

»Und wo dann?«, hakte nun auch Lilly ungeduldig nach.

Die Frau blickte uns aus ihren blassen Augen an. »Dafür müssen Sie schon sterben, zumindest, wenn Sie an einen Himmel glauben.«

»Er ist tot?«, schlussfolgerte ich.

Sie nickte. »Schon seit vielen Jahren.«

»Das tut mir sehr leid.« Ich zögerte. »Sind Sie mit ihm verwandt? Können wir Ihnen dann vielleicht ein paar Fragen zu ihm stellen?«

Die Frau zog unwillkürlich ihre graue Wolljacke enger und schlang die Arme um ihren abgemagerten Körper. »Wir standen uns nicht besonders nahe. Ich kann Ihnen nicht viel über meinen Bruder erzählen. Eigentlich gar nichts. Also gehen Sie lieber.«

Lilly stupste mich an, aber ich brauchte diesen Hinweis nicht, um in den Augen der Frau zu erkennen, dass sie log. Von einem

Moment auf den anderen stand die Zeit still. Ein Vogel, der gerade an uns vorbeiflatterte, erstarrte bewegungslos in der Luft, genauso wie der Efeu, der eben noch im Wind geraschelt hatte.

Die blassen Augen der Frau verwandelten sich in harte Diamanten, und der Kristall breitete sich auf meine gesamte Umgebung aus, bevor ein hässliches Knacken erklang und ein Riss durch die Diamantenaugen ging. Mit einem lauten Knirschen brach die Glaswelt um mich herum entzwei. Die Dunkelheit, die mir entgegenschlug, brüllte mir die Lüge mit aller Wucht entgegen. Ein beklommenes Gefühl übermannte mich.

»Was war mit deinem Bruder?«, flüsterte ich. *»Hat er Georgina Musgrave getötet?«* Es war riskant, diese Frage direkt zu stellen, aber ich wollte keine Zeit verlieren. Was würde jedoch passieren, wenn ich eine Frage stellte, die mein Gegenüber nicht beantworten konnte? Noch bevor ich den Gedanken zu Ende denken konnte, schwebten die Glassplitter zu Boden. *Ich stand nicht mehr in dem kleinen Vorgarten des fremden Hauses, sondern in einem Wohnzimmer, in dem ein schlanker Mann auf und ab rannte.*

»Was sollte ich denn tun? Du weißt, wie dringend ich das Geld brauche, Hazel. Ich konnte das Angebot nicht ablehnen. Du hast keine Vorstellung, wie viel Geld mir dieser Charles Mansfield geboten hat.« Bei der Erwähnung meines Großvaters ging ein leichtes Klirren durch den Raum, und ich fühlte, wie etwas in mir zersprang.

Lord Musgrave hatte recht gehabt. Mein Großvater hatte Georgina auf dem Gewissen.

Chester Eagerman starrte seine Schwester an, die ihre Hand vor den Mund geschlagen hatte. Abwesend beobachtete ich die Szene, in der Hazel Eagerman nicht nur viel jünger, sondern auch weitaus gesünder wirkte. »Ich dachte, du nimmst solche Aufträge nicht mehr an,

Chester! Du hast jemanden umgebracht. Du hast eine Frau getötet, Chester.«

Ihr Bruder hatte rabenschwarzes Haar, einen schlaksigen Körperbau und eine Nase, die zu groß für sein Gesicht zu sein schien. Er war ganz offensichtlich nicht der Vater der Jungs, aber so wie es sich anhörte, ein Mörder. Ein Mörder, den mein Großvater beauftragt hatte.

»Aber ich habe die Kinder am Leben gelassen.« Er ging zum Fenster, neben dem eine kleine Kommode stand, und schob den Vorhang zur Seite. »Ich habe es nicht übers Herz gebracht, ihnen etwas anzutun, bevor ich den Wagen die Klippe runtergestoßen habe. Aber was soll ich jetzt mit ihnen machen? Ich kann sie doch nicht im Auto verhungern lassen.«

Hazel ließ sich auf einen alten Stuhl am anderen Ende des Zimmers sinken. »Ich weiß es nicht«, flüsterte sie. »Gott wird dich für das alles bestrafen.«

Chester fummelte ein Päckchen Zigaretten aus seiner Jacke, von denen er sich eine mit zitternden Fingern anzündete. »Was soll ich mit den Kindern tun, Hazel?«

»Ich habe keine Ahnung, Chester.«

Ihr Bruder nahm einen tiefen Zug und schlug mit der Hand auf die Kommode. »Hazel, denk nach. Du warst doch immer die Klügere von uns beiden. Ich besorge dir von dem Geld auch so viele Drogen, wie du willst.«

»Ich habe seit Monaten nichts mehr genommen«, erwiderte sie, und Tränen lösten sich aus ihren Wimpern. »Warum hast du das nur getan, Chester?«

Er begann erneut, im Zimmer auf und ab zu laufen. »Was hätte ich denn tun sollen?! Die Leute, denen ich Geld schulde, die machen kurzen Prozess mit mir, wenn ich die Summe nicht mit Zinsen zurück-

zahle. Dann würde ich *jetzt im Meer treiben, nicht sie. Ich musste es tun, ich hatte keine andere Wahl.«*

»Aber wieso gerade sie? Sie war doch immer gut zu den Leuten.«

Er zuckte mit den Schultern. »Trotzdem war sie diesem Mansfield offenbar ein Dorn im Auge. Glaub mir, Hazel, sie war auch nicht so fein, wie sie immer getan hat. Sie hat sich von dem Stalljungen schwängern lassen, der kurz darauf mit dem Geld des Lords auf und davon ist. Aber mich hat sie trotzdem immer wie Dreck behandelt.« Er atmete tief ein und strich sich mit der Handinnenfläche über sein schmutziges graues Hemd. »Was soll ich mit den Jungen machen? Soll ich sie einfach ins Meer schmeißen und ertrinken lassen?«

Hazel schüttelte entsetzt den Kopf. »Das kannst du nicht tun. Aber du musst deinem Auftraggeber sagen, dass sie mit ihrer Mutter im Auto waren, sonst wird er das nächste Mal einfach jemand anderen schicken. Und weiß Gott, was er mit dir macht, wenn er erfährt, dass du ihm nicht gehorcht hast.«

Chester fuhr sich verzweifelt mit beiden Händen durch die Haare und verstreute dabei etwas Asche auf dem Boden. »Die Kinder müssen weg, es darf uns niemand mit ihnen sehen.«

Seine Schwester starrte eine Weile zu Boden, bevor sie langsam zu sprechen anfing. »Die alte McKinsey hat mir letztens etwas erzählt … Angeblich gibt es da eine Frau in der Nähe von Darktrew. Sie wünscht sich sehnlichst Kinder, kann aber angeblich keine bekommen.« Sie schaute ihren Bruder an. »Ich kenne den Namen nicht, aber es soll eine gute Frau sein, die einen anständigen Mann geheiratet hat. Ich kann McKinsey bitten, die Kinder zu ihr zu bringen. Sie wird keine Fragen stellen.« Chester blieb stehen und wirkte nicht mehr ganz so verzweifelt wie zuvor. Hazel sprach jetzt immer schneller. »Achte darauf, dass nichts bei den Kindern ist, das ihre Herkunft erklärt, wenn sie sie dem

Paar heute Nacht vor die Tür legt.« Sie atmete tief ein. »Und ich bete, dass Gott uns vergibt.«

Ich hatte genug gesehen, ich hatte mehr gesehen, als ich eigentlich sehen wollte. Im nächsten Augenblick war ich wieder in der Gegenwart und spürte noch immer die Welle an Schuld und Verzweiflung, die von Chester ausgegangen war. Erschöpft starrte ich in die Augen der älteren Hazel, die sich unter meinem Blick sichtlich unwohl fühlte. Wie bei Victor Conerly war es auch diesmal ziemlich anstrengend gewesen, die versteckte Wahrheit zu entdecken.

»Gehen Sie lieber«, wiederholte sie und ich nickte nur. Ich hatte das Gefühl, keine Luft zu bekommen. Erst beim Auto fand ich meine Stimme wieder. Hazel stand noch immer vor ihrem Haus und beobachtete uns.

»June, was ist los? Du siehst aus, als hättest du einen Geist gesehen«, sagte Lilly, als wir endlich im Wagen saßen.

»Fahr los«, sagte ich stockend. »Bring uns bitte weg von hier.«

Als Wilfried mir die Eingangstür zu Green Manor öffnete, fühlte ich noch immer ein schweres Gewicht auf meiner Brust. Es hatte etwas Erleichterung gebracht, Lilly und Grayson von meiner schrecklichen Entdeckung zu erzählen, dennoch spürte ich den Schock noch in jeder Zelle meines Körpers.

Georgina Musgrave war von meinem Großvater ermordet worden.

Mein Gefühl hatte mich total getäuscht. Ich hatte immer gedacht, dass der Lord in die Sache verwickelt gewesen war, doch das war offensichtlich mehr Wunsch als Wirklichkeit gewesen.

Mein eigener Großvater hatte Blakes und Prestons Mutter getötet und sie so ihrer Familie beraubt. Lilly und Grayson waren sich sicher, dass er total besessen gewesen sein musste, um so etwas

Schreckliches zu tun. Wahrscheinlich hatte mein Vater recht gehabt, Charles Mansfield litt nicht nur an Alzheimer, sondern an einer Form der Schizophrenie, die ihn wahnsinnig gemacht hatte.

»Guten Abend, Miss Mansfield«, begrüßte mich Wilfried. »Schön, Sie zu sehen.«

»Danke, Wilfried. Ist Blake da? Oder Preston?« Meine Stimme klang tonlos. Ich wusste, dass ich das, was ich in der Wahrheit von Hazel Eagerman gesehen hatte, nicht für mich behalten durfte. Die beiden hatten ein Recht darauf, es zu erfahren – auch wenn es ihnen wahrscheinlich den Boden unter den Füßen wegreißen würde.

Wilfried schüttelte den Kopf. »Der eine Mr Beaufort ist ausgeritten, und der andere befindet sich im Musikzimmer. Mit einer Dame – er wünscht nicht gestört zu werden.«

Das konnte ich mir bei Preston durchaus vorstellen, aber es war mir in Anbetracht der Umstände egal.

»Danke, Wilfried.« Mit langsamen Schritten ging ich durch die kühle Eingangshalle und steuerte das Musikzimmer an. Dabei überlegte ich die ganze Zeit, wie ich Preston davon erzählen sollte, ohne es noch schlimmer für ihn zu machen. Als ich die angelehnte Tür erreicht hatte, atmete ich tief durch. Um Preston in keiner kompromittierenden Situation zu überraschen, warf ich sicherheitshalber noch einen Blick durch den Spalt und erstarrte, als ich Grace auf einem Hocker vor dem glänzenden Flügel sitzen sah.

Gemeinsam mit Blake.

Rund um die beiden lagen allerhand Unterlagen für die Planung des blöden Abschlussfestes herum. Sie hatten sogar einen Flipchart aufgestellt, auf dem sie eine Liste der wichtigsten Caterer aus der Region zusammengestellt hatten. Im Moment planten sie jedoch nicht die Schulabschlussfeier, sondern schienen in ein sehr persönliches Gespräch vertieft zu sein, denn sie saßen so eng nebeneinander, dass sich ihre Körper berührten.

»Ich werde nie mehr mit ihr sprechen können, sie ist einfach weg – für immer«, sagte Grace mit brüchiger Stimme. »Ich habe sie immer als Selbstverständlichkeit angesehen. Aber von einem Tag auf den anderen war sie nicht mehr da, und unser letztes Gespräch war ein Streit. Ein richtig schlimmer Streit, verstehst du? Ich war so wütend auf sie, ich wollte ihr wehtun … Das werde ich nie wiedergutmachen können.«

Ich sah, wie Blake seinen Arm um Grace legte und sie an sich zog. »Es ist nicht deine Schuld. Sie wusste sicher, dass du es nicht so gemeint hast.«

Grace senkte den Blick auf ihr Handy und nickte unter Tränen. »Ich würde alles tun, um es rückgängig zu machen. *Alles.* Das hier ist das letzte Foto, das ich von ihr habe«, hauchte sie und gab ihm ihr Telefon. Blake betrachtete das Bild und strich Grace dann mit den Fingern sanft über die Wange. In der Geste lag so viel Zärtlichkeit, dass sich mein Herz verkrampfte. In dem Moment klingelte mein eigenes Handy. Erschrocken zuckte ich zusammen und fischte es schnell aus meiner Hosentasche, um Carla wegzudrücken.

Aus dem Musikzimmer erklangen schnelle Schritte, und Blake riss die Tür vollständig auf. Als er mich erkannte, glitt ein Schatten über sein Gesicht. »Was machst du hier, June?«

Hinter ihm sah ich Grace, die auf mich zukam und sich noch schnell über die Augen wischte. »Hast du uns etwa belauscht?«

Hastig schüttelte ich den Kopf. »Nein, ich wollte nur mit Blake sprechen.«

Meine Stimme klang nicht so selbstbewusst, wie ich es mir gewünscht hätte, aber ich stand nach den ganzen Erkenntnissen noch immer unter Schock. Fahrig versuchte ich, mein Handy wieder einzustecken, und ließ es dabei fallen.

Bevor ich mich bücken konnte, hatte Blake es schon aufgehoben und schaute mich stirnrunzelnd an. Offenbar konnte er mir ansehen, wie durcheinander ich gerade war, denn seine Miene wurde etwas freundlicher. »Okay. Dann sprich mit mir.«

Ich atmete tief ein. »Es wäre mir lieber, wenn wir das unter vier Augen tun.«

Blake zögerte einen Moment und gab Grace dann ihr Handy zurück, bevor er mir meines ebenfalls in die Hand drückte. »In Ordnung.« Er wandte sich an Grace. »Ich bin gleich wieder bei dir.«

Sie nickte und warf mir einen skeptischen Blick zu, bevor sie langsam zurück ins Musikzimmer ging. Die Tür ließ sie jedoch offen.

Blake steckte die Hände in die Hosentaschen und sah mich forschend an. »Also? Was ist so dringend?«

Ich öffnete den Mund und wusste nicht so recht, wo ich anfangen sollte. Dieses Gespräch würde ohnehin schon schwierig genug werden und die Tatsache, dass Grace wahrscheinlich gerade mit gespitzten Ohren im Nebenzimmer saß, machte es nicht unbedingt besser. Als Blake ungeduldig eine Augenbraue hochzog, seufzte ich leise und legte dann mit gesenkter Stimme los.

»Ich war vor ein paar Tagen bei Victor Conerly – und bevor du jetzt gleich sagst, dass ich mich da raushalten soll, lass mich bitte ausreden.« Ich schluckte. »In seiner Wahrheit konnte ich den Unfallort sehen, an dem deine Mutter verunglückt ist, und danach bin ich in die nächste Wahrheit, in die Wahrheit des Polizisten, gesprungen …« Bevor ich weitersprechen konnte, warf Blake einen unruhigen Blick über die Schulter und zog mich am Arm ein paar Schritte vom Musikzimmer weg.

»Das ist ein verdammt schlechter Zeitpunkt, um über dieses Thema zu sprechen«, erklärte er mir leise. »Das ist dir doch klar, oder?«

Bei seinen Worten blieb mir der Mund offen stehen. Ungläubig schüttelte ich seinen Griff ab und wusste nicht, was ich sagen sollte. Hatte er denn überhaupt kein Interesse daran, zu erfahren, was ich in der Wahrheit des Polizisten gesehen hatte? Oder war ihm Grace so dermaßen wichtig geworden, dass er sie keine Sekunde länger im Musikzimmer allein lassen wollte?

Einen Moment lang starrte ich ihn schweigend an. In einer Sache hatte Blake wahrscheinlich recht: Jetzt war tatsächlich nicht der richtige Zeitpunkt, um mit ihm in Ruhe über meinen mordenden Großvater zu sprechen. Abgesehen davon hatte ich sicher nicht vor, mich ihm aufzudrängen.

»Tut mir leid, dich und Grace gestört zu haben«, erwiderte ich deshalb so ruhig wie möglich und machte auf dem Absatz kehrt. Ich hörte, wie er gedämpft meinen Namen rief, sah aber nicht zurück. Blake hatte mich schon so oft stehen gelassen, dass es sich erstaunlich richtig anfühlte, es ihm mit gleicher Münze zurückzuzahlen. Angespannt ging ich in die Eingangshalle, wo Wilfried gerade frische Blumen in einer Vase vor den hohen Buntglasfenstern neu arrangierte.

»Entschuldigung, wissen Sie vielleicht, wann Preston wiederkommt?«

»Das ist mir leider nicht bekannt, Miss Mansfield. Er sagte nur, dass er zum Strand reiten wollte. Er ist allerdings noch nicht besonders lange unterwegs.«

»Okay. Danke.«

»Immer diese Leidenschaft für den Strand«, murmelte Betty, die gerade mit einem Tablett die Eingangshalle durchquerte. »Da ist Preston genau wie dein Großvater. Der liebte das Meer auch über alles. Bei jedem Wetter saß er in seiner geliebten Strandhütte.« Sie schüttelte den Kopf und ging lächelnd weiter, während meine Haut vor Aufregung zu kribbeln begann.

Die Strandhütte! Wie hatte ich sie bloß übersehen können?

»War Tante Catherine denn auch öfter in der Hütte?«

Betty kniff nachdenklich die Augen zusammen. »Gelegentlich schon. Aber nicht so häufig wie Mr Mansfield. Er liebte das Rauschen der Wellen ganz besonders.« Sie lächelte versonnen, bevor sie in dem Korridor Richtung Musikzimmer verschwand.

Mehr musste ich nicht wissen. Nervös schnappte ich mir den Rosenschlüssel, der in meiner Tasche steckte, verließ Green Manor und schlug mit schnellen Schritten den Weg zum Strand ein. Ich fühlte mich eigenartig – aufgekratzt und beunruhigt zugleich. Würde ich in der Strandhütte etwas finden, was die Schuld meines Großvaters untermauerte?

Wobei es daran ja ohnehin keinen Zweifel mehr gab.

Dennoch nahm ich entschlossen dieselbe Route, die mir Preston bei unserem Surfausflug gezeigt hatte. Durch das Waldstück, über die Wiese und dann den befestigten Pfad hinunter zum Strand. Dabei musste ich aufpassen, in der Eile nicht auszurutschen und den steilen Weg hinunterzufallen.

Im Gegensatz zum letzten Mal lag heute eine drückende Wolkendecke über dem Land, weshalb ich auch keinem einzigen Surfer begegnete.

Der schneidend kalte Wind wirbelte meine dunklen Haare in die Höhe, als ich schwer atmend an der weißen Hütte mit der blauen Tür ankam. Ich wusste gar nicht so recht, was ich darin zu finden hoffte. Wahrscheinlich wollte ich die Antworten, die ich heute erhalten hatte, einfach nicht glauben.

Mit bebenden Fingern zog ich den Schlüssel unter dem Blumentopf hervor und schloss die Eingangstür auf. Drinnen erwartete mich eine diesige Stille, und ich schaltete das Licht ein, um den Raum genauer zu betrachten. Bei meinem Strandtag mit Preston hatte ich der Hütte nur wenig Aufmerksamkeit geschenkt.

Auf der linken Seite gab es mehrere weiße Schränke, an denen drei Surfbretter lehnten, während rechts eine breite Fensterfront den Blick auf das Meer freigab, dessen Wellen immer und immer wieder auf den Strand donnerten.

Zwei Türen zweigten von dem Zimmer ab. Die eine führte in ein enges Badezimmer, die andere in eine Küche.

Im Hauptraum der Hütte standen vor der Fensterfront zwei bequeme Lederfauteuils mit blau-weiß gestreiften Kissen neben einem kleinen Tisch und einem hellen Schrank, der zum Bersten mit Büchern gefüllt war. Auf dem weißen Dielenboden, der unter meinen Schritten leise knirschte, waren feine Sandspuren zu sehen. Ich konnte gut nachvollziehen, warum Tante Catherine und mein Großvater ihre Zeit gern an diesem Ort verbracht hatten.

Beflügelt von der Idee, mehr über sie zu erfahren, näherte ich mich dem Regal und suchte nach einem Schloss, das zu meinem Schlüssel passte. Leider konnte ich nur Bücher entdecken, jedoch kein Schmuckkästchen oder Sonstiges. In dem Raum gab es auch keine zusätzliche Tür, zu dem der Rosenschlüssel gepasst hätte.

Resigniert ließ ich mich auf einen der Lederfauteuils fallen, als ich bemerkte, dass eine der Dielen unter meinen Füßen besonders laut knarrte. Ich bückte mich, um das Holzstück vorsichtig zu untersuchen. Es saß ziemlich locker, sodass ich es ohne Probleme hochheben konnte. Mein Herz machte einen Sprung, als ich darunter ein hübsches Kästchen entdeckte, auf dem eine filigrane Rose eingeschnitzt war. Das Rosensymbol passte perfekt zu meinem Schlüssel. Aufgeregt schloss ich das Kästchen auf und fand darin drei Briefe, die an Tante Catherine adressiert waren. Sie waren bereits geöffnet, und ich zögerte nicht lange, den ersten Brief hinauszuziehen, der in einer geschwungenen Schrift verfasst worden war.

Geliebte Catherine,

es vergeht keine Sekunde, in der ich nicht an dich denke. Mit deinen wunderschönen Augen und deinem fröhlichen Lachen hast du mein Herz im Sturm erobert. Aber das ist noch lange nicht alles. Nicht nur dein Äußeres ist bildhübsch, auch dein Inneres verzaubert mich. Ich kann mir ein Leben ohne dich nicht mehr vorstellen und möchte dich am liebsten für immer an meiner Seite haben. Egal, gegen wen wir ankämpfen müssen, wir werden es schaffen. Denn es gibt nur eins, was zählt: dass wir beide zusammen sind. Ich weiß, dass du deinen Vater nicht verärgern möchtest und dass ihr eine innige Beziehung habt. Mir ist auch bewusst, dass mein Bruder Gefühle für dich hat, doch wir müssen damit aufhören, auf andere Rücksicht zu nehmen. Es ist wichtig, dass wir beide uns treu bleiben. Denke an das Band, das zwischen uns existiert. Noch ist es lose geknüpft, aber wir beide spüren die Anziehung, die zwischen uns herrscht. Sie ist von einer

immensen Gewalt und sie ist stärker als alles, was ich jemals gefühlt habe.
Ich liebe dich.

Heute. Morgen. Für alle Ewigkeit.

Dein Kenneth

Ich begann, den nächsten Brief zu lesen. Kenneths Sehnsucht nach Tante Catherine schien anzuwachsen, und er schlug vor, gemeinsam wegzugehen, um ihre Familien hinter sich zu lassen. Hatte der Fluch hier schon seine Wirkung gezeigt?

Für einen Moment schweifte mein Blick nach draußen. Der einsame Strand verstärkte meinen Gedanken, dass auch bei Blake und mir nur der Fluch für unsere Leidenschaft verantwortlich gewesen war. Die Erkenntnis drückte wieder einmal schwer gegen meine Brust, und ich zuckte zusammen, als ich draußen ein klapperndes Geräusch wahrnahm.

Kurz horchte ich auf. Da das Geräusch wahrscheinlich nur vom Wind stammte, konzentrierte ich mich wieder auf die Liebesbriefe, die Tante Catherine vermutlich nie zu Gesicht bekommen hatte. In dem Streit mit meinem Großvater hatte sie ihm vorgeworfen, dass er die Briefe abfing. Es war wohl sein Kästchen gewesen, das er hier versteckt hatte.

Mein Blick glitt über den letzten Brief, und ich stockte, als ich die Zeilen las. Für einen Augenblick rückte alles andere in den Hintergrund.

Liebe Catherine,

bislang haben wir das Testament meines Vaters nicht vollstreckt, aus Rücksicht auf Nigel. Er ist der Erstgeborene und eigentlich würde ihm das Erbe zustehen, aber Vater mochte ihn nie besonders, deswegen geht der Hauptteil des Vermögens an Georgina und mich. Vater meinte, dass etwas Böses in Nigel liegt und er schlechte Absichten hat. Vor seinem Tod hat er mich noch vor ihm gewarnt und behauptet, dass ich vorsichtig sein müsse, weil Nigel mit dem Testament nicht zufrieden sei. Weil er nur einen Bruchteil von dem bekommen würde, was ihm seiner Meinung nach zusteht. Aber ich traue Nigel so eine Abscheulichkeit nicht zu. Ich möchte das Geld annehmen, wenn du dich bereit erklärst, mit mir wegzugehen und deinen Vater zu verlassen. Damit wir beide ein neues Leben anfangen können, geliebte Catherine! Nur wir zwei. Wir nehmen unser Glück selbst in die Hand und bauen uns eine Zukunft auf, weit weg von irgendwelchen alten Geschichten und Mythen!

Noch bevor ich den Brief zu Ende lesen konnte, hörte ich ein leises Knarzen. Im nächsten Moment spürte ich einen kräftigen Schlag am Hinterkopf.

Dann wurde alles schwarz.

Kapitel 31

Mit dröhnenden Kopfschmerzen wachte ich auf einem schaukelnden Untergrund auf. Blinzelnd öffnete ich die Augen. Der dumpfe Schmerz an meinem Hinterkopf machte mich benommen, dennoch registrierte ich, dass ich mich auf der Ladefläche eines kleinen Lieferwagens befand. Jemand hatte mir einen Knebel in den Mund geschoben und die Hände mit Kabelbindern hinter dem Rücken fixiert. Als mir klar wurde, dass man mich entführt hatte, richtete ich mich panisch auf. Die Bewegung jagte eine glühende Lanze aus Schmerz durch meine Schädeldecke. Stöhnend sackte ich gegen die Wand des Wagens und starrte zu dem bärtigen Mann auf dem Fahrersitz. Es war Lord Musgraves Mitarbeiter, der Typ, den Miranda Carter in meiner Vision bezahlt hatte.

Mein Herzschlag legte einen Gang zu. Offenbar hatte mich Lord Musgraves Handlanger bis in die Hütte verfolgt. Und nun, da ich den Brief gelesen hatte, wusste ich auch, wieso.

Nigel Musgrave hatte sehr wohl ein Motiv gehabt, seine Geschwister aus dem Weg zu räumen. Doch warum hatte Chester Eagerman in meiner Vision behauptet, mein Großvater hätte ihn beauftragt?

Die Gedanken stolperten durch meinen Kopf, während ich

gleichzeitig versuchte, die Ruhe zu bewahren. Die Angst pulsierte jedoch in jedem meiner Muskeln, sie schnürte mir die Luft ab. Mit jedem Atemzug wurde sie größer, als wüsste sie, was mich erwartete. Mein ganzer Körper verkrampfte sich und ich versuchte mit aller Kraft, dagegen anzukämpfen. Ich musste die Oberhand behalten, ich durfte mich nicht von der aufwallenden Panik einnehmen lassen. Wenn ich eine Chance haben wollte, das hier zu überleben, durfte ich jetzt nicht aufgeben.

Verbissen warf ich meinen Kopf so lange hin und her, bis sich der Knebel in meinem Mund ein wenig lockerte und ich ihn ausspucken konnte. Ich atmete zitternd ein.

»Wohin bringen Sie mich?« Meine Stimme klang nicht nach mir selbst, sie war nur ein heiseres Krächzen.

Der Lieferwagen rumpelte über eine Bodenunebenheit, und ich knallte schmerzhaft mit dem Kopf gegen die Seitenwand des Lieferwagens. Meine Hände konnte ich nicht benutzen, um mich abzufangen. Der Kabelbinder saß zu fest, und ich hatte keine Möglichkeit, mich daraus zu befreien.

Der Mann mit dem Vollbart bog stumm in eine kurvige Straße ein. Er schien sich dabei genau an die Geschwindigkeitsbegrenzung zu halten, um keine Aufmerksamkeit zu erregen. Die entspannte Bedächtigkeit, mit der er den Wagen lenkte, legte nah, dass es nicht das erste Mal war, dass er so etwas wie heute machte. Er schien ein Profi zu sein, jemand, der sich durch nichts und niemanden aus der Ruhe bringen ließ.

Mich ignorierte er vollkommen, anscheinend hatte er nicht vor, sich auf ein Gespräch einzulassen. Vorsichtig tastete ich mit den Fingerspitzen nach meinem Handy. Da ich es vorhin in die vordere Jackentasche gesteckt hatte und meine Hände hinter dem Rücken gefesselt waren, konnte ich es nun unmöglich erreichen. Frustriert stöhnte ich auf und brachte mich in eine sitzende Position, die halbwegs bequem war. Gleichzeitig erinnerte ich mich an die vielen Krimis, die ich schon gelesen hatte. Ich sollte versuchen, den Typen zum Reden zu bringen – vielleicht sagte er etwas, das mir später irgendwie nützlich sein könnte. Es war nur eine leise Hoffnung, aber das Einzige, worauf ich mich jetzt konzentrierte.

»Sie waren das«, sagte ich deshalb. »Sie haben die Bremsen von Blakes Motorrad manipuliert und Sie stecken auch hinter der Fischvergiftung, der Preston knapp entgangen ist.«

Im Rückspiegel sah er mich für den Bruchteil einer Sekunde an – zu kurz, um meine Gabe bei ihm anzuwenden –, bevor er seine Aufmerksamkeit wieder auf die Straße richtete. »Möglich. Aber diesmal werde ich mein Ziel nicht verfehlen.« Seine tiefe Stimme klang dermaßen selbstsicher, dass mir übel wurde.

»Was haben Sie jetzt mit mir vor?«

Mein Entführer antwortete nicht. Angespannt starrte ich in den Rückspiegel und betete, dass er noch einen Blick hineinwerfen würde – schließlich hatte der Einsatz meiner Gabe im Theater über den Spiegel des Waschraums auch funktioniert.

Doch der Mann blickte hartnäckig auf die Straße und schüttelte den Kopf. »Das funktioniert nicht. Ich wurde vor deinem Blick gewarnt, du kleine Hexe. Und jetzt halt die Klappe.«

Aus Angst, dass er womöglich anhalten und mich erneut bewusstlos schlagen würde, wenn ich seiner Aufforderung nicht nachkam, presste ich die Lippen aufeinander und blieb still. Die Straße, über die wir fuhren, führte in vielen Kurven an der Küste entlang. Anfangs versuchte ich noch, mir den Weg einzuprägen, aber irgendwann musste ich mir eingestehen, dass ich komplett die Orientierung verloren hatte. Wir fuhren nun schon seit mindestens fünfzehn Minuten über eine total verlassene Landstraße, und ich schreckte zusammen, als der Typ plötzlich den Blinker betätigte und in einer kleinen Parkbucht hielt.

Er zog den Schlüssel ab. Diese einfache Bewegung hatte etwas derart Endgültiges, dass mir mein Herz sofort bis zum Hals schlug.

»Wo sind wir?«, fragte ich, während ich mich ängstlich reckte, um aus der Windschutzscheibe zu sehen.

»Am Ziel.« Der Typ stieg aus dem Wagen. Seine schweren Schritte knirschten auf den kleinen Steinchen, als er um den Lieferwagen herumging und die Schiebetür auf der Seite aufriss.

Automatisch drückte ich mich gegen die Rückwand des Wagens, aber ich hatte keine Chance, dem bärtigen Mann zu entkommen. Ohne mir in die Augen zu sehen, griff er grob nach meinem Arm und zerrte mich in die Höhe. Dann entfernte er meinen Knebel vollständig und schleifte mich aus dem Auto.

Hektisch sah ich mich um. Wir befanden uns auf einer halb verwilderten Straße, die so aussah, als ob sie seit Jahren nicht mehr benutzt worden wäre. Links von uns führte ein fast zugewachsener Weg zwischen ein paar Laubbäumen hindurch zu einer dahinter liegenden Wiese, während auf der rechten Seite ein zerfurchter Hügel mit wildem Heidekraut in die Höhe wuchs, dessen grün-lila Farbtupfen immer wieder von nackten Stellen brauner Erde durchbrochen wurden. Als der Typ sich kurz umdrehte, um die Tür hinter uns zu schließen, ergriff ich meine Chance. Hastig trat ich ihm mit meiner ganzen Kraft gegen das Schienbein und riss mich los. Dann fuhr ich herum und rannte die Straße hinunter. Sein dumpfer Schmerzenslaut vermischte sich mit meinem dröhnenden Herzschlag. Die am Rücken gefesselten Hände machten mich zwar deutlich langsamer, doch ich versuchte, keinen Gedanken daran zu verschwenden. Stattdessen konzentrierte ich mich auf den Weg vor mir, damit ich nicht hinfiel. Wenn ich hinfiel, war ich verloren.

Der Mann hatte inzwischen die Verfolgung aufgenommen. Ich hörte seine trommelnden Schritte hinter mir und versuchte, noch schneller zu rennen, doch da spürte ich schon, wie er von hinten in meine Haare griff und mich brutal zurückriss. Schreiend taumelte ich gegen ihn. Der Schmerz war so stark, dass mir die Tränen in die Augen schossen.

»Hiergeblieben, du kleines Miststück«, knurrte der Mann und schleifte mich an den Haaren zurück zum Auto. Wimmernd stolperte ich hinter ihm her. Es dauerte eine gefühlte Ewigkeit, bis er mich endlich losließ und unbarmherzig auf den schmalen Pfad stieß, der zwischen den Bäumen hindurchführte.

In diesem Moment war ich mir sicher, dass er mich umbringen würde. »Was wollen Sie?«, presste ich dennoch hervor.

»Klappe.« Die Schritte des Typens wurden schneller, als könnte er es gar nicht erwarten, mich meinem Schicksal auszuliefern.

Schließlich ließen wir die Bäume hinter uns und erreichten ein grünes Hochplateau. Es war von steil abfallenden Klippen umgeben, hinter denen das endlose Meer lag. Die Sonne ging gerade unter und hing wie ein riesiger glühender Ball über der schimmernden Wasseroberfläche, deren Wellen sich unten rauschend an den Felsen brachen.

Die einsame Gestalt eines Mannes stand vor dem rötlichen Himmel auf der Klippe und starrte gedankenversunken auf das unglaubliche Schauspiel. Beim Anblick von Lord Musgrave kochte eine Mischung aus Angst und Wut in mir hoch. Hatte er tatsächlich sowohl seinen Bruder als auch seine Schwester ermordet, um an das Erbe seines Vaters zu gelangen? Aber warum hatte Chester Eagerman dann in der Wahrheit seiner Schwester gelogen?

Als wir den Lord erreicht hatten, wandte er sich zu mir um und verschränkte die Hände hinter dem Rücken. Er trug einen schmal geschnittenen dunkelgrauen Mantel mit einem Stehkragen, dessen fester Stoff im Wind flatterte.

»Danke, Isaac«, sagte Lord Musgrave kühl und richtete seinen durchdringenden Blick auf mich. »Miss Mansfield, es freut mich, dass Sie es einrichten konnten.«

Ich schluckte den Kloß in meiner Kehle hinunter und hob leicht das Kinn. »Ich denke nicht, dass ich eine andere Wahl hatte.«

Er kräuselte die Lippen. »Gut erkannt. Mein Angebot kommt Ihnen heute sicher etwas attraktiver vor, nicht wahr?« Die Arroganz, die in seiner Stimme mitschwang, stachelte meine Wut an, was mir nur recht war, weil ich so meine Panik besser in den Griff bekam.

Isaac hielt mich noch immer am Ellbogen fest, und ich riss mich mit einer abrupten Bewegung los, bevor ich einen Schritt auf den Lord zumachte.

Lord Musgrave seufzte. »Neugierde ist eine schlechte Eigenschaft, Miss Mansfield. Sie sollten sich nicht in Angelegenheiten einmischen, die Sie nichts angehen. Hätten Sie nicht einfach das Geld nehmen und England den Rücken kehren können? Mussten Sie unbedingt weiter herumschnüffeln?«

Es war offensichtlich, dass der Lord von meinen Nachforschungen wusste. Wahrscheinlich hatte er mich die ganze Zeit beschatten lassen.

Er straffte die Schultern und gab Isaac ein Zeichen. »Durchtrenn ihre Fesseln, damit sich später keine Abdrücke auf ihren Handgelenken abzeichnen.«

Ohne ein Wort zu sagen, gehorchte Isaac. Ich spürte, wie die Kabelbinder mit einer Zange aufgezwickt wurden. Erleichtert riss ich die Hände nach vorne und massierte mir die schmerzenden Stellen. Isaac blieb abwartend neben mir stehen.

Kurz überlegte ich, ob ich versuchen sollte, an mein Handy zu gelangen, aber da mich der bärtige Mann keine Sekunde aus den Augen ließ, war es besser, einen günstigeren Moment abzupassen. Ich wandte mich an den Lord. »Ich habe keine Ahnung, wovon Sie sprechen.«

Er hob eine Augenbraue. »Sie müssen es nicht abstreiten, Miss Mansfield. Ich weiß, dass Sie der Strandhütte Ihres Großvaters einen Besuch abgestattet haben. Und dass Sie in Hazel Eagermans Wahrheit gesehen haben, dass er für den Mord an meiner Schwester verantwortlich war. Allerdings haben Sie dabei offenbar etwas entdeckt, was Sie besser nicht hätten sehen sollen.«

Der Wind bauschte den Mantel des Lords auf und ließ ihn noch gefährlicher erscheinen. Da ich das Gefühl hatte, dass Leugnen keinen Sinn hatte, nickte ich. »Das habe ich. Ich habe die Briefe Ihres Bruders gefunden. Er wusste, dass Sie gefährlich sind.«

Lord Musgrave schüttelte gönnerhaft den Kopf. »Das ist zu viel gesagt. Kenneth hatte eine Ahnung, aber er wollte es nicht glauben. Er war ein naiver Charakter, der die Warnung unseres Vaters nicht wirklich ernst nahm. Dabei hatte mein Vater ein gutes Gespür und wusste, dass ich ihm sein Testament nicht verzeihen würde.« Er atmete tief ein. »Wie konnte er nur auf die Idee kommen, mich mit einem läppischen Erbe abzuspeisen? Ich war der Erstgeborene, mir stand das gesamte Vermögen zu – so wie es seit Generationen bei den Musgraves üblich war.«

»Und deswegen haben Sie Ihre Schwester ermorden lassen?« Die Abscheu in meiner Stimme war nicht zu überhören.

Der Lord lachte heiser. »Haben Sie denn das in Miss Eagermans Wahrheit gesehen? Ich denke nicht.«

Ich brauchte einen Moment, bis ich verstand, wie er es angestellt hatte. »Das waren Sie. Sie haben diese Lüge in ihren Kopf gepflanzt.«

Jetzt fiel mir auch wieder das Klirren ein, dass ich in der Wahrheit wahrgenommen hatte. Ich hatte gedacht, dass ich es mir eingebildet hatte, aber das stimmte nicht – es war da gewesen, weil die Wahrheit manipuliert gewesen war.

»Mir war klar, dass Sie Miss Eagerman aufsuchen würden«, sagte der Lord. »Mittlerweile ist meine Fähigkeit schon so weit entwickelt, dass es ein Leichtes ist, eine Lüge so einzuflüstern, dass sie die Erinnerung eines Menschen verändert. Und nun haben Ihre Freunde eine schöne Bestätigung, wer für Georginas Musgraves Tod verantwortlich war. Aber bei Ihnen liegt die Sache leider anders, Miss Mansfield. Sie sind nicht der Typ, der sich mit der einfachen Lösung zufriedengibt. Ich kann es ganz und gar nicht gebrauchen, dass Sie noch weiter Ihre Nase in meine Angelegenheiten stecken. Mir war von Anfang an bewusst, dass Sie nicht lockerlassen werden – und der Brief, den Sie in der Strandhütte gefunden haben, beweist, dass ich recht hatte. Dass es eine gute Entscheidung war, Sie durch Isaac im Auge zu behalten und den Moment abzuwarten, bis Sie alleine sind.«

»Und Isaacs Auftrag war es, mich zu entführen?«

Lord Musgrave nickte. »Glücklicherweise ist Isaac weit vertrauenswürdiger als dieser verdammte Bastard Chester, der seinen Job nicht erledigt hat. Können Sie sich vorstellen, wie es ist, wenn sie jahrelang davon ausgehen, endlich frei zu sein? Frei von allen, die sich an Ihrem Erbe bedienen wollen, frei von diesem verdammten Fluch! Ich war mir sicher, dass er mit meinem Tod enden würde, dass ich es bin, der uns für immer davon befreit. Aber nein, er wird weiterleben, in Preston und Blake – wenn ich es zulasse.«

Hunderte Meter unter uns klatschten die Wellen tosend gegen die nackten Felsen und vermischten sich mit dem Rhythmus meines trommelnden Herzens. »Und deshalb wollten Sie auch die beiden umbringen?«

Er betrachtete mich ungerührt. »Ja, das war der Plan, nur hat er leider nicht funktioniert. Eine unglückliche Wiederholung der Vergangenheit. Blake und Preston scheinen über einen besonderen Schutzengel zu verfügen. Manche Dinge muss man dann doch selbst erledigen.« Mit diesen Worten griff Lord Musgrave in seine Manteltasche und zog ein Paar schwarze Lederhandschuhe daraus hervor, die er sich gewissenhaft überstreifte.

»Isaac, geh zum Wagen und stell sicher, dass uns niemand stört. Ab hier komme ich auch allein zurecht.«

Mit einem unheilvollen Gefühl in der Magengrube beobachtete ich, wie der große Mann nickte und sich wortlos umdrehte, um dem Befehl des Lords Folge zu leisten. Lord Musgrave spazierte in der Zwischenzeit auf mich zu und stellte sich so hin, dass er den Weg zum Wagen versperrte. Unwillkürlich wich ich einen Schritt zurück und sah mich auf dem Hochplateau nach einer Fluchtmöglichkeit um, die es nicht gab. Der Weg hinter Lord Musgrave führte zwischen den Bäumen hindurch zu seinem Handlanger, ansonsten gab es nur steil abfallende Klippen mit schroffen Felsen.

Der Lord hatte seine Handschuhe fertig angezogen und blickte mich kalt an. »Nun bin ich wohl gezwungen, Sie und meine Neffen selbst zu beseitigen, um den Fluch ein für alle Mal zu beenden.«

Nervös machte ich noch einen winzigen Schritt zurück, wohl wissend, dass das bewachsene Plateau, auf dem wir uns befanden, nicht besonders groß war. »Tun Sie doch nicht so, als ob es Ihnen nur um den Fluch gehen würde.«

Der Lord folgte mir, um mich ganz offensichtlich weiter Richtung Abgrund zu treiben. »Stimmt. Ich empfinde es als Privileg, allein zu sein und mein Erbe mit niemandem teilen zu müssen. Vor allem nicht mit den Nachkommen meiner Hure von Schwester, die sich von diesem nutzlosen Stallburschen hat schwängern lassen. Wissen Sie, wie viel ich ihm bieten musste, damit er sich nie mehr blicken lässt? Die Summe war peinlich gering, weit unter der Würde eines Musgraves. Für einen Taugenichts hat meine Schwester unser reines Blut in den Dreck gezogen, weil sie ihre Gefühle nicht unter Kontrolle hatte. Sie hatte nichts unter Kontrolle.« Er machte einen weiteren Schritt auf mich zu. »Außerdem wollte sie nicht so recht daran glauben, dass unser Bruder einen Reitunfall hatte.«

Angewidert schüttelte ich den Kopf. »Weil es auch keiner war, richtig?«

Der Lord betrachtete mich beinahe anerkennend. »Sie haben ein Talent für die Wahrheit, Miss Mansfield. Aber die Wahrheit zu kennen, ist nicht immer von Vorteil, oder?«

»Wie meinen Sie das?«

»Allgemein wird die Ansicht vertreten, dass Lügen grauenhaft sind und etwas Verwerfliches an sich haben. Von klein auf sollen sie unterbunden werden, weil sie das Miteinander vergiften. Dabei können Wahrheiten noch viel schmerzhafter sein. Wie eine kalte

Hand kann sich die Wahrheit um das eigene Herz legen und so fest zudrücken, dass man glaubt, zu sterben.« Sein Blick wurde noch eindringlicher. »Haben Sie sich denn schon die Wahrheit in den Herzen meiner Neffen angesehen, Miss Mansfield?«

»Sie wissen genau, dass ich das nicht kann.«

Er lächelte sanft. »Ja, ich kenne die Tücken unseres Fluches. Aber dennoch sollten Sie inzwischen verstanden haben, wie es in Blake und Preston aussieht, welche Tragödie sich hier abspielt. Den einen, den Sie wollen, können Sie nicht haben – und den, den Sie haben könnten, den wollen Sie nicht. Ein furchtbares Schicksal, nicht wahr?«

Kapitel 32

Ich wollte nicht glauben, dass seine Worte wahr waren. Wütend holte ich zum Gegenschlag aus. »War es denn bei meiner Tante Catherine auch so? Dass sie Sie nicht wollte, Ihren Bruder aber schon?«, fragte ich provokant und dachte an den Brief in der Strandhütte.

Der Lord schnaubte geringschätzig. »Ach bitte, ich habe genügend Abstand zu ihr gehalten.« Trotz seiner arroganten Antwort blitzte ein kurzer Schmerz in seinen Augen auf, den er nicht schnell genug verbarg.

»Sie haben sie geliebt.«

Mit dem Fuß kickte Lord Musgrave einen losen Stein über den Rand der Klippe. Sein Aufschlag ging im Rauschen der Wellen unter, aber ich wusste, dass sein Weg hinunter weit gewesen war. »Ich habe Ihre Tante nicht geliebt. Der Fluch wollte mich in seinen Bann ziehen, aber er ist versiegt, sobald ich meinen Bruder getötet hatte.« Unauffällig versuchte ich, wieder etwas mehr Abstand zwischen den Lord und mich zu bringen, während dieser weitersprach. »Mein naiver Bruder wollte sein Erbe antreten und das Vermögen nehmen, um sich ein neues Leben mit Ihrer Tante aufzubauen. Das konnte ich unter gar keinen Umständen zulassen.« Lord Musgrave stockte kurz. »Sie haben die gleichen Augen wie Ihre Tante, wissen Sie das? Gefährliche Augen. Augen, die mehr sehen können, als sie dürften. Wie hätte ich es zulassen können, dass eine Grüne unser ganzes Vermögen an sich reißt? Es stand ihm nicht zu, mein Erbe mit ihr zu teilen. Wissen Sie, dass sich die beiden öfter hier getroffen haben?« Er machte eine Handbewegung, die die Umgebung einschloss. »Kenneth fand diesen abgelegenen Ort wildromantisch und hielt ihn für den perfekten Ausdruck ihrer Liebe.«

Mein Blick huschte für ein paar Sekunden über das grün bewachsene Plateau. Im Moment pfiff der Wind über die Ebene, sodass es aussah, als ob eine Wellenbewegung durch das knöchelhohe Gras laufen würde. Doch an wärmeren und sonnigeren Tagen musste es hier sehr schön sein.

»Und diese Liebe haben Sie zerstört, indem Sie Ihren Bruder ermordet haben? Weil er sein Erbe auf keinen Fall mit einer Grünen teilen durfte, für die Sie auch etwas empfanden, was jedoch nicht auf Gegenseitigkeit beruhte?« Ich wusste, dass es riskant war, den Lord zu reizen, spürte aber gleichzeitig, dass ich mit meinen Fragen seinen wunden Punkt getroffen hatte.

»Passen Sie auf, was Sie sagen, Miss Mansfield.« Lord Musgraves Augen schienen sich vor Hass zu verdunkeln und wurden immer schmaler. »Die Liebe ist gefährlich. Sie verführt einen dazu, Dinge zu tun, die für Geist und Körper nicht gesund sind.« Er blieb stehen und holte einen Brief aus seinem Mantel, den er mir reichte. »Hier. Lesen Sie.«

Zögernd griff ich nach dem weißen Umschlag und zog ein zusammengefaltetes Stück Papier heraus. Darauf stand mit schwarzer Tinte geschrieben:

Es tut mir leid, aber ich kann so nicht weitermachen. Blake liebt mich nicht, das spüre ich an jedem einzelnen Tag. Ich kann nicht mitansehen, wie eine andere für ihn das ist, was ich sein will.

Unterschrieben war es mit meinem Namen, und ich schluckte, als ich auf die Zeilen starrte. Wer auch immer diesen Brief geschrieben hatte, hatte meine Handschrift perfekt kopiert. Nicht einmal ich selbst hätte erkannt, dass er nicht von mir stammte.

»Ich bin sicher, die Constables werden keinen Unterschied bemerken«, sagte der Lord in diesem Moment. Seine gelassene Überlegenheit erfüllte mich mit einer plötzlichen Panik, die jede Nervenzelle meines Körpers durchdrang. Fahrig stolperte ich vom Rand der Klippe weg und ließ den Lord dabei nicht aus den Augen. Er hatte tatsächlich vor, mich zu töten und es wie einen Selbstmord aussehen zu lassen. Genauso wie er seine Schwester und seinen Bruder getötet hatte.

»Den nehme ich«, sagte Lord Musgrave. Er griff nach dem Brief, um ihn in seiner Manteltasche verschwinden zu lassen. »Danke für Ihre Fingerabdrücke, Miss Mansfield.«

Mit rasendem Herzen starrte ich den Lord an und versuchte verzweifelt, einen klaren Gedanken zu fassen, obwohl meine Angst längst Besitz von mir ergriffen hatte.

Lord Musgrave versperrte mir den Fluchtweg zurück zum Wagen und kam unerbittlich näher. Er zog ein Messer aus der Tasche, dessen schimmernde Spitze er auf mich richtete. »Ich wünschte, wir könnten das anders erledigen. Hätten Sie doch einfach das Geld genommen.«

Ich schüttelte den Kopf und versuchte, meine Stimme stark klingen zu lassen. »Es wird Ihnen niemand abkaufen, dass ich Selbstmord begangen habe.«

»Das sehe ich anders. Wissen Sie, Isaac hat mir einige Informationen über Sie besorgt. Er selbst wirkt zwar, als hätte er keine Gefühle, aber er hat ein Gespür für die Gefühle anderer. Er kann einfache Gesten deuten, die kleinsten Muskelzuckungen entgehen ihm nicht. Und ihm ist nicht entgangen, dass Sie meinem Neffen Blake bereits verfallen sind.« Als ich schluckte, huschte ein selbstzufriedenes Lächeln über das Gesicht des Lords. »Ihrem Gesichtsausdruck nach zu urteilen, hat er damit den Nagel auf den Kopf getroffen.«

Ein weit entferntes Geräusch ließ einige schwarze Vögel zwischen den Bäumen emporflattern. Sehnsüchtig starrte ich ihnen hinterher. In diesem Moment wünschte ich mir nichts mehr, als ihre Flügel zu haben, um einfach davonfliegen zu können und der Messerspitze zu entgehen, mit der sich der Lord bedrohlich meiner Kehle näherte. Er zwang mich damit weiter zum Rand des Plateaus zurück, das nur wenige Meter hinter mir steil in die Tiefe abfiel. Bei einem Blick auf die scharfzackigen Felsen und die schäumende weiße Gischt weit unter uns drehte sich mir der Magen um.

»Interessant ist nur, dass Blake sich gegen Ihre Anziehungskraft offenbar wehren kann«, fuhr der Lord ungerührt fort. »Das ist neu, wird ihm allerdings genauso wenig helfen wie Ihnen.«

Die Messerspitze berührte bereits meinen nackten Hals, und ich bog meinen Kopf so weit wie möglich zurück, während mir der kalte Schweiß ausbrach. Selbst wenn Lord Musgrave mir die Kehle aufschlitzte, würde es nach meinem Sturz auf die gezackten Felsen wahrscheinlich nicht mal auffallen. Panisch versuchte ich, zur Seite auszuweichen, doch der Lord folgte der Bewegung behände und drängte mich noch weiter zurück. Ich spürte, wie der Wind an meinen Kleidern zerrte, spürte die unendliche Weite des tiefen Abgrunds hinter mir und merkte, wie es in meinen Ohren zu rauschen anfing.

»Zeit, sich zu verabschieden, Miss Mansfield«, hauchte er, als ich hinter ihm eine schnelle Bewegung zwischen den Bäumen wahrnahm. Blinzelnd starrte ich auf die Stelle. Kam Isaac zurück?

»Lass sie sofort gehen!« Beim Klang der tiefen Stimme, die über das Plateau hallte, atmete ich vor Erleichterung tief durch.

Blake. Es war Blake.

Eine wilde Woge der Hoffnung überschwemmte mich. Blake war zwischen den Bäumen aufgetaucht und kam mit raschen Schritten näher. Lord Musgrave hielt das Messer noch immer an meine Kehle gedrückt und wandte sich halb um.

»Das ist aber eine Überraschung«, erwiderte er ruhig. »Wo ist Isaac?«

Bei der Frage begann ein Muskel in Blakes Kiefer, zu zucken. »Dein dreckiger Handlanger liegt gefesselt in seinem Wagen und macht ein Schläfchen.« Als sich unsere Blicke trafen, wich die Wut auf Blakes Gesicht einer so tiefen Sorge um mich, dass mir die Tränen in die Augen stiegen.

Lord Musgrave zog eine Augenbraue hoch. »Anscheinend habe ich dich unterschätzt, Neffe.« Er drückte das Messer weiterhin an meine Kehle. »Allerdings hast du mich ebenfalls unterschätzt. Stopp! Das ist nah genug«, befahl er hart.

Blake blieb drei Schritte vor dem Lord stehen und ballte die Hände zu Fäusten. »Lass sie sofort gehen oder ich schwöre dir, dass du diesen Tag nicht überleben wirst.«

Lord Musgrave lächelte boshaft. »Glaub mir, ich habe schon ziemlich viele Menschen überlebt.«

»Du meinst, wie meine Mutter? Ich weiß, dass du sie getötet hast.« Der Hass in Blakes Stimme tropfte aus jedem seiner Worte.

»Und ich weiß jetzt, dass Isaac sich geirrt hat«, erwiderte Lord Musgrave nachdenklich. »Du empfindest offenbar doch etwas für diese Grüne.«

Bei diesen Worten lockerte sich kurz der Druck des Messers an meiner Kehle, und ich nutzte den Moment, um Lord Musgrave einen kräftigen Stoß zu geben. Überrascht taumelte er einen Schritt zurück, sodass ich Zeit hatte, mich unter der Klinge hinwegzuducken und zu versuchen, sie ihm aus der Hand zu schlagen. Mit einem Schrei stürzte ich mich auf den Lord, der mich reflexartig abwehrte und mir dabei einen so festen Handkantenschlag gegen die Wange versetzte, dass mich der Schwung einige Schritte zurücktrug.

Danach passierte irgendwie alles gleichzeitig.

Ich hatte einmal gelesen, dass einem die letzten Sekunden seines Lebens wie in Zeitlupe vorkommen würden, und ich verstand jetzt, was damit gemeint war. Es war ein bisschen wie der Beginn einer Wahrheitsvision. Alles um mich herum passierte ganz schnell und doch so unendlich langsam.

Panisch ruderte ich mit den Armen und hörte, wie Blake meinen Namen brüllte, wie seine angsterfüllte Stimme die Welt um mich herum zerriss. Tief unter mir krachten die Wellen donnernd gegen die Felsen, während der Himmel mit seinen blutroten Wolken ins Kippen geriet, da ich nun den Kontakt mit dem Boden verlor. Grellgelbe Panik durchzuckte mich samt der bitteren Erkenntnis, dass ich gleich fallen würde.

Ich würde fallen.

So tief, wie ich noch nie gefallen war.

Mein Blick irrte zu Blake, weil er es war, den ich noch einmal sehen wollte.

Ich hatte alles verloren, ich hatte ihn verloren und würde auch gleich mein Leben verlieren. Der Gedanke beherrschte mich, er machte mich auf eine seltsame Weise friedlich und traurig zugleich.

Abwesend nahm ich wahr, wie Blake den Lord zur Seite stieß. Mit ausgestrecktem Arm hechtete er zu mir, aber ich war mir sicher, dass es nicht reichen würde.

Blake war einfach zu weit weg.

Ich würde fallen.

Die Angst in Blakes ozeanblauen Augen war das Letzte, was ich sah, bevor die Schwerkraft mich nach unten riss und meine Welt auf den Kopf stellte. *Es war vorbei.* Gerade als ich glaubte, gleich meterweit in die Tiefe zu stürzen, spürte ich Blakes kräftige Hand, die sich um meine schloss und mich im letzten Moment zurückriss.

Atemlos flog ich gegen seine Brust und fühlte, wie er einige Schritte mit mir nach hinten taumelte, die Arme fest um mich geschlungen. Schluchzend schmiegte ich mich an seinen warmen Körper. Sein Herz hämmerte wie verrückt und Blake hielt mich so fest, als wolle er mich nie wieder loslassen.

»Ich hab dich«, hörte ich ihn flüstern. Immer und immer wieder. »Ich hab dich.«

»Perfekt. Dann könnt ihr ja jetzt gemeinsam sterben«, zischte Musgrave wütend und stürzte auf uns zu. Aus dem Augenwinkel sah ich sein Messer durch die Luft sausen und direkt auf Blake zielen. Ohne darüber nachzudenken, stieß ich Blake zur Seite und riss schützend den Unterarm hoch. Ein siedend heißer Schmerz durchfuhr mich, als die Klinge über meine Haut glitt. Ich keuchte auf und sah, wie Blake seinen Onkel brüllend von mir wegzerrte. Die Wut auf seinem Gesicht jagte selbst mir Angst ein.

Ich wollte Blake helfen, wollte Lord Musgrave irgendwie von ihm ablenken, aber ich wusste nicht, wie. Blake und Lord Musgrave kämpften neben dem Abgrund erbittert um das Messer, und plötzlich holte der Lord aus und zog die Schneide blitzschnell über Blakes Bizeps.

Hellrotes Blut schimmerte auf der glänzenden Klinge. Die kräftige Farbe war total surreal, und ich hörte mich selbst schreien, als der Lord erneut zustach. Diesmal zielte er auf Blakes Herz.

Nein. Bitte nicht.

Ich brüllte Blakes Namen, so laut, wie ich noch nie in meinem Leben zuvor geschrien hatte. Bevor Lord Musgraves Messer Blake erreichen konnte, ließ sich dieser blitzschnell zu Boden fallen und rollte sich zur Seite. Lord Musgrave verfehlte Blake nur um Haaresbreite und stach ins Nichts. Von seinem eigenen Schwung getragen, stolperte er zwei Schritte auf den felsigen Abgrund zu. Ich erkannte, wie er verzweifelt versuchte, die Bewegung noch aufzuhalten, doch der steile Abhang war zu nah. Mit einem unmenschlichen Laut taumelte Lord Musgrave über die Kante und stürzte brüllend in die Tiefe.

Einige furchtbare Sekunden lang wurde sein Schrei immer leiser, bis er schließlich abrupt abriss. Es folgte eine ohrenbetäubende Stille, die nur vom regelmäßigen Klatschen der Wellen unterbrochen wurde.

Ich blinzelte. Bilder eines zerschmetterten Körpers stiegen vor meinem inneren Auge auf. Eines Körpers, der auch Blake hätte gehören können. Oder mir selbst.

Wie betäubt, starrte ich auf die Stelle, an der Musgrave verschwunden war. Plötzlich wurde mir unglaublich kalt. Unkontrolliert fing ich zu zittern an und konnte nicht mehr damit aufhören.

Blake robbte rückwärts vom Abgrund weg, bevor er sich in die Höhe stemmte und zu mir umdrehte, um mich in seine Arme zu schließen.

Der vertraute Duft seiner Haut ließ den letzten Rest meiner Selbstbeherrschung verschwinden. Schluchzend klammerte ich mich an ihm fest, während seine Lippen meine Stirn streiften und dabei immer wieder meinen Namen flüsterten.

»Bist du verletzt?«, hörte ich ihn schließlich fragen. Zitternd schüttelte ich den Kopf. Das Messer hatte mich nur gestreift und keinen tiefen Schnitt hinterlassen.

»Und du?«

»Es geht mir gut. Alles ist gut«, wisperte er. Ihm wieder so nahe zu sein, seine Wärme und die Sanftheit seiner Berührungen zu spüren, ließ meine Tränen fließen. All die Gefühle, die ich so tief in mir verschlossen hatte, überrollten mich mit einer Wucht, der ich nichts entgegenzusetzen hatte. Es war, als würde ein Damm brechen, der die Mauern meiner Selbstbeherrschung einriss. Ich konnte nicht mehr stark sein oder so tun, als würde ich über den Dingen stehen. Ich brauchte Blake. *Ich liebte ihn.* Selbst wenn er mich nicht lieben sollte.

Meine Wangen waren tränennass, als ich schließlich den Kopf hob, um ihn anzusehen. Der Schock stand ihm noch ins Gesicht geschrieben, als er sich vorbeugte, um mir mit den Fingerspitzen unendlich sanft die Feuchtigkeit von den Wangen zu wischen. Die Zärtlichkeit, mit der er das tat, brachte mich noch mehr zum Weinen, und ich konnte sehen, wie auch er darum kämpfte, die Beherrschung nicht zu verlieren.

»June, fast hätte ich dich …« Seine raue Stimme klang brüchig. Blake stockte und atmete hörbar ein. »Verdammt, ich kann dich nicht auch noch verlieren.«

Mit klopfendem Herzen sah ich zu ihm auf. Sein Brustkorb hob und senkte sich schnell, als sich unsere Blicke verflochten. Liebe und Schmerz spiegelten sich darin, und ich fühlte, wie neue Tränen in meine Augen stiegen.

»Das hast du nicht«, flüsterte ich. »Und das wirst du auch nicht. Ich gehöre zu dir.«

Bei meinen Worten stöhnte Blake leise auf und zog mich näher an sich. Seine Hände umschlossen mein Gesicht, und er sah mich eindringlich an. Seine Berührung war so warm, so zärtlich, sie war alles in dem Moment.

»June, ich …« Blake zögerte. Seine Gefühle schienen auch ihn zu überwältigen, und als sein Blick zu meinen Lippen glitt, wusste ich, dass wir dasselbe wollten. Atemlos starrte ich ihn an.

Seine schwarzen Haare fielen ihm auf dieselbe Art in die Stirn, wie an dem Tag, an dem ich in Cornwall angekommen war. Seine markanten Züge besaßen dieselbe Anziehungskraft auf mich wie damals, aber da war noch so viel mehr.

Ich hatte mich in Blake verliebt.

Nicht nur in seine harte Schale, sondern auch in den weichen Kern, der ab und an durchschimmerte. Ich empfand so viel für diesen Mann, der mich in den Armen hielt, als wäre ich das Kostbarste auf der ganzen Welt.

Ich wollte etwas sagen, aber der Augenblick brauchte keine Worte. Blake beugte sich nach vorne, um mich zu küssen. Als sich unsere Lippen trafen, schloss ich die Augen. Ein tiefes Stöhnen löste sich aus seiner Brust und ich schlang die Arme um seinen Nacken, um ihm noch näher zu sein. Mit einem kehligen Laut zog er mich an sich heran, bis nichts mehr zwischen uns passte.

Keine Missverständnisse, keine Vorbehalte, kein Fluch.

Ich schmeckte das Salz meiner Tränen, das sich mit Blakes Geschmack vermischte, und vergrub meine Finger in Blakes Haaren, als die eben erlebte Todesangst in pure Leidenschaft umschlug. Atemlos fielen wir übereinanderher, kamen uns immer näher. Am liebsten hätte ich Blake überall gleichzeitig berührt, am liebsten hätte ich ihn überall gleichzeitig gespürt.

In diesem Moment zuckte ein Blitz über den Himmel. Es folgte ein krachender Donner, bevor die Wolkendecke von einer Sekunde auf die andere pechschwarz wurde.

Erschrocken stoben Blake und ich auseinander. Das Unwetter verdichtete sich genau über unseren Köpfen und es wurde immer heftiger. Ein plötzlicher Wind fuhr mir schneidend kalt ins Gesicht und zerrte an meinen Kleidern, während ein Blitz nach dem anderen um uns herum einschlug. Gemeinsam starrten wir hoch zum Himmel.

Blakes Hand umschloss fest meine Finger, als wir Schritt für Schritt von den Klippen zurückwichen. Vor uns wurde das ehemals ruhige Meer vom Gewitter gepeitscht. Gewaltige Wellen türmten sich in die Höhe und brachen krachend wieder hinunter, als würden sie das Ende der Welt verkünden.

Auch ohne es auszusprechen, wussten wir beide, was das bedeutete.

Lord Musgrave hatte recht gehabt.

Der verdammte Fluch existierte.

Kapitel 33

Die Gewitterwolken ballten sich noch immer bedrohlich dunkel über unseren Köpfen, als Blake und ich eine Viertelstunde später auf das Eintreffen von Preston und der Polizei warteten.

Ich lehnte an der Motorhaube des weißen Lieferwagens und hatte die Arme fröstelnd um meinen Körper geschlungen. Den Schnitt an meinem Unterarm spürte ich kaum noch, sehr wohl aber meine Sehnsucht nach Blake. Am liebsten hätte ich mich an ihn geschmiegt – aber wegen der Reaktion des Wetters auf unseren Kuss hielten wir lieber einen Sicherheitsabstand ein.

»Wie hast du mich eigentlich gefunden?«, fragte ich schließlich, um das drückende Schweigen zwischen uns zu brechen. Nachdem wir unsere Verletzungen mit einigen Pflastern aus dem Verbandskasten im Auto versorgt hatten, hatten wir kaum noch miteinander gesprochen. Blake hörte auf, düster in den Himmel zu starren, und sah mich an.

»Über Grace' Handy.« Seine Stimme klang anders als sonst. Mutloser. Resignierter. »Ich habe im Musikzimmer aus Versehen eure Handys vertauscht. Grace hat eine Tracking-Funktion auf ihrem Smartphone, und weil sie es dringend brauchte, haben wir es über mein Handy geortet. Du bist gerade vom Strand zu der kleinen Küstenstraße gelaufen.« Er rieb sich über die Wange. »Plötzlich begann sich das Signal viel schneller zu bewegen. Als ich sah, in welchem Tempo du dich vom Strand entfernt hast, wusste ich, dass irgendetwas nicht stimmt.«

Ich sah zu Boden. »Zum Glück war Grace da.« Noch vor ein paar Stunden hätte ich niemals gedacht, diesen Satz einmal laut auszusprechen – aber Grace hatte mir mit ihrem Handy offenbar das Leben gerettet. Dass sie und Blake sich bei der Planung des Schulabschlussfestes recht nahegekommen waren – darüber wollte ich jetzt lieber nicht nachdenken.

Blakes Gesichtsausdruck spiegelte eine Vielzahl an Gefühlen wider, und ich hätte am liebsten die Hand ausgestreckt, um ihn zu berühren.

»Was ist?«, flüsterte ich.

»Ich bin nicht in Grace verliebt, falls du das denkst.«

Seine Worte kamen so unerwartet, dass ich nicht wusste, was ich darauf erwidern sollte.

»Grace und ich sind Freunde. Aber das bedeutet nicht …« Er unterbrach sich und blickte mich eindringlich an. Atemlos wartete ich darauf, dass er weitersprach. »Es gibt nur dich, June.«

Mein Herz begann, so heftig gegen meinen Brustkorb zu pochen, dass ich die einzelnen Schläge bis in meine Fingerkuppen fühlte.

»Egal, wie sehr ich mich dagegen wehre, es funktioniert einfach nicht.«

»Und deswegen bist du nach unserer gemeinsamen Nacht auf Distanz gegangen?«, flüsterte ich.

Blake atmete tief ein und schüttelte den Kopf. »Ich habe das nicht bewusst gemacht. Es war mir … einfach zu viel«, gestand er. »Der Fluch, meine Gefühle für dich und die Tatsache, dass wir nicht zusammen sein durften. Ich wusste nicht, wie ich damit umgehen sollte.« Blake machte eine kurze Pause. »Außerdem hatte ich von Lord Musgrave erfahren, dass Charles Mansfield für den Tod unserer leiblichen Mutter verantwortlich sein sollte. Ich habe versucht, die Dinge erst mal für mich selbst zu sortieren. Im Nachhinein betrachtet hätte ich das nicht tun sollen, ich hätte mit dir sprechen sollen.« Die Offenheit in seinen Zügen berührte mich. Gerade weil ich wusste, wie schwer es für Blake war, über diese Dinge zu sprechen.

»Die Distanz zwischen uns war sehr schlimm für mich«, sagte ich leise.

Er schloss die Augen. »Glaub mir. Für mich war es mindestens genauso schlimm, June. Dich zu sehen und dir nicht nah sein zu dürfen, war … *ist* die Hölle auf Erde.«

Das leise Geräusch eines sich nähernden Autos unterbrach unser Gespräch. Kurz darauf tauchte Prestons Mini hinter einer Kurve auf.

»Was sollen wir jetzt tun?«, fragte ich Blake, solange wir noch allein waren. »Der Fluch, ich meine, er ist jetzt wahrscheinlich eine Tatsache.«

Blake zögerte. Als er schließlich sprach, spiegelte sich die Bitterkeit seiner Stimme in seinen Augen wider. »Wir tun, was wir tun können. Wir lügen die Polizei an. Wir beerdigen meinen Onkel. Wir erforschen den Fluch. Und wir finden eine Lösung.«

Epilog

Lord Musgraves Beerdigung fand unter einem fast ebenso düsteren Himmel statt wie dem, den Blake und ich durch unseren Kuss auf den Klippen ausgelöst hatten.

Dichte dunkelgraue Wolken ballten sich über dem kleinen Friedhof in Darktrew und verschluckten auch das letzte bisschen Sonnenlicht. Trotz des hartnäckigen Regens, der seit dem Morgengrauen ohne Unterlass auf Südengland niederprasselte, waren erstaunlich viele Menschen gekommen. Lord Musgraves Tod hatte für eine Flut an Zeitungsberichten gesorgt, wobei die rätselhaften Umstände seines Ablebens zu allerhand wilden Spekulationen geführt hatten. Die Tatsache, dass seine Leiche bisher noch nicht gefunden worden war, sorgte für weiteren Gesprächsstoff.

Ich packte den Griff meines schwarzen Regenschirms noch fester und starrte auf den glänzenden Sarg, der soeben in die offene Grube hinuntergelassen wurde. Es war irgendwie seltsam, Erde auf einen leeren Sarg zu schütten. Vor allem, da Lord Musgrave in seinem Testament nicht darüber verfügt hatte, wo er begraben werden wollte. Seine Assistentin Miss Carter wusste dazu auch nichts, und da es keine sterblichen Überreste des Lords gab, hatten Blake und Preston schließlich entschieden, die Beerdigung hier in Darktrew durchführen zu lassen. Schließlich war es nicht mehr als eine symbolische Geste, sodass es keinen großen Unterschied machte, auf welchem Friedhof der leere Sarg hinuntergelassen werden würde.

»Aus der Erde sind wir genommen, zur Erde sollen wir wieder werden. Denn der Staub muss wieder zu der Erde kommen, wie er gewesen ist, und der Geist wieder zu Gott, der ihn gegeben hat.« Der beleibte weißhaarige Pfarrer, der die Worte sprach, griff nach einer kleinen Schaufel und ließ eine Handvoll matschiger Erde in die Grube fallen. Bei dem leisen Geräusch, das der feuchte Klumpen auf dem Holz machte, schloss ich die Augen. Zu lebendig war noch die Erinnerung an den langen Schrei des Lords, der so abrupt geendet hatte. Dabei dachte ich für einen Moment, dass sein Tod nicht der einzige war, der allerhand Fragen aufwarf. Auch Riley war bei einem Unfall gestorben, über den keiner gern redete – und was genau mit Tante Catherine passiert war, wusste ich noch immer nicht. Zumindest kannte ich nun Georgina Musgraves Schicksal, wobei ich keine Ahnung hatte, was mit Blake und Prestons leiblichem Vater passiert war. Lebte er noch? Und wusste er überhaupt, dass er zwei erwachsene Söhne hatte? Links neben mir spürte ich, wie Lilly sich unruhig bewegte.

»Wie lange, meint ihr, dauert das noch?«, flüsterte Grayson wie aufs Stichwort von der anderen Seite. »Ich hab verdammt großen Hunger.«

»Versuch, an was anderes zu denken«, zischte Lilly.

Grayson ließ seinen Blick zu Blake und Preston wandern, die zusammen mit Onkel Edgar schräg vor uns in der ersten Reihe standen. Alle trugen schwarze Anzüge und blickten mit ernster Miene zu Boden, während der Pastor seine Bibelverse rezitierte.

»Es funktioniert nicht«, raunte Grayson Lilly zu.

»Was funktioniert nicht?«

»Mich auf etwas anderes zu konzentrieren. Nicht mal die Deep-Blue-Twins können mich von meinem Hunger ablenken.«

»Hilft es, wenn du dir vorstellst, wie scheiße reich die beiden sein werden, sobald sie das ganze Geld von Musgrave geerbt haben?«, flüsterte Lilly.

»Nicht so laut«, hauchte ich und blickte mich rasch um. Die Trauergesellschaft bestand aus ungefähr zweihundert Menschen, die sich um das Grab versammelt hatten. Mit ihren schwarzen Kleidern und Schirmen erinnerten sie mich an eine Schar Krähen. Der kleine Friedhof mit den uralten Bäumen und den schiefen Grabsteinen platzte fast aus allen Nähten. Zum Glück schien uns jedoch keiner Aufmerksamkeit zu schenken. Was möglicherweise daran lag, dass der monotone Sprechgesang des Pfarrers und das stetige Prasseln des Regens unsere Unterhaltung übertönten.

»Glaubst du wirklich, dass ich die beiden anziehender finde, nur weil sie ein enormes Vermögen erben werden?«, flüsterte Grayson beleidigt. »So oberflächlich bin ich auch wieder nicht.«

Lilly verdrehte die Augen. »Das habe ich doch gar nicht behauptet.«

Ich atmete langsam ein und wieder aus. Meine schwarzen Lederschuhe waren inzwischen so nass, dass sich meine Socken mit Regenwasser vollgesogen hatten.

»Ich verstehe nicht, warum der Pfarrer nicht ein bisschen Gas gibt«, raunte Grayson weiter, den das Essensthema offenbar noch immer beschäftigte. »So wie der aussieht, muss er sich doch auch auf den Leichenschmaus freuen.«

»Es ist die Beerdigung von Lord Musgrave«, wandte ich flüsternd ein. »Wahrscheinlich hat er Angst, seinen Ruf zu beschädigen, wenn er die Trauerrede einfach nur so runterratscht.«

»My goodness. Hoffentlich gibt es nicht noch eine *weitere* Gedenkfeier, falls sie die Überreste des Lords doch noch aus dem Meer fischen«, murmelte Grayson in sich hinein.

Ich unterdrückte ein Lächeln und fing den kühlen Blick von Grace auf, die gemeinsam mit ihrem Vater ein paar Meter von uns entfernt stand. Unter ihrem offenen Mantel ließ sich ein hochgeschlossenes Kleid aus schwarzer Spitze erkennen, das sich verführerisch an ihre Rundungen schmiegte. Grace' Augen verweilten ein paar Sekunden auf mir, bevor sie die Schultern straffte und ihre Aufmerksamkeit auf Blake richtete. Er sah in ihre Richtung, und die beiden lächelten einander flüchtig zu. Obwohl ich wusste, dass es lächerlich war, fühlte ich einen leichten Stich.

In diesem Moment stellte Preston Augenkontakt zu mir her. Er schien instinktiv zu verstehen, was in mir vorging. Seit Preston mit seinem Mini angedüst gekommen war, um Blake und mir mit seiner Gabe aus der Patsche zu helfen, hatte sich unser Verhältnis deutlich verbessert. Er schien mir angesichts meiner Nahtoderfahrung den Sex mit Blake verziehen zu haben, und ich war ihm unendlich dankbar dafür, dass er Isaac im Beisein der Polizei zu einer falschen Aussage gezwungen hatte, die keine unangenehmen Fragen aufwarf.

Preston hatte Isaac noch vor Ort behaupten lassen, der Privatdetektiv des Lords zu sein. Angeblich sei es zwischen ihnen wegen einer ausstehenden Zahlung zu einer Auseinandersetzung gekommen. Bei dem Streit auf den Klippen, bei dem sie beide handgreiflich geworden waren, sei der Lord unglücklich ausgerutscht und in den Tod gestürzt. Zuvor hatten wir kurz überlegt, der Polizei die Wahrheit zu erzählen und von meiner Entführung zu berichten, hatten aber Sorge, damit zu viele Fragen aufzuwerfen. Fragen, die wir ohne die Worte *Fluch* und *Magie* vielleicht nicht beantworten konnten. Kurzerhand hatten wir uns deswegen auf eine andere Erklärung geeinigt, die vielleicht nicht die beste war – aber die einfachste, die uns auf die Schnelle einfiel. Die Geschichte endete damit, dass Blake, Preston und ich Isaacs Verhalten bei einem gemeinsamen Ausflug ziemlich verdächtig gefunden und deshalb die Polizei gerufen hätten.

Obwohl die Story komplett erfunden war, hatte ich kein schlechtes Gewissen deswegen. Mir war klar, dass Isaac sich nun wegen eines Streits mit Todesfolge vor Gericht verantworten musste, aber nach seiner Manipulation von Blakes Bremsen, dem Anbringen eines Senders an Lillys Auto sowie meiner Entführung schien mir das noch eine milde Strafe zu sein. Außerdem fanden wir diese Lösung weit einfacher, als der ganzen Welt erklären zu müssen, wieso der Lord meinen Tod gewollt hatte.

Ein paar Meter von mir entfernt beendete der Priester endlich seine Litanei. Gleichzeitig hörte der Regen auf und die Wolkendecke riss ein wenig auf. Dabei fiel ein heller Streifen Licht auf die imposante gotische Kirche, die sich hinter dem Friedhof erhob. Ihre Fassade war im Laufe der Jahrhunderte fast schwarz geworden, was ihr zusammen mit den filigranen Maßwerkfenstern und den hohen Spitzbögen ein ehrfurchteinflößendes Aussehen verlieh. Kurz dachte ich daran, dass Sir Winston Winterlys Vermögen auch in den Ausbau der Kirche geflossen war, um seine Seele vom Tod des Pfarrers auf Green Manor reinzuwaschen. Allerdings bezweifelte ich, dass das irgendetwas genutzt hatte.

»Gott sei Dank«, schnaufte Grayson, als der Pfarrer sich mit einem letzten Kreuzzeichen abwandte. »Es ist endlich vorbei.«

»Wie ist das Verhältnis zwischen dir und Blake jetzt eigentlich?«, fragte Lilly gedämpft, als wir uns nach den ganzen Beileidsbekundungen in die lange Schlange an Menschen einreihten, die über den matschigen Friedhof in Richtung Ausgang stapften.

»Seltsam«, erwiderte ich mit einem Blick auf Blake, der neben Onkel Edgar ging und sich leise mit ihm unterhielt. Für Onkel Edgar waren die Ereignisse der letzten Wochen – zuerst tauchte ein steinreicher Verwandter seiner Söhne auf, um kurz darauf von einer Klippe ins Meer zu stürzen – auch nicht allzu einfach gewesen. »Wir versuchen, uns auszuweichen, um den … ihr wisst schon … nicht auf den Plan zu rufen.«

»Es ist eine Schande«, bemerkte Grayson mit einem Seufzen. »Hast du schon herausgefunden, wie weit du gehen darfst? Also, wo genau die Grenze ist?«

Ich schüttelte den Kopf.

»Das würde ich an deiner Stelle aber als Erstes tun, Darling. Vielleicht darfst du Blake nicht küssen, antatschen ist aber erlaubt. Und wenn antatschen erlaubt ist, stellt sich natürlich die Frage, *wo genau* es erlaubt ist.« Er hob vielsagend die Augenbrauen.

»Und wenn June bei dem Versuch wieder die … äh … Wolkendecke hervorruft?«, konterte Lilly, die ebenfalls versuchte, das Wort *Fluch* in der Öffentlichkeit zu vermeiden. »Du weißt doch, was passiert ist, als sie es zum letzten Mal getan hat.«

Grayson seufzte. »Weißt du, dass du heute unerträglich vernünftig bist?« Lilly grinste daraufhin nur, aber mir war gar nicht zum Lachen zumute. Nachdem Blake und ich uns auf den Klippen geküsst hatten, war es in Darktrew und der näheren Umgebung zu mehreren Polizeieinsätzen gekommen, da unerklärlich viele Einwohner plötzlich miteinander zu streiten begonnen hatten. Auch auf Green Manor hatten Joseph und Betty sich in die Haare gekriegt – und ich hatte tagelang die Nachwehen in Form einer gedrückten Stimmung gespürt.

»Immerhin ist Blake nicht mehr so abweisend zu mir«, murmelte ich. »Wir können normal miteinander reden, dürfen uns eben nur nicht zu nahekommen.«

Grayson legte mir eine Hand auf die Schulter. »Das klingt traurig, Liebes.«

»Was steht heute bei dir eigentlich noch auf dem Plan?«, fragte mich Lilly bemüht fröhlich. »Wollen wir den Freitagabend nutzen und nachher ausgehen?«

»Ich hatte eigentlich vor, einen Netflix-Marathon einzulegen.« Ich wollte einfach nur entspannen, immerhin hatte ich die letzten Tage damit verbracht, zu dem Fluch zu recherchieren – war aber wieder einmal nicht weitergekommen. Obwohl ich durch den Lord und das Blatt aus dem Tagebuch der Hexe, bei der es sich offenbar um diese Scarlett handelte, schon über mehr Informationen als noch vor ein paar Wochen verfügte, war es immer noch zu wenig. Zu wenig für eine Lösung des Fluches, nach der ich mich so sehnte.

»Himmel. Das wird ja immer schlimmer!«, rief Grayson und zog dadurch einige Blicke auf sich. »Ein trauriger Netflix-Marathon? Du weißt schon, dass du dadurch die statistische Wahrscheinlichkeit erhöhst, blind zu werden?«

»Das hast du doch bloß erfunden.«

Grayson zuckte mit den Schultern. »Es ist beschlossene Sache. Wir gehen aus.«

»Ich sollte auch endlich Carla zurückrufen«, erwiderte ich schwach. »Das schiebe ich schon seit Wochen vor mir her.«

»Du meinst deine verlogene Freundin aus Deutschland, die dir ohne mit der Wimper zu zucken deinen Typen ausgespannt hat?« Grayson schüttelte im Gehen den Kopf. »Ich bitte dich, June. Carla kann froh sein, wenn du zu Weihnachten wieder mit ihr redest. Also? Was sagst du?«

Ich schwieg unschlüssig. Ein paar Schritte vor mir verabschiedete sich Grace von Blake. Als sich die beiden umarmten, fühlte ich wieder den vertrauten Stich.

Warum durfte sie Blake so nahekommen und ich nicht?

»In Ordnung«, sagte ich. »Wir gehen aus.«

»Wunderbar!«, rief Grayson. »Das wird großartig. Wir werden so einen Spaß haben!«

»Pssst«, kicherte Lilly, bei der gerade eine WhatsApp-Nachricht eintrudelte. »Die Leute gucken schon.«

»Sollen sie doch«, erwiderte Grayson, während mein Blick wieder zu Blake wanderte. Es war gut, mich heute von Lilly und Grayson ablenken zu lassen. Auf diese Weise würde ich vielleicht nicht *ununterbrochen* an ihn denken.

»Also. Party heute Abend«, fuhr Grayson enthusiastisch fort. »Lilly, Schatz, holst du uns ab?«

»Ich weiß noch nicht«, antwortete Lilly abgelenkt und tippte etwas in ihr Handy. »Granny ist da«, erklärte sie uns dann.

»Hier?«, fragte ich und sah mich auf dem Friedhof um. »Oh«, sagte ich eine Sekunde später, als ich in der Nähe des bogenförmigen Ausgangs einen lila Regenschirm entdeckte, der in dem Meer an Schwarz wie eine bunte Blume leuchtete. Darunter stand Violet in einem violetten Mantel und winkte aufgeregt.

»Hast du deine Oma etwa zu unserer Partynacht eingeladen?«, fragte Grayson grinsend, der das Winken sofort erwiderte.

»Klar«, antwortete Lilly. »Das war das Erste, was ich getan habe. Du hast die Partynacht vorgeschlagen, ich hab meiner Oma getextet, ob sie Zeit hat, und sie hat sich auf ihren Besen geschwungen und ist innerhalb weniger Sekunden hierhergezischt.«

Ich grinste. »Klingt total logisch.«

»Hallo Oma«, sagte Lilly, als wir die ältere Frau kurz darauf erreichten. Kopfschüttelnd stieß ich sie in die Seite. »Aua.« Lilly rieb sich den Arm. »Hallo *Violet*«, korrigierte sie sich dann augenrollend, während Grayson und ich Lillys Großmutter ebenfalls begrüßten. »Und? Was ist die ominöse Überraschung, die du für uns hast?«

Violet begann, verschmitzt zu lächeln, und öffnete ihre lavendelfarbene Handtasche, um ein Blatt Papier daraus hervorzuziehen. »Meine Freundin Amanda hat mir das heute Morgen gefaxt«, erklärte sie uns verschwörerisch. »June, du hast mich ja letztes Mal gefragt, ob es nicht noch mehr Seiten von dem Tagebuch gibt. Und tatsächlich hat Amanda es irgendwie geschafft, den Historiker ausfindig zu machen, der ihr die Seite damals verkauft hatte. Er hatte in seinen Unterlagen glücklicherweise noch eine Kopie der nächsten Seite.«

Bei Violets Worten machte mein Herz einen Sprung, und ich trat einen Schritt näher. »Wirklich?«

Violet nickte vergnügt. »Und da ich wusste, dass ihr heute bei der Beerdigung von diesem Lord seid, dachte ich, ich komme auch nach Darktrew und verbinde das gleich mit ein paar Einkäufen. Die Pasties hier sind ganz ausgezeichnet, habt ihr die schon mal probiert? Und es gibt diesen kleinen Laden, die machen ausgezeichnete Schokolade.«

»Violet«, unterbrach Lilly ihre Oma ungeduldig. »Dürfen wir den fehlenden Teil mal sehen?«

»Bitte entschuldige. Natürlich. Ich habe handschriftlich noch ein Stück von der anderen Seite hinzugefügt, damit es Sinn ergibt. Falls ihr euch nicht mehr so genau erinnern könnt.« Violet drückte Lilly ein Blatt Papier in die Hand, und ich stellte mich mit klopfendem Herzen neben sie. Es handelte um eine Kopie des restlichen Abschnitts, inklusive Violets handschriftlicher Einleitung:

Wehe ihnen, wenn sie ihren niederen Gelüsten nachgeben. Wehe ihnen, wenn sie sich in Sünde vereinen! Alsdann wird der Fluch seine Macht entfalten und schwartes Verderben über sie und all jene in ihrer Umgebung bringen.
Doch mit ihrem Leid wird es nicht enden. Auch die Kinder und Kindeskinder werden unter der Last der Sünde leben, sie werden dieselben Schmerzen spüren, auf dass der Frevel niemals in Vergessenheit gerät, der von ihren Ahnen begangen wurde.
Und ist der Fluch einmal entfacht, bleiben dem Teufel nur noch …

– hier stand ursprünglich wahrscheinlich eine Zahl, die jedoch so verwischt war, dass man sie nicht lesen konnte –

… Wochen zu leben, bis ihn sein eigener Bruder tötet, auf dass die Schuld und das Blut für immer an seinen Händen kleben mögen – bis in alle Ewigkeit.

Ungläubig ließ Lilly das Blatt Papier wieder sinken, während sich mein Magen vor Angst zusammenkrampfte.

»Ist das alles, was Ihre Freundin von diesem Historiker bekommen hat?«, fragte ich mit zittriger Stimme. »Hat er nicht noch eine Seite? Eine Seite, auf der steht, wie man den Fluch wieder aufhebt?«

Violet schnalzte mit der Zunge. »Flüche dieser Art sind nicht so einfach aufzuheben. Ich dachte, das ist euch bewusst. Wer auch immer hier verflucht wird, sollte seine Angelegenheiten schleunigst regeln.«

»Oh nein«, murmelte Lilly, bevor sie erneut auf die Kopie starrte.

»Das klingt nicht gut«, flüsterte Grayson neben mir, während ich die Zeilen ein weiteres Mal überflog – ohne dass sich an ihrem Sinn auch nur das Geringste änderte. Verzweifelt glitt mein Blick über die etwas kleiner gewordene Menschenmenge. Blake und Preston standen in der Nähe einer großen Eiche und sprachen noch mit dem Pfarrer, der ihnen gerade nacheinander die Hand schüttelte. Übelkeit stieg in mir auf, als ich die Worte der Hexe in meinem Geist wiederholte.

Und ist der Fluch einmal entfacht, bleiben dem Teufel nur noch … Wochen zu leben, bis ihn sein eigener Bruder tötet, auf dass die Schuld und das Blut für immer an seinen Händen kleben mögen – bis in alle Ewigkeit.

Wenn das stimmte, würde Blake die nächsten Wochen oder Monate nicht überleben. Und ich hatte keine Ahnung, was ich dagegen tun sollte.

Ende von Band 2

Danksagung

Nachdem wir beim ersten Buch der Lügenwahrheit die Danksagung verpennt haben, möchten wir das jetzt umso herzlicher nachholen. DANKE an alle, die mit uns nach Cornwall gereist sind und dieses wunderschöne Gebiet gemeinsam mit uns entdeckt haben!

Vor allem bedanken wir uns bei Linda Borchert, die den ersten Band der Lügenwahrheit zu dem gemacht hat, was er ist. Bei Kathrin Becker für ihre fantastische Arbeit beim zweiten Band der Lügenwahrheit und dafür, dass sie nicht tot umgefallen ist, als wir bereits nach Ladenschluss mit einem neuen Handlungsstrang um die Ecke gekommen sind. Nicht jede Lektorin hätte das derart souverän gemeistert, Chapeau!

Ein großes Dankeschön geht auch an Iris für ihre Cornwall-Leidenschaft, die uns von Anfang an total mitgerissen hat, an unsere Agentin Leonie für ihren professionellen Rat sowie an Franzi, die als Geburtshelferin für den Beginn unserer Ravensburger-Reise sorgte. An Alex für das alte Cover, das wir geliebt haben, und an Anna für das neue Cover, das wir ebenfalls lieben. Eure Kreativität verzaubert uns.

Ein dickes DANKE geht an die Herstellerin Ulrike Schneider. Sowie an Steffi, Heike und Johanna – und an das gesamte Team von

Ravensburger, das mit so viel Leidenschaft heimische Autoren unterstützt, wie man es sich nur wünschen kann. Mann, ihr wisst wirklich, was Herzblut ist! Vielen Dank speziell an die tollen Verkäufer von Ravensburger, die unsere Bücher in die Läden bringen. Und natürlich an Valentino und Tobias. In unseren Herzen werdet ihr ewig Blake und Preston sein!

Dann wollen wir uns selbstverständlich bei unseren Lesern bedanken, die uns seit unseren ersten Veröffentlichungen im Selfpublishing begleiten. Ohne euch würde es die Bücher der Lügenwahrheit nicht geben, ohne euch wäre ein Buch von Rose Snow nicht im Buchhandel erhältlich, ohne euch und eure Begeisterung hätte unsere Reise schneller geendet, als sie begonnen hat! Ihr seid die Besten!

Schlussendlich bedanken wir uns auch noch bei unseren Familien. Unsere Familien, die uns ertragen, wenn wir uns tagelang verkriechen, um uns neue fantastische Geschichten auszudenken, oder uns nur mit Laptop begegnen, als wäre dieser angewachsen. Die uns jeden Tag aufs Neue inspirieren. Wir lieben euch. Und das ist die Wahrheit, ganz ehrlich.

LESEPROBE

aus Rose Snow

17 – Das erste Buch der Erinnerung

ISBN 978-3-473-58534-2

PROLOG

Seit meinem siebten Lebensjahr ist mein Vater mit mir auf der Flucht. Wir hetzen von Stadt zu Stadt, von Schule zu Schule, von Wohnsitz zu Wohnsitz. Sein Job verlangt das so, behauptet er, aber wir wissen beide, dass er lügt. Es liegt nicht an seinem Job, dass wir nirgendwo länger als ein paar Monate bleiben. Es liegt auch nicht an seiner Faszination für fremde Städte oder an seiner großen Abenteuerlust.

Ich weiß genau, woran es liegt, dass er immer weiterzieht.

Ich weiß genau, *an wem* es liegt.

Aber vor den Toten kann man nun mal nicht davonlaufen.

KAPITEL 1

Das neue Zimmer in dem neuen Haus roch nach Farbe. Es war die aggressive Sorte, die einem beim Einatmen das Gefühl gab, sämtliche Nasenhaare wegzuätzen, und ich ging mit schnellen Schritten zum Fenster, um frische Luft hereinzulassen.

Draußen war es schon dunkel. Der Regen trommelte gegen die nassen Scheiben und ein Schwall kalter Luft kam mir entgegen, als ich das Fenster öffnete. Ich spürte, wie der Regen mein Gesicht benetzte, und atmete tief ein. Unter mir lag unser neuer Vorgarten, dahinter die neue Straße mit der neuen Nachbarschaft und irgendwo dahinter die neue Schule, der ich mich morgen stellen musste. Alles neu.

Ich bereute, mich diesmal nicht stärker gewehrt zu haben.

Der Regen klatschte mir ins Gesicht und die Nässe auf meinen Wangen erinnerte mich daran, wie ich früher oft geweint hatte, wenn wir umgezogen waren – meist genau dann, wenn ich endlich Freunde gefunden hatte. Doch das war nicht mehr als eine Erinnerung. Inzwischen weinte ich nicht mehr, inzwischen versuchte ich, gar nichts mehr zu fühlen. Was man nicht fühlte, konnte man auch nicht vermissen.

Eine Weile blieb ich so stehen und starrte hinaus in die Dunkelheit. Dabei versuchte ich, nicht an Pippa und Franzi zu denken, die ich vor einer Woche zum letzten Mal gesehen hatte und die ich trotz all meiner guten Vorsätze des Nichtfühlens mit einer Intensität vermisste, die mich selbst überraschte. Natürlich schrieben wir uns noch, aber ich wusste, dass es nur eine Frage der Zeit war, bis uns das Leben dazwischenkommen und sie mich vergessen würden. Es war nicht einfach, Freundschaften aufrechtzuerhalten, die nur knappe sechs Monate gedauert hatten.

Als mir der Wind eine eisige Bö mit kalten Wassertropfen ins Gesicht schleuderte, schloss ich das Fenster wieder. Ich konnte diese Stadt schon jetzt nicht ausstehen. Wir hätten kaum weiter in den Norden ziehen können, ohne auf einer Eisscholle zu leben.

Seufzend setzte ich mich an den neuen weißen Schreibtisch und zog die zerknitterte Liste aus meinem Rucksack.

»Keine Reue, Jo«, flüsterte ich mir leise zu und meine Stimme klang seltsam fremd in dem spärlich möblierten Zimmer. Bisher gab es darin nur ein Bett, eine Kommode und diesen nüchternen Schreibtisch mit der blauen Tischlampe. Und so würde es auch bleiben. Ich hatte es aufgegeben, Zeit und Energie in eine gemütliche Einrichtung zu investieren, da wir in ein paar Monaten sowieso wieder die Stadt wechseln und nur das Nötigste mitnehmen würden.

Behutsam strich ich die Liste glatt und starrte darauf. Ich hatte sie vor ein paar Wochen gemeinsam mit Pippa und Franzi begonnen, genau an dem Tag, als Oskar Decker mich zu seiner angesagten Halbjahres-Abschlussparty eingeladen hatte.

Die Überschrift lautete: *Siebzehn Dinge, die ich vor meinem siebzehnten Geburtstag tun möchte, weil ich meine langweilige Jugend sonst ewig bereuen würde*. Die Idee dafür stammte von Pippas verrücktem Reuespiel, das sie sich vor meiner Zeit ausgedacht hatte – angeblich weil Franzi zu oft zu viele Dinge bereute. Damit zog Pippa Franzi immer auf, aber ich glaubte, dass sie es einfach interessant fand, sich zu überlegen, was andere Leute in ihrem Leben oder einer bestimmten Situation bereuten.

Je länger ich mich mit der Liste beschäftigte, desto wichtiger wurde sie für mich. Von den siebzehn Punkten hatte ich mir bisher zwar erst dreizehn überlegt, aber ich war fest entschlossen, meine Anti-Reue-Vorsätze nach und nach umzusetzen, wie lächerlich sie auch sein mochten.

Deshalb stand auch *Oskar Decker küssen* ganz oben auf meiner Liste, gefolgt von: *Endlich irgendwo ankommen*.

Punkt eins hatte ich nach Oskars Party durchgestrichen, doch angekommen war ich noch immer nicht. Meine Augen flogen über die restlichen Zeilen. Mein siebzehnter Geburtstag war in fünf Wochen und ich hatte noch nicht einmal die Hälfte meiner Anti-Reue-Vorsätze abgehakt.

Einen Joint rauchen.

Von einem Bungee-Kran springen.

Auf ein Konzert von NEBEN gehen.

Einen wahren Freund finden.

Das hatte ich in einem sentimentalen Moment geschrieben und jetzt starrte ich darauf und fragte mich, ob Pippa und Franzi diesen

Punkt erfüllten. Ich dachte an unser letztes Selfie, als Pippa meine langen blonden Haare wie einen Schnurrbart über ihre Lippen gelegt und Franzi ein Duckface gemacht hatte und wir alle so viel lachen mussten, dass mir hinterher der Bauch wehgetan hatte. In der kurzen Zeit in Wien hatte ich sehr viel Spaß mit Pippa und Franzi gehabt. Wir hatten zusammen »The 100« und »Pretty Little Liars« gesuchtet, hatten verrückte Kochexperimente durchgeführt, Zeitschriften gelesen und Musik gehört, bei der Pippa immer viel zu laut mitgesungen hatte.

Seufzend ließ ich meinen Blick weiter über die Liste gleiten. Es gab so vieles, was hier noch offen war, und einiges, das sich nur schwer erreichen ließ oder für das ich mich schlicht nicht mutig genug fühlte.

»Keine Reue«, flüsterte ich erneut, denn ich hasste das Gefühl, zurückzublicken und zu denken, etwas versäumt zu haben. Reue schien allgegenwärtig zu sein, nicht nur bei mir. Ich sah sie in den Gesichtern der Menschen, sah sie jeden Tag auf den Zügen meines Vaters, der noch immer vor dem Tod meiner Mutter davonlief, und den die Reue innerlich auffraß. Ich hatte keine Lust, so zu enden.

Gedankenverloren strich ich mit den Fingerspitzen über das silberne Medaillon, das ich um den Hals trug. Das ovale Schmuckstück mit den filigranen, verschnörkelten Verzierungen hing an einer zarten Kette und schmiegte sich sanft an meine Brust. Ich hatte es von meiner Mutter geerbt, die es wiederum von ihrer Tante Leonore vermacht bekommen hatte. Die Eltern meiner Mutter waren sehr früh gestorben und meine Mutter war deshalb bei meiner Großtante aufgewachsen, die ich selbst nicht mehr kennengelernt hatte. Aus Erzählungen wusste ich nur, dass sie ziemlich esoterisch veranlagt gewesen sein musste und viel von der eigenen inneren Kraft gehalten hatte.

Vorsichtig öffnete ich das Medaillon. Auf der einen Seite war der Satz »*Der Schlüssel liegt in dir*« eingraviert und auf der anderen Seite befand sich das Foto meiner Mutter. Sie war eine sehr schöne Frau gewesen, und auch wenn ich ihre langen blonden Haare und die großen braunen Augen geerbt hatte, konnte ich mit ihrem entwaffnenden Lächeln nicht mithalten. Für einen Moment lächelte ich zurück, doch dann zog wieder die Schwere ihrer Abwesenheit an mir und drohte mich beinahe zu erdrücken. Schnell schloss ich das Medaillon.

Dann setzte ich die Spitze des Füllers auf das Papier und schrieb auf, was mir spontan in den Sinn kam:

Nicht in der Erinnerung leben. Nach vorn sehen.

Selbst wenn dieses Vorn ein beschissener erster Tag in einer neuen Schule war.

In der Nacht schlief ich schlecht. Anscheinend hatte ich wieder einen Albtraum, an den ich mich am nächsten Morgen nicht erinnerte, denn mein T-Shirt war völlig durchgeschwitzt. Als ich aufstand, präsentierte sich der neue Tag trüb, grau und nebelig. Da meine Stimmung ohnehin schon am Boden war, deprimierte mich der Blick aus dem Fenster jedoch nicht übermäßig, sondern traf genau meine Erwartungen an diese Stadt. Gähnend tappte ich ins Badezimmer und duschte so lange, bis das heiße Wasser aufgebraucht war. Dann griff ich nach meiner grauen Lieblingsjeans sowie einem schwarzen T-Shirt, bürstete mir die Haare und hörte noch kurz etwas Musik. Ich mochte die traurigen Texte der Band

NEBEN und vor allem mochte ich die raue Stimme des Sängers. Während ich noch ein paar Songs lauschte, blätterte ich nebenbei in einem GEO-Magazin und riss mich erst los, als es an der Zeit war, zur Schule zu gehen. Dann schnappte ich mir meinen Rucksack und ging die Treppe hinunter, um den ersten Tag hinter mich zu bringen.

Mein Vater saß schon mit einer Tasse Kaffee am Frühstückstisch und las Zeitung. Sein Gesicht wurde dabei zur Hälfte verdeckt, sodass nur seine grauen Augen hinter der eckigen Brille und seine Glatze zu sehen waren. Ohne Brille hatte mein Vater eine verblüffende Ähnlichkeit mit Professor Xavier aus X-Men, auch wenn er etwas größer war und keine Gedanken lesen konnte. Wobei er bei meinem aktuellen Gesichtsausdruck wohl auch keine Gedanken zu lesen brauchte.

»Guten Morgen, Jo«, sagte mein Vater, blickte von seiner Zeitung auf und faltete sie langsam zusammen.

»Morgen«, murmelte ich und öffnete die Kühlschranktür. Gähnende Leere erwartete mich dahinter und das neue Gerät verströmte noch diesen chemischen Industriegeruch – es kam mir so vor, als würde es überall in diesem Haus nach Farbe und Chemie stinken.

Mit einem Seufzen schloss ich die Tür und schnappte mir einen Apfel aus der Obstschale. Er war nicht mehr ganz frisch, aber besser als gar nichts.

»Ich muss heute unbedingt einkaufen gehen«, sagte mein Vater und trank den letzten Schluck seines Kaffees leer.

Ich biss in den Apfel. »Kein Ding. Ich hab zur Zeit sowieso nicht viel Hunger.«

Mein Vater, der wie immer ein kariertes Hemd trug, stand auf und stellte seine leere Tasse in die Spüle. »Soll ich dich zur Schule fahren?« Er warf einen kurzen Blick aus dem Fenster. »Es sieht so aus, als ob es jeden Moment zu regnen anfängt.«

»Hm, sieht ganz danach aus«, gab ich so sachlich wie möglich zurück. »Laut meteorologischer Statistik hat Hamburg hundertdreiunddreißig Regentage pro Jahr. Man kann also davon ausgehen, dass es an jedem dritten Tag regnen wird. Hast du vor, mich dann jedes Mal zu fahren?« Der letzte Satz kam etwas schärfer aus mir heraus, denn es nervte mich, dass er jetzt so tat, als ob ihn das bescheuerte Wetter überhaupt kümmerte. Es hatte ihn schließlich niemand gezwungen, den Job in Hamburg anzunehmen.

»Jo, bitte lass das«, sagte mein Vater.

»Du wolltest hierherziehen, nicht ich«, sagte ich vorwurfsvoll und schnappte mir meinen Rucksack. »Bis später.«

»Es gibt da etwas, über das wir reden müssen, so schnell wie möglich«, fügte er hinzu, doch da war ich schon an der Tür.

»Klar, was immer du willst – aber jetzt muss ich wieder zu einer neuen Schule«, rief ich ihm zu und verließ das Haus, ohne noch einmal zurückzusehen.